K. Elly de Wulf
Stormy Skye
*Frühling auf der kleinen Alpakafarm
in Schottland*

K. Elly de Wulf ist das Pseudonym einer 1977 in Thüringen geboren Autorin. Sie lebt mit ihrem Partner im Rhein-Main-Gebiet, wo sie den Kontrast zwischen turbulenter Großstadt und idyllischem Landleben genießt. Nach vielen Veröffentlichungen über Onlineplattformen erschien 2016 ihr Debütroman. Der erzielte Erfolg bestärkte sie, weitere sinnlich-prickelnde und tiefgründige Liebesromane zu schreiben, mit denen sie ihre LeserInnen seither begeistert. Ein Happy End ist garantiert, doch der Weg dorthin oft steinig, denn keinem ihrer Liebespaare macht sie es leicht glücklich zu werden.

K. Elly de Wulf

Stormy Skye
Frühling auf der kleinen Alpakafarm in Schottland

Roman

PIPER

Mehr über unsere Autoren und Bücher:
www.piper.de

Wenn Ihnen dieser Roman gefallen hat, schreiben Sie uns unter Nennung des Titels »Stormy Skye – Frühling auf der kleinen Alpakafarm in Schottland« an empfehlungen@piper.de, und wir empfehlen Ihnen gerne vergleichbare Bücher.

ISBN 978-3-492-50548-2
© Piper Verlag GmbH, München 2022
Redaktion: Julia Feldbaum
Satz auf Grundlage eines CSS-Layouts
von digital publishing competence (München)
mit abavo vlow (Buchloe)
Covergestaltung: Alexa Kim »A&K Buchcover«
Covermotiv: Shutterstock.com; depositphotos.com
(tepic; myronstandret); PNGTree
Printed in Germany

Für Papa

1.
Rosalind

Aus dem Hahn für das Stout blubbern dicke Blasen, von Bier keine Spur.

»Tobi!«

Sein beinahe kahler Kopf taucht am Ende der ausgetretenen Kellertreppe auf, als ich durch die Tür hinunterblicke.

»Ich mach ja schon! Immer langsam. Nach eins kommt zwei.«

An einem Abend wie heute, wo wir trotz Ruhetag extra geöffnet haben, weil sich jeder aus der näheren Umgebung den *Battle of Britain* live auf der Leinwand ansehen will, ist das genau die falsche Antwort.

Das Stormy Skye ist berstend voll. Zum Glück habe ich vorsorglich sämtliche Tische und Stühle zur Seite geräumt. Hinsetzen will sich sowieso niemand, und am Ende geht aus lauter Frust noch etwas zu Bruch, wenn England wie gewohnt über Schottland siegt.

»Ich krieg noch eins«, bestellt Gilbert und schiebt mir sein leeres Glas zu.

Es stört mich ein wenig, dass er sich Nialls Stammplatz am Ende der Theke ergattert hat. Schließlich ist unser Tierarzt ein weitaus besserer Blickfang als der wettergegerbte Schafzüchter. Nur leider ist der Doc nicht aufgetaucht, obwohl er Sonntag noch meinte, er würde sich dieses Ereignis um keinen Preis der Welt entgehen lassen.

»Tobi muss erst ein neues Fass anschließen«, erkläre ich und deute auf die Zapfanlage. »Stattdessen ein Lager?«

»Die Plörre? Vergiss es! Skye Brew ist schon lange nicht mehr das, was es mal war.«

Mit dieser Meinung ist er nicht allein. Unten stehen fünf Kästen rum, seit Wochen.

Die Stimmung wallt auf. Rufe werden laut und mit ihr die Angst davor, die nächsten Tage mit Putzen beschäftigt zu sein. Es ist zwar schon einige Jahre her, aber ich weiß noch genau, wie ich mit Dad gemeinsam nach dem letzten Sieg unserer Nationalmannschaft alles von der Decke bis zum Boden abschrubben musste. In jede verdammte Ritze war das verschüttete Bier gelaufen.

Ich versuche, von meinem Platz hinter der Theke aus herauszufinden, was auf der Leinwand am anderen Ende des Gastraumes vor sich geht. Viel erkennen kann ich nicht, und irgendwie ist es wie immer: Alle anderen amüsieren sich, während ich arbeite und vom Leben nichts weiter habe als Biergeruch in den Haaren und runzlige Finger vom Gläserspülen.

»Die Jungs schlagen sich wacker, was?«, schwenke ich auf das Thema des Abends um und kann die aufkommende Bitterkeit zurückdrängen.

Gilberts wässrige Augen leuchten, und ein Strahlen breitet sich auf seinen faltigen Zügen aus. »Die Sassenachs werden vom Platz gefegt«, tönt er.

»Läuft!«, höre ich Tobi hinter mir rufen.

Rasch ziehe ich am Zapfhahn, und zwei Herzschläge später füllt sich das Glas mit tiefdunklem Stout.

Während ich Gilberts Bestellung vor ihm platziere, kämpft sich bereits der Nächste zur Theke durch und stellt zwei leere Gläser darauf ab. Ich muss nicht einmal richtig hinsehen, die dunkelblonden gestylten Haare und das Gewinnerlächeln in Kombination mit einem maßgeschneiderten Sakko trägt nur ein Mann auf der ganzen Insel dermaßen zur Schau: Lachlan MacDugan.

Der feine Hotelmanager hat mir gerade noch gefehlt. Als Spross von Argyll MacDugan, der inoffiziell noch immer den Posten eines Clan-Chiefs innehat, begegnen ihm hier alle mit Respekt. Ich nicht. Kann der sich das Spiel nicht wie jeder normale Großkotz zu Hause auf dem überdimensionierten Flachbildfernseher anschauen? Instinktiv ignoriere ich ihn und ziehe am Hahn, um das nächste Stout zu zapfen.

Im Augenwinkel nehme ich wahr, wie Lachlan halb auf die Bar klettert, um nach Tobi zu suchen. Als würde der hier hinten herumliegen und ein Nickerchen halten.

»Ein Stout und ein Ale. Bitte!«

Habe ich mir das eben eingebildet oder hat der feine Herr tatsächlich das Wort *Bitte* benutzt? Hätte nicht gedacht, dass es in seinem Wortschatz überhaupt vorkommt.

Hinter mir steigt Tobi ächzend die Kellertreppe hoch.

»Lassie, wir müssen uns was überlegen. Mein Kreuz macht das nicht mehr lange mit.« Er wischt sich mit dem Unterarm den Schweiß von der Stirn und stützt sich am Spülbecken ab, um den Rücken durchzudrücken.

Ich kann ihn verstehen, die Dinger sind wirklich schwer, und beim Bau des Kellers war nicht absehbar, dass er jemals derart große Fässer beherbergen muss. Immerhin besteht der Pub beinahe zweihundert Jahre. Wohlgemerkt von Beginn an in Familienbesitz.

Und fast genauso lange arbeitet Tobi hier. Eine meiner schönsten Kindheitserinnerungen ist, dass er mich, wenn ich aus dem Kindergarten kam, immer mit einem kleinen Glas zuckersüßer Limonade versorgte, bevor ich zu Mum nach oben ging. Damals noch mit dichtem rotbraunen Haar und breiten Schultern, die Arme voller Tattoos, die heute größtenteils verblichen sind. Nur eines hat sich absolut nicht verändert: sein rauer schottischer Charme.

»Zapfst du ihm schnell sein Bier? Ich brauch noch einen Moment.«

»Nein.«

»Lassie ...«, versucht es Tobi mit seiner ruhigen, gutmütigen Brummstimme, doch wenn es um Lachlan geht, beißt er bei mir auf Granit. Für mich ist dieser Snob mein erklärter Todfeind!

»Ich bediene ihn nicht.« Und das schon seit fünf Jahren. Da kann Tobi noch so oft den Kopf schütteln und mich bockig nennen. Wenn jemand meine Freunde mies behandelt, kenne ich kein Pardon. Und Lachlan hat der liebsten und gütigsten Person das Herz gebrochen, die es auf der Welt gibt. Ist ja nicht so, als hätte ich Cait nicht gewarnt, aber einen winzigen Funken Hoffnung, er könnte es mit ihr tatsächlich ernst meinen, habe ich dennoch gehegt.

Tobi gibt sich geschlagen, lässt die Schultern hängen und greift nach Lachlans leeren Gläsern. Ginge es nach mir, hätte ich ihm schon längst Hausverbot erteilt, leider ist Mum der Meinung, man dürfe den Chief nicht vor den Kopf stoßen. Der kommt höchstens im Sommer zu den Games nach Skye, ansonsten residiert er in Glasgow. Da wird es ihn wohl kaum interessieren, ob sein Söhnchen hier reindarf oder nicht. Schließlich könnte er in seinem Hotel sogar umsonst Bier trinken.

»Wie immer, Laddie?«

»Aye.« Lachlan wirft mir einen kurzen Blick zu, bevor er sein Handy zückt und darauf herumtippt.

Mir liegt ein Seitenhieb auf der Zunge, den ich mir verkneife und stattdessen eine Reihe Gläser aufstelle, um sie zu befüllen. Gleich ist Halbzeit.

Bilanz des Abends: drei kaputte Stühle, mindestens zwanzig zerdepperte Gläser und eine Decke, von der seit dem 1:0-Siegtreffer das Bier tropft. Bis zur neunzigsten Minute war alles gut, dann geschah das Unfassbare. Mein schottisches Herz ist stolz, doch meine Gastroseele weint.

»Wir können nur hoffen, dass beim Champions-League-Finale schönes Wetter ist, dann wäre der Garten prädestiniert fürs Public-Viewing«, meint Tobi, während er den Wischmopp vor sich her zum Eimer schiebt.

»Von welchem Garten sprichst du?«, hake ich nach und weiß doch genau, was er meint.

»Red doch noch mal mit ihr.« Seufzend lasse ich den Kopf hängen und werfe ihm einen flehenden Blick zu.

»Das bringt nichts. Ich hab's so oft probiert. Glaubst du nicht, dass ich lieber heute als morgen einen vernünftigen Außenbereich eröffnen würde? Der Blick vom Garten über Loch Leathan würde die Touristen in Scharen anziehen. Sie ist dagegen.« Frustriert wringe ich den Lappen über dem Eimer aus und kämpfe weiter gegen die klebrigen Rückstände auf der Fensterbank.

»Da frag ich mich, woher du deinen Sturkopf hast«, nuschelt er laut genug, damit ich ihn auch genau verstehe. Ich gebe zu, er hat recht, doch bei mir ist die Sachlage ganz anders. Lachlan ist ein egoistischer Mistkerl, und Mum stellt sich quer, weil sie sich an Erinnerungen klammert.

»Dein Vater wollte damals keinen Außenbereich eröffnen, weil das Geld zu knapp war und er neue Leute hätte einstellen müssen.«

»Solltest *du* ihr vielleicht mal sagen, von mir will sie das alles nicht mehr hören.«

Das Knarzen der Eingangstür lässt uns beide innehalten.

»Schon geschlossen«, rufe ich und wende mich dem Gast zu, der zu so später Stunde noch einkehren will. Überraschenderweise ist es Niall, der mit offenem Mund dasteht und sich das Trümmerfeld ansieht, welches unsere Gäste im Siegestaumel hinterlassen haben. Sein dunkelblondes Haar ist leicht zerzaust, und er wirkt niedergeschlagen. Etwas, dass bei ihm nur äußerst selten vorkommt, denn normalerweise ist er fröhlich, offen und herzlich. Der typische nette Kerl von nebenan, den man einfach mögen muss – und bei dem man sich Milch oder Eier borgt.

»Ach du ... Was ist denn hier passiert?«

»Der Battle of Britain«, erwidert Tobi, reckt stolz die Brust und klopft sich mit der geballten Faust aufs Herz.

»Sagt bloß, wir haben gewonnen«, keucht er.

»1:0 in der einundneunzigsten Minute.«

Er verdreht die Augen und legt den Kopf in den Nacken, während er ein resigniertes Schnaufen von sich gibt. »Ausgerechnet heute muss ...«, setzt er an und stockt. »Was ist das da oben?«

»Oh, das ist eine Mischung aus Ale und Stout. Ein paar Shandy ... und hier drüben, das müsste Cola sein«, erläutere ich die unterschiedlich braunen Flecken an der Decke und kann nicht verhindern, dass sich eine gehörige Portion Frustration in meine Stimme schleicht.

Niall tritt näher, wobei es bei jedem seiner Schritte klingt, als würde er Klettverschlüsse aufreißen.

»Ich hatte noch Licht gesehen und wollte eigentlich bloß einen kleinen Absacker, aber ich hole wohl besser meinen Dampfreiniger und helfe euch.«

Sein Angebot klingt verlockend. So lange das Zeug noch nicht völlig eingetrocknet ist, besteht die Möglichkeit, es restlos zu beseitigen.

»Geht klar«, kommt mir Tobi zuvor und lässt sich ächzend auf einem der bereits gesäuberten Stühle nieder. »Mein Rücken schreit sowieso nach einer Pause. Beeil dich, ich zapf dir derweil ein Stout.«

Niall verschwindet und kehrt keine zehn Minuten später mit einem großen Industriedampfreiniger zurück.

»Wozu brauchst du so ein Monstrum?«, frage ich irritiert nach und reiche ihm sein Bierglas. Er setzt es an und trinkt es in einem Zug halb leer.

»Für den Behandlungsraum und die Quarantäneräume. Muss alles tipptopp sauber und keimfrei sein.« Er schließt das Gerät an die Steckdose hinter dem Tresen an und ich reiche ihm einen Krug mit Wasser.

»Wo warst du überhaupt?«, will ich wissen, denn es hat mich gewundert, dass er heute nicht aufgetaucht ist. Zum einen, weil er mit Leib und Seele Schotte ist und sich somit das Länderspiel Schottland gegen England nicht ohne Grund entgehen lassen würde. Zum anderen findet in meinem Pub so was wie seine zweite Sprechstunde statt, in der jeder Tierbesitzer allabendlich das Gespräch mit ihm sucht. Würde mich nicht wundern, wenn irgendwann einer seine Kuh mitbringt, damit er sie sich ansieht.

»Hast du mich vermisst?« Ein mühevolles Grinsen heitert seine angespannten Züge für einen winzigen Moment auf.

»Pfft, klar!«, erwidere ich und verdrehe die Augen wegen dieses für ihn recht untypischen Machospruchs. Seine Miene wird ernst, und er räuspert sich.

»Ich war bei Ronny Ferguson.«

Mehr muss er nicht sagen, sein leerer Blick und die zusammengepressten Lippen sprechen Bände. Zudem weiß ich, dass Alma, Ronnys kesse Border-Collie-Dame, schon lange mit einer schweren Krebserkrankung kämpft. Mir wird eiskalt.

»Tut mir leid«, flüstere ich und wünschte, etwas Verbindlicheres sagen zu können, was sich nicht nach einer hohlen Phrase anhört.

»Schon okay, war nur eine Frage der Zeit. Ronny hält sich tapfer, auch wenn es ihm schwerfiel, sie gehen zu lassen.«

Ich trete näher an ihn heran, lege eine Hand auf seinen Unterarm und drücke ihn sanft. Seit beinahe drei Jahren lebt er hier in Leathan und ist ein gern gesehener Stammgast, daher weiß ich, wie sehr ihm das Wohl seiner vierbeinigen Patienten am Herzen liegt. Egal wie spät es ist oder wohin er fahren muss, er nimmt alles auf sich, damit es ihnen gut geht.

Für einige Augenblicke sehen wir einander an, und ich fühle, wie sich unter mir der Boden zu drehen beginnt. Ich gehe jede Wette ein, dass er Hypnose beherrscht, denn es ist mir unmöglich, mich zu rühren. Sein Blick ist intensiv, und ich glaube, darin Sehnsucht erkennen zu können. Mit jeder Sekunde, die verstreicht, pocht mir das Herz heftiger gegen die Rippen. Ich weiß nur nicht, warum.

»Dann wollen wir mal. Grüner Knopf, bitte.«

Es dauert einen Moment, bis ich seine verbale kalte Dusche verarbeitet habe. Er bringt derweil die Lanze in Position und sieht abwartend zu mir. Hastig tippe ich mit der Fußspitze auf den gewünschten Knopf und trete einen Schritt zurück, als das Gerät zu dröhnen beginnt und dichter Dampf durch das Tuch an der Düse quillt.

Keine halbe Stunde später ist Niall mit allem durch und hat sogar die Wandpaneelen gereinigt. Somit sind wir schneller als gedacht fertig, und Tobi, dessen Rücken sich endgültig verabschiedet hat, verlässt gebückt gehend das Stormy Skye.

»Er sollte damit dringend zum Arzt. Das muss sich ein Orthopäde ansehen«, meint Niall und deutet in Richtung Tür, durch die Tobi soeben verschwunden ist.

»Meine Rede, aber mich nennt er stur.«

Niall lacht leise und kniet sich auf den frisch gewienerten Boden, um das Gerät auseinanderzubauen.

»Soll ich dir noch eins zapfen?«

»Ein Wasser wäre mir lieber. Mach dir keine Umstände, aus der Leitung reicht völlig.«

Er sieht auf und lächelt erschöpft. Für mich war der Abend Stress pur, für ihn hingegen traurig und bitter. Trotzdem hat er mich in meiner Not nicht allein gelassen. Ich bin ihm so dankbar, dass ich ihm am liebsten um den Hals fallen möchte.

Stattdessen schenke ich ihm mein wärmstes Lächeln, was ich nach all den Strapazen zustande bekomme. Erneut verhaken sich unsere Blicke, während im Hintergrund *If You Leave Me Now* von Chicago im Radio läuft.

Wir sehen uns an, und das Sturmgrau seiner Augen nimmt mich erneut gefangen. So sehr, dass es mir schwerfällt, mich von ihm abzuwenden. Die Schwermut, die darin liegt, geht mir unter die Haut. Ich spüre, wie sie tief in mir widerhallt, und nach einem Abend wie heute weiß ich nicht, wie stark ich noch bin, standhaft zu bleiben und an meinen Prinzipien festzuhalten. Schließlich ist Niall keiner dieser lärmenden Zechbrüder, die nach zwei Pints denken, sie wären unwiderstehlich, und mich den ganzen Abend über plump anbaggern oder gar begrapschen.

Mit letzter Kraft reiße ich mich los und spüre, wie mein Magen nach unten sackt. Für einen winzigen Moment gestehe ich mir ein, dass ich mich mehr als nur geschmeichelt fühle, wenn er mich so ansieht. Meine Freundin Melina nannte ihn neulich ein *Sahneschnittchen*. Besser kann man diesen sportlich agilen, hoch gewachsenen Mann nicht beschreiben. Niall ist echt heiß, hat aber ein riesengroßes Manko. Er mag zwar kein Insulaner sein, stammt aber aus Inverness, und eines habe ich mir geschworen: Verliebe dich niemals in einen Schotten!

2.
Niall

Keine drei Stunden Schlaf, pochender Schmerz hinter den Schläfen, und meine Schultern schreien nach einer Massage, doch alles, an was ich denken kann, sind Rosalinds Augen und ihr bezauberndes Lächeln, das sie mir gestern Abend geschenkt hat. Ich glaube, in dem Moment hat mein Herz kurz den Dienst quittiert. Hätte mich zumindest nicht gewundert, wenn ich in der Notaufnahme in Portree wieder aufgewacht wäre.

Gedankenverloren rühre ich in meinem Tee und starre blicklos aus dem Fenster meiner Praxis in das Grau des regnerischen Märzmorgens. Untermalt wird das Ganze von spitzen Maunzen, das aus dem Quarantäneraum zu mir dringt. Dabei sind die Minitiger, die wir in Pflege haben, längst gefüttert.

Tief durchatmend sehe ich auf die Uhr. Zehn Minuten noch, dann verwandelt sich die Praxis in einen turbulenten Taubenschlag. Zehn Minuten, in denen ich weiter von Rosalind träumen und mir vorstellen kann, wie es sich anfühlen würde, sie im Arm zu halten.

Zum ersten Mal überhaupt glaubte ich gestern Abend, sie hätte mich gesehen. So richtig. Mich. Andererseits rührte diese ungewohnte Vertrautheit wohl allein daher, weil sie dankbar für meine Hilfe war.

»Morgen, Chef«, begrüßt mich Maihri, meine Sprechstundenhilfe Schrägstrich Assistentin Schrägstrich Tierpflegerin Schrägstrich Kummerkastentante. Ihr unerschütterlicher

Frohsinn wirkt normalerweise ansteckend, nur heute will meine Stimmung nicht aus dem Keller kommen.

»Na, rührst du wieder den Tee zu Tode?«

Mehr als ein undefinierbares »Hmm« bekomme ich nicht heraus.

»Oha, so schlimm? Was ist passiert? Unsere Jungs haben England in den Staub getreten. Daran wird es also nicht liegen.«

Sie geht ins Lager, wo sie ihre Jacke aufhängt und die Schuhe wechselt. Sie bindet sich die langen dunklen Haare zu einem Zopf zusammen, kehrt zurück und lehnt sich neben mich an den Behandlungstisch.

»Im Pub muss es gestern richtig abgegangen sein«, sagt sie und mustert mich. Ihre sanften, braunen Augen blicken voller Güte und Mitgefühl zu mir auf, dass ich mir vorkomme wie ein frisch operierter Retriever-Welpe. Behutsam legt sie eine Hand an meinen Unterarm und seufzt. »Warum sollte es dir besser gehen als mir«, murmelt sie und lässt die Schultern hängen. »Connor hat unsere Verabredung gestern kurzfristig auf kommenden Sonntagabend verschoben. Und dabei hatte ich mich so gefreut.«

Sie ist genauso hoffnungslos verknallt wie ich. Am Tag meiner Ankunft auf Skye habe ich Rosalind das erste Mal gesehen. Ab diesem Moment war es um mich geschehen, nur leider bin ich ihr seither keinen Millimeter nähergekommen, und ich bezweifle, dass sich das jemals ändern wird.

Kurz vor unserer wohlverdienten Mittagspause hebe ich Bolty nach seiner Routineuntersuchung vom Behandlungstisch. Der fünf Jahre alte Beagle wird von seiner Besitzerin, einer betagten Dame, die nicht gut zu Fuß ist, viel zu sehr verhätschelt und leidet eindeutig unter Bewegungsmangel.

»Er muss dringend abnehmen, Mrs Dunhill«, mahne ich und sehe in die wachen Augen des Hundes. Seine Rute schwingt hin und her. Er will spielen, sich bewegen, doch er ist dazu verdammt, als lebendiges Sofakissen vor sich hin zu vegetieren.

»Er bekommt nur morgens und abends einen Napf. Mehr nicht.«

»Und zwischendurch?«, hake ich nach und werfe ihr einen strengen Blick zu.

»Die paar Kleinigkeiten«, erwidert sie abwinkend.

»Kleinigkeiten?«

»Wir sehen uns immer *Glen of Love* an. Er liebt diese Serie, müssen Sie wissen. Und dabei trinken wir Tee und knabbern ein paar Chips.«

Jetzt tut mir der Hund leid. Das ist mit das Schaurigste, was die Glotze aktuell hergibt. Nachts kommt die Wiederholung, und ich stolpere beim Zappen gelegentlich darüber. Allein bei der Titelmusik rollen sich mir die Fußnägel hoch.

»Trotzdem, Mrs Dunhill«, schreite ich ein. »Bolty möchte toben und spielen. Der Beagle ist eine sehr agile Rasse, die viel Action braucht.«

»Ich gehe jeden Tag zweimal mit ihm.«

Davon wurde ich bereits Zeuge. Sie am Rollator und Bolty mit all seiner Empathie im Schneckentempo nebenher.

»Vielleicht suchen Sie jemanden in der Nachbarschaft, der ihn ausführt ... große Runden ... jemand, der ihn ordentlich auspowert. Wie wäre es mit Ginny McGregor?«

Bei meinem Vorschlag schnappt Mrs Dunhill nach Luft, reißt die wässrigen Augen auf und sieht mich an, als wäre ihr Vierbeiner in Lebensgefahr.

»Das Mädel hat lilafarbene Haare und diese ganzen Ringe in den Ohren und am Mund. Alles voller Metall! Und die Arme! Haben Sie sich die mal angesehen? Alles bunt! Der gebe ich meinen Bolty ganz bestimmt nicht mit.«

Wenn Sie das abschreckt, verschweige ich ihr wohl besser, dass Ginny stolze Besitzerin zweier Opal-Berkshire-Ratten ist. »Wie Sie meinen, Mrs Dunhill. Es war lediglich ein Vorschlag.« Ob ich sie stattdessen für ein spezielles Diätfutter erwärmen könnte? Wohl kaum, die Dose kostet drei Pfund, was ihre magere Rente auf Dauer nicht hergeben wird.

»Ich weiß, ich weiß. Sie meinen es nur gut, Laddie«, sagt sie und tätschelt mir mütterlich die Hand. »Hier in den Highlands hilft und unterstützt man sich. So gehört sich das. Man hält zusammen.«

»So ist es, Ma'am«, bestätige ich und sehe in ihre gütigen Augen. »Wenn Sie möchten, kann ich hier in der Praxis einen Aushang machen. Es gibt mehrere Hundebesitzer in der näheren Umgebung, ob sie nun mit einem oder zwei Hunden gehen, macht kaum einen Unterschied.«

»Das ist ein Wort«, geht sie darauf ein und reicht mir die Hand, während ich ihr die Tür öffne. »Sie sind ein feiner Kerl. Viel umgänglicher, als dieser schroffe Gregory Mullan.«

»Ethel! Das hab ich gehört!«, blafft der frühere Besitzer der Praxis, der mal wieder auf eine seiner vielen Stippvisiten vorbeischaut, und stemmt die Hände in die Hüften.

Das Grinsen in ihrem faltigen Gesicht wird breiter, ihre Augen beginnen zu leuchten. »Gut, solltest du auch! Ich weiß noch genau, wie ich dich damals erwischt habe, als du mir in den Vorgarten gepinkelt hast!«

Schockiert sehe ich zwischen den beiden hin und her.

Gregorys Gesicht läuft knallrot an, sogar seine Ohren glühen.

»Da war ich fünf!«, protestiert er und funkelt Mrs Dunhill böse an. Dabei schieben sich seine buschigen Augenbrauen so weit zusammen, dass sie einen struppigen grauen Streifen bilden, der auf seiner Stirn wie ein deplatzierter Schnurrbart prangt.

Maihri, die hinter dem Empfangstresen sitzt, kämpft schwer mit einem Lachanfall. Ihr stehen bereits Tränen in den Augen.

»Ich erzähl es deiner Mutter trotzdem heute Abend beim Bingo. Die wird dir den Hosenboden stramm ziehen.«

Das war zu viel. Maihri fällt vor Lachen vom Stuhl. Gregory, dem die Aussicht ziemlich stinkt, als neunundsechzigjähriger Mann von seiner Mutter wegen eines Fauxpas' in der Kindheit gescholten zu werden, stapft an mir vorbei in den Warteraum.

Dort erwartet mich der Urvater aller Landtierärzte, dessen hartem Drill ich mich nach meiner Ankunft auf Skye freiwillig ausgesetzt habe. Einen besseren Lehrmeister gab es nicht, weder im Umgang mit den Tieren noch mit dem zugegeben oft rauen schottischen Landvolk.

»Was ist denn hier los? Alles leer! Vergraulst du die Leute, oder was?«, motzt er herum, hängt seine Rannoch und die Schiebermütze an die Garderobe und marschiert schnurstracks in den Behandlungsraum zu seinem alten Schreibtisch. Geräuschvoll lässt er sich dahinter nieder und sieht sich interessiert um, während ich den Behandlungstisch desinfiziere.

»Schön, dich zu sehen. Wie geht's?«, begrüße ich ihn und habe Mühe, ein Grinsen zu unterdrücken. Dieser Mann ist einfach ein Unikat.

»Ginge mir besser mit einer Tasse Tee«, erwidert er barsch und taxiert mich mit seinem scharfen Blick.

Ich würde gern zum Gegenschlag ausholen und etwas zu seiner stetig schwindenden Haarpracht sagen, doch mir fällt etwas viel Besseres ein.

»Hier bekommen nur Patienten etwas.«

»Patienten?«

»Genau«, erwidere ich und klopfe mit der flachen Hand auf die Oberfläche des Tisches.

Gregory ist im ersten Moment perplex, doch dann erfüllt sein bäriges Lachen das Behandlungszimmer. Der alte Mann entspricht haargenau der Beschreibung eines grantigen Rentners, zumindest auf den ersten Blick, doch wer ihn kennt, weiß, dass er eine Seele von Mensch ist. Genauso wie seine Mutter Noreen.

»Jungchen, langsam hast du alles, was man braucht. Wie läuft es? Warst du schon oben im Cuillin zu den Impfungen?«

Ich schüttele den Kopf und werfe einen Blick auf den Kalender. Das Zeitfenster schließt sich ... nur noch eine Woche. »Bisher war das Wetter zu schlecht«, erwidere ich ausweichend. Mein Wagen ist zwar geländetauglich, doch um die Strecke zu den abgelegenen Crofts im gebirgigen Teil der Insel zu bewältigen, braucht man auch Erfahrung mit Fahrten über Geröll und durch felsige Flussbetten. Die Ausrede, dass mein Motor rumzickt und mich einer der Farmer abholen muss, kann ich nicht noch mal bringen.

»Stimmt schon, da draußen kommt es wieder runter. Man könnte meinen, der Winter hätte gerade erst begonnen, dabei ist in drei Wochen Ostern.«

»Du sagst es. Wenn es besser wäre, würde ich dich fragen, ob du mitkommst.« Du darfst auch fahren, füge ich in Gedanken an.

»Ach was, man muss auch loslassen können. Du bist ein großer Junge, die paar Schafe schaffst du locker allein.« Ein schelmisches Grinsen umspielt seine Mundwinkel.

Anscheinend glaubt er, ich wäre der Arbeit nicht gewachsen. Dabei liegt es eher an dem unwegsamen Gelände.

Draußen klingelt das Telefon, und Maihri nimmt das Gespräch am Empfangstresen entgegen.

»Ach, du Schreck! Ich sag ihm gleich Bescheid. Auf welcher Weide denn? Okay.« Sie legt auf und stürmt in den Behandlungsraum. Ihre sonst rosigen Wangen sind ganz bleich.

»Chef, Melina rief gerade an. Eines der Alpakas hat sich verletzt und hinkt ganz komisch.«

Die Worte haben ihren Mund kaum verlassen, da hängt auch schon mein Kittel am Haken, und ich habe in der einen Hand die Jacke, in der anderen die Tasche.

»Tut mir leid, aber die Pflicht ruft«, sage ich auf dem Weg nach draußen, doch weit komme ich nicht.

»Warte!«, ruft er mir nach. »Da bin ich dabei. Meine Mutter schwärmt mir ständig von der flauschigen Alpaka-Wolle vor und wie herzallerliebst die Tierchen wären.«

Ich mustere ihn irritiert.

»Ihre Worte, nicht meine«, fügt er hastig an.

Hätte mich jetzt auch schwer gewundert.

Wir sind getrennt gefahren und parken nebeneinander vor dem Craig Cottage auf dem Hof der Blue-Skye-Alpakafarm ein. Melina, die im vergangenen Jahr samt ihrer wilden Herde auf die Insel gezogen ist, winkt uns von der Stalltür zu.

Sie hat sich ziemlich schnell hier eingelebt, und fast genauso schnell hat sich mein Freund Rory in sie verliebt. Zwar behauptet sie steif und fest, es hätte einzig an der besonderen Magie der Alpakas gelegen, aber ich muss gestehen, dass auch ich bei einem längeren Blick in ihre Augen Rosalind beinahe vergessen hätte.

Melinas pinkfarbene Gummistiefel sind ein richtiger Kontrast zu dem tristen nebligen Grau, was über Loch Leathan hängt, an dessen Ufer die Farm liegt.

»Hey, Mels, welcher der Gangster ist es denn?«, will ich wissen, als ich sie am Gatter treffe. Ihr langes blondes Haar hat sie zu einem hohen Pferdeschwanz gebändigt, an dem das Wasser heruntertropft. So, wie ich sie kenne, hat sie bis eben auf der Weide gestanden und versucht, das kranke Tier einzufangen.

Da sich beinahe alle auf diesem Teil der Farm stehenden Alpakas in den Offenstall drängen und nur Liam und mein spezieller Freund Zayn im unaufhaltsam herunterprasselnden Regen stehen, muss es einer der beiden sein.

»Es ist Liam. Er und Zayn haben sich seit gestern ständig gekabbelt, und jetzt hinkt er hinten links.«

»Sie sind doch sonst ein Herz und eine Seele.«

»Keine Ahnung«, sagt sie mit sorgenvoller Miene. »Vielleicht hat er Zayn einen Grashalm vor der Nase weggeknabbert. Die Wallache rangeln öfters wegen der Rangordnung, wegen des Futters oder des Unterstandes. Kleine Rangeleien, aber verletzt hat sich bisher keiner.«

»Ich sehe ihn mir an«, erwidere ich und lege ihr beruhigend eine Hand auf die Schulter.

Seit die Herde hier ist, hat sie für einiges Aufsehen gesorgt. Mittlerweile sind weitere Tiere hinzugekommen, die auf dem gegenüberliegenden Weideland grasen. Überhaupt sind die Langhälse eine richtige Attraktion geworden, für die einige Leute weite Wege auf sich nehmen. Ich weiß von Rory, dass sie sich vor Anfragen nach Alpaka-Wanderungen kaum retten können. Sogar Connor, der im Winter nicht mit dem Boot zum Whale Watching rausfahren konnte, hat ihnen geholfen und einige Touren geleitet. Und das will was heißen, denn immerhin zählt Maihris heimlicher Schwarm nicht zu den gesprächigsten Zeitgenossen. Mehr als drei Worte von ihm sind eine echte Seltenheit.

»Wo treibt sich Rory rum?«

»Ist auf dem Rückweg von Kyle, wo er einige Besorgungen erledigt hat. Müsste bald wieder da sein«, erwidert sie und wendet sich Gregory zu. »Hallo! Was für eine Überraschung. Lange nicht gesehen.«

»Habe meinem Nachfolger ein wenig auf die Finger geschaut«, tönt der alte Tee-Schnorrer. »Da kam dein Anruf, und mir fiel auf, dass ich deine Alpakas noch nie selbst in Augenschein genommen habe. Du musst dringend mal wieder bei uns vorbeikommen. Mutter geht bei Regen nur noch ungern vor die Tür und freut sich über jeden Besucher.«

»Ich werde mal nach Liam sehen«, klinke ich mich aus und öffne das Gatter.

Der dunkelbraune dick bewollte Huacaya-Alpakawallach kennt mich bereits und weiß anscheinend noch, dass ich der böse Mann mit den Spritzen bin. Er sieht mich schon von

Weitem und ahnt, weshalb ich über die matschige Weide stapfe.

Er mag verletzt sein, aber der kleine Teufel lässt es auf eine Jagd ankommen. Zweimal treibe ich ihn wegen des glitschigen Untergrunds mit halsbrecherischen Manövern gegen den Zaun, und zweimal entkommt er mir. In der Hoffnung auf ein wenig Hilfe werfe ich einen Blick in Richtung Eingang der Weide und sehe, dass mir Melina und Gregory vom trockenen Stall aus zuschauen. Genauso wie alle anderen Alpakas. Toll!

Der Einzige, der mich nicht als durchnässten Pausenclown betrachtet, ist der kleine Blue. Noch ist er ein Cria, der eine Decke im Craig-Tartan zum Schutz vor der Kälte tragen muss, aber bald wird er ein Jährling. Er sieht mich mit seinen riesigen blauen Augen an, kommt näher und beschnüffelt seelenruhig meine Hände. Ich nutze die Gelegenheit und mache einen kurzen Hörtest, während ich ihn hinter den Ohren kraule. Das mag er sehr und schmiegt sich vertrauensvoll an meine Seite.

Mir fällt ein, dass ich Melina noch nach der anstehenden Gerichtsverhandlung fragen wollte. Immerhin habe ich die Anzeige gegen ihren Ex beim Züchterverband eingereicht. Dieser Phil hatte sie um tausend Pfund betrogen und zudem ihre Huacaya-Stute von seinem nicht für die Zucht geeigneten Hengst decken lassen. Zum Glück hat sich der dadurch vererbte Gendefekt bei Blue noch nicht richtig durchgesetzt. Sein Gehör wird zwar schwächer, doch nur sehr langsam.

Blues Zutraulichkeit scheint für mich das Eis bei Liam gebrochen zu haben, vielleicht sind es auch die Schmerzen, die ihn zu mir treiben. In jedem Fall steht er plötzlich neben mir und lässt sich seelenruhig behandeln. Durch Abtasten kann ich eine Zerrung an der Innenseite des Oberschenkels feststellen, weiter nichts. Mehr als ein wenig Schonung und ordentlich Salbe sind nicht nötig.

Ich bin gerade fertig und bücke mich, um meine Tasche zu schließen, als mich etwas von hinten erwischt. Laut brüllend fahre ich herum, fasse mir an die schmerzende Stelle am Po und kann den schwarz-weiß gescheckten Zayn davonrennen sehen, bevor ich auf dem glitschigen Untergrund das Gleichgewicht verliere und der Länge nach auf die Weide klatsche.

»Zayn! Spinnst du?«, schimpft Melina und kommt auf mich zugeschlittert. »Dieser Satansbraten kann es einfach nicht lassen. Bist du verletzt?« Sie hilft mir auf die Beine und wischt mir mit dem Ärmel ihrer Jacke den Dreck vom Gesicht.

»Alles gut. Nichts passiert. Na warte, Freundchen«, sage ich mit drohendem Zeigefinger in Richtung Zayn, den es nicht im Mindesten interessiert. Er zupft ein paar Grashalme und schlendert tiefenentspannt über die Weide.

»Entschuldige, ich hätte besser aufpassen müssen.«

»Der Suri steht auf dich«, feixt Gregory und gibt sich nicht mal Mühe, sein hämisches Grinsen zu verbergen.

»Macht er das bei Rory eigentlich auch, oder bin ich sein einziges Opfer?«, will ich wissen und ziehe einige Feuchttücher aus dem Spender in meiner Tasche.

»Bei Rory traut er sich nicht. Connor hat hingegen schon mehr als einen blauen Fleck.«

»Das beruhigt mich ungemein«, murre ich und sehe, wie Rory auf uns zukommt. Er ist beim besten Willen nicht mehr der Eigenbrötler von einst. Seit Melina in sein Leben getreten ist, wirkt es, als könnte er endlich frei atmen und sich zu seiner vollen Größe aufrichten. Der struppige rotbraune Bart ist weg, das dunkle Haar trägt er ordentlich frisiert und macht auch sonst den Eindruck eines Mannes, der sein Glück gefunden hat.

»Hey, wie geht es Liam? Ist es was Ernstes?«, fragt er nach, sobald er bei uns angekommen ist und Melina zur Begrüßung einen sehr intensiven Kuss gegeben hat.

So ein richtiger, mit Arm um die Schulter gelegt, Körper an Körper, die Lippen fest aufeinandergepresst.

Drei Augenpaare mustern mich, und ich habe keine Ahnung, warum.

»Ach so, ja! Diagnose. Ähm ...«, stammele ich und überlege, was ich eben festgestellt hatte, bevor mir Rory klar vor Augen geführt hat, wie armselig leer mein Leben ist.

»Wäre interessant zu erfahren«, murmelt Gregory und sieht mich an, als wäre ich ein Erstsemester, der eine Katze nicht von einem Hund unterscheiden kann.

»Er hat eine Zerrung. Ist beim Kabbeln wahrscheinlich ausgerutscht. Ich habe Salbe aufgetragen. Das könnt ihr heute Abend noch einmal wiederholen und morgen früh. Er sollte sich schonen, wäre also gut, wenn ihr Liam und Zayn eine Weile voneinander trennt.«

Zufrieden, dass ich wenigstens halbwegs professionell klang, sehe ich entspannt in die Runde. Gregory zwinkert, Rory nickt, und Melina lächelt mich erleichtert an.

Auf dem Weg zurück zum Wagen fällt mein Blick auf Rorys Range Rover. Dabei kommt mir eine Idee.

»Hast du einen Moment?«, frage ich und warte, bis Melina und Gregory außer Hörweite sind.

»Klar, was ist?«

Es fällt mir schwer, die richtigen Worte zu finden, schließlich möchte ich nicht erklären, warum ich mir die Strecke nicht zutraue.

»Ich muss rüber nach Kilmarie und Camasunary«, setze ich an, und Rory reißt sofort die Augen weit auf.

»Bei dem Wetter willst du dorthin? Gewagt, sehr gewagt.«

Wenn er das sagt, will das schon was heißen. Immerhin ist er ein erfahrener Wildhüter und zudem gebürtiger Insulaner, der jeden Pfad und jeden Felsen persönlich kennt.

»Deshalb wollte ich dich fragen, ob du mich nicht fahren könntest. Also nur, wenn du Zeit hast und dir die Strecke ...«

»Sicher, für dich immer. Momentan ist es etwas ruhiger. Zu Ostern wird es wieder heftig, da stehen schon jede Menge Buchungen an. *Osterspaß mit Alpakas.*«

»Echt? Das würdest du tun?«, hake ich nach.

Rory legt mir eine Hand auf die Schulter und drückt sie leicht. »Wofür hat man Freunde, wenn nicht für derlei Dinge. Sag mir einfach, wann du loswillst.«

Völlig perplex starre ich ihn an.

»Morgen früh?«

»Ich bin um acht Uhr bei dir.«

Ich hätte besser auf das Frühstück verzichtet. Trotz Rorys sicheren und gemächlichen Fahrstils, drängt es mir bei jedem Holpern durch die Speiseröhre nach oben. Die alte Angst macht sich breit. Mein Herz rast, kalter Schweiß steht mir im Nacken, und ich kann meine Finger, mit denen ich mich am Türgriff festklammere, nicht mehr spüren.

»So schlimm fahre ich nun auch wieder nicht«, mault Rory, als er es bemerkt.

»Bin ein mieser Beifahrer«, erwidere ich in der Hoffnung, damit durchzukommen. Lester, Rorys Hungarian Pointer, wird munter und legt den Kopf von hinten auf meine Schulter.

»Kenn ich, bei Curran hab ich auch immer gedacht, mein letztes Stündchen hätte geschlagen.«

Unser Lachen, gepaart mit Lesters warmem Atem, lockert meine angespannte Stimmung etwas auf und bringt mich dazu, den Blick seitlich in Richtung Cuillin zu richten. Der Sgùrr Alasdair ragt hoch in die dicken Wolken hinein, die seinen Gipfel umhüllen.

»Sag mal, könntest du mir demnächst behilflich sein?«, nuschelt Rory und sieht zögerlich zu mir.

»Klar, worum geht es?«

Rory atmet tief durch und scheint all seinen Mut zusammenzuraffen. »Ist ein größerer Gefallen.«

»Was hast du gestern erst zu mir gesagt? Wozu sind Freunde da, also spann mich nicht auf die Folter.«

»Melinas Vater arbeitet doch jetzt an der MET.«

Mir fällt die Kinnlade herunter, was Lester als Einladung ansieht, mir über die Wange zu lecken. »Lass das«, murre ich und wische mir den Sabber vom Gesicht. Melina erzählte mir, dass ihr Vater Dirigent und lange Zeit als Konzertmeister den Brüsseler Philharmoniker vorgestanden sei. »Wahnsinn. Sag bloß, ihr habt vor, nach New York zu fliegen. Ich rate mal ins Blaue, ich soll mich um die Herde kümmern.«

Rory erweckt hingegen nicht den Anschein, als würde er über den anstehenden Trip jauchzen und jubilieren.

»Hmm«, macht er und seufzt. »Ihre Mum stellt uns Flüge aus ihrem Kontingent bei der UN zur Verfügung. Das Ganze soll über Ostern stattfinden.«

»Ich denke, ihr seid mit Wanderungen ausgebucht?«

Rory sieht zu mir und wirkt richtiggehend schuldbewusst.

»Verstehe. Die müsste ich dann auch durchführen.«

Er nickt. »Connor hat uns seine Hilfe ebenfalls fest zugesagt. Du wärst also nicht allein.«

Das beruhigt mich, nur leider bringen viele Wochenendurlauber ihre Hunde mit, die oft bei mir auf dem Behandlungstisch landen, weil sie sich die Pfoten verletzen oder jede Menge Zecken aufgesammelt haben. In den vergangenen Jahren hatte ich daher die Praxis immer offen und das zumeist rund um die Uhr. »Ich überleg es mir, okay? Wen hast du noch gefragt?« Ich bin mir sicher, dass ich nicht der Erste und auch nicht der Zweite auf seiner Liste bin, denn Rory weiß genau, wie voll mein Terminkalender im Frühjahr, ach was, eigentlich das ganze Jahr über ist.

»Bisher nur Connor und Gilbert.«

Ich will gerade fragen, ob er auch Lachlan einbeziehen wird, komme jedoch nicht dazu, da er eine Vollbremsung macht und mir ein Schwall Eiswasser durch die Adern schießt.

Normalerweise ist der Abhainn nan Leac, der durch Glen Sligachan fließt, schmal und plätschert gemächlich über sein steiniges Flussbett, doch durch all den Regen der vergangenen Tage haben wir einen reißenden Strom vor uns.

Rory stoppt vor der einzigen in der Nähe befindlichen Brücke, schnallt sich ab und steigt aus. Froh, wieder festen Boden unter den Füßen zu haben, folge ich ihm und sehe dabei zu, wie er den provisorisch anmutenden Übergang in Augenschein nimmt. Die graue Betonplatte, die gerade breit genug ist, damit ein Auto darüberfahren kann, wurde einfach über den Fluss gelegt, zumindest kann ich keine Verankerung oder anderweitige Befestigung erkennen.

»Vergiss es, das Wasser hat die Auflagefläche auf beiden Seiten unterspült. Im schlimmsten Fall rutschen wir mit dem Wagen ab und landen unten in der Bay.«

»Und zu Fuß?«, hake ich unschlüssig nach. Falls ich die Schafe nicht im Jahresturnus impfe, muss der Schutz komplett neu aufgebaut werden, was mit enormen Kosten verbunden ist. Da die Farmer zumeist Selbstversorger sind, können sie finanziell keine großen Sprünge machen. Wenn sich dann noch rumspricht, dass es einzig an den miesen Wetterbedingungen lag, lachen sie mich allesamt aus. Schließlich sind das für einen gestandenen Highlander nichts weiter als ein laues Lüftchen und ein paar Tropfen Regen. Sie würden mich wahrscheinlich mit Mistgabeln vom Hof jagen, und ich könnte die Praxis dichtmachen.

»Das dürfte gehen. Wir sichern uns aber mit Seilen ab.«

Während Rory näher heranfährt und zwei Seile, die wir uns anlegen wollen, an der Stoßstange des Geländewagens befestigt, betrachte ich das rauschende Wasser. Es ist wie damals – kalt, regnerisch und laut. Ich schließe die Augen und versuche verzweifelt, die Erinnerungen davon abzuhalten, über mich herzufallen.

Rosalind. In solchen Momenten denke ich immer an sie. Ihr Lächeln ist so wunderschön, doch das Getöse schwillt an, verdrängt alles, und es bleibt nichts weiter zurück als eisige Kälte und nackte Angst.

3.
Rosalind

Draußen vor dem kleinen Fenster hängen die gleichen grauen Wolken wie am Vortag. Trister Alltag, wie ich ihn hasse. Nicht, dass sich etwas für mich ändern würde, trotzdem sehne ich den Frühling herbei. Wie es wohl wäre, von den Strahlen der Morgensonne in der Toskana oder der Provence geweckt zu werden? Von mir aus auch Mallorca oder Gran Canaria, egal, nur kein Schottisch-Grau mehr.

Missmutig drücke ich den Alarm am Handy aus und schlage die Bettdecke zurück. Der Duft von frischem Kaffee dringt durch den Türspalt zu mir herein, gefolgt von Forrest, Mums getigertem Kater. Seelenruhig schlendert er durchs Schlafzimmer, springt auf die schmale Fensterbank und maunzt.

Während ich eine bequeme Jogginghose und ein altes Shirt anziehe, trommeln dicke Regentropfen gegen die Fensterscheibe. Forrest sieht zu mir und wirkt unglücklich. Ich weiß auch genau, warum, bei dem Wetter lässt Mum ihn nicht raus. Das ist für ihn gleichbedeutend mit einer Haftstrafe, schließlich tummelt sich in unserem völlig verwilderten Garten alles, was er nach Herzenslust jagen kann.

»Bringt nichts, Fo. Da kannst du noch so leidvoll miauen«, erkläre ich ihm und pflücke ihn von der Fensterbank. Gemeinsam verlassen wir das Dachgeschoss und gehen hinunter in den ersten Stock, wo Mum mir bereits eine Tasse Kaffee auf den voller Bastelmaterial liegenden Küchentisch gestellt hat.

»Guten Morgen, meine Kleine«, wünscht sie und haucht einen Kuss auf meine Stirn. »Gut geschlafen?«

Mir entweicht ein herzhaftes Gähnen. »Zu kurz, aber gut.«

»War wieder spät«, merkt sie mitfühlend an und streicht mir eine Haarsträhne hinters Ohr.

»Ein paar Gäste der Storr Apartments haben einfach kein Ende gefunden«, berichte ich und nippe an meinem Wachmacher. »Ich hätte sie gern gegen elf rausgekehrt, doch da haben sie Spielkarten rausgeholt und noch eine Flasche Talisker bestellt.«

»Guter Umsatz«, merkt sie an, und ich nicke wohl wissend, dass ich lieber auf die dreißig Pfund verzichtet und stattdessen geschlafen hätte. So saß ich allein und wartend hinter der Theke und habe die Buchhaltung vorbereitet.

Forrest streicht um meine Beine und maunzt, was mir prompt einen bösen Blick von Mum einbringt, da ich seine Forderung nach Streicheleinheiten ignoriere. Ich glaube jedoch, dass mich die Fellfluse nur deshalb so umgarnt, weil er bei Mum immer seinen Willen bekommt.

»Die Häschen sind süß«, lobe ich die bereits fertiggestellten pinkfarbenen Hasen ihrer Osterdeko. Die langen Ohren hat sie mit Glitzer bestreut und den Puschel mit irgendetwas ziemlich Flauschigem beklebt. Für so was hat sie ein Händchen, ich hingegen kann nicht mal mit einer Schere eine angezeichnete Linie entlangschneiden, ohne zu versagen. Ich glaube, Mum bedauert, dass ich ihr Vergnügen an derlei Dingen so gar nicht teile. Statt stundenlang mit ihr zu basteln, bin ich lieber mit Dad über die Insel gewandert.

»Wo war Tobi? Ich habe ihn nicht gehört«, fragt sie und nimmt Forrest, der auf die Arbeitsfläche neben der Spüle gesprungen ist, auf den Arm. Liebevoll krault sie ihn hinter den Ohren. Er war ein Geschenk von Dad, nachdem ihre geliebte Missy überfahren wurde.

»Hat sich krank gemeldet. Musste seinen Rücken schonen.« Ich versuche, meine Stimme neutral klingen zu lassen. Sie soll nicht denken, ich würde ihr deswegen Vorwürfe machen, obwohl ich das nur zu gern täte. Stattdessen hoffe ich auf ihre Sorge um die Gesundheit eines alten Freundes.

Mums Blick wandert zum Fenster, während sie Forrest weiterkrault. »Er wird auch nicht jünger«, merkt sie gedankenverloren an. Kurz überlege ich, ob es der richtige Zeitpunkt wäre, sie nochmals auf die dringend notwendigen Veränderungen anzusprechen, doch mit jedem Augenblick, der verstreicht, wird ihre Trauer offensichtlicher.

In meiner Erinnerung sind ihre Wangen rund und rosig, ihr Lachen hallt durch das ganze Haus. Heute ist der Glanz aus ihren Augen gewichen, und ihre Gedanken sind im Gestern verankert. Seit Dad vor drei Jahren am plötzlichen Herzstillstand starb, ist unsere Welt aus den Fugen und Mum ein Schatten, der an den Erinnerungen und der Liebe zu ihm festhält.

»Du solltest dir endlich einen Mann suchen. Genug Auswahl hast du. Bist so ein hübsches Mädchen.«

Den genervten Seufzer zu unterdrücken fällt mir schwer. Die Auswahl ist nicht gerade berauschend, es sei denn, ich werfe meine Prinzipien über Bord und angele mir einen der trinkenden, lärmenden und mit der Insel verwachsenen Kerle. Einen von denen, die alles, was nicht schottisch ist, ablehnen und im Höchstfall für eine Woche nach Mallorca in den Urlaub fliegen, natürlich, um auch dort von einer Bar in die nächste zu ziehen. Bevor ich mir einen dieser engstirnigen Männer ans Bein binde, bleibe ich lieber Single.

»Ein Mann an meiner Seite löst nicht das Problem.«

»Dein Vater hatte nie Rückenbeschwerden. Für ihn war das eine leichte Übung.«

Was soll ich darauf erwidern? Er fehlt mir beinahe genauso schmerzlich wie ihr. Mit dem kleinen Unterschied, dass sich meine Welt weiterdreht und ich alles irgendwie am Laufen halten muss.

Ich sehe ein, dass es besser ist, mein Anliegen zu einem späteren Zeitpunkt vorzubringen, und schütte den Rest des Kaffees in mich hinein.

»Ich gehe rasch duschen, die Lieferung kommt um halb zwölf.«

Sie nickt, und ihre Mundwinkel kämpfen sich nach oben, kurz nur. Ein winziges Lächeln, kaum wahrnehmbar, huscht über ihr Gesicht. Wenn Liebe das aus einem Menschen machen kann, dann bin ich ehrlich froh, mein Herz bisher an niemanden verschenkt zu haben.

»Kommt Tobi und hilft dir?«

»Ich hoffe es«, erwidere ich und stelle die Tasse in die Spülmaschine. »Allein bekomme ich die Fässer nie und nimmer in den Keller.«

»Überleg dir das noch mal mit dem Mann.«

Hilflos sehe ich sie an und hoffe auf ein Wunder, einen Fingerzeig, irgendetwas, das mir dabei hilft, mit dieser Situation umzugehen. Am liebsten würde ich mich verkriechen oder wegrennen. Weit würde ich indes nicht kommen, meine Fußfessel namens Stormy Skye lässt mir keinen Spielraum, geschweige denn Luft zum Atmen.

»Hast du die Einkaufsliste fertig?«, frage ich von der Tür aus.

»Du fährst wie immer, nachdem die Lieferung gekommen ist?«

»Genau.« Alles ist wie immer.

Danny Blackwell, der Fahrer eines in Dunvegan ansässigen Getränkehandels, schaut auf seiner Lieferrunde jeden Donnerstag bei uns vorbei. Ich kann die Uhr nach ihm stellen, nur einer ist nicht aufgetaucht. Tobi.

»Wir bringen am besten erst mal die Kästen rein, er kommt bestimmt gleich«, schlage ich vor und hoffe inständig, dass er mich nicht hängen lässt. Allein bekomme ich die Fässer nicht mit der alten Motorwinde durch die Luke nach unten. Wenn es nach mir ginge, wäre längst eine Hebebühne eingebaut, doch diese wird, wie so viele anderen Veränderungen, von Mum kategorisch abgelehnt.

Ich postiere mich im Keller, während Danny mir die Kisten nach unten reicht. Schon nach kurzer Zeit macht sich mein Rücken bemerkbar, und ich versuche, mehr aus den Knien heraus zu arbeiten. Das ist jedoch schwer, da ich mich aufgrund der Enge nur seitwärts bewegen kann.

Halb tot schleppe ich mich die Treppe zum Schankraum hinauf und bewundere Tobi dafür, dass er mir das all die Jahre hindurch abgenommen hat.

Als ich aus der Vordertür trete, erwischt mich ein Schwall kalter Regen, der, von einer straffen Böe gepeitscht, wie ein nasses Handtuch gegen mein Gesicht klatscht.

Danny biegt sich fast vor Lachen und fängt sich einen extragiftigen Blick von mir ein, der ihn verstummen lässt. Er beliefert mich schließlich nicht nur, sondern ist vor allem an unseren Pub-Quiz-Abenden gern mittendrin. Da verscherzt man es sich besser nicht mit der Wirtin, immerhin bin ich die Schiedsrichterin.

Der Regen lässt nach, und ich wage einen Blick gen Himmel, dabei fällt mir auf, dass Mum mir mit Forrest auf dem Arm vom Wohnzimmerfenster aus zuwinkt.

Mein klingelndes Handy hindert mich an einer Erwiderung und lenkt meine Gedanken in eine ganz andere Richtung.

»Was ist mit den Fässern?«, fragt Danny und sieht mich ungeduldig an. Seine Tour ist eng getaktet, daher hat er keine Zeit, um lange herumzustehen.

»Sekunde. Hi, Tobi«, gehe ich ran und halte den Atem an. Wenn er anruft, ist es nie etwas Gutes. Dafür kenne ich ihn zu lange.

»Lassie, ich war beim Arzt«, höre ich ihn am anderen Ende nuscheln. »Bandscheibenvorfall. Ich kann mich kaum bewegen.«

Das war's, ich bin erledigt. Ich sacke gegen die Hauswand und rutsche daran herunter, bis ich mich daran erinnere, dass der Boden nass und matschig ist.

»Weißt du schon, wie lange du ausfallen wirst?« Die Frage hätte ich mir schenken können. Bandscheibenvorfall, er wird nie wieder irgendwas Schwereres heben können.

»Keine Ahnung. Hab jetzt erst mal Voruntersuchungen für eine OP.«

Mir steigen Tränen in die Augen, die ich krampfhaft zu unterdrücken versuche. Tief durchatmen, jetzt nur nicht weich werden. »Nimm dir alle Zeit, die du brauchst«, bringe ich krächzend hervor und bin froh, dass der Regen kräftiger geworden ist. So bleibt Danny hoffentlich verborgen, wie eine dicke Träne aus meinem Augenwinkel quillt. »Hauptsache, du wirst wieder fit. Mach dir um den Pub keine Gedanken, alles, was zählt, ist deine Gesundheit.«

»Lassie ...«, setzt Tobi gutmütig an, doch es bringt uns jetzt nichts, gefühlsduselig zu werden.

»Gute Besserung, und sag mir Bescheid, wenn du ins Krankenhaus kommst. Dann besuche ich dich dort.«

»Klingt nicht so, als würde er noch kommen«, mutmaßt Danny und sieht mich unschlüssig an.

»Könntest du?«, setze ich an und versuche mich an einem Lächeln, doch er schüttelt augenblicklich den Kopf.

»Darf ich nicht. Versicherung und so. Ganz klares Nein von meinem Boss.«

Ich kann ihm seinen inneren Zwiespalt ansehen. Er würde mir helfen, wenn er dafür nicht seinen Job riskieren müsste, und das möchte ich nicht.

»Dann lade die Fässer ab. Ich krieg die schon irgendwie in den Keller.«

Er nickt und macht sich an die Arbeit, während ich überlege, wer kurzfristig für Tobi einspringen könnte. Die Zahl derer, die außerhalb der Saison nach Arbeit suchen, ist groß, nur leider wären die meisten von ihnen ihre eigenen Stammgäste. Wenn Schotten eines sind, dann trinkfest. Ein gewichtiger Punkt, der mich in meinen Prinzipien, mich nicht auf einen von ihnen einzulassen, schwer bestätigt.

Ich wähle gerade Melinas Nummer an, um zu fragen, ob Rory mir die Fässer in den Keller schaffen könnte, als ein grummelndes Dröhnen laut wird. Lachlan lenkt seinen nagelneuen Aston Martin DBX auf den Parkplatz und rennt, das Jackett dabei über den Kopf gezogen, auf Danny zu.

»Hallo, Rosalind«, grüßt er und nickt in meine Richtung.

Na toll, der hat mir gerade noch gefehlt. Ich verkneife mir eine Erwiderung und verziehe lediglich angewidert das Gesicht.

»Was für ein Glück, dass ich dich noch erwische. Zoreen hat vergessen, die Bestellung mitzugeben.« Er drückt Danny einige Blätter in die Hand und klopft ihm auf die Schulter, bevor er sich mir zuwendet. An seinem umherhuschenden Blick kann ich erkennen, wie er eins und eins zusammenzählt.

»Ist was mit Tobi? Brauchst du Hilfe?«

»Eher friert die Hölle zu, als dass ich mir von dir helfen lasse.«

Sein Mund schnappt zu, als hätte ich ihm ins Gesicht geschlagen. Er lässt die Schultern hängen und hebt kapitulierend die Hände.

»Wie du willst«, erwidert er, und ich kann dabei zusehen, wie sein Blick eiskalt und messerscharf wird. »Weißt du was, Rosalind. Keine Ahnung, was Cait dir erzählt hat, aber es wird wahrscheinlich eine ebenso große Lüge gewesen sein wie ihre angeblichen Gefühle für mich.«

Im ersten Moment bin ich so perplex, dass es einige Augenblicke dauert, bis ich eine passende Erwiderung für seine widerliche Behauptung parat habe. Meine kurze Sprachlosigkeit nutzt er jedoch und rennt zu seiner Protzkarre zurück. Mehr, als ihm giftige Blicke nachzuwerfen, bleibt mir nicht übrig. Dennoch nehme ich mir vor, dass er ab sofort Hausverbot hat. Dieser betrügerische Herzensbrecher setzt keinen Fuß mehr in den Pub! Cait und Lügen? Ich glaube, der spinnt!

Donnerstagabend ist selten viel los. Heute wird jedoch ein neuer Rekord aufgestellt, nicht ein einziger Gast verirrt sich durch die Tür. Bei dem anhaltenden Regen, der von heftigen Winden begleitet wird, kaum verwunderlich. Und dabei hatte ich mich darauf verlassen, dass zumindest zwei oder drei kräftige Kerle vorbeischauen und mir in meiner Notlage helfen würden. Wenigstens stehen die Bierfässer nicht warm, draußen haben wir gerade einmal lausige vier Grad.

Lustlos spiele ich auf dem Handy eine Runde *Solitär* nach der anderen und überlege, wo ich auf die Schnelle einen fähigen Barmann finden könnte. Spätestens in zwei Wochen, wenn die Osterurlauber über uns hereinfallen, brauche ich einen Mann am Tresen. Eigentlich sogar noch eine weitere Bedienung, die abends mithilft, denn Maihri, die den Job in der Hauptsaison gern übernommen hat, arbeitet jetzt ganztags bei Niall.

Ich klicke seinen Namen in den Kontakten an, öffne eine Chatnachricht und tippe: *Ich will Maihri zurück! Ich brauche sie!*

Bei dem Versuch, alles wieder zu löschen, kommt mir ein Anruf dazwischen, und ich erwische stattdessen den Button mit Senden.

Panisch drücke ich Cait weg und versuche, die Nachricht zurückzurufen, doch leider hat Niall sie bereits gelesen. Um seiner Antwort zu entgehen, die wahrscheinlich aus Dutzenden Lachsmileys oder Fragezeichen besteht, tippe ich Caits Namen an und begrüße sie mit einem jammervollen Jaulen.

»Himmel! Was ist passiert?«, fragt sie entsetzt.

»Ich bin so was vom am ... Tobi ist ausgefallen, vor der Tür stehen acht volle Fässer, keine Gäste heute, und es regnet, regnet, regnet.«

Dass sich auch Lachlan zu allem Überfluss hat blicken lassen und miese Lügen über sie verbreitet hat, verschweige ich ihr. Zwischen uns gibt es ein ungeschriebenes Gesetz, erwähne niemals und unter keinen Umständen seinen Namen.

»Heiße Schokolade?«

»Ja«, wimmere ich und klinge wie Forrest, wenn er vor der geschlossenen Hintertür sitzt und nicht raus darf. Cait fordert einen haarkleinen Bericht und gibt mir die Möglichkeit, mir all meinen aufgestauten Frust von der Seele zu reden. Das tut verdammt gut, denn sie ist die Einzige, bei der ich das tun kann. Nur wäre es mir lieber, wenn sie mir gegenüber und nicht in London auf ihrer Couch sitzen würde.

»Und deine Mum sperrt sich weiterhin gegen die notwendigen Modernisierungen?«

»Wenn es darum geht, ist sie der personifizierte Hadrianswall. Wir könnten im Garten sechs oder acht Tische aufstellen, für den Sommer ideal. Dad wollte es nicht, und sein Wort von damals ist für sie heute noch immer bindend.«

»Dabei ist es dort am Ufer wunderschön. Wirklich schade. Stell dir nur mal vor, wie toll es aussehen würde, wenn in den Bäumen sternförmige LEDs funkelten. Du könntest eine richtige Lounge einrichten.«

Der Traumgarten, der vor meinem geistigen Auge entsteht, entlockt mir einen Seufzer. »Keine Chance.«

»Ein Strohhalm bliebe dir noch«, meint Cait plötzlich.

»Der da wäre?«

»Reduziere alle deine Argumente auf den schnöden Mammon.«

Ich stutze. Mum ist der Umsatz wichtig, daher könnte Cait damit nicht einmal falschliegen.

»In der Saison käme ich locker auf zwei, wenn nicht dreihundert Pfund pro Abend. Mit Nachmittagstee sogar mehr.«

»Siehst du, damit punktest du. Sag ihr einfach: ›Wie gut, dass ich den Garten nicht bedienen muss, jetzt wo Tobi krank ist. Der entgangene Umsatz tut zwar weh, aber egal.‹ Und du reibst ihr unter die Nase, dass du auf Flaschenbier umstellen wirst, wegen des fehlenden Equipments.«

In meinem Kopf beginnen die Rädchen zu rattern. »Aber, dann kommt sie mir wieder mit: ›Angele dir endlich einen Mann.‹«

»Als ob ein Kerl der Weisheit letzter Schluss wäre. Zudem kann sie jawohl nicht erwarten, dass er aus Liebe zu dir seinen eigenen Job an den Nagel hängt oder freiwillig nach Feierabend im Pub schuftet. Es ist eine Sache, dort auf ein Bier einzukehren, Fässer anzuschließen, Gläser und Zapfanlage zu spülen eine ganz andere.«

Damit hat sie so recht, nur Mums Dickschädel lässt es einfach nicht zu.

»Aber mal zu einer ganz anderen Sache. Hast du dir schon Gedanken darüber gemacht, was passiert, wenn Tobi auf die dumme Idee kommt, dich wegen mangelnden Arbeitsschutzes zu verklagen? Dann kannst du ihm eine stattliche Rente zahlen.«

Mir stockt der Atem.

»Das würde er nicht tun«, japse ich, während mir heiß und kalt zugleich wird. Zwar arbeiten wir kostendeckend und haben keine Kredite laufen, aber mit dem Geld um uns werfen, können wir trotzdem nicht.

»Bist du dir sicher? Die Hebebühne gehört zum Arbeitsschutz. Das ist Fürsorge für die Mitarbeiter. Von einem Angestellten zu verlangen, dass er seine Gesundheit ruiniert, kann dich vor Gericht bringen. Wundert mich, dass das noch keiner vom Gewerbeamt bemängelt hat.«

»Der alte Olsen gehört zur Familie. Ist der Cousin von Grandma.«

»Ein Grund mehr, jetzt aktiv zu werden. Er wird den Job nicht ewig machen, und ein anderer Prüfer kneift vielleicht nicht beide Augen zu.«

Angsterfüllt blicke ich mich im Schankraum um. So sehr ich mir manchmal wünsche, all das hinter mir lassen und irgendwo im warmen Süden neu anfangen zu können, mein Herz hängt am Stormy Skye. Das nach Bier und Whisky riechende Holz, die ausgetretenen Dielen und die kalkweißen Wände stecken voller Geschichten. Das Lachen und die Musik früherer Zeiten hallen darin nach. Dieser Ort ist für jeden hier in Leathan und Umgebung ein Stück Heimat.

»Bist du noch dran?«, höre ich Cait aus weiter Ferne rufen, werde aber erst vom Knarzen der Eingangstür aus meiner Starre gerissen.

Niall steckt den Kopf herein.

»Wir haben geöffnet«, rufe ich ihm zu, doch er bleibt im Windfang stehen.

»Habt ihr jetzt den Ausschank draußen, oder warum stehen die Fässer dort rum?«

»Haha, sehr witzig«, murre ich und schicke einen Seufzer hinterher. »Tobi ist krank und allein kriege ich die nicht durch die Luke.«

»Und deshalb soll ich dir Maihri wiedergeben?« In jedem seiner Worte schwingt ein schelmisches Lachen mit.

Verdammt, diese dämliche Nachricht hatte ich zwischenzeitlich vollkommen vergessen.

»Süße! Wer ist das denn? Interessante Stimme«, raunt Cait.

»Ich ruf dich morgen zurück«, zische ich ins Handy und kann Cait laut lachen hören, weswegen ich fester als beabsichtigt auf das Display drücke und mir dabei fast einen Fingernagel abbreche.

4.
Niall

Eigentlich wollte ich diesen arbeitsreichen Tag auf der Couch mit einer Tiefkühlpizza beenden, doch dann kam Rosalinds zugegeben recht verwirrende Nachricht. Also raffte ich mich auf und hoffte auf ein Lächeln von ihr, einen Absacker und vielleicht einen Teller von Mrs Malcoms Tagessuppe. Stattdessen ackere ich im engen Kellerraum, dessen Decke so niedrig ist, dass ich kaum aufrecht stehen kann, ohne mir den Kopf anzuschlagen.

Überall sind Kisten voller Cola, Wasser und Limonade gestapelt, zwischen denen mir Rosalind immer wieder ziemlich nahe kommt. Zum zweiten Mal innerhalb weniger Tage kann ich den Vanilleduft ihres Shampoos riechen und ihre Wärme spüren. Gleichzeitig muss ich mich zusammenreißen, damit sie nicht merkt, was das mit mir anstellt. Zu sehr ablenken lassen darf ich mich auch nicht, sonst rolle ich mir oder gar ihr ein Fass über den Fuß.

Respekt für Tobi, die Dinger über Jahre hinweg hin und her zu bugsieren. Kein Wunder, dass sein Rücken aufgegeben hat.

»Ah, dort steht dein Vorrat an feinem Skye Brew Lager«, bemerke ich scherzhaft und deute auf die leicht eingestaubten Bierkästen.

»Erinnere mich nicht an die Dinger. Geschmacklich weit hinter dem, was es früher einmal war. Stehen wohl auch kurz vor dem Konkurs.«

Ich werde hellhörig. »Gehört der Laden nicht Spencer MacNair?«

»Welcher Laden?«, ruft Rory durch die Luke. »Hier kommt das letzte Fass.« Der Motor der Winde erwacht quietschend zum Leben. Das Ding stammt aus den Fünfzigern und macht es definitiv nicht mehr lange.

»Skye Brew. Langsam runter, ich hab's«, antworte ich.

»Spencer und seiner Noch-Ehefrau Eilean. Sie lassen sich scheiden. Kann sein, dass die Brauerei deshalb leidet.«

Nun schrillen sämtliche Alarmglocken bei mir, sodass mir die Griffe des regennassen Fasses entgleiten, als ich versuche, es auf die Seite zu ziehen, um es zu den anderen zu bewegen. »Wer bekommt den Hund?«

»Woher soll ich das wissen?«, erwidert Rory und sieht verständnislos auf mich herunter.

»Weil mir derjenige fünfhundertfünfzig Pfund schuldet. Ich hab Diggi vor vier Wochen den Magen operiert und renne seitdem meiner Kohle hinterher.« Im Umdrehen fluche ich unwirsch und fange Rosalinds schockierten Blick auf. »Entschuldige. So was regt mich auf«, versuche ich die Wogen zu glätten, was unerwarteterweise funktioniert, denn Rosalind beginnt zu lachen. Sie legt mir sogar eine Hand auf den Unterarm. Die federleichte Berührung sendet einen Stromstoß durch meinen gesamten Körper.

»Glaub mir, wenn es jemanden gibt, der sich mit offenen Deckeln und säumigen Zahlern auskennt, dann ich. Jeden Monatsanfang, wenn diese Pappenheimer wieder Geld in der Tasche haben, wird abgerechnet. Vorher fließt kein weiteres Bier in deren Kehlen.«

Erleichtert lehne ich mich gegen die Wand und sehe dabei zu, wie Rosalind eine Wasserflasche aus einer der Kisten zieht und den Deckel aufschraubt. Mein Mund wird staubtrocken, während sie daraus trinkt, und als sie mir einen Schluck anbietet, bekomme ich keinen Ton heraus.

»Braucht ihr da unten noch Hilfe?«, durchbricht Rory die Anspannung. Er war zum Glück noch wach und darüber hinaus auch bereit, bei dem Wetter und der Uhrzeit das Haus zu verlassen.

»Den Rest schaffe ich allein. Danke!«, rufe ich hastig hinauf und bekomme beinahe eine Herzattacke, als Rosalind sich neben mich drängt.

»Danke, Rory! Sag Melina einen lieben Gruß.«

»Richte ich aus. Gute Nacht!«, wünscht er und schließt die Luke.

Schritte entfernen sich, eine Autotür wird geöffnet und geschlossen. Mein Herz rast, denn Rosalind steht noch immer dicht bei mir und nimmt mich mit einem Augenaufschlag gefangen. Mein Magen kann sich nicht entscheiden, ob er in Höhe meiner Knie absacken oder weiter Purzelbäume schlagen will. Den darin flatternden Schmetterlingen ist es egal, nur ich bekomme keinen Ton heraus.

»Danke«, flüstert sie, und wir sehen uns an. Im schwachen Licht der Deckenlampe erscheint ihre Augenfarbe beinahe schwarz, wogegen sie im Sonnenlicht eher wie Bernstein leuchtet. Weiß sie eigentlich, wie schön sie ist? Was es mit mir macht, wenn sie auch nur in meiner Nähe ist?

Was soll ich jetzt sagen? *Gern geschehen?* Wie lahm! Maihri ... Ich könnte sie auf diese komische Nachricht ansprechen, die der Grund war, warum ich auf dem Rückweg von Groonlin Croft angehalten habe. »Gern, aber Maihri bekommst du nicht zurück.« *Hab ich das gerade wirklich gesagt? Bin ich bescheuert?*

Rosalinds Mund öffnet und schließt sich, sie zieht eine Augenbraue nach oben und stemmt wie in Zeitlupe die Hände in die Hüften. Ist das so heiß hier unten, oder wieso fange ich an zu schwitzen? Ob sie was dagegen hätte, wenn ich ihr diese eine verirrte Haarsträhne hinters Ohr streiche?

»Sie hat viel länger bei mir gekellnert, als bei dir Häschen gestreichelt«, zischt sie, und ihre Augen beginnen, merkwürdig zu funkeln.

Müsste ich jetzt Angst bekommen? Ich lehne mich ihr entgegen, bis unsere Nasenspitzen nur noch wenige Zentimeter voneinander entfernt sind. Sie schürzt ihre Lippen, und ich denke einzig und allein daran, wie es wäre, sie zu küssen. So intensiv, wie Rory es gestern bei Melina getan hat.

»Zu deiner Information, Maihri liebt es zu streicheln.« *Hallo, Hirn! Bist du noch da?* Rosalinds Mundwinkel zucken, und sie gibt ein merkwürdiges Glucksen von sich. Ich sollte auf ihre Erwiderung warten, doch mein Verstand steckt im Autopilot fest. »Bei mir in der Praxis sind gerade Kätzchen, die wir aufpäppeln. Du hast ja nicht mal eine Hebebühne.«

Einen Wimpernschlag später ist Rosalinds Miene zu blankem Eis eingefroren und sämtliche Farbe aus ihren zuvor rosigen Wangen gewichen. In meinem Kopf schrillt eine Alarmglocke, und ich ahne, dass es wohl kein Fettnapf, sondern ein ganzes Fettfass war, in das ich soeben mit Anlauf reingesprungen bin.

Routiniert legt Mable die Hüftknochen des Britisch-Kurzhaar-Katers frei. Jeder Handgriff sitzt, was bei dreißig Jahren Berufserfahrung kaum verwunderlich ist. Ihr zu assistieren ist für mich eine gute Lehrstunde, denn was Operationen dieses Ausmaßes anbelangt, bin ich noch immer ein Grünschnabel. Umso mieser fühle ich mich, denn in Gedanken bin ich ganz woanders.

Maihri meinte vorhin am Telefon, dass ich bei Rosalind einen wunden Punkt erwischt hätte.

Ob ich das mit einem Strauß Rosen ausbügeln könnte? Sagt man nicht, lass Blumen sprechen? Besser nicht. Am Ende erzählen sie das Falsche, und Maihri muss mir mit der Pinzette die Dornen aus dem Gesicht ziehen.

»Tupfer«, fordert Mable und hält mir ihre offene Hand entgegen. Irritiert betrachte ich den blauen Latexhandschuh, bis meine Synapsen schalten und ich ihr rasch eine frische Klemme, an deren Ende ein Mulltupfer steckt, vom Instrumententisch reiche.

»Siehst du diese Knochenumbildung?« Sie deutet auf einen Bereich in der Hüftpfanne.

Ich klappe die Lupenbrille herunter, um die Stelle, auf die sie deutet, genauer zu betrachten. »Das Ausmaß ist erschreckend«, erwidere ich. »Er konnte doch kaum mehr laufen, oder? Die Schmerzen müssen unerträglich gewesen sein.«

»Charles hat es für einen eingeklemmten Nerv gehalten und Spritzen gegeben. Natürlich verschafften die Linderung, trieben aber gleichzeitig die Fehlstellung voran. Zum Glück hatte er letzthin Urlaub und die Besitzer haben Loki zu mir gebracht.«

Charles, Mable, ihr Partner Alex und meine Wenigkeit sind die einzigen Tierärzte auf den inneren Hebriden. Bei Urlaub oder Krankheit vertreten wir uns gegenseitig. So sind unsere Schützlinge immer versorgt.

»Zu seiner Ehrenrettung muss ich sagen, dass Hüftdysplasie in dieser schweren Form nur selten bei solch jungen Katzen festgestellt wird.«

»Ich hätte das bei Loki auf den ersten Blick hin auch nicht diagnostiziert«, gebe ich offen zu.

Mabel sieht mich über den Rand ihrer Lupenbrille an und zwinkert. »Du meinst, wegen des fehlenden Übergewichts?«

Ich nicke.

»Das ist nur eine Form, aber Dysplasie ist auch erblich. In Lokis Fall wollten die Besitzer eine teure Rassekatze und kauften Loki billig aus dem Kofferraum irgendeines fliegenden Händlers.«

Das zu hören macht mich wütend und erinnert mich an Blue, der nach und nach sein Gehör verlieren wird.

»Betrug auf Kosten der Gesundheit des Tieres. Die Rechtslage müsste hier dringend überarbeitet werden.«

Mable seufzt und legt die benutzte Klemme in die Edelstahlschale zu ihrer Linken. »Sind doch bloß Tiere«, erwidert sie voller Bitterkeit. »Wir haben gesetzliche Regelungen für den Zuckergehalt in Lebensmitteln, aber dem illegalen Handel mit Tieren einen Riegel vorschieben? Wozu? Bringt keine Wählerstimmen.«

»So ist es. Schlimm wird es dann, wenn sogar Kollegen dabei mitmachen.«

»Du meinst diesen Scharlatan aus Edinburgh, den du angezeigt hast?«, hakt sie nach.

Ich nicke bestätigend und denke an die Drohmails einiger anderer Kollegen, die ich seither erhalten habe. Eine Krähe würde der anderen kein Auge aushaken. Pah! Ich bin keine Krähe und will mit solchen Leuten nichts zu tun haben. Wer bei einem derartigen Betrug Beihilfe leistet, sollte seine Zulassung verlieren und nie wieder praktizieren dürfen.

»Wann ist die Verhandlung?«

»In fünf Wochen. Ich werde als Gutachter aussagen. Diesem Phil muss das Handwerk gelegt werden. Insgesamt hat er seinen Hengst sechzehn Mal zum Decken eingesetzt, wohl wissend, dass er einen Gendefekt weitervererbt, und somit schwere Erkrankungen aus Profitgier in Kauf genommen. Drei Crias sind kurz nach der Geburt gestorben, bei allen anderen ist der Gendefekt bereits bemerkbar.«

Mable schüttelt den Kopf und seufzt. »Deshalb liebe ich Tiere so. Es mag wenige Ausnahmen geben, aber bei den meisten Menschen habe ich längst die Hoffnung auf Vernunft aufgegeben.«

Mir geht es genauso, und ich muss mehrmals tief durchatmen, um meine aufgewühlten Gefühle zu beruhigen. Dabei fällt mir ein, dass ich sie noch um einen Gefallen bitten wollte.

»Ihr habt über Ostern die Praxis geöffnet, nicht wahr?«, taste ich mich langsam vor.

»Natürlich. Wieso fragst du?«

»Freunde von mir fliegen für zwei Wochen nach New York und baten mich, ein Auge auf ihre Farm zu haben. Die Alpaka-Züchter. Ich werde auch einige Wanderungen durchführen, obwohl ich noch keinen blassen Dunst habe, wo ich wie mit den Leuten herumlaufen soll.«

Mable blickt auf und ich sehe in ihre durch die Lupengläser stark vergrößerten Augen.

»Wenn du mich fragen willst, ob du uns als Vertretung benennen kannst, ja, darfst du.«

»Danke. Ich weiß das sehr zu schätzen.«

»Alex und ich fliegen im Spätsommer nach Teneriffa. Dann kannst du dich revanchieren«, erwidert sie mit einem breiten Grinsen.

»Jederzeit gern. Was machst du als Nächstes?«, hake ich nach und deute auf die Hüftpfanne.

»Diesen Bereich werde ich rasieren, bis der Femurkopf wieder richtig sitzt«, erklärt sie und nimmt die elektrisch betriebene Feile zur Hand. »Dann wollen wir mal. Pass gut auf, die andere Seite darfst du übernehmen.«

Loki ist noch etwas benommen, aber er wird zukünftig ein gutes und vor allem schmerzfreies Katzenleben führen dürfen. Nur mir geht es mies. Einmal, weil mir der Magen knurrt, und zum anderen wegen meines schlechten Gewissens gegenüber Rosalind.

Zum Glück bleibt mein Handy selten lange stumm und ein Anruf verspricht ein wenig Ablenkung. Es ist zwar nicht erlaubt, aber ich klemme es mir zwischen Schulter und Ohr, während ich den Wagen über die engen, oft kurvenreichen Landstraßen lenke.

»Rory, was gibt's? Mit Liam alles okay?«

»Wenn er der Meinung ist, wir sehen nicht hin, dann ja. Sobald wir in seiner Nähe sind, hinkt er und tut so, als stünde er dem Tode nahe.«

»Leckerlis?«

»Natürlich, was sonst?«

»Hey, ich habe übrigens gute Neuigkeiten. Ich kann die Gang über Ostern betreuen«, verkünde ich und freue mich bereits auf die Zeit, die ich mit den wundervollen Tieren verbringen darf. Zumindest solange ich diesem Satansbraten Zayn aus dem Weg gehen kann. An der Stelle, in die er neulich hineingebissen hat, prangt ein dunkelblauer Fleck, der sich dank Heparin-Salbe langsam lila einfärbt.

»Danke, Mann! Hoffe, es schmeißt deinen Terminkalender nicht zu sehr durcheinander.«

»Ach was. Meine Kollegen übernehmen, und ich mache dafür im Spätsommer die Vertretung, wenn sie in den Süden fliegen. Und mal unter uns, ich bin seit beinahe drei Jahren hier auf Skye und war noch nicht einmal oben beim Old Man of Storr, geschweige denn bei den Fairy Pools.«

»Dann wird es echt langsam Zeit, und ich kann dir aus Erfahrung sagen, dass Alpakas die besten Wanderbegleiter sind.«

»Lass das bloß nicht Lester hören«, erwidere ich, und im gleichen Moment ertönt mürrisches Jaulen im Hintergrund.

»Zu spät. Weswegen ich anrufe. Hast du am Samstagabend Zeit?«, fragt er.

»Klar, worum geht es?«

»Wir haben einige Hennen gekauft, von *Wings and a Prayer*.«

»Die kenne ich, sind sehr engagiert. Soll ich sie mir ansehen?«, nehme ich seine Bitte vorweg und kann hören, wie er erleichtert durchatmet. Mit der Tierschutzorganisation habe ich während der Studienzeit zusammengearbeitet und die aus Legebatterien befreiten Hennen untersucht. Seit jener Zeit esse ich nur noch Eier von glücklichen Freilandhühnern wie die, die mir der alte Harris Cogle ab und an vorbeibringt.

»Das wäre super. Sie wurden erst vor einigen Tagen befreit, deshalb befürchte ich, dass sie in einem miserablen Zustand sind.«

»Habt ihr schon einen Stall?«

»Jap«, antwortet er wie aus der Pistole geschossen, und ich hasse ihn dafür, wie er seine spontanen Ideen sofort in die Tat umsetzt. Bei mir würde allein die Planung eine halbe Ewigkeit dauern. Ganz zu schweigen von der Umsetzung. Nicht ohne Grund schleiche ich Rosalind nun schon seit drei Jahren hinterher. Bis heute ist mir nicht mal ein halbwegs brauchbarer Plan zu ihrer Eroberung eingefallen.

»Was frag ich eigentlich?«, murmele ich geschlagen.

»Ich habe ihn nicht selbst gebaut.«

»Halleluja, ich dachte schon, du wärst zu Mr Perfect mutiert. Sag mir einfach Bescheid, wann ich rüberkommen soll.«

»Mach ich.«

»Ach, bevor ich es vergesse«, erwidere ich hastig. »Die Hühner werden kaum Federn haben. Frag doch mal Melina, ob sie auf die Schnelle ein paar kleine Überwürfe zum Schutz vor der Kälte nähen könnte.«

»Nähen? Wenn überhaupt strickt sie. Aber ich sag es ihr. Gute Idee, daran hätte ich beim besten Willen nicht gedacht.«

So viel zu Mr Perfect, denke ich und lege das Handy neben mir auf den Beifahrersitz. In Gedanken versunken, biege ich nach Leathan ein und finde mich im nächsten Moment auf dem Parkplatz des Pubs wieder. Kurz überlege ich, ob es nicht besser wäre, mich über den Shortbread-Vorrat in der Praxis herzumachen, als den Weg in die Drachenhöhle zu wagen.

Wahrscheinlich wirft mich Rosalind, kaum dass ich einen Fuß hineingesetzt habe, achtkantig raus oder schlimmer: Sie setzt mich auf die Rote Liste direkt neben Lachlan MacDugan. Da ich nicht aus der Gegend stamme, sind mir die Hintergründe dieser Fehde unbekannt, und mir kam lediglich das ein oder andere Gerücht zu Ohren.

Die beiden sollen wohl mal miteinander angebändelt und er sie betrogen haben. So, wie ich MacDugan kenne, kann das durchaus zutreffen. Andererseits hätte ich Rosalind nicht so eingeschätzt, dass sie auf oberflächlichen Sprüche steht.

Aber wer weiß schon, wo die Liebe hinfällt. Das Herz ist schließlich ein verdammt merkwürdiges Organ, vor allem, weil es mir beim bloßen Anblick der Fassade des zweigeschossigen Hauses bis zum Hals schlägt. Von außen wirkt alles wie immer, sogar die Sonne lässt sich nach einem gefühlten Jahrzehnt endlich wieder blicken. Jetzt muss ich es nur noch schaffen auszusteigen.

Mir ist schlecht. Und das nicht vom Hunger. Schritt für Schritt nähere ich mich der Tür, bis ich die Klinke mit schweißnassen Händen nach unten drücke. Knarzend öffnet sie sich, und ich spähe durch die Öffnung des zugezogenen Windfangs. Das Radio läuft, ansonsten ist niemand zu sehen. Ich gehe besser wieder. Meine Beine verweigern jedoch den Dienst, als ich den verführerischen Duft von Cullen Skink wahrnehme. Mir läuft das Wasser im Mund zusammen, und mein Magen meldet sich lautstark zu Wort.

»Doktor Price, kommen Sie ruhig rein. Wir haben geöffnet«, trällert Mrs Malcom.

Ich kann sie erst nicht entdecken, doch dann sehe ich sie von der Durchreiche aus der Küche winken.

»Tee?«

»Sehr gern, Ma'am. Und wenn Sie etwas von der Fischsuppe für mich hätten?«

»Den Skink? Gern. Der Eintopf ist gerade fertig geworden. Nur Brot haben wir noch keines. Rosalind holt es drüben im Laden ab.«

Ich schiebe mich auf die Bank an einem der Tische. Mein üblicher Platz an der Theke ist mir zu prominent, da würde sie mich sofort entdecken, wenn sie reinkommt. Krampfhaft versuche ich, mich zu entspannen, doch es gelingt mir erst nach mehrmaligem tiefem Durchatmen.

In Kochschürze und mit einem großen Tablett bewaffnet, kommt Rosalinds Mutter auf mich zu und stellt mir eine dampfende Suppe vor die Nase. In diesem Moment könnte ich heulen wie ein kleines Kind.

Die Kartoffel-Fisch-Suppe ist ein Gedicht, und ich verschlinge sie in Rekordzeit. Mrs Malcom, deren dunkelbraune, leicht von Grau durchzogene Haare zu einem strengen Knoten zusammengebunden sind, ist nicht einmal damit fertig, den Tee einzugießen, da ist die Schale schon leer.

»Huch! Na, da hat aber jemand Hunger«, stellt sie kichernd fest.

»Meine letzte Mahlzeit war gestern Mittag. Wenn Sie mir den Topf hinstellen, kümmere ich mich darum.«

Ihr Lachen schallt durch den leeren Gastraum und übertönt sogar das Knarzen der Eingangstür. Erst als sich der Windfang öffnet und Rosalind, wie festgefroren, darin stehen bleibt, bekomme ich mit, dass sie zurück ist.

»In dem Topf sind zwanzig Liter«, erklärt Mrs Malcom und schenkt mir ihr mütterlich warmes Lächeln.

»Da geht viel rein«, erwidere ich und klopfe mir auf den Bauch. Lachend, aber vor allem kopfschüttelnd, schnappt sie sich das Geschirr und kehrt in die Küche zurück.

Ich sehe ihr nach und kann dabei Rosalinds kritischen Blick auf mir spüren. Als ich es wage, sie anzusehen, bemerke ich, dass sie ganz bleich um die Nase ist, und ich befürchte, der Grund dafür zu sein. Am liebsten würde ich mich in Luft auflösen.

»Dann wollen wir mal für Nachschub sorgen, damit unser Tierarzt nicht verhungert«, verkündet Mrs Malcom auf dem Weg zu meinem Tisch. »Rosalind, schneide doch rasch einen der Laibe an. Der Skink schmeckt am besten mit einem kräftigen Stück Roggenbrot.«

Wortlos verschwindet sie in der Küche.

»Tobi ist krank. Hat es im Rücken, der Ärmste«, berichtet sie.

»Hat sich angedeutet«, erwidere ich und kämpfe mit meiner Selbstbeherrschung, denn am liebsten würde ich die dampfende Köstlichkeit direkt in mich reinschaufeln. Langsam, sage ich zu mir selbst, du bist kein schlingender Vielfraß. »Die Fässer haben ordentlich Gewicht, sie fassen immerhin fünfunddreißig Imperial Gallons. Das sind gut und gern hundertsiebzig Kilogramm, oder?«

Rosalind, die mit einem Teller, auf dem sie drei Brotscheiben gestapelt hat, zum Tisch kommt, sieht mich verdattert an.

»Ganz recht«, stimmt sie mir zu.

»Sind die wirklich so schwer?«, hakt Mrs Malcom überrascht nach und erhält von Rosalind ein Nicken als Bestätigung. »Wie hast du dann die Lieferung in den Keller bekommen? Heute früh war alles weg.«

»Der Doc und Rory haben das übernommen.« Rosalind wirft mir einen Blick zu, den ich im ersten Moment nicht richtig deuten kann, doch mich beschleicht das Gefühl, dass sie etwas im Schilde führt.

Sollte ich lieber die Klappe halten? Oder nicht? Wo ist Maihri, wenn man sie mal braucht?

»Sie?«

Ich nicke steif. Mehr traue ich mich nicht. Zum Glück stellt Rosalind das Brot ab, wovon ich mir eine Scheibe nehme und direkt in den Mund schiebe. Ganz. Viel zu viel, um noch irgendetwas sagen zu können. Geniale Idee ...

»Tobi braucht eine OP. Er wird länger ausfallen, vielleicht nie wieder etwas heben können.«

Mrs Malcom legt sich schockiert eine Hand auf das Dekolleté. »Du meine Güte.«

»Mum, ich ...«, setzt Rosalind an, doch ihre Mutter unterbricht sie.

»Hundertsiebzig Kilogramm«, japst sie und sackt auf dem Stuhl neben mir in sich zusammen.

»Ich merke es jetzt noch im Rücken und ich habe lediglich acht davon herumgerollt«, werfe ich mit halb vollem Mund ein.

»Und er ist es gewöhnt«, grätscht Rosalind rein. »Denk nur an all die Tiere, die er auf seinen Behandlungstisch herauf- und herunterhebt.«

Kommt es mir nur so vor oder zieht sie Argumente an den Haaren herbei? Ich erwähne dann wohl besser nicht, dass ich das nur in Ausnahmefällen mache.

»Wäre so eine, ähm ... Wie viel kostet so ein Hebedings?«, fragt Mrs Malcom leise nach.

»Mobile Hebebühnen in der Größe sind nicht teuer. Die ich im OP habe, kann dreihundert Kilo bewegen und kostete damals zweihundert Pfund. Der Wartungsvertrag läuft zehn Jahre und schlägt mit weiteren dreißig Pfund pro Jahr zu Buche, aber das ist mir mein Rücken und der von Maihri wert.«

Für einige Augenblicke ist Neil Diamonds *Sweet Caroline* alles, was im Pub zu hören ist. Beide Frauen sehen mich an. Jede auf eine andere Weise dankbar.

»Dann mach das, Kind. Hol so ein Ding! Dein Vater hätte nicht gewollt, dass sich Tobi die Gesundheit ruiniert. Er hat immer auf seine Mitarbeiter geachtet.«

Mit einem tiefen Seufzer steht sie auf, drückt Rosalind einen Kuss auf die Wange und geht zurück in die Küche. Ich widme mich derweil dem Tee. Kippe den Inhalt der Tasse in mich hinein und gieße nach, nur um ihrem Blick so lange wie möglich ausweichen zu können.

»Erst der Dampfreiniger, dann die Fässer und nun die Hebebühne«, murmelt sie und weckt bei mir die Befürchtung, sie könnte denken, ich würde mich hier als Retter der hilflosen Jungfer aufspielen.

»In den Highlands steht man zusammen und hilft sich«, sage ich rasch, hebe vorsichtig den Blick und werde Zeuge, wie ein viel zu seltenes Lächeln an ihren Mundwinkeln zupft. Was mich hingegen völlig verwirrt, sind ihren in Tränen schwimmenden Augen.

»Aye, so ist es.«

5.
Rosalind

Außerhalb der Saison mutiert Leathan an einem Samstagnachmittag zu einem völlig verschlafenen Nest im Nirgendwo. An solchen Tagen würde ich gern viel weiter weg flüchten als nur zu Melina und ihren Alpakas.

Kurz nach zwei schließe ich die Eingangstür und bin froh, dass wir erst ab Ostern wieder in den Regelbetrieb übergehen. Dann haben wir von elf Uhr durchgehend bis Mitternacht geöffnet und bieten neben einem Mittagstisch auch Tee und Gebäck an. Für die Touristen toll, für mich bedeutet es Stress pur bis in den Oktober hinein.

Rasch ziehe ich mich um, kraule Forrest zwischen den Ohren und gebe Mum einen Kuss. Auf dem Weg in den Garten lese ich ein weiteres Mal die Auftragsbestätigung von Cliff durch, der unseren Keller nächste Woche in die Zukunft katapultieren wird. Ich kann es kaum erwarten, Melina von diesen Neuigkeiten zu erzählen.

Im Schuppen wartet Grandmas altes Fahrrad, bei dem ich gestern Nachmittag die Kette geölt und die Reifen aufgepumpt habe. Sie sind zum Glück noch dicht, somit steht der kleinen Fahrt nichts im Wege. Kurz werfe ich einen prüfenden Blick durch die Tür gen Himmel, bevor ich den altertümlichen Drahtesel durch das feuchte Gras schiebe. Ich hoffe, die regenfreie Phase hält zumindest so lange an, bis ich angekommen bin.

Missmutig sehe ich mich um. Unser wunderschöner Garten verwildert mehr und mehr. Bei dem armseligen Anblick, der sich mir bietet, zieht sich mein Herz schmerzhaft zusammen, bis ich eine kleine Pflanze entdecke und mich an eine Wanderung mit Dad erinnere.

Es war an einem Tag wie heute, als wir wie so oft von hier aus hoch zum Old Man of Storr marschiert sind. Er kannte alle Pflanzen und zupfte hier und da Blätter ab, um sie zu essen oder mich daran riechen zu lassen. Wie damals gehe ich neben dem jungen Trieb in die Hocke und begutachte ihn eingehend. Sauerampfer. Ich weiß noch, wie wir ihn gesammelt haben und Mum am Abend davon einen Salat gemacht hat.

Um der unbeschwerten Vergangenheit zu entfliehen, schließe ich hastig das Gartentor und schwinge mich in den Sattel. Getrieben vom Rückenwind lasse ich die wenigen Häuser von Leathan rasch hinter mir und düse die Straße entlang in Richtung Blue Skye Farm. Ein Hauch von Frühling umgibt mich, während die Sonne meine Nase wärmt. Warum Melina jetzt noch Pullover stricken will, ist mir daher ein Rätsel. Damit beginnt man im September, nicht Anfang April.

»Rosa!«, höre ich Melina rufen und entdecke sie samt ihrer unübersehbaren pinkfarbenen Gummistiefel auf der Weide, die früher einmal Gilbert gehörte. Sie liegt der Farm gegenüber und lag brach, nachdem er die Schafzucht aufgegeben und sich zur Ruhe gesetzt hatte. Jetzt stehen dort fünfzehn Alpakas und ein riesiges moosgrünes Ungetüm, welches entfernte Ähnlichkeit mit einem alten Bauwagen aufweist.

»Was ist das denn?«, frage ich, nachdem wir uns zur Begrüßung in den Arm genommen haben.

»Unser neuer Hühnerstall«, berichtet sie voller Stolz und strahlt mit der Sonne um die Wette.

»Der sieht aber nicht neu aus«, entgegne ich und bedauere meine Wortwahl. »So war das nicht gemeint. Er sieht toll aus, aber nicht ...«

»Neu, nein, neu ist er nicht«, erwidert sie lachend und krault eines der braunen dick bewollten Zuckerstücke am Hals. »Wir haben ihn bei einem Upcycler in Kilfinnan gefunden, der alten Wohn- und Bauwagen auf diese Weise neues Leben einhaucht. Tolles Angebot, da mussten wir zuschlagen. Lachlan hat ihn dann unterwegs eingesammelt, als er gestern aus Glasgow zurückkam.«

Bei der Erwähnung meines Erzfeindes verziehe ich automatisch das Gesicht, was Melina bemerkt und mich mit der Schulter stupst.

»Ich mochte ihn am Anfang auch nicht sonderlich leiden. Doch riskiert man einen zweiten Blick, übersieht geflissentlich die fette Karre, die protzige Uhr und das festgetackerte Dauergrinsen, dann ist er eigentlich ganz okay und nicht grundlos Rorys bester Freund.«

Redet sie da ernsthaft von Lachlan-*Ich bin der Oberchecker*-MacDugan? »Gegen welche Tür bist du denn gelaufen?«, will ich wissen und gehe auf Abstand.

»Gegen keine. Ich sage dir einfach, wie es ist. Und ja, ich weiß, irgendwas ist vorgefallen, aber du tratschst nicht«, mault sie und hakt sich bei mir ein.

»Tue ich auch nicht. Mein Dad hat immer gesagt, hör dir die Probleme der Leute an, aber trage sie niemals weiter. So kommen sie immer wieder in den Pub, und du hast ein gesichertes Einkommen.«

»Ein weiser Mann, dein Dad.«

Wir verlassen die Weide und gehen rüber zum Craig Cottage, was Melina von ihrem Großonkel Curran geerbt hat. Seit sie und Rory dort gemeinsam leben, hat sich viel verändert. Aus der kleinen Alpaka-Farm ist ein richtiges Croft geworden.

»Du meine Güte! Was baut ihr alles an?«, keuche ich fassungslos, als ich den riesigen Gemüsegarten hinterm Haus erblicke, der mit fünf Hochbeeten, einem Gewächshaus und mehreren Reihen fein säuberlich gezogener Beete aufwartet.«

»So gut wie alles. Salat, Kartoffeln, Karotten, Sellerie, Kräuter, Tomaten, Gurken, Bohnen. Wenn Rory etwas anpackt, dann richtig. Halbe Sachen macht er nicht.«

»Wer soll das alles essen? Ihr seid nur zu zweit.«

»Das wird verarbeitet. Beim Ausräumen des Dachbodens haben wir eine Kiste mit alten Büchern von Großtante Mairead gefunden. Darunter ihre Kochbücher. Sie sind voller Rezepte für Mixed Pickles, eingelegtes Gemüse und Chutneys. In der Erntezeit werde ich Tag und Nacht in der Küche stehen.«

»Du hast Maireads Rezepte gefunden? Weißt du, dass sie mit ihren Chutneys über Jahre hinweg die Siegerin beim Erntedank-Basar war?«, hake ich nach und hoffe, zumindest einen kleinen Blick in dieses Buch werfen zu dürfen. Ich und meine Handykamera, versteht sich.

»Rory hat so was erwähnt. Lachlan würde gern einige Rezepte im Hotel auf die Karte nehmen, allerdings hat er zu viel Schiss vor seinem Dad, der ihm klare Vorgaben in Sachen First-Class-Gästebewirtung macht. Aber Eier will er. So viele, wie wir erübrigen können. Und er übernimmt die Fütterung, während wir in New York bei meinen Eltern sind.«

Schon wieder bricht sie eine Lanze für ihn, und ich kämpfe mit meinen Grundsätzen.

»Wo ist Rory eigentlich?«, frage ich, um das Thema zu wechseln. Lester, sein treuer Jagdhund, beschnüffelt mich derweil und lässt sich von mir kraulen.

»Er trifft sich mit den Tierschützern von *Wing and a Prayer* und holt zehn gerettete Hennen ab. Einen Hahn haben wir bereits.« Sie deutet auf die Weide unterhalb des Hauses, auf der zwischen gemütlich grasenden Alpakas ein bunt gefiederter Hahn herumstolziert.

»Vertragen sich Hühner und Alpakas eigentlich?«

»Und wie. Die Wollies sind wahre Bodyguards. Schlagen jeden Fuchs und jeden Marder in die Flucht. Die Chicas können hier ein glückliches Hühnerleben führen und müssen ihr Dasein nicht mehr im Knast fristen. Deshalb auch die Pullover.«

Jetzt bin ich völlig verwirrt, was sie mir wohl auch ansieht.

»Die Hühner waren bis vor Kurzem in einer Legebatterie eingepfercht, haben kaum Federn, und es ist definitiv zu kalt, um sie ungeschützt der Witterung auszusetzen«, erklärt sie, und es dämmert mir, was sie vorhat.

»Dann sollten wir schleunigst loslegen. Du weißt, ich bin nicht die beste Strickerin unter der Sonne.«

Lachend winkt sie ab und zieht mich in Richtung Terrasse.

»Noreen und Edith kommen auch gleich, mit deren Unterstützung kann eigentlich nichts mehr schiefgehen.«

Bei Tee, Gebäck und reichlich von Ediths süffigem Whiskylikör fliegen die Maschen buchstäblich über die Nadeln. Wenn wir so weitermachen, können die Hühner die Mini-Sweater direkt anprobieren, sobald sie eingetroffen sind.

»Was habe ich da eigentlich gehört? Tobi hatte einen Bandscheibenvorfall?«, will Noreen aus dem Nichts heraus wissen und fixiert mich mit ihrem strengen Lehrerinnenblick, den sie in den Jahrzehnten, die sie an der Dorfschule unterrichtete, perfektioniert hat. Sie ist über neunzig, aber rüstig und fidel wie Mitte fünfzig. Edith, die im Ort einen Kurzwarenladen führt, drückte gemeinsam mit meiner Grandma bei ihr die Schulbank.

»Wehrt sich deine Mum noch immer gegen Veränderungen?«, fragt Melina vorsichtig nach und wirft mir einen unsicheren Blick zu.

Sie weiß, dass ich derlei Dinge nicht gern offen herumposaune, weil in einem so kleinen Dörfchen wie Leathan eben wirklich jeder jeden kennt.

»Sie hat die Hebebühne abgesegnet. War allerdings nicht unbedingt meiner Überzeugungsarbeit geschuldet, es lag eher an Niall. Sie wollte vor ihm nicht dumm dastehen, als er ihr sagte, wie schwer die Fässer seien.« Noch immer kann ich es nicht fassen. Wie hat er das gemacht? Ein Kommentar hier und ein Einwurf dort ... Zack, war die Tür zu Mum weit geöffnet. Und zum Lachen hat er sie ebenfalls gebracht. Seit Jahren habe ich Mum nicht mehr so erlebt.

»Er gibt sich mit allen Tieren unheimlich Mühe und kommt nachher sogar extra vorbei, um die Mädels zu untersuchen«, meint Melina und lächelt freudig vor sich hin, während sie an ihrem mit goldenem Likör gefülltem Glas nippt. »Edith, der ist göttlich. Bitte, verrate mir endlich das Rezept.«

»Wenn überhaupt, vererbe ich es dir«, entgegnet sie und schenkt uns beiden zum wiederholten Mal großzügig nach. »Aber wo wir schon auf unseren lieben Tierarzt zu sprechen kommen. Der junge Mann hat wirklich einen ganz besonderen Charme.« Der auf ihre Worte folgende, recht bedeutungsschwere Blick in Richtung Noreen bleibt mir nicht verborgen. Die beiden Stricklieseln führen doch was im Schilde.

»Mein Junge hat ihm nicht ohne Grund die Praxis übergeben«, merkt Noreen an. »Niall überzeugte ihn auf Anhieb, und das will was heißen. Na ja, ein wenig schleifen musste er ihn. Ist ja noch kein Meister vom Himmel gefallen.«

»Sogar Gilbert schwört auf ihn«, setzt Melina nach.

Was passiert hier gerade?

»Gilbert?«, ruft Noreen und lacht spöttisch. »Mein Junge war ihm früher immer zu teuer, bis er ordentlich Lehrgeld zahlen musste. Fünfhundert Schafe hat er an die Maul- und Klauenseuche verloren, weil dieser Stümper, den er stattdessen aus Kyle hatte kommen lassen, bei den Impfungen gepfuscht hatte.«

»Man spart nicht an der Gesundheit der Tiere«, legt Edith nach und seufzt für meinen Geschmack etwas zu theatralisch. »Ich hoffe nur, er bleibt uns erhalten.«

»Wieso? Hast du gehört, dass er fortwill?«, hakt Melina entsetzt nach.

Dass sie bei dem Spielchen der beiden älteren Damen nicht im Bilde ist, wird mir klar, als ihr Gesicht sämtliche Farbe verliert.

»Nay, aber so ein junger Mann will doch was vom Leben haben. Reisen, die Welt sehen und sich eine hübsche Frau suchen.«

Nicht nur ein junger Mann, denke ich. Auch eine junge Frau hätte dazu durchaus Lust.

»Du tust so, als hätten wir keine hübschen Mädchen zu bieten«, wirft Noreen ein und nimmt mich ins Visier.

Mich überkommt eine Vorahnung, was sie als Nächstes sagen wird, und ich zähle innerlich bis drei.

»Wäre Niall nichts für dich, Rosalind?«

Ich versuche mich an einem souveränen Lächeln und überlege, wie ich es als Unfall tarnen könnte, wenn ich aus ihr eine lebende Voodoo-Puppe mache.

Kurz vor halb sechs taucht Rory endlich auf. Er fährt direkt zum Hühnerstall, wo wir ihn und die neuen Bewohner der Blue Skye Farm umringt von Alpakas in Empfang nehmen. Auch wenn ich definitiv ein Gläschen zu viel Likör intus habe und auch gleich losmuss, um pünktlich zu öffnen, einen Blick auf die Neuankömmlinge möchte ich dennoch schnell werfen. Als ich allerdings die in Käfigen kauernden Hühner sehe, zerreißt es mir beinahe das Herz. Sie sind in einem erbärmlichen Zustand.

»Die sind völlig traumatisiert«, höre ich Niall neben mir sagen und fahre erschrocken herum.

»Wo kommst *du* denn her?«, frage ich barsch, was mir irritierte Blicke der Umstehenden einhandelt.

»Ich freue mich auch, dich zu sehen«, erwidert er lachend und öffnet den obersten Käfig. Vorsichtig, aber nicht zögerlich greift er zu, holt das zitternde Huhn heraus und setzt es sich auf den Arm. Es schmiegt sich seiner Wärme entgegen, was ich gut verstehen kann, denn es hat lediglich auf dem Rücken und an den Schenkeln einige wenige braune Federn.

Melinas schwarz-weiß gescheckter Suri Wallach drängt sich zwischen uns und schnüffelt neugierig. Seine langen Dreadlocks sehen wirklich drollig aus.

»Nimm die Nase weg, Zayn! Lass sie erst mal ankommen«, mahnt Rory und holt aus der Hosentasche zwei daumengroße Pellets, die Zayn ihm aus der Hand frisst, bevor er gemächlich davontrottet. »Cedric meinte, sie seien erst vor wenigen Tagen eingetroffen.«

»Die brauchen auf jeden Fall viel Ruhe und gutes Futter. Aber die Augen sind klar und der Herzschlag kräftig«, diagnostiziert Niall mit bewundernswerter Ruhe und streckt Melina die freie Hand entgegen. Sie reicht ihm einen der süßen Strickpullis, und wir sehen dabei zu, wie er ihn dem Hühnchen behutsam anzieht, bevor er es an Melina weiterreicht.

Um den zweideutigen Blicken von Noreen und Edith zu entgehen, begleite ich Melina zum Hühnerstall, wo sie den Neuankömmling liebevoll in ein Nest aus frischem Stroh und Heu bettet.

»Hier hast du es gut, Kleines. Wir kümmern uns um dich und deine Freunde.«

Die Henne sieht sich hastig um, zieht den Kopf ein und schließt die Augen, als hätte sie in Sekundenbruchteilen entschieden, dass alles gut ist und sie beruhigt ein Nickerchen machen kann.

»Hui, ich glaube, ich werde seekrank«, jammert Melina, während wir den überaus geräumigen und auch sehr heimeligen Hühnerstall über eine kleine Leiter verlassen. Kommt es mir nur so vor oder sind die vier Sprossen extrem glitschig? Mit Ach und Krach schaffe ich es hinunter und fange Melina auf, als sie den Halt verliert.

»Edith! Das zahle ich ihr heim«, lallt sie und lehnt sich bei mir an.

»Und ihr wollt die Chicas wirklich Lachlan anvertrauen? Nicht, dass die am Ende in der Hotelküche zu Hühnersuppe verarbeitet werden. Ich könnte sie füttern. Mich habt ihr überhaupt nicht gefragt«, murre ich und ernte einen überraschten Blick aus glasigen Augen.

»Du hast genug mit dem Pub um die Ohren. Lachlan hat es angeboten, und da haben wir eingeschlagen«, erwidert sie und fächelt sich mit den Händen Luft zu. »Ist dir auch so warm?«.

»Und wie.« Keine Ahnung, warum mein Blick dabei an Niall hängen bleibt und ich das dringende Bedürfnis verspüre, mich dem Hennenflüsterer zu nähern. Melina hält mich jedoch auf und wartet, bis Rory, der zwei Hennen auf den Armen hält, an uns vorbeigegangen ist.

»Er sagt es zwar nicht, aber ich glaube, er ist nicht begeistert von dem Trip nach New York«, flüstert sie mir zu.

»Wenn er nicht will ... ich wäre in fünf Minuten abfahrtsbereit«, erwidere ich grinsend und muss mich im nächsten Moment bei ihr festhalten, damit ich nicht auf dem nassen Gras ausrutsche. Kichernd nehmen wir uns in den Arm, was Rory im Vorbeigehen auffällt. Er bleibt stehen, kommt näher und beugt sich zu Melina hinunter. Erst denke ich, er würde sie küssen wollen, doch stattdessen schnuppert er lediglich an ihr, bevor er zu Edith schaut und die Lider zu Schlitzen verengt.

»Hat sie euch etwa mit ihrem Whiskylikör abgefüllt?«

»Ja«, verkündet Melina und kneift Rory ungeniert in den Hintern.

Kurz nach sechs wanke ich mit dem Rad zur Straße und sehe mich bereits im Straßengraben liegen, bevor ich es überhaupt in den Sattel geschafft habe. Zu allem Überfluss hat es auch noch zu regnen begonnen. Mum wird sauer sein, wenn sie mitbekommt, dass ich den Pub nicht pünktlich öffne. Bei Dad hätte es das bestimmt nie gegeben.

Mit Mühe schaffe ich es aufzusteigen, trete in die Pedale und komme kaum vom Fleck. Irgendwie sitze ich auch ganz komisch. Beim Blick auf das Hinterrad wird mir schlecht. Der Reifen ist platt.

»Soll ich dich mitnehmen?« Niall hat seinen alten Range Rover neben mir gestoppt und sieht mich freundlich lächelnd an.

»Ähhmm ...«, überlege ich laut und versuche, ihn zu fokussieren. Was um alles in der Welt mixt Edith in diesen Likör? Bevor ich es richtig registriert habe, ist er ausgestiegen, hat sich mein Rad geschnappt und es in den Kofferraum gepackt.

»Ich habe nicht Ja gesagt«, wende ich ein, während er mir einen Arm um die Schultern legt und mich ungerührt zur Beifahrerseite führt.

»Ist mir ehrlich gesagt ziemlich egal«, erwidert er grinsend und schnallt mich an.

Als ich das nächste Mal blinzele, sitzt er bereits neben mir und startet den Motor. Das ganze Auto dreht sich. Ich sehe Bäume und Sträucher an mir vorbeifliegen »Fahr nicht so schnell«, bringe ich keuchend hervor, denn mein Gefühl sagt mir, dass er mindestens hundert drauf hat.

»Wenn ich langsamer fahre, überholen uns die Schnecken im Gras.«

»Das oder dein Innenraum hat ein neues Dekor.«

»Soll ich anhalten?«, fragt er besorgt und greift nach meiner Hand. Seine Finger sind eiskalt und doch irgendwie wohltuend, weshalb ich sie gegen meine Stirn drücke und stöhnend die Augen schließe. Dabei atme ich gegen den Drang an, mein Mittagessen loszuwerden.

»Nay, dann wird sie noch sauerer.«

»Wer?«, will er wissen und entzieht mir seine Hand.

»Mum«, erkläre ich gequält und hebe zur Unterstützung den Zeigefinger. »Der Pub öffnet in der Nebensaison immer, ich wiederhole, *immer* um sechs Uhr. Außer an Ruhetagen.«

Nialls Versuch, sein Lachen zu unterdrücken, scheitert kläglich, was ich mit einem bösen Seitenblick quittiere. Er lehnt sich mir entgegen, kommt näher und näher. Sein Blick durchdringt und hypnotisiert mich. Die Lippen sind leicht geöffnet, und sein Atem riecht nach Pfefferminz. Ich mag Minze. Und Limetten. Habe ich sogar vorrätig. Mojito! Ich mixe mir nachher einen. Meine Gedanken driften zu dem Grübchen in seinem Mundwinkel. Es zieht mich magisch an. Doch bevor ich mich fragen kann, ob er was dagegen hätte, wenn ich ihn küsste, schlägt mir ein eiskalter, nasser Windhauch ins Gesicht.

Ich sehe zur Seitenscheibe und bekomme erst jetzt mit, dass er sie heruntergekurbelt hat. Und ich hatte angenommen, er würde die Situation ausnutzen, um mich zu verführen.

»Besser, du lässt den Pub heute zu und legst dich hin«, stellt er nüchtern fest und entlockt mir ein trockenes Lachen.

»Tobi ist krank. Ich bin allein. Mum ist in der Küche.«

Er seufzt und fährt langsam weiter. Ich schließe die Augen und genieße die kühle Luft auf meinem glühenden Gesicht. Nie wieder Whiskylikör!

»Ich repariere den Reifen morgen«, höre ich Niall aus weiter Ferne sagen und reiße die Augen auf.

Zu mehr bin ich nicht fähig.

»Nur wenn du willst, versteht sich.« Er lächelt schief und sieht rasch wieder zur Straße, wo wir gerade das Ortsschild passieren.

»Ich wollte dir sowieso noch danken. Wegen Mum. Du hast mich da wirklich unterstützt.«

»War mir zwar nicht bewusst, hab ich aber gern gemacht. Jederzeit wieder.«

Ich versuche, ihn zu fokussieren, doch aus irgendeinem Grund sind seine Lippen das einzig Scharfe in meinem Sichtfeld.

»Echt?«

»Jaaa«, erwidert er gedehnt und mustert mich irritiert.

»Mum sträubt sich gegen Veränderungen«, platzt es aus mir heraus. »Du hast ja keine Ahnung, wie lange ich ihr wegen der Hebebühne in den Ohren lag.«

Nialls Augenbrauen schieben sich zusammen, was seinem sonst offenen Gesichtsausdruck einen sorgenvollen Zug verleiht. »Warum? Ich meine, was hat sie dagegen?«, hakt er nach.

»Es ist wegen Dad. Sie weigert sich, ihn loszulassen. Alles soll so bleiben wie damals, als er noch lebte.«

»Wie lange ist das her?«

»Drei Jahre«, erwidere ich und spüre tief in mir den Schmerz über seinen Verlust aufflammen. Normalerweise habe ich meine Trauer gut im Griff, doch plötzlich verschleiern mir Tränen die Sicht, und im nächsten Moment finde ich mich haltlos schluchzend in Nialls Armen wieder. »Er war einfach tot. Von jetzt auf gleich. Weg.«

6.
Niall

Zwei Stout, ein Ale und drei Tumbler mit bernsteinfarbenem Talisker wandern auf das Tablett. Der Pub ist proppenvoll, kein einziger Stuhl mehr frei. Mir läuft der Schweiß den Rücken herunter, und dabei ist es gerade mal acht Uhr.

»Als du sagtest: ›Mach dich hübsch und komm in den Pub‹, dachte ich eigentlich, du lädst mich auf ein Bier ein«, murrt Maihri und stemmt die Hände in die runden Hüften.

Ihr Versuch, mich böse anzufunkeln, scheitert jedoch kläglich. Das hat sie echt nicht drauf. »Die Leute dort drüben wollen bestellen«, merke ich an und deute auf den winkenden Mann, der mit seinen Freunden vor ein paar Minuten reingekommen ist. Aus Erfahrung weiß ich, dass es eindeutig ein Tourist ist, die Einheimischen würden direkt zum Tresen marschieren, wenn es ihnen zu lange dauert. Wenn man allabendlich in einer ruhigen Ecke an der Theke sitzt, bekommt man nämlich so einiges mit.

»Ist das für Tisch acht?«, fragt Maihri und deutet auf die Gläser, die ich auf das Tablett stelle. Keine Ahnung, wie die Tische hier nummeriert sind. Ich zapfe einfach, was sie mir zuruft, und hoffe inständig, den Abend irgendwie über die Bühne zu bringen.

»Wenn du damit Gilbert, Gregory und deinen Vater meinst, dann ja.« Maihri verdreht die Augen, schnappt sich das Tablett und schlängelt sich gekonnt zwischen den voll besetzten Tischen hindurch. Kellnern kann sie verdammt gut. Trotzdem Pech für Rosalind, denn ich zahle ihr mehr und habe die besseren Arbeitszeiten. Und die Kätzchen ... Die spielen überhaupt die wichtigste Rolle.

Nachdem ich die sturzbetrunkene und in Tränen aufgelöste Rosalind in ihr Bett verfrachtet und ihre vor Sorge fast schon hysterische Mutter beruhigt hatte, wollte ich eigentlich nach Hause fahren. Dumm nur, dass mein Wagen von durstigen Kneipengängern umringt wurde, die alle lautstark Einlass forderten. Samstagabend, da muss der Pub geöffnet sein.

»Hier, die zwei Portionen Fisch und Chips.« Alice, wie ich Rosalinds Mutter nun nennen darf, schiebt ein Tablett mit dem Essen in die Durchreiche und lächelt mich dankbar an.

»Ich bringe sie an den Tisch.« Zum Glück habe ich während des Studiums selbst ein wenig Kneipenluft schnuppern dürfen, zumindest bis ich einen Aushilfsjob im Tierheim ergattern konnte. Somit bin ich, was das Zapfen und Servieren anbelangt, kein völliger Novize. Nur das Kassensystem ist für mich ein Buch mit sieben Siegeln, aber da weiß Maihri Bescheid.

»Guten Appetit«, wünsche ich Aian Duffy und seiner Frau Isla, die mich verwundert mustern und sich erst umsehen und dann einander sehr intensiv anblicken.

»Is' Rosalind nicht da?«, will Isla wissen.

»Krank. Nichts Ernstes. Kann ich euch noch was bringen? Stout?«

»Aye. Ich nehme noch eines«, meint Isla und setzt ihr halb volles Pint an. Sie verträgt eindeutig mehr als Rosalind. Wobei ich annehme, dass sie von einem läppischen Bierchen auch nicht dermaßen aus der Bahn geworfen worden wäre. Edith Campbells Whiskylikör ist weithin berühmt und ziemlich berüchtigt. Zum Glück besitzt sie kein Haustier, sonst hätte mich das Teufelszeug wahrscheinlich auch schon ins Nirwana befördert.

»Ach, bevor ich es vergesse«, hält mich Isla auf. »Unser Baltasar benimmt sich neuerdings komisch.«

Verwirrt starre ich sie an und frage mich, ob sie es ernst meint, dass ich hier mitten im Pub mit dieser Information eine Ferndiagnose bei ihrem Clydesdale-Wallach stellen soll. Dass ich ab und an mal um Rat oder nach einem Termin gefragt werde, okay, aber das geht mir dann doch ein wenig zu weit.

»Ich bringe euch gleich das Bier«, entgegne ich und will zurück zur Bar, doch Aian lässt nicht locker.

»Ich hab ein Video gemacht.« Er streckt mir sein Handy entgegen, und ich sehe den sonst tiefenentspannten Wallach nervös und hyperaktiv in seiner Box hin- und herlaufen.

»Habt ihr das Futter umgestellt?«

Die beiden wechseln wieder Blicke. Nonverbale Kommunikation bei Paaren ist was Tolles, nur bringt es mich nicht weiter.

»Aye, unser Heu ist alle, und wir haben so viel Gerste übrig, die verfüttern wir«, bestätigt Aian meine Befürchtung.

»Sofort aufhören. Mit Hufrehe ist nicht zu spaßen.«

Das Entsetzen steht den beiden ins Gesicht geschrieben.

»Das erkennst du allein am Video?«, keucht Isla.

»Diese sogenannte Futterrehe entsteht, wenn zu viele Kohlehydrate verfüttert werden. Er reagiert auf die Gerste. Diese Unruhe sind erste Anzeichen«, erkläre ich und ernte anerkennende Blicke. »Besorgt euch Heu und leichtes Futter. Morgen früh komme ich vorbei.«

»Danke, Doc.«

Mit einem straffen Nicken verlasse ich den Tisch und werde direkt von Harris Cogle aufgehalten, dessen Herde Highland Cattle zu meinen Patienten gehört.

»Doc, gut, dass ich dich treffe.«

»Entschuldige, ich hab es eilig«, erwidere ich und umgehe ihn mit Mühe, aber ohne einen Stuhl umzuwerfen. Allerdings bleibt er mir hartnäckig auf den Fersen.

»Fünf Stout, drei Gin, zwei Talisker und ein Alkoholfreies«, ordert Maihri.

Ich nehme ihr den Bon ab, lege ihn zu den anderen und stelle die Gläser auf, während mir der Kopf schwirrt und ich am liebsten schreiend rausrennen würde. Liegt es an mir oder geht es hier sonst auch so chaotisch zu? Sehnsüchtig schiele ich zu meinem Stammplatz in der Ecke am Ende der Theke, den sich heute Danny Blackwell hämisch grinsend unter den Hintern gerissen hat. Wahrscheinlich aus Frust darüber, dass das allsamstägliche Pub-Quiz nicht stattfindet.

»Was ich sagen wollte ...«, setzt Harris erneut an, während er sich in eine Lücke vor dem Tresen schiebt. Meine erhobene Hand lässt ihn jedoch verstummen.

»Du sagtest neulich, du hättest noch so viel Heu übrig. Das müsste doch gut abgelagert sein, nicht wahr?« Er nickt, was seine hängenden Wangen auf- und abschwingen lässt wie die Schlappohren eines Hundes.

»Aian und Isla brauchen welches davon, für Baltasar.«

Er reißt die wässrigen Augen weit auf, macht auf dem Absatz kehrt und bahnt sich brüsk einen Weg zum Tisch der Duffys. Dass er mich etwas fragen wollte, scheint dann wohl nicht allzu wichtig gewesen sein.

»Niall?«, ruft Mairhi ungeduldig und deutet auf die wartenden Gäste.

Was sollte ich noch mal zapfen? Wo zum Teufel ist der Bon?

Mein Stammplatz, endlich. Mit letzter Kraft schiebe ich mich auf den Stuhl und lehne mich nach hinten gegen die kühle Wand. Ein Stoßseufzer kämpft sich aus mir heraus. Ruhe! Sie sind alle weg. Gefühlt war heute Abend absolut jeder aus Leathan und der näheren Umgebung hier. Ich musste Fässer anstechen. Dreimal!

Wie war das noch? *Schuster, bleib bei deinen Leisten?* Eine komplette Schafherde zu impfen wäre weniger anstrengend gewesen. Ich bin so was von alle. Stehend k. o.

»Sie schläft wie ein Murmeltier«, sagt Alice und streckt den Rücken durch. »Wenn ich Edith in die Finger kriege, werde ich ihr was erzählen. Meiner armen Kleinen hätte wer weiß was passieren können, wäre sie mit dem Fahrrad gestürzt. Wie kann man nur so unverantwortlich sein?«

»Es war bestimmt keine Absicht«, versuche ich zu relativieren, doch sie quittiert es mit einer wegwerfenden Handbewegung und setzt sich neben mich.

»Glaub mir, ich kenne Edith gut genug, um zu wissen, dass sie irgendeinen Hintergedanken gehegt hat. Und wenn es dabei einzig um Fionn ging, der heute Abend hier einen über den Durst trinken wollte, obwohl sie ihr Veto eingelegt hatte.«

Das kommt mir zwar reichlich an den Haaren herbeigezogen vor, aber beim Versuch, weibliche Logik nachzuvollziehen, sind Millionen Männer vor mir kläglich gescheitert.

»Zum Glück warst du da und hast sie eingesammelt. Ich darf nicht drüber nachdenken, sonst verliere ich den Verstand.«

Ihre Worte rufen mir in Erinnerung, was Rosalind am frühen Abend zu mir sagte. Zwar hat sie schwer gelallt, doch es war der plötzliche Tod ihres Vaters, der sie völlig aus der Bahn warf.

»Darf ich dich was fragen?«, setze ich an und atme tief durch, wobei ich überlege, ob ich meinem Bauchgefühl folgen und Alice auf ihren Mann ansprechen soll.

»Nur raus mit der Sprache«, fordert sie und zwinkert mir zu.

»Dein Mann.«

»Aaran. Einen besseren hätte ich nicht finden können. Er war alles für mich. Die Güte in Person, hat überall angepackt, wo es nötig war. Ein liebevoller Vater und Ehemann.«

Sie seufzt, legt beide Hände auf ihr Herz und schließt die Augen.

»Wie ist er ...? Entschuldige, wenn das zu persönlich ist.« Da ich erst kurze Zeit später nach Leathan kam, weiß ich nur, was mir von Außenstehenden berichtet wurde. Und Hörensagen birgt nie die ganze Wahrheit oder Tragweite des Geschehens.

»Wie er starb? Hier.« Sie deutet hinter den Tresen, dort, wo ich den ganzen Abend über ausgeschenkt habe. »Es war kurz nach fünf, er wollte Gläser aus der Spülmaschine nehmen. Ich war in der Küche, Rosalind hat Leergut in den Keller gebracht.«

Ihre Worte öffnen ein Fenster in die Vergangenheit. Ich sehe Aaran, dessen Foto omnipräsent schräg oberhalb meines angestammten Platzes hängt, vor mir. Breite Schultern, hoch gewachsen, dunkles, schütteres Haar und ein offenes Lachen. Rosalind sieht ihm sehr ähnlich.

»Ich weiß noch, dass ich ihm etwas zurief. Was war es noch gleich?« Ihre Ellenbogen quietschen auf der vom Abwischen feuchten Lackoberfläche des Holzes, während sie das Gesicht in den Händen vergräbt. »Genau. Ich rief: ›Schatz, bring mir bitte noch ein Glas Ale für das Stew.‹«

Im Radio laufen die Nachrichten. Das Flughafenpersonal in England droht mit Streik, und die Vorhersage verspricht ab morgen sonnig-mildes Wetter. Kein weiterer Regen. Ich starre sie an, tief bewegt von ihren Worten.

»Ein dumpfer Schlag. Ich wusste erst nicht, woher er kam, befürchtete, Rosalind wäre auf der Treppe gestürzt und wollte nach ihr sehen. Bevor ich die Tür zum Schankraum öffnen konnte, schrie sie und dann ...« Sie bricht ab und schließt die Augen. »Er wäre stolz auf dich gewesen, für das, was du heute Abend hier geleistet hast. So war er. Aaran hätte ebenfalls die Ärmel hochgekrempelt und angepackt.«

Mir wächst ein Kloß im Hals, den ich kaum herunterschlucken kann, um ihr meinen Dank für diese zu Herzen gehenden Worte auszudrücken. Stattdessen lasse ich Taten folgen, ziehe sie in meine Arme und halte diese tief erschütterte Frau für einen Moment fest.

»Ich finde, das gehört sich so. Hat mir mein Dad zumindest beigebracht«, murmele ich.

Langsam löst sie sich von mir, wischt sich mit beiden Händen hastig die Tränen von den Wangen und kämpft ein Lächeln auf ihre blassen Lippen.

»Leben deine Eltern noch in Inverness? Da stammst du doch her, oder?«, fragt sie mit krächzender Stimme.

Ich schüttele den Kopf und versuche, mich daran zu erinnern, was ich als Letztes zu Mum und Dad gesagt habe. Es will mir nicht einfallen. Sicherlich etwas Belangloses, das von eisiger Kälte, nackter Angst und grenzenloser Panik verdrängt und von mir vergessen wurde.

Sie wartet geduldig auf eine Antwort. Dabei ruht ihr Blick auf mir. Voller Güte und Herzlichkeit, aber auch Trauer und Schmerz. Von meinem Stammplatz aus habe ich perfekte Sicht durch die Durchreiche. So habe ich Alice oft gesehen, wenn sie sich in der Küche unbeobachtet fühlte. Sie wirkte verloren, allein, isoliert. Die Liebe zu Aaran fesselt sie an das Gestern, und sie schafft es nicht, sich davon zu lösen. Etwas, worin wir uns auf gewisse Weise ähneln.

Ein knackiges Knarzen schreckt uns auf und lenkt unsere Blicke in Richtung Eingangstür.

»Hast du nicht abgeschlossen?«

»Habe ich einen Schlüssel?«, erwidere ich und schicke mich an, den Eindringling direkt wieder hinauszubefördern, als sich der Windfang öffnet und eine Frau, die Maihri zum Verwechseln ähnlich sieht, vor mir steht. Sie ist allerdings ein wenig älter und schlanker, trägt enge, figurbetonte Jeans und einen kinnlangen Bob. Trotz der offensichtlichen Unterschiede bleibe ich wie angewurzelt stehen und bin verwirrt.

»Kitty, Kitty, Kitty, Kitty!«, ruft Alice und rennt mit weit ausgestreckten Armen an mir vorbei. Voller Freude reißt sie die Frau an sich, küsst sie stürmisch auf die Wangen und drückt sie wie eine verlorene Tochter an ihr Herz. »Wo um alles in der Welt kommst du denn zu so später Stunde her?«

»Aus London«, erwidert die Frau kichernd und sieht sich im leeren, frisch gefegten Pub um. »Wo ist Rosalind?«

»Das, liebe Cait, glaubst du mir nie!«

Das ist Cait? *Die* Cait? Maihri spricht fast nie von ihrer älteren Schwester, daher weiß ich nur, was ich beiläufig aufgeschnappt habe. Die Pfarrerstochter, die ihrem Elternhaus den Rücken gekehrt hat und sich in London mit Gelegenheitsjobs über Wasser halten soll. Einige behaupten sogar, sie würde im Rotlichtmilieu arbeiten.

»Meinst du, ich kann da stehen bleiben?« Ein bärtiger Typ in zerschlissenen Jeans, ausgetretenen Boots, T-Shirt und Holzfällerhemd tritt hinter ihr durch die Öffnung im Windfang. Sein langes Haar hat er zu einem Samurai Bun zusammengebunden, was ihm das verwegen coole Aussehen eines Gareth Bale verleiht. Solche Typen stehen in hippen Bars hinter der Theke und reißen reihenweise Mädels auf.

»Wen hast du denn da mitgebracht?«, will Alice wissen und stupst Cait mit dem Ellenbogen an.

»Ein Bekannter von mir, Brodee. Bro, das ist Alice, Rosalinds Mum.«

Er reicht ihr die Hand, und es geschieht genau das, was bei solchen Kerlen immer passiert, er sieht ihr tief in die Augen, und Alice schmilzt dahin.

Aus dem Gästezimmer dringen regelmäßige Atemzüge zu mir in die Küche, während ich auf Zehenspitzen herumschleiche, um meinen Gast nicht zu wecken. Keine Ahnung, was mich letzte Nacht geritten hat, als ich Brodee anbot, bei mir zu pennen. Ein vollkommen Fremder, aber aus einem unerfindlichen Grund heraus wollte ich keinesfalls, dass er bei Alice und Rosalind Quartier bezieht. Cait, okay, der nicht!

Kurz sehe ich mich um, stelle ihm eine Tasse neben den Kaffeevollautomaten und gehe davon aus, dass er sich zurechtfinden wird. Mein Cottage ist recht klein und übersichtlich. Es bietet gerade einmal Platz für ein Wohnzimmer, Küche, Bad und zwei eher kleine Schlafzimmer. Alles ist für mich ausreichend eingerichtet. Gäste empfange ich zwar eher sporadisch, aber für Unordnung bin ich einfach zu selten hier. Und auch jetzt werde ich keine machen können, da ich die Kitten füttern muss, dann nach Baltasar sehen und Rosalinds Hinterreifen reparieren wollte. Und Harris stand ebenfalls auf meinem Plan. Also werde ich dort auch noch vorbeifahren. Toller Sonntag.

Als ich bei den Cogles einparke, empfängt mich sonntägliches Idyll vom Feinsten. Aus dem offenen Küchenfenster weht der Duft eines ordentlichen Bratens zu mir. Moses, ein beeindruckender schottischer Wolfshund, unterbricht sein Dösen in der Frühlingssonne und hebt den Kopf. Auf einen kurzen Blick folgen ein wenig motiviertes Wedeln und ein ausgiebiges Gähnen. Hund müsste man sein, dann kann man entspannt rumliegen und wird trotzdem gefüttert.

»Doc, was gibt es?«, ruft mir Harris von der Haustür aus zu.

»Hier, das soll ich dir von Isla und Aian geben.« Ich reiche ihm ein Glas Honig, was er prüfend gegen die Sonne hält. Von den beiden weiß ich, dass er ihnen das Heu im Morgengrauen vorbeigebracht hat und fast nichts dafür haben wollte.

Mit beinahe kindlicher Freude betrachtet er das Geschenk und dreht den Deckel auf. »Hm, der duftet nach würziger Heide«, schwärmt er.

Fehlt nur noch, dass er den Finger hineinsteckt. »Isla hat ein gutes Händchen für ihre Bienen.«

»Ist ein Dankeschön für das Heu.«

»Ach was, habe ich gern gemacht. Der Baltasar ist ein Enkel unserer Bella. Ein wundervolles Tier. Wundert mich allerdings, dass du bereits auf den Beinen bist. Nach gestern Nacht.«

Irritiert mustere ich ihn, da ich keinen blassen Schimmer habe, was er meint.

»Du und Rosalind, was?« Das joviale Wackeln seiner Augenbrauen weist mir die Richtung seiner zweideutigen Gedanken.

»Ihr ging es nicht gut. Da bin ich eingesprungen, mehr nicht«, stelle ich klar und ernte ein Grinsen, als hätte ich versucht, ihm eine fadenscheinige Rechtfertigung aufzutischen. »Du wolltest gestern Abend etwas mit mir besprechen«, schwenke ich auf unser Zusammentreffen, bei dem ich ihn zugegeben recht rüde behandelt habe. Den Job hinter der Theke hatte ich weitaus weniger stressig in Erinnerung.

Harris winkt ab und seufzt. »Lass es gut sein, ich rufe Maklen morgen früh an. Da kommt wahrscheinlich jede Hilfe zu spät«, meint er trocken und kratzt sein stoppeliges Kinn. »Zwei Kühe haben Krebs.«

»Was?«, hake ich erschrocken nach.

»Glaubst mir nicht, was? Tumore auf dem Rücken. Groß wie eine Kinderfaust.«

»Wo? Ich meine, wo stehen die Tiere?«, will ich wissen und nehme die Tasche aus dem Kofferraum, in dem noch Rosalinds Fahrrad liegt. Er folgt mir und deutet auf seinen Wagen.

»Spring rein, wir fahren rüber.«

Im Innenraum seines alten Forester riecht es nach nassem Hund, und so, wie der Sitz aussieht, ist Moses die meiste Zeit über Beifahrer. Zum Glück trage ich bei der Arbeit immer strapazierfähige Kleidung, und ein wenig Dreck ist in meinem Job vergleichsweise harmlos.

Behäbig tuckert der Wagen über die langsam grüner werdenden Gras- und Heideflächen bis zu einer Senke, in der sogar einige Bäume stehen. Direkt daneben haben die Rinder, die fast das gesamte Jahr über auf der Weide bleiben, einen Unterstand mit Heuraufen.

»Dann wollen wir mal«, brummt Harris und wuchtet sich aus dem Wagen. Er führt mich zu dem Unterstand, wo er zwei seiner rotbraunen Highland Cattle in einem Pferch von der Herde getrennt hat. Sie wirken unglücklich und sehen leise muhend dabei zu, wie ihre Kameraden vom frischen Grün naschen, während sie im Rinderknast bei Wasser und Heu darben müssen.

»Da, auf dem Rücken«, sagt er und deutet auf mehrere schwarz durchzogene, grau-weiße Klumpen. Auf den ersten Blick hin sehen sie nicht aus wie krankhaft veränderte Hautpartien. Vor allem, weil sie *auf* dem Fell zu sitzen scheinen.

Ich zwänge mich zwischen die beiden und bin froh, dass Highland Cattle eine ruhige und genügsame Rasse ist. Bei Untersuchungen halten sie still und das, obwohl ihre Hörner durchaus das Potenzial besitzen, jemanden ordentlich zu verletzen.

»Da kannst du nichts mehr machen, Jungchen. Maklen kümmert sich darum«, meint Harris missmutig und wischt sich über die in der Sonne schweißnass glitzernde Halbglatze.

»Jetzt lass sie mich erst mal ansehen, bevor du den Abdecker holst.«

Aus der Jackentasche ziehe ich ein paar Latexhandschuhe und schlüpfe hinein. Vorsichtig drücke und schiebe ich an einem der Knubbel, bis er plötzlich aufbricht. Erschrocken halte ich inne, doch die Kuh hat nicht mal gezuckt.

Ohne Mühe ziehe ich den lockeren Brocken aus dem Fell und nehme ihn genauer in Augenschein. Er ist trocken, porös und sieht nicht einmal ansatzweise wie eine Geschwulst aus. Mit den Fingern breche ich ihn weiter auf und entdecke einen winzigen Knochen. Mir kommt ein Verdacht und ich verlasse mit dem zu Tode betrübten Harris im

Schlepptau den Pferch. Unter den Bäumen werde ich rasch fündig und lese einige ähnliche Brocken auf, die über den Boden verteilt liegen.

»Da haben wir die Ursache, oder besser: Sie sitzt irgendwo da oben«, erkläre ich und deute hinauf in die Baumkrone. Harris' begriffsstutziger Gesichtsausdruck ist unbezahlbar. Allein dafür werde ich ihm keine Rechnung schreiben. Wenn ich das heute Abend im Pub erzähle, lacht morgen die halbe Insel über ihn.

»Käuze.«

»Ist nicht dein Ernst?«, ruft er und springt unter den Bäumen hervor, wohl aus Angst, er könnte selbst eine Ladung abbekommen.

7.
Rosalind

In einer Stunde öffnen wir für den sonntäglichen Mittagstisch. Aus der Küche weht der verführerische Duft von Braten, Röstkartoffeln und Black Pudding zu uns hinaus in den Garten. Bis eben haben wir alles vorbereitet, mit Brodee die Tische eingedeckt und Gemüse geschnippelt. Jetzt ruhen wir uns ein wenig auf der alten Bank hinter dem Schuppen aus und beobachten Forrest, wie er geduckt durchs Gras pirscht.

»Ich kann noch immer nicht glauben, dass du hier bist«, sage ich und lehne mich bei Cait an, die in London alles stehen und liegen hat lassen, um mir beizustehen. Sie reckt ihr Gesicht der Mittagssonne entgegen, und ich beobachte sie dabei, wie sie beseelt vor sich hin lächelt. Mir brummt derweil der Schädel und ich bin froh, eine Sonnenbrille zu tragen.

Wieso ist das so hell hier? Schrecklich!

»Was bist du für eine Barbesitzerin? 'nen Kater von zu viel Whiskylikör«, feixt Cait, was ich mit einem Ellenbogenstoß gegen ihre Rippen quittiere.

»Mach dich ruhig lustig. Ich weiß noch, wie betrunken du warst, als du dein erstes Stout hattest.« Mein Konter verhallt mit ihrem Lachen, während sie die Sonnenbrille ein wenig nach unten drückt und mich über den Rand hin ansieht.

»Mit dem kleinen Unterschied, dass ich damals sechzehn war und meine einzigen Erfahrungen mit Alkohol darin bestanden, beim Abendmahl am Messwein genippt zu haben.

Komm wieder, wenn du handfeste Argumente hast, Schnapsdrossel!«

»Apropos Messwein«, setze ich grinsend an. »Hat dir deine Mum diesmal wenigstens Hallo gesagt, oder hat sie dir wie bei deinem letzten Besuch lediglich die Aufgabenliste in die Hand gedrückt?«

Cait schiebt die Sonnenbrille mit dem Mittelfinger nach oben und seufzt. »Dreimal darfst du raten.«

Lachen ist nicht gut, mir schwirrt der Kopf. »Und Maihri? Sie hat sich doch bestimmt gefreut.«

»Keine Ahnung. Sie hüllt sich wie immer in Schweigen. Ein lausiges ›Hey‹ im Vorbeigehen, mehr kam von ihr nicht. Seit ich fortgezogen bin, behandelt sie mich als wäre ich Luft. Sie hat meine Nummer und meine Adresse. In all den Jahren hat sie mich weder angerufen, geschweige denn besucht. Wenn ich nur wüsste, was ich ihr getan habe.«

»Wenn ich raten müsste, würde ich sagen, sie ist sauer, weil du sie mit dem Feldwebel allein gelassen hast. Vielleicht solltest du sie direkt darauf ansprechen«, schlage ich vor und ernte einen tiefen Seufzer. »Ich weiß«, füge ich an. Solche Ratschläge kenne ich zur Genüge. Sie bringen weder mich noch Cait weiter.

»Lass es gut sein«, sagt sie sanft und nimmt meine Hand. »Sie kriegt sich irgendwann wieder ein. Und was meine Mutter anbelangt, hat mich der kurze Besuch nur mehr darin bestätigt, dass meine Entscheidung von damals richtig war und mir guttut. Die Distanz hat mir geholfen, und hier bei dir zu sein, ist schön, aber ich freue mich auch, wenn mir in London wieder der Kopf vom Verkehrslärm schwirrt und der brackige Geruch der Themse um die Nase weht.«

»Du ziehst den Großstadtmief allen Ernstes unserer klaren, sauberen Luft vor?«, echauffiere ich mich, was Cait mit einem Schulterzucken quittiert.

»Ach, wem will ich was vormachen?«, klagt sie und lehnt ihren Kopf an meinen an. »Ich bin Schottin und werde es immer bleiben. Sobald ich die Pipes höre oder einen *wee dram* Whisky trinke, ergreift mich das Heimweh. Ich pfeif auf Sansibar, Tahiti oder Hawaii, das hier ist für mich der schönste Ort der Welt.«

»Dort warst du schon überall?«, rufe ich entsetzt und starre sie fassungslos an. »Davon hast du mir gar nichts erzählt!«

Sie schnaubt. »Klar, in meinen Träumen, jede Nacht.«

»Dein Glück, Kitty. Ich hätte dir sonst den Hals umgedreht«, drohe ich und fülle sie gedanklich bereits mit einer Flasche dieses scheußlichen Skye Brew Lagers ab, als Forrest plötzlich zu fauchen beginnt.

Einen Wimpernschlag später schießt der Grund dafür um die Ecke. Mrs Dunhills übergewichtiger Beagle stürmt laut bellend auf ihn zu, stoppt abrupt ab, gerät auf dem feuchten Gras ins Schlittern und rollt mit einem Purzelbaum über unseren Kater drüber.

Forrest, davon wenig erbaut, kreischt und windet sich unter dem Eindringling hervor. So schnell habe ich ihn noch nie rennen und vor allem nicht springen sehen, denn mit einem Satz erklimmt er das Dach des Schuppens und grollt wütend nach unten.

»Bolty!«, blafft Niall, der im nächsten Moment um die Ecke kommt, doch den Beagle scheint es nicht zu interessieren, er behält Forrest im Blick und wälzt sich derweil vergnügt im Gras.

»Hey! Ist er Ethel ausgebüxt?«, will ich wissen und spüre, wie mir die Schamesröte ins Gesicht schießt. Niall hat mich gestern Abend nicht nur nach Hause gefahren, sondern auch noch ins Bett getragen. Zu allem Überfluss kehrt die Erinnerung zurück, dass ich ihm heulend um den Hals gefallen bin und zuvor noch mit ihm knutschen wollte. Gott, wie peinlich!

Er nickt uns zu und lehnt Grandmas Fahrrad gegen den Schuppen. »Ich habe ihn vor der Kirche sitzen sehen und ihr einen Zettel hinterlassen. Sie kehrt wie alle anderen nachher hier zum Essen ein, bis dahin kann er mal Hund sein und ein wenig toben.«

Cait lacht auf, beugt sich nach vorn und streckt ihre Hand aus. Diese Einladung nimmt Bolty gern an und lässt sich von ihr hinter den Ohren kraulen.

»Hoffe, es ist okay«, sagt Niall und sieht zu dem ungehaltenen Forrest hinauf, der seinen Unmut noch immer fauchend zum Ausdruck bringt.

»Klar, aber glaubst du nicht, dass sie dir böse sein wird, wenn sie merkt, dass du ihren geliebten Hund entführt hast?«

Niall winkt ab und schiebt die Hände in die Vordertaschen seiner ziemlich dreckigen Jeans. Mir fällt auf, dass er Gummistiefel trägt, und irgendwie geht von ihm ein markanter Kuhgeruch aus.

»Hast du gearbeitet?«, fragt Cait und nimmt mir damit die Worte aus dem Mund.

»Aye. Erst war ich drüben bei den Duffys, dann bei Harris, und jetzt flicke ich noch den Reifen.«

»Das kannst du auch ein anderes Mal machen«, wendet sie ein und erntet sowohl von mir als auch von ihm verwirrte Blicke. »Geh lieber nach Hause duschen. In einer halben Stunde ist das Roast Beef bereit, angeschnitten zu werden, und dir gebührt nach gestern Abend ein saftiges Stück davon.«

Stimmt! Wie konnte ich das nur vergessen? Immerhin hat mir Mum seit dem frühen Morgen ständig unter die Nase gerieben, dass er den Pub gemeinsam mit Maihri geschmissen hat.

»Niall, ich ... wegen ...«, stammele ich und weiß nicht, was ich sagen soll. Ein *Danke* fühlt sich zu banal an.

»Schon gut, nicht der Rede wert«, meint er und zieht die Schultern nach oben. »Ich schaue trotzdem mal nach, ob es ein großes Loch oder bloß ein Riss ist.«

Er wendet sich dem Rad zu und tastet den Hinterreifen ab.

»Warte, ich gebe dir die Luftpumpe«, starte ich den hilflosen Versuch, ihm zur Hand zu gehen, und öffne die Tür des Schuppens. Prompt zwängt sich Bolty an mir vorbei, sodass ich beinahe über in stolpere. Eine große Hand an meinem Oberarm verhindert den Sturz, doch im nächsten Moment flitzt der Beagle-Blitz erneut an mir vorbei, und ich taumle gegen Nialls Brust.

Schockiert blicke ich nach oben in seine grauen Augen und halte den Atem an. Mir fällt auf, dass die Sonne einige Sommersprossen auf seine Nase geküsst hat. Unter den Fingerspitzen spüre ich, wie sein Herz rast, und sehe, wie sich seine Lippen teilen. Er ist wirklich ein schöner Mann und gleichzeitig völlig uneitel. Für seine Wimpern würde ich morden.

Stockend atme ich ein und spüre ein Kribbeln in meinen Lippen. Dabei frage ich mich, wie es wohl wäre, ihn zu küssen? Hier im Garten, in der Sonne, im lauen Wind, der den salzigen Geruch des nahe liegenden Meeres, aber auch den strengen Mief von Kuhdung mit sich trägt.

»Sei mir nicht böse, aber die Dusche ist definitiv nötig«, sage ich und löse mich von ihm. Sobald ich etwas Abstand zu ihm habe, wedele ich mit der Hand unter der Nase, um den Gestank loszuwerden.

»Entschuldige, hab wohl zu viel Eau de Müff aufgelegt.« Ein schiefes Grinsen huscht über sein Gesicht, während seine Ohren rot anlaufen.

Mit einem Mal ist mir die Situation genauso unangenehm wie ihm, wenn nicht noch mehr. Schließlich hat er seinen Sonntagvormittag damit verbracht, kranke Tiere zu versorgen, und ich habe lediglich meinen Kater auskuriert.

»Ich geh mal nach dem Roast Beef sehen«, wirft Cait beiläufig ein, schlendert gelassen pfeifend aus dem Garten und lässt mich allein im Fettnapf schmoren.

Tolle Freundin!

Niall, der über das eben Geschehene hinweggeht, verschwindet im Schuppen, sieht sich um und kommt mit der Luftpumpe zurück. Ohne weitere Worte zu verlieren, füllt er den Reifen und beugt sich hinunter, um hören zu können, wo die Luft entweicht.

»Hui!«, ruft er aus und inspiziert eine Stelle eingehender. »Das nenne ich mal ein Loch.«

Neugierig trete ich näher, kämpfe meinen alarmierten Geruchssinn nieder und sehe ein kreisrundes, mehrere Millimeter großes Loch im Profil.

»Das wird dann wohl nichts mit einer schnellen Reparatur. Der Reifen ist hinüber. Da bist du bestimmt über einen Nagel gefahren«, meint Niall.

»Im Leben nicht! Ich gehe jede Wette ein, dass es genau die Größe einer Vierer-Stricknadel hat.«

Brodee steht hinterm Tresen, als würde er dort bereits seit Jahren arbeiten. Seine Einweisung heute Morgen hat nicht einmal eine halbe Stunde gedauert, dann schob er mich zur Seite und meinte, ich könne ihm vertrauen, er wisse, was zu tun sei. Er wollte sogar selbst bedienen und verbannte mich zur Untätigkeit.

Obwohl, wenn ich so darüber nachdenke, ist mir das mit meinem Brummschädel heute durchaus recht. Zudem werde ich Zeugin, wie die Stammgäste des älteren Semesters, die normalerweise mit Veränderungen ihre Probleme haben, mit ihm scherzen und ihn willkommen heißen.

»Wie kannst du auch nur einen klaren Gedanken fassen, wenn der um dich rum ist? Der Typ ist Sex auf zwei Beinen«, bedränge ich Cait, deren geheimnisvolles Lächeln mich langsam in den Wahnsinn treibt, weil sie nicht mit der Sprache herausrückt, ob sie und Brodee nun ein Paar sind oder nicht. Missmutig sehe ich mich um. Allen Gästen wurde das Essen serviert, und aus beinahe jeder Ecke des Gastraumes erklingt das Klirren von Gläsern und das Schaben von Besteck. Mir knurrt hingegen neidvoll der Magen, da wir noch auf unsere eingeladenen Gäste warten. Melina, Rory und Niall, den ich vorhin noch einmal explizit dazugebeten hatte, dann ist unsere kleine Sonntagsrunde komplett.

»Er hat gute Gene«, meint Mum und lehnt sich im Vorbeigehen verschwörerisch zu Cait. »Weißt du, ob sein Vater ihn mal besuchen kommt?« Es dauert einen Moment, bis mein nur teilweise funktionstüchtiges Hirn die Zweideutigkeit in ihren Worten verstanden hat.

»Glaub schon«, erwidert Cait und zwinkert jovial.

Unter dem Tisch mache ich meinem Unmut über ihre nonverbale Anspielung Luft, indem ich ihr gegen das Schienbein trete. Doch anstatt sich zu schämen, prustet meine ab sofort ehemals beste Freundin und kichert gemeinsam mit Mum.

Das unbeschwerte Auftreten der verlorenen Tochter bleibt nicht unbemerkt. Viele Gäste haben sie genau im Auge, und ich bin mir sicher, dass einige von ihnen nachher bei den Huttons im Pfarrhaus Bericht erstatten. Wieder ein Grund mehr, warum ich Klatsch und Tratsch so hasse.

Die Eingangstür öffnet sich. Bolty, der normalerweise jeden schwanzwedelnd begrüßt, schläft fix und alle neben Ethel und zuckt nicht mal mit der Pfote. Ich winke Melina und Rory, die fröhlich in die Runde grüßen, zu unserem Tisch und stelle fest, dass der Whiskylikör bei ihr weniger Nachwirkungen zu haben scheint.

Ich kämpfe aus einem unerfindlichen Grund mit einer stetig wachsenden Nervosität. Immer wieder fliegt mein Blick zur Tür, bis ich es kaum mehr aushalte.

Rory, der mit Cait und mir gemeinsam zur Schule gegangen ist, begrüßt sie freudig und stellt sie voller Stolz seiner Freundin vor.

»Connor kommt bestimmt auch gleich, was?«, meint er und sieht verwundert zur Theke. »Wer ist das?«

»Unser neuer Barmann. Brodee«, erwidere ich und sehe zu Cait, die sich verlegen räuspert.

»Keine Ahnung, kommt er sonntags hierher?«, will Cait wissen.

»Du hast ihm nichts gesagt?«, fasse ich leise nach, woraufhin sie den Kopf schüttelt.

Cait weicht meinen verwirrten Blick aus, denn schließlich waren sie und Connor beinahe wie Bruder und Schwester.

»Ich gehe heute Abend zu ihm.«

»Da wird er sich freuen«, meint Rory und schiebt seine Hand über Melinas.

Die Finger der beiden verflechten sich, als wäre es von der Natur vorherbestimmt. In mir reißt etwas auf. Eine tiefe Leere, gefüllt mit Sehnsucht, breitet sich aus. Ich möchte das auch. Diese Verbundenheit, dieses Verstehen. In meinen Fingerspitzen beginnt es zu kribbeln, beinahe genauso heftig wie vorhin, als ich Nialls Herzschlag spürte. Und sein Blick, der etwas tief in mir zum Klingen brachte. Ein warmer Ton, der diese Leere füllte.

Das Knarzen der Eingangstür reißt mich aus meinen Gedanken. Mir stockt der Atem. Es ist Niall, doch er sieht nicht einmal zu mir, sondern schwenkt direkt ab und geht neben Ethel in die Hocke. Die engen Jeans, die sich um seine sportlichen Beine, aber vor allem an seinem Po spannen, fesseln meinen Blick.

»Knackig«, höre ich Cait flüstern und verpasse ihr einen wenig damenhaften Rippenstoß, den sie mit einem Zwicken in meinen Oberschenkel kontert.

Ethel scheint ihm wegen Boltys Entführung nicht böse zu sein. Sie herzt und drückt ihn, als wäre sie seine Großmutter. Während ich dem Schauspiel beiwohne, werde ich von einer undefinierbaren Unruhe erfasst, die meinen leeren Magen herumwirbelt, sobald Niall sich nach einer gefühlten Ewigkeit endlich von ihr loseist und sich unserem Tisch nähert.

Er hat sein noch feuchtes Haar nach hinten gekämmt und trägt ein weißes Hemd in Kombination mit einem gut geschnittenen Sakko. In diesem Outfit kommt er eigentlich jeden Abend, deshalb wundere ich mich, warum es mir ausgerechnet heute so ins Auge fällt. Genauso wie sein raubtierhafter Gang, der mein Herz völlig aus dem Takt bringt.

Rasch werfe ich einen Blick in die Runde, um zu checken, ob jemand was von meinem inneren Tumult mitbekommen hat. Dabei bemerke ich, dass der Stuhl neben mir frei ist, und hoffe inständig, dass er nicht auf die dumme Idee kommt, sich dorthin zu setzen. Am Ende merkt er noch, wie heftig ich auf ihn reagiere.

»Hier ist frei«, meint Cait und deutet über meinen Kopf hinweg.

Haben sich eigentlich alle gegen mich verschworen? Erst machen mich diese hinterhältigen Strick-Omas betrunken und zerstechen mir den Reifen, damit *er* mich nach Hause fahren muss, und jetzt gibt Cait alles, dass Niall neben mir sitzt.

Leider fällt mir auf die Schnelle kein brauchbarer Grund ein, warum er einen anderen Stuhl nehmen sollte, und so lächelt er mich freundlich an, während er die langen Beine unter dem Tisch ausstreckt.

»Rekordzeit, was?«, will Cait wissen und gießt Wasser in sein Glas.

Ich komme mir dumm vor, weiß weder, was ich sagen, noch, was ich tun soll. Er war so hilfsbereit, hat angepackt, und sein Duschgel ist eindeutig eines Ladykillers würdig. Hat mich sein Geruch vorhin abgeschreckt, zieht er mich nun magisch an.

Er ist Schotte, brüllt mir mein Verstand entgegen, doch dieses Grübchen in seiner Wange lässt meine Grundsätze dahinschmelzen wie Schnee in der Sonne.

»Wie kommt ihr zum Flughafen?«, sucht Niall das Gespräch mit Rory, nachdem sie ihre Getränke bei Brodee bestellt haben.

»Lachlan fährt uns nach Edinburgh«, erwidert er und wirft mir einen Seitenblick zu, während ich spüre, dass Cait sich neben mir anspannt.

Themenwechsel ist jetzt angesagt. Nur was?

»Habt ihr schon Sightseeing-Pläne? Empire State Building? Central Park? Freiheitsstatue?«, grätsche ich dazwischen.

»Eigentlich nicht«, antwortet Melina freudig. »Mum hat gesagt, wir sollen uns nichts vornehmen, sie würde die Reiseleitung übernehmen. Wir werden aber auf jeden Fall im Waldorf Astoria essen. Zur Feier der Premiere.«

Zum Glück entgeht ihr Rorys panischer Gesichtsausdruck.

»Ich muss schnell noch mal wohin«, wirft Melina ein und steht auf, wird jedoch von Cait aufgehalten.

»Warte! Ich komme mit.«

Hilflos sehe ich den beiden hinterher und verteufle mein lahmes Hirn dafür, dass es nicht rechtzeitig geschaltet hat. Sobald die Tür zum Gang, der zu den Toiletten führt, zugefallen ist, wird das Stimmengewirr im Schankraum lauter. Ich sehe Frederick, den Besitzer des hiesigen Gemischtwarenladens, der sich über Cait echauffiert.

»Nicht mal beim Gottesdienst war sie«, höre ich eindeutig heraus.

Mit jedem Wort aus seiner Richtung wächst die Wut in mir. Am liebsten würde ich rübermarschieren und ihm sagen, dass Cait tun und lassen kann, was sie will und, egal was irgendwer behauptet, einen tollen Job und eine nette Wohnung hat. Sie alle kennen Mrs Hutton, Caits Mum, als die nette, fürsorgliche Pfarrersfrau. Dass sie einem Drill Sergeant der Armee Konkurrenz machen könnte und ihre Töchter äußerst streng erzogen hat, davon wissen sie nichts oder verschließen schlichtweg die Augen davor.

»Ich muss dir übrigens noch was erzählen«, sagt Niall und reißt mich aus meinen Rachefantasien. Meine Aufmerksamkeit wird jedoch von einer Bewegung an der Tür eingefangen. Ich sehe genauer hin, und im nächsten Moment bleibt mir das Herz stehen. Lachlan grüßt in die Runde und marschiert schnurstracks auf unseren Tisch zu.

»Doc, ich habe dich schon überall gesucht. Ich sprenge nur ungern die Runde, aber ich brauche dich«, sagt er und klopft Rory auf die Schultern. Panisch sehe ich von ihm zur Toilettentür, aus der Cait jeden Moment auftauchen wird. Dass sie sich irgendwann über den Weg laufen, war mir bewusst, doch auf keinen Fall sollte es vor all diesen Leuten geschehen.

Mir rauscht das Blut in den Ohren, und ich kann keinen klaren Gedanken fassen. Es hämmern immer wieder die gleichen Worte in meinem Kopf: *Tu was! Tu was!*

»Klar, was gibt's?«, sagt Niall und schickt sich an aufzustehen, doch ich halte ihn zurück, lege meine Hände an seine Wangen und küsse ihn. Um uns herum herrscht plötzlich Totenstille, dann höre ich Noreen krächzen: »Wozu so ein kleiner Reifenschaden doch gut sein kann.«

8.
Niall

Meine Lippen stehen in Flammen. Ach was, mein gesamter Körper. Selbst eine Stunde später, während ich die frisch operierte Pfote eines Pekinesen verbinde, hat sich dieses unglaubliche Hochgefühl nicht gelegt. Wir haben uns geküsst!

»Wie lange wird der noch so weggetreten sein?«, will Lachlan wissen und stupst den Patienten vorsichtig an.

»Er hat eine Vollnarkose. Fünf bis zehn Minuten, dann sollte er langsam aufwachen. Danach ist er etwas benebelt, aber heute Abend hechelt er wieder wie vorher.«

Lachlan atmet erleichtert aus und geht zurück zu dem kleinen Stuhl in der Ecke, von dem aus er der Operation beigewohnt hat.

»Sag mir bitte, dass er keine bleibenden Schäden davongetragen hat«, fleht er und reibt sich mit beiden Händen über das müde aussehende Gesicht.

»Dafür, dass ihm ein Golf Cart drübergefahren ist, war erstaunlich wenig kaputt. Den Knochensplitter habe ich entfernt und alles gereinigt. Aber jetzt erklär du mir doch erst mal, weshalb *du* hier bei mir bist und nicht sein Besitzer.«

Er lacht leise. »Seine *Besitzerin*«, korrigiert er. »Die Countess of Rothes.«

Mir fällt beinahe die Klammer aus der Hand, mit der ich den Mull fixieren wollte.

»Countess?«, hake ich schockiert nach und ernte ein steifes Nicken.

»Hochadelig, der kleine Stinker. Solltest mal sein Bettchen sehen. Mit Naturseide bezogen.«

»Hat er auch einen goldenen Napf?«, feixe ich, doch Lachlan ist nicht zu Scherzen aufgelegt.

»Glaub schon. Also wird er wieder ganz der Alte?«

»Absolut«, bestätige ich ihm, was er mit einem halben Lächeln quittiert.

»Zum Glück habe ich deinen Wagen am Pub stehen sehen. War vorher hier, alles dicht. Ans Handy bist du auch nicht rangegangen.«

»Dieses Wochenende habe ich keinen Notdienst und war zum Essen eingeladen.«

Lachlan prustet vor Lachen. »Hab ich gesehen. Du und Rosalind. Ich fasse es nicht«, tönt er und zwinkert. »Kein schlechter Fang, wirklich. Ist eine tolle Frau.«

»Das kommt ausgerechnet von dir?«, frage ich verdutzt nach, schließlich weiß ich, dass sie ihn im Pub nicht einmal bedient, geschweige denn ein gutes Haar an ihm lässt.

»Ich glaube, ich muss da mal was klarstellen«, setzt er an, kommt langsam rüber zu mir und deutet auf seine Brust. »Ich habe kein Problem mit ihr, sondern sie mit mir.«

»Wie auch immer. Mit dem Kuss hat sie mich völlig überrumpelt«, gestehe ich ein, während ich die Latexhandschuhe ausziehe.

»Echt? Ist mir gar nicht aufgefallen, bei der Show. Maihri wird bestimmt todunglücklich sein, nun, da sie keine Chance mehr bei dir hat.«

Ich winke ab und sammele die benutzten Teile des OP-Bestecks ein, um sie in den Sterilisator zu legen.

»Maihri ist meine Angestellte und eine gute Freundin. Als solche liegt sie mir sehr am Herzen. Nicht mehr und nicht weniger.« Dass ich weiß, in wen sie bis über beide Ohren verliebt ist, geht ihn nichts an.

»Hmm«, macht er plötzlich und verzieht nachdenklich das Gesicht. »Könnte sogar sein, dass du der erste Typ überhaupt für Rosalind bist.«

»Schwachsinn. Sie ist doch kein Mauerblümchen. Müsstest du doch schließlich wissen, immerhin geht das Gerücht um, ihr beiden wärt mal zusammen gewesen.«

Lachlan sieht mich an, als ob ich nicht mehr alle Tassen im Schrank hätte. »Also, ich lasse ungern etwas anbrennen, aber unsere Wirtin war mir schon immer zu heiß. Diese Wildkatze braucht einen Dompteur. Sicher, dass du ihr gewachsen bist? Die verspeist dich doch zum Frühstück.«

»Quatsch nicht so einen Schrott«, blaffe ich missmutig und fühle dennoch einen Stich in meinem Herzen.

Lachlan hebt die Hände und zuckt mit den Schultern, als wäre es ihm egal. »Kann ich ihn schon mitnehmen?«

»Halbe Stunde noch«, entgegne ich, während seine Worte in meinem Kopf kreisen. »Ich verstehe mich sehr gut mit ihr und finde sie überaus liebenswürdig.«

»Hey, mir musst du nichts erklären oder beweisen. Ich kenne sie seit der Grundschule. Rosalind hat Ecken und Kanten wie jeder von uns. Und darüber hinaus auch ein paar ordentliche Krallen, vor denen du dich in Acht nehmen solltest.«

Draußen ist es bereits dunkel, und die einzige Lichtquelle im Wohnzimmer ist das Handydisplay. Keine Nachricht, kein Anruf. Dass ich mir den Kuss nur eingebildet habe, stelle ich mal außer Frage, da Lachlan vorhin darüber gesprochen hat. Allerdings geschah es ziemlich plötzlich, und in diese Richtung deutende Vorzeichen gab es ebenfalls keine. Aber warum küsst man jemanden? Vor allem, wenn das halbe Dorf dabei zusieht.

Ich hätte nach der OP zurück zum Pub fahren und bei ihr klingeln sollen, anstatt mich mit knurrendem Magen auf die Couch zu legen. Bestimmt hat sie gewartet und ich Weichei hab mich aus Angst, sie würde mich auslachen, nicht getraut. Stattdessen kreist Lachlans Warnung durch meine Gedanken und verursacht mir Kopfzerbrechen.

Kurz checke ich die Uhrzeit. Fünf nach neun. Ist bestimmt nicht mehr viel los. Wahrscheinlich hocken die üblichen Verdächtigen beisammen, spielen Karten und schwärmen von alten Zeiten. Hunger habe ich auch. Sogar einen ziemlich großen.

Zögerlich raffe ich mich auf, stecke das Handy ein und schlüpfe in die Schuhe. Mit jedem Meter, den ich mich von der Haustür entferne, steigt meine Nervosität.

Als ich schließlich vor dem Pub stehe, verlässt mich der Mut und ich überlege umzukehren.

»Hast du bis eben operiert?«, höre ich Cait hinter mir und fahre erschrocken herum. Sie schließt die Wagentür ab und tritt näher, bis die schummrige Außenbeleuchtung ihr Gesicht erhellt. Ihre geröteten Augen sprechen Bände, doch sie lächelt und hakt sich bei mir ein.

»Nay, ich wollte ...«, stottere ich, was sie übergeht und mich durch die Tür mitten hinein ins Stormy Skye zieht.

»Schau mal, wen ich vor der Tür aufgesammelt habe«, ruft sie Rosalind zu, die gerade Spencer MacNair ein Bier serviert und mich wie versteinert anstarrt. Irgendwie ähnelt ihr Gesichtsausdruck dem von Lachlan.

»Niall! Endlich! Wo bist du so lange gewesen?«, trällert Alice und kommt aus der Küche geschossen. Sie reißt mich buchstäblich in ihre Arme, drückt Küsse auf meine Wangen und schiebt mich in Richtung meines Stammplatzes.

»Bro, zapf dem Doc mal ein ordentliches Pint«, ordert Cait und setzt sich zu mir, während Alice in der Küche verschwindet, wo sie mir unbedingt mein Essen aufwärmen will.

»Willst du auch eines?«, fragt Brodee und deutet auf eine Flasche Lager.

Cait antwortet mit einem Naserümpfen und deutet auf den Wasserhahn.

»Keine Biertrinkerin?«, hake ich nach und ernte ein Lachen.

»Ich trinke es sogar sehr gern, nur leider ist mein Gaumen mittlerweile ziemlich verwöhnt und die Sorten hier ...«, sie seufzt und räuspert sich, »... ich sage es mal so, man kann sie trinken. Ich bin Bier Sommelière.«

»Ich dachte, die gibt es nur für Weine«, erwidere ich irritiert und mustere sie voller Staunen.

»Wasser, Brot, sogar Öle. Man kann alles verköstigen und sich darauf spezialisieren«, erklärt sie voller Enthusiasmus, während ich an meinem Getränk nippe und mir verstohlen den dichten Schaum von der Oberlippe lecke.

»Arbeitest du für eine Brauerei?«, frage ich interessiert und sehe dabei zu, wie Rosalind hinter die Theke geht.

»Jetzt bin ich gespannt«, raunt sie Brodee zu, der die muskulösen Arme vor der Brust verschränkt und sich nach hinten gegen das Regal mit den Schnapsflaschen lehnt.

»Wenn er schlau ist, macht er keinen Mucks und kippt seine Plörre auf ex. So was zu brauen, das gehört bestraft«, motzt er.

»Nicht nur das«, klinke ich mich ein und nehme einen kräftigen Schluck, bevor ich aufstehe und zu Spencers Tisch marschiere. Nach den Gesichtsausdrücken der anderen Männer in der Runde zu urteilen, scheint dies keine Kneipentour unter Freunden zu sein.

»'n Abend, ich darf doch, oder?«, sage ich, ziehe mir einen Stuhl vom Nachbartisch heran und setze mich zu meinem recht verkniffen dreinblickenden Schuldner. »Wie geht's Diggi? Hoffe, ihr lasst ihn zukünftig an der Leine, wenn ihr an den Strand geht, damit er nicht noch einen Köder samt Angelhaken frisst.«

Er schnappt sein Bierglas, wohl um sich etwas Zeit für seine Antwort zu verschaffen, doch sobald sich der Geschmack des aus seiner Brauerei stammenden Lagers in seinem Mund ausbreitet, scheint er es zu bereuen.

»Gut, ihm geht es prächtig. Dank dir«, würgt Spencer hervor.

»Freut mich zu hören. Trotzdem ist die Rechnung überfällig.«

»Wirklich?«, windet er sich, während sein Blick gehetzt zu den anderen Männern huscht und er knallrot anläuft. »Der Hund gehört eigentlich meiner Frau. Und na ja, wir lassen uns gerade scheiden.«

»Tut mir leid zu hören, Spencer«, mime ich den Betroffenen, zumindest für einen winzigen Augenblick. »Das ist mir aber ehrlich gesagt vollkommen egal. Ich will mein Geld, und zwar bis Mittwoch auf meinem Konto, von mir aus auch in bar in der Praxis«, stelle ich klar und lege meine Hand auf seine Schulter. »Ansonsten leite ich ein Mahnverfahren bei Gericht ein.«

»Nicht mal mehr den Tierarzt kannst du bezahlen?«, blafft Ronald, dem eine Apartmentanlage ein paar Meilen außerhalb von Leathan gehört. »Eben tönst du, wir sollten uns noch ein wenig gedulden, bis das Gericht entschieden hätte und du danach neu durchstarten könntest.«

»Das werde ich auch, nur meine Frau torpediert alles, verdammt«, keucht er und wischt sich den Schweiß von der Stirn.

»Lügen! Nichts als Lügen. Du bist pleite!«, platzt Ronald der Kragen. »Hättest nicht andauern fremdgehen sollen.«

»Kein Pub auf der Insel verkauft mehr deine Plörre«, grätscht einer der anderen rein. »Dein Braumeister hat längst das Handtuch geworfen, weil du ihn seit drei Monaten nicht mehr bezahlst.«

»Mittwoch ist Zahltag, ansonsten bin ich Donnerstagmorgen in Portree«, wiederhole ich meine ernst gemeinte Drohung, stehe auf und klopfe auf den Tisch, um mich zu verabschieden.

Hinter mir werden Stühle gerückt. Schritte werden laut, und während ich mich wieder auf dem Barhocker niederlasse, zahlen Ronald und die anderen beiden Männer ihre Zeche. Spencer bleibt allein zurück und starrt in sein Bierglas. Er könnte mir fast leidtun, aber auch nur fast, denn immerhin weiß ich, dass er das Geld stets mit vollen Händen rausgeworfen und somit sein Dilemma selbst verschuldet hat.

»Ich mag Männer, die ihren Standpunkt vertreten und sich nicht unterbuttern lassen. Wo waren wir stehen geblieben?«, meint Cait grinsend.

Rosalind, die erneut meinem Blick ausweicht, geht zu Spencer, um zu kassieren.

»Er wollte wissen, ob du in einer Brauerei arbeitest«, nimmt Brodee den Faden wieder auf, schenkt ein Glas Talisker ein und stellt es neben mein Pint.

»Schön wäre es«, erwidert sie seufzend und nippt an ihrem Wasser. »Ich schlage mich in der Werbebranche durch. Viel Stress.«

»Dann suche dir doch endlich was Neues«, meint Rosalind und pikst sie mit dem Zeigefinger in die Seite.

Während Cait erschrocken quiekt, wird mir bewusst, dass Rosalind mich, seit ich hereinkam, noch nicht ein einziges Mal angesehen hat. Auch jetzt, wo sie nur einen halben Meter von mir entfernt ist, dreht sie mir den Rücken zu. In meinem Hinterkopf tanzt ein kleiner Teufel und schreit: *Es war nicht echt!*

Was ist nur los mit ihr? Was hatte der Kuss zu bedeuten?

»Lach nicht«, meint Rosalind und stemmt die Hände in die Hüften. »Du kannst deinen Job jederzeit an den Nagel hängen.«

»Und dann? Wer zahlt meine Rechnungen? Bier Sommelière ist ein Hobby. Ich würde gern viel mehr mit Brodee gemeinsam auf die Beine stellen, Events organisieren und Vorträge halten. Nur muss es sich auch finanziell lohnen. Vom

Spaß an der Arbeit wird man nicht satt«, kontert Cait und schürzt die Lippen.

Ich kann verstehen, was sie meint, und Rosalind sollte es ebenfalls tun. Die Verantwortung, die jeder von uns auf seinen Schultern trägt, ist enorm.

»Ich stelle dir gern den Pub zur Verfügung, falls ihr hier eine Verkostung veranstalten wollt«, bietet sie an und geht hinter den Tresen. »Man muss sich auch mal was trauen, Cait. Du versauerst in deinem Job.«

»Ich mag meinen Job, einzig der Arbeitsethos meiner Make-up-verrückten Kolleginnen geht mir auf den Zeiger.«

Das ärgerliche Funkeln in Rosalinds Augen ist nicht nur mir aufgefallen, denn Brodee bringt sich aus der Schusslinie. Ich lehne mich derweil nach hinten an und wohne dem Ganzen lieber schweigend bei. Hier einen Mucks zu machen könnte tödlich enden.

»So, mein Lieber«, trällert Alice und kommt mit einem überladenen Teller freudestrahlend auf mich zu. »Schätzchen, zieh nicht so eine Schnute, sonst kriegst du noch Falten.«

Rosalinds entsetzter Gesichtsausdruck ringt mir sämtliche Selbstbeherrschung ab, um nicht laut loszuprusten. Brodee schwächelt, kann sein Lachen aber mühsam mit einem Hustenanfall kaschieren.

»Was ist?«, will Alice sichtlich verwirrt wissen.

»Alles gut«, erwidert Cait und drückt ihr einen Kuss auf die Wange.

Das kalte Wasser weckt meine Lebensgeister, die in der vergangenen Nacht keine Ruhe gefunden haben. Ständig ratterte der gestrige Abend durch meinen Kopf. Rosalind ist nicht ein einziges Mal in meine Nähe gekommen oder hat mir gar in die Augen gesehen. Es war zum Verrücktwerden.

Mit einem Handtuch um die Hüften verlasse ich das Bad und treffe im Flur auf einen reichlich verpennten Brodee.

»Wow, in welche dunkle Ecke bist du denn geraten?«, fragt er und deutet auf meinen Bauch.

»Autounfall«, erwidere ich kühl und verschwinde in meinem Schlafzimmer. Normalerweise sind Männer stolz auf ihre Narben, ich hingegen sehe sie als das, was sie ist: ein Riss, der mich und mein gesamtes Leben durchzieht.

Im Spiegel betrachte ich die Metzgerarbeit des Notfallchirurgen, der mir einen Teil der Milz entfernt hat, um mein Leben zu retten. Aus eigener Erfahrung weiß ich, dass man in Extremsituationen nicht auf akkurate Stiche achtet, deshalb mache ich ihm keinen Vorwurf. Lieber eine hässliche Narbe als tot.

Nach einem kurzen Frühstück fahre ich in die Praxis, versorge die Kätzchen und gieße den Tee auf. Während ich auf Maihri warte, gehen mir Lachlans Worte durch den Kopf. Rosalind ist keine Frau, die mich als Spielzeug benutzen oder besagte Krallen an mir schärfen würde. Doch warum küsst sie mich mittags, und abends sieht sie mich nicht einmal mehr an?

Die Uhr tickt, der Tee ist fertig, nur Maihri taucht nicht auf.

Um zehn nach acht habe ich die erste Patientin, eine Katze mit abgerissener Kralle, versorgt und finde das Wartezimmer gut gefüllt vor. Nur leider sitzt noch immer niemand am Empfangstresen. Auf ihrem Handy meldet sich nur die Mailbox. Jetzt mache ich mir Sorgen.

»Der Nächste, bitte«, sage ich, als sich die Eingangstür öffnet und ein gut gekleideter Mann hereinkommt, auf dessen Revers das eingestickte Emblem des *Leathan Castle Hotel* prangt. Vor sich her trägt er einen riesigen, in knisternde Folie eingewickelten Präsentkorb.

»Eine Lieferung für Doktor Niall Price«, sagt er und sieht mich abwartend an. Es dauert allerdings einige Sekunden, bis ich mich daran erinnere, dass ich das bin. Die Dose Beluga Kaviar, die Flasche Champagner und all die anderen Delikatessen lenken mich zu sehr ab.

»Äh, ich habe nichts bestellt.«

»Ein Dankeschön der Countess of Rothes für die Behandlung ihres geliebten Whoopie Doopie.«

Ach so, der Pekinese. Ich hatte die Gravur auf dem goldenen Herz an seinem Krokolederhalsband für einen Scherz gehalten.

Der Bote stellt den Korb auf dem Tresen ab, verneigt sich und will verschwinden, doch hinter ihm steht Rosalind, beladen mit einer Transportbox, aus der Forrest mürrisch grollt. Sie ist ein wenig blass um die Nase, was wohl daran liegt, dass sie um diese Uhrzeit normalerweise noch schläft.

»Guten Morgen, Rosalind«, wünscht Mrs Kirk und kichert, während sie einen Flyer an unserem Schwarzen Brett befestigt, mit dem sie nach Unterstützung für den Kindergarten sucht. So, wie sie uns beide ansieht, erwartet sie eine Wiederholung des gestrigen *Zwischenfalls*. Zumindest sehe ich es als solchen an. Vielleicht hatte sie ja eine Wette mit Cait laufen? Ach nein, die war zu dem Zeitpunkt auf der Toilette.

»Morgen, Lyra«, erwidert Rosalind knapp und mustert eingehend ihre Schuhspitzen.

»Setz dich, dauert etwas. Ich bin allein und muss nebenbei die Patientenaufnahme machen.«

»Wo ist Maihri?«, fragt sie, und ich kann die Besorgnis in ihrer Stimme genau heraushören.

»Keine Ahnung«, erwidere ich seufzend und setze mich hinter den Empfangstresen, um Anmeldeformulare herauszusuchen.

»Brauchst du Hilfe?«

Hat sie das wirklich gesagt oder habe ich mir das lediglich eingebildet? »Ähm«, stammele ich und weiß nicht, wie ich reagieren soll.

»Ich habe das mal vor Jahren als Ferienjob gemacht.« Ihre Wangen überzieht eine zarte Röte, während sie um den Tresen herumgeht und Forrest in einer Ecke abstellt. Ich habe indes meine Zunge verschluckt, zumindest spüre ich sie nicht mehr in meinem Mund.

»Sieht noch genauso aus wie früher. Da die Formulare, dort die Flyer und Broschüren. Den PC müsstest du mir kurz erklären.«

»Ich ... also. Die Mühe musst du dir nicht machen. Am besten, du schreibst alles auf einen Zettel, nachtragen kann ich das später.«

»Wie du meinst«, erwidert sie schulterzuckend und zieht einige Anmeldeformulare aus dem Fach, zählt sie ab und steckt sie zusammen mit Kugelschreibern auf mehrere Klemmbretter. Als sie zu den Wartenden gehen will, halte ich sie auf.

»Danke«, bringe ich atemlos hervor, und zum ersten Mal seit dem Kuss sieht sie mir in die Augen.

»Wir Highlander halten zusammen und helfen uns gegenseitig.«

»Aye.«

9.
Rosalind

Der Vormittag verflog geradezu. Die Praxistür stand eigentlich permanent offen, die Leute gaben sich buchstäblich die Klinke in die Hand. Wenn das dort immer so zugeht, ist Niall echt nicht zu beneiden. Vor allem, wenn er dann mal frei hat und schnöselige Hotelmanager auftauchen, um ihn eine Not-OP durchführen zu lassen.

Beim bloßen Gedanken an Lachlan und dessen Beinahe-Zusammentreffen mit Cait wird mir wieder eiskalt. Das war echt verdammt knapp. Zum Glück war Lachlan, wie auch alle anderen im Gastraum, so auf Niall und mich fixiert, dass Cait unbemerkt in die Küche verschwinden konnte.

Damit war dieses Problem gelöst, nur habe ich ein unendlich größeres kreiert. Niall denkt jetzt bestimmt, ich will was von ihm. Ich bin so bescheuert! Statt eine Ohnmacht vorzutäuschen oder einen Streit mit Lachlan vom Zaun zu brechen, knutsche ich Niall ab, als würde das Ende der Welt bevorstehen.

»Da ist ja mein Kleiner«, flötet Mum und geht vor der Box in die Hocke. »Wie geht es denn meinem Fofo?«

Als sie Hand an den Haken legt, um die Fellfluse aus dem Knast zu entlassen, schreite ich ein.

»Vorsicht! Der ist ziemlich stinkig. Hat die ganze Fahrt über gegrummelt und gefaucht.«

»Ach, der tut mir doch nichts«, wiegelt sie ab, nur um im nächsten Moment einen spitzen Schrei auszustoßen. »Fofo!«

Forrest, der sich den Fluchtweg freigekratzt hat, verschwindet durch die offene Tür in den Garten, und ich bin Empfängerin eines vorwurfsvollen Blickes.

»Guck nicht so, ich hab dich gewarnt.«

»Wo warst du eigentlich so lange? Und wieso spielt Forrest mit irgendwelchen Kitten?«, erwidert sie giftig, als könnte ich was dafür, dass ihr Kampfkater heute Morgen geniest und sie deshalb Panik bekommen hat.

»Es war superviel los, da habe ich ihm ein wenig im Vorzimmer geholfen. Forrest durfte sich derweil im Quarantäneraum mit den kleinen Katzen, die Niall aufpäppelt, vergnügen. Er wollte gar nicht mehr weg.«

Mum, die den Mund bereits für eine Erwiderung geöffnet hatte, schließt ihn wieder und lächelt mich butterweich an. Anscheinend hat er ihr Herz im Sturm erobert. Davon zeugte auch die riesige Portion Roast Beef, die sie ihm gestern Abend serviert hat. Und dazu noch ihr »Iss Junge, es ist genug da«.

Wie komme ich aus der Misere nur wieder raus?

»Da hat sich Niall bestimmt gefreut.«

Und wie! Seinem Blick nach zu urteilen, hört er bereits die Hochzeitsglocken läuten. Insgeheim muss ich zugeben, dass ich ein widerliches Kribbeln im Magen verspürte, als ich heute Morgen in die Praxis fuhr. Ich will aber keine Schmetterlinge im Bauch, wenn ich an ihn denke oder ihm näherkomme. So wie vorhin, als er nach Ende der Sprechstunde eines dieser zuckersüßen Kätzchen auf dem Arm hatte und beruhigend auf das Kleine einredete. In diesem Moment schmolzen meine Grundsätze wie Schnee in der Sonne. Weg! Sie waren weg! Und hätte er mich geküsst, ich weiß nicht, ob ich jetzt schon wieder zu Hause wäre.

»Sehr sogar.«

»War Maihri nicht da?«

Ich schüttle den Kopf, und in mir erwacht wieder die Sorge um Caits jüngere Schwester, denn sie würde gewiss nicht grundlos der Arbeit fernbleiben. Immerhin war sie nie auch nur einen Tag krank und immer pünktlich, als sie hier im Pub gekellnert hat.

»Wo ist Cait?«, frage ich und stibitze mir eine der Karotten, die Mum für die Vorbereitung des Essens parat gelegt hat. Herzhaft beiße ich hinein und gehe noch mal sämtliche Folterpläne durch. Die habe ich seit letzter Nacht gesponnen, um Cait dazu zu bringen, sich endlich selbstständig zu machen und ihren Traum zu leben.

»Sie wollte mit Brodee was erledigen.«

Dann muss das warten. Ich werde jetzt erst mal zu Melina fahren und mit ihr über mein Dilemma sprechen. Cait ist sowieso befangen, sie mag Niall und meinte sogar, wir würden perfekt zusammenpassen und ich solle mir endlich diese dämliche *Kein Schotte*-Sache aus dem Kopf schlagen.

Da das Fahrrad noch immer nicht einsatzfähig ist, muss ich den Wagen nehmen.

Auf der Blue Skye Farm angekommen, finde ich Rory mit dem Spaten im vorderen Blumenbeet. Jeder Erdhaufen, den er umgräbt, wird von Blue begutachtet und beschnüffelt, während Lester vor der Haustür liegt und verschlafen blinzelt.

»Dich schickt der Himmel!«, flüstert er, zerrt mich um die Hausecke und vergewissert sich wie in einem Agentenfilm, dass niemand in der Nähe ist.

»Alles okay bei dir?«

»Seh ich so aus? Das mit New York. Ich brauche deine Hilfe.«

»Gern, kein Problem. Lasst einfach das Ticket auf mich umbuchen«, erwidere ich und überlege, ob mein Pass noch gültig ist.

»Das meinte ich nicht«, erwidert er und sieht mich an, als hätte ich den Verstand verloren. »Wir gehen doch in diesem Edelschuppen essen.«

»Und?«

»Messer, Gabel, Löffel, alles kein Problem, aber ich hab mal auf der Homepage geschaut, da lagen davon jeweils fünf. Große, kleine und dann noch die ganzen Gläser.« Seine sonst ruhige Stimme überschlägt sich beinahe vor Panik. »Das wird ein Desaster.«

»Wieso fragst du mich und nicht Lachlan«, spreche ich meinen ersten Gedanken aus, da er eindeutig die bessere Anlaufstelle für derlei Schickimicki ist.

»Hatte ich, doch er musste heute früh dringend nach Glasgow und kommt erst zum Wochenende zurück. Mir läuft die Zeit davon, nächste Woche fliegen wir bereits.«

»Oh«, erwidere ich und fühle mich echt mies, weil ich ihm seine Bitte ausschlagen muss. »Also, ich ...«, setze ich an, komme jedoch nicht weit, da er mich an den Oberarmen schnappt und »Bitte!« fleht.

»Okay«, antworte ich gedehnt und ahne, dass ich ihn übel blamieren werde, falls was daneben geht. Motorengeräusche werden laut, und Blue, der uns bis eben neugierig beobachtet hat, springt freudig in Richtung von Nialls Wagen. Der verfolgt mich definitiv!

»Hey, ich sehe kurz nach den Hühnern«, ruft er uns zu. »Bei Liam wieder alles okay?«

»Alles bestens«, antwortet Rory. »Komm danach auf einen Kaffee rein.« Niall gibt ihm ein Daumen hoch und überquert, mit seiner Arzttasche beladen, die Straße.

»Heute Abend gegen acht ... dann hoffe ich, dir weiterhelfen zu können.«

»Du bist ein Engel«, keucht er erleichtert.

»Mit Betonung auf *hoffe*«, wende ich ein, doch Rory redet weiter, als hätte er es nicht gehört.

»Mir fällt gerade eine ganze Gerölllawine vom Herzen. Ich habe vollstes Vertrauen in dich.« Mir wird mulmig, aber so schwer wird das schon nicht sein. Im Internet finde ich bestimmt Anleitungen.

In der Küche werde ich von Melina und einem schnurrenden Kaffeevollautomaten empfangen. Der Duft des Cappuccinos steigt mir in die Nase, und ich verdrehe verzückt die Augen.

»Auf den Punkt fertig«, trällert sie und reicht die Tasse an mich weiter.

»Danke«, hauche ich und nehme einen Schluck. »Ist der lecker.«

»Mir wurde erst bewusst, wie sehr ich guten Kaffee vermisst habe, als ich die erste Tasse aus diesem Wunderwerk probiert hatte. Rory ist schon ganz eifersüchtig«, berichtet sie und legt den Arm um das schwarze Gerät.

»Liebe auf den ersten Blick?«, erwidere ich lachend.

»Absolut. Was man bei dir und Niall nicht behaupten kann, was? Wann ist der Blitz eingeschlagen? Komm, raus damit!«, fordert sie und baut sich vor mir auf. »Wie kannst du mir so was verschweigen? Niall! Die Sahneschnitte von Leathan. Ach, was rede ich, von ganz Skye.«

Hitze steigt in meine Wangen. Hilflos starre ich auf den dichten, mit hellbrauner Crema durchzogenen Milchschaum.

»Samstag tust du noch so, als wäre er der letzte Mann, den du in Erwägung ziehen würdest, und keine vierundzwanzig Stunden später knutscht du mit ihm in aller Öffentlichkeit. Ich dachte, mich trifft der Schlag, als ich euch beide gesehen habe. Cait ebenso.«

Was habe ich mir da bloß eingebrockt? Auch Mum versuchte bereits herauszufinden, wie lange das zwischen mir und Niall schon läuft. Natürlich verstehe ich, dass Melina Details wissen will, nur wie soll ich ihr erklären, dass alles bloß eine Kurzschlussreaktion meines verkaterten Hirns war, um Cait ein Zusammentreffen mit ihrem miesen Ex zu ersparen?

»Ich ...«, setze ich halblaut an und atme tief durch. Melina verschränkt die Arme vor der Brust und schürzt die Lippen. Sie wartet auf eine Erklärung. »Es war ein Ablenkungsmanöver«, gestehe ich und schlage die Hände vors Gesicht. Am liebsten möchte ich im Boden versinken. Ich kann ihren ungläubigen Blick auf mir spüren, und gleichzeitig protestieren die Schmetterlinge in meinem Bauch aufs Heftigste. Diese miesen Verräter sollen sich zum Teufel scheren.

»Du veralberst mich.«

Kopfschüttelnd sehe ich zu ihr auf, während mir die Hände in den Schoß fallen. »Es war wegen Lachlan und ...«, setze ich zu einer Erklärung an, doch bevor ich den Mut habe, meinen Grundsatz nie zu tratschen zumindest kurzfristig außer Kraft zu setzen, geht die Hintertür auf und Rory betritt zusammen mit Niall die Küche.

Dass sich Rorys Vertrauen in Grenzen hält, zeigt sich, als er am Abend nicht allein im Pub auftaucht.

»Niall bot seine Hilfe an«, meint er und lächelt mich entschuldigend an.

So was nervt! Wieso habe ich mir überhaupt die Mühe gemacht und im Internet recherchiert? Mal ganz abgesehen von Niall, der mich seit dem Morgen mit diesem Welpenblick anschaut. Zum Glück hat er diesmal kein Kätzchen auf dem Arm, sonst hätte ich ihn gar nicht erst reingelassen.

Grummelnd deute ich auf einen der Tische, den ich mithilfe einer genauen Liste eingedeckt habe. Mehrere Besteckstücke und Gläser, wobei wir im Pub natürlich nicht die Ausstattung eines gehobenen Restaurants haben – und von allem nur eine Größe. Es braucht also ein wenig Fantasie, um Rotwein- und Wasserglas auseinanderzuhalten.

»Cait nicht da?«, fragt Niall und wirft einen suchenden Blick durch die Durchreiche in die Küche.

»Unterwegs mit Brodee. Schon den ganzen Tag.«

Erneut regt sich mein schlechtes Gewissen, dass ich ihn für ein Ablenkungsmanöver missbraucht habe. Es geschah in bester Absicht, und der Kuss hatte rein gar nichts zu bedeuten. Die Schmetterlinge in meinem Bauch sind da zwar weiterhin anderer Meinung, aber die haben nichts zu melden.

»Wieso suchst du sie?«, hake ich aus einem mir unerfindlichen Grund nach.

»Wegen Maihri.«

»Ach so.« Keine Ahnung, warum mich seine Antwort erleichtert. Gleichzeitig liegt mir auf der Zunge, ihm zu sagen, dass Maihri und Cait schon seit Jahren nicht mehr miteinander sprechen, kann mich aber stoppen.

»Wow! Das sieht toll aus. Irgendwie«, meint Rory und starrt den eingedeckten Tisch an.

»Da hast du dir viel Mühe gemacht«, lobt Niall und bläst die Wangen auf. »Okay. Serviette fehlt, aber das macht nichts. Setz dich, Rory.«

Rory gehorcht, obwohl seine Gesichtsfarbe der des weißen Tischtuchs gleicht.

»Keine Ahnung, wie ich das hinbekommen soll. Das ist einfach zu viel!«, jammert er und starrt die Besteckteile an, als wären sie Folterinstrumente.

»Und du bist dir sicher, dass ihr nach der Oper essen geht?«, hakt Niall nach und zieht sich einen Stuhl vom Nebentisch heran.

»Melina hat gestern mit ihrer Mutter geskyped«, erwidert er missmutig.

»So schwer ist das wirklich nicht. Vorschlag: Mach es doch einfach wie in dem Film«, sagt Niall.

»Welchem Film?«, fragen wir beide wie aus einem Mund.

»*Pretty Woman*. Von außen nach innen.«

»Ich werde mich ganz sicher nicht darauf verlassen, was irgendwer mal in einem Schnulzenfilm aus den Neunzigern gesagt hat. Das sind meine zukünftigen Schwiegereltern«, motzt Rory.

»Niall, du hast *Pretty Woman* gesehen?«, frage ich hingegen verdutzt nach.

»Nay, nur davon gehört«, wiegelt er ab und zuckt mit den Schultern, doch es sind seine Ohren, die ihn verraten, denn sie glühen verdächtig. Er springt auf und geht hinter die Bar. Dabei tut er alles, um meinem Blick auszuweichen. Ich mustere ihn von der Seite und kann es kaum fassen, dass es tatsächlich einen Mann in meinem Bekanntenkreis gibt, der diesen Film freiwillig angeschaut und derlei Dinge gemerkt hat.

»Welche Oper wird eigentlich aufgeführt?«, will er wissen und versucht, es nicht nach einem Themenwechsel aussehen zu lassen.

»Irgendwas Italienisches. *La Trivila* oder war es *Triviva?*«

»*La Traviata?*« Niall verharrt in der Bewegung und starrt ihn an. Kam es mir nur so vor oder lag seine Stimme gerade zwei Oktaven über normal?

»Keine Ahnung. Melina war ganz aus dem Häuschen.«

»Weißt du, wer ...? Ich meine, wer sie singen wird?«

Da, schon wieder!

»So 'ne Russin. Anna Nebuka, oder so.«

»Anna Netrebko?«

Nun ist es auch Rory aufgefallen, der Niall ansieht, als wäre er ein Alien. »Klingt fast so, als würdest du dir so was freiwillig anhören«, meint Rory.

»Eine meiner Tanten ist eine große Opernliebhaberin, da habe ich einiges aufgeschnappt.«

»Die, die in Inverness lebt?«, fasst Rory nach.

»Genau, Helen«, bestätigt er und macht mich hellhörig.

»Wie viele Tanten hast du denn?«, frage ich, bevor ich mich stoppen kann.

Niall lächelt zwar, doch er wirkt auch ein klein wenig verlegen.

»Drei. Helen, dann Joselyn, sie lebt in Wynberg in Südafrika, und Sarah – sie lebt auf Bermuda.«

»Klingt, als könntest du überall günstig Urlaub machen«, wirft Rory amüsiert ein.

»Kann man so sagen, ja. Helen hat sich vor einigen Jahren ein Haus in der Toskana gekauft, das sie mir schon einige Male zur Verfügung gestellt hat.«

Das Neidflämmchen flackert wieder auf. Toskana, Italien, la dolce Vita! Ich wäre sofort bereit, alles stehen und liegen zu lassen, um dorthin zu reisen. Niall hat es echt gut, dass seine Verwandtschaft an solch schönen Orten lebt und urlaubt, und ich frage mich, wie viele Geheimnisse er noch so verbirgt.

»Darf ich mir eine Cola einschenken?«

»Bedien dich! Bringst du mir ein Wasser mit?«

»Ach, Rory, falls du lieber hierbleiben willst, ich fliege gern mit Melina«, scherzt Niall und zwinkert ihm von der Theke aus zu.

»Vergiss es! Wenn, dann fliege *ich* mit Melina, und ihr Kerle könnt hier versauern«, werfe ich ein.

»Als ob du in die Oper gehen würdest«, erwidert Niall.

»Ich werde *auch* dazu gezwungen«, nuschelt Rory und lässt den Kopf hängen.

»Hey, ich will dir mal was sagen«, kontert Niall und reicht mir ein Glas Wasser. »Anna Netrebko! Live! In der MET! Das ist gleichzusetzen mit einer Privataudienz bei der Queen!«

Ich will ihn gerade fragen, ob seine Leidenschaft für Opern einzig von seiner Tante herrührt, als mich das Knarzen der Eingangstür ablenkt.

»Ruhetag!«, rufe ich und drehe mich um.

»Weiß ich, hilf mir mal!«, sagt Cait, die mit einer Bierkiste in den Händen durch die Öffnung im Windfang tritt. Ich bin noch nicht aufgestanden, da ist Niall bereits bei ihr und nimmt ihr den Kasten ab.

»Trägst du Eulen nach Athen?«, meint er, was Cait auflachen lässt.

»So was in der Art.« Hinter ihr taucht Brodee auf, der ebenfalls eine Kiste schleppt.

»Ich bring sie runter in den Keller«, sagt er und begibt sich zur Theke.

»Wo wart ihr den ganzen Tag und wieso kaufst du Bier ein? *Wolf Brew?* Was ist das für Zeug?«, bohre ich und baue mich vor ihr auf.

»Wir haben verschiedene Brauereien in der Umgebung besucht. Du hattest im Übrigen recht, ich sollte die Zeit hier nutzen und ein oder zwei Verkostungen veranstalten. Apropos, was soll das hier werden?« Sie sieht an mir vorbei zu Rory, der verzweifelt in die Runde blickt.

»Er geht mit Melina und ihren Eltern essen. Ins Waldorf Astoria«, erkläre ich, was Cait mit einem beeindruckten »Wow!« kommentiert.

Sie geht zum Tisch und klopft ihm anerkennend auf die Schulter.

»Ich weiß genau, wie du dich fühlst. Bei meinem ersten Dinner in einem dieser schicken Lokale in Chelsea bin ich tausend Tode gestorben. Vergiss das alles hier! Am besten ist, du bestellst das Gleiche wie Melina und orientierst dich daran, welches Besteck sie zur Hand nimmt.«

»Das ist sogar noch besser als *Pretty Woman*«, attestiert Niall und streckt ihr die Faust entgegen.

»Von außen nach innen«, greift Cait auf und dotzt mit ihrer Faust dagegen.

Könnte mich bitte mal jemand zwicken? Was läuft hier?

»Cait, komm mal mit runter, wir müssen umräumen«, sagt Brodee und verschwindet mit der nächsten Ladung im Keller.

»Soll ich?«, bietet Niall an, doch sie winkt ab und folgt ihm hinunter, während er sich zurück zu Rory und mir setzt.

»Caits Vorschlag ist super.«

»Das mag alles sein, ich will nur nicht, dass Melinas Eltern denken, ihre einzige Tochter hätte sich einen Hinterwäldler geangelt, der nicht mal richtig mit Messer und Gabel essen kann.«

»Sie kennen dich doch bereits«, wendet Niall ein. »Und so, wie ich die beiden einschätze, ist es ihnen vollkommen egal, wie dein Umgang mit Besteck klappt, solange du Melina glücklich machst.«

Die Eingangstür öffnet sich erneut, und ich will bereits aufstehen, um die ungebetenen Gäste auf den Ruhetag hinzuweisen, als Lachlan den Windfang zur Seite schiebt. Wie versteinert bleibe ich stehen. Nicht schon wieder! Mir läuft es eiskalt den Rücken herunter.

»Lachlan!«, rufe ich laut und hoffe, dass Cait es im Keller gehört hat.

»Was machst du denn hier? Wolltest du nicht nach Glasgow?«, hakt Rory verwundert nach.

»Du musst mitkommen. Dringend. Wir dürfen keine Zeit verlieren«, drängt Lachlan und sieht auf seine Armbanduhr.

»Ist was passiert?« Rory springt auf und zieht seine Jacke über.

»Ich war kurz vor Loch Lomond, als in den Nachrichten davon berichtet wurde, dass das Flughafenpersonal in Heathrow ab morgen früh streiken wird. Für mindestens eine Woche«, rattert er.

»Wolltet ihr nicht über London fliegen?«, fragt Niall nach, was Rory mit einem Nicken bestätigt.

»Mein Akku war leer, und ich hatte mein Ladekabel vergessen, sonst hätte ich euch von unterwegs angerufen. Melina meinte, du seist hier. Sie hat bereits Flüge für die Frühmaschine nach Frankfurt gebucht, von dort fliegt ihr dann weiter nach New York.«

»Nächste Woche?«

»Morgen, um genau zu sein, in neun Stunden, und deshalb sollten wir schleunigst zum Craig Cottage und dann weiter nach Glasgow.«

»Okay, ähm, was ist mit den Tieren? Wir können doch nicht so einfach ...«

»Ihr müsst, andernfalls kannst du ihr deinen Heiratsantrag statt auf der Brooklyn auf der Skye Bridge machen.«

Überwältigt von den einprasselnden Neuigkeiten starre ich ihn an und bekomme nur am Rande mit, dass Brodee hinter der Theke auftaucht.

»O Scheiße!«, flucht er, was auch Lachlans Aufmerksamkeit weckt.

»Was ist?«, will Cait wissen und bleibt neben ihm stehen.

Ich halte den Atem an, während aus Lachlans Gesicht sämtliche Farbe weicht. Sekundenlang starrt er sie an, bis ich den Schock überwunden habe und auf ihn zustürme.

»Raus hier!«, blaffe ich und deute auf die Eingangstür. »Verschwinde!«

»Rosa«, höre ich Cait leise sagen, doch in meinen Ohren ist nur Rauschen.

»Falls du es nicht mitbekommen hast, Rory und ich wollten sowieso gehen«, erwidert er tonlos, doch so einfach kommt er mir nicht davon.

»Du hast ab sofort Hausverbot!«

»Was?«, entfährt es ihm. »Nenn mir einen vernünftigen Grund«, fordert er. Sein Blick huscht dabei ständig zwischen mir und Cait hin und her.

»Einen? Du bist ein betrügerisches und verlogenes ...«

»Rosalind«, versucht es Cait erneut, doch ich schüttele ihre Hand ab.

»Ich bin weder das eine noch das andere! Welchen Lügen du Glauben schenkst, ist nicht mein Problem«, speit er mir entgegen und verzieht hämisch das Gesicht.

»Lügen? Du hast ihr das Herz gebrochen, sie benutzt und weggeworfen«, brülle ich. Es fehlt nicht viel, und ich kratze ihm die Augen aus.

»Rosalind!«, geht Cait barsch dazwischen und zieht mich am Arm einige Schritte von Lachlan fort. »Es reicht!«

»Was ist denn? Ich will dich doch bloß ...«

»Beschützen, ich weiß«, beendet Cait meinen Satz und schließt die Augen. Tränen quellen unter ihren Lidern hervor, fließen über ihre Wangen und perlen am Kiefer ab. »Er ist weder das eine noch das andere.«

Ihre Worte treffen mich wie ein Hammer gegen die Brust. »Du warst am Boden zerstört, hast tagelang geheult. Ich dachte, er hätte ...«

Ungläubig sehe ich dabei zu, wie Cait den Kopf schüttelt und sich die feuchten Spuren mit zitternden Fingern von den Wangen wischt. Am liebsten würde ich sie schütteln, um endlich zu erfahren, was genau damals vorgefallen ist.

»Die Trennung ging von mir aus.«

Das kann jetzt nicht sein!

»Dann sag ihr doch auch gleich, was deine Beweggründe waren, wenn du sie mittlerweile selber kennst«, verlangt Lachlan, dessen Augen angriffslustig aufblitzen. Die Farbe ist in sein Gesicht zurückgekehrt, nur doppelt so viel.

»Ich denke, es ist genug«, klinkt sich Brodee ein und baut sich in bester Türstehermanier vor Lachlan auf. »Geh nach oben, Cait. Rosalind, du auch.«

»Willst *du* mich jetzt rausschmeißen?«, höhnt Lachlan und mustert sein Gegenüber, ob er einen adäquaten Gegner abgeben würde.

»Wenn nötig«, entgegnet Brodee kühl.

»Leute«, schreitet Niall ein und blickt streng in die Runde. »Können wir uns jetzt alle mal beruhigen?«

»Der Meinung bin ich auch«, legt Rory nach und drückt ihm seinen Schlüsselbund in die Hand. »Ruf Connor an. Futterliste hat Melina schon erstellt. Ihr findet alles im Stall. Termine für Wanderungen sind im Kalender auf dem Tablet, das Passwort kennst du ja«, erklärt er und schnappt sich Lachlan im Vorbeigehen. »Alles Weitere besprechen wir telefonisch.«

»Guten Flug und viel Spaß in New York!«, ruft Niall ihnen nach, während die Eingangstür hinter ihnen zufällt.

10.
Niall

Dicke Nebelschwaden wabern in der Dämmerung über Loch Leathan hinweg, während sich die Morgensonne allmählich über den Horizont kämpft. Die Nacht war sternenklar und eisig, doch der Wetterbericht verspricht satte zwanzig Grad und den gesamten Tag über Sonnenschein pur.

Lester empfängt mich freudig wedelnd am Craig Cottage und lässt sich von mir hinter den Ohren kraulen.

»Jetzt bist du hier der Boss«, erkläre ich ihm und lasse ihn einen Hundekeks von meiner Hand lecken. So munter wie er bin ich hingegen nicht, sondern eher schlaftrunken und verpennt – wie die beiden braunen Wallache Harry und Liam, die gemächlich zum Gatter trotten, wobei der eine dem anderen das Heu aus der Wolle zupft.

Ich zähle kurz durch. Hier ist alles okay, genauso wie zuvor auf der anderen Weide. Da ich Connor noch nicht erreicht habe, übernehme ich die Fütterung. Im Stall liegt alles ordentlich parat, und ich folge Melinas ausführlicher Anleitung. Ich stelle fest, dass die beiden nichts dem Zufall überlassen und alles top organisiert haben.

Aus Rory ist ein Mann der Tat geworden, genauso wie es einst sein Ziehvater Curran war. Und so, wie es sich gestern Abend anhörte, will er nun mit Melina gemeinsam das nächste Kapitel aufschlagen. Heiratsantrag auf der Brooklyn Bridge. Nicht unbedingt der Ort, den *ich* mir dafür vorstelle. Bei mir müsste es viel romantischer sein. Ein Ort, den wir beide lieben und viele schöne Erinnerungen damit verknüpfen.

Sobald das Spezialfutter verteilt und die Raufen aufgefüllt sind, lehne ich mich gähnend ans Gatter und lausche dem melodischen Summen der Tiere, was hier und da die Stille durchbricht. Sofort kommt mir wieder Rosalinds Ausbruch vom Vorabend in den Sinn, der mir in der vergangenen Nacht den Schlaf geraubt hat.

Cait und Lachlan. Okay, immerhin besser als Rosalind und Lachlan. Trotzdem war ich für einen kurzen Moment geschockt über die Vehemenz, mit der sie Lachlan angegangen ist. Fand ich es übertrieben? Ja! Fand ich es heiß? Ja! So viel ist klar, die Krallen, von denen er neulich sprach, hat er nun selbst zu spüren bekommen. Mit Rosalind legt man sich besser nicht an, denn sie hat Feuer und mutiert zu einer Löwenmutter, wenn es um ihre Freunde geht.

Die blasse Morgenröte durchdringt das Grau des Nebels und spiegelt sich als mystisches Farbenspiel auf der glatten Oberfläche des Sees. Ich kann nur schwer meinen Blick abwenden, obwohl ich dringend in die Praxis muss. Die Kätzchen wollen schließlich auch gefüttert und mit Streicheleinheiten bedacht werden.

Hoffentlich taucht Maihri heute auf. Zwar hat mir Rosalind tags zuvor den Rücken freigehalten, doch ich bezweifle, dass sie heute erneut in der Praxis aushelfen kann. Bei ihr steht wohl eher ein längeres Gespräch mit Cait auf dem Plan.

Als ich mich endlich losreiße, ist es beinahe halb acht und Lester braucht noch sein Futter. Zehn Minuten später schließe ich die Praxis auf, stelle den Wasserkocher an und gehe meinen allmorgendlichen Pflichten nach. Der Anrufbeantworter blinkt, was nichts Gutes bedeutet, doch dazu später – erst die Katzen.

Im Quarantäneraum empfängt mich quengelndes Maunzen. So, wie die Kleinen gewachsen sind, kann ich mir langsam Gedanken darüber machen, wo ich sie demnächst unterbringe, schließlich können sie nicht auf ewig bei mir in Obhut bleiben. Am besten wäre es, ich würde ein paar Aushänge machen. Hier in der Praxis, am Schwarzen Brett der Kirche und bei Frederick im Gemischtwarenladen. Das dürfte genügen.

Mit der Teetasse und einem Kätzchen bewaffnet, setze ich mich hinter den Empfangstresen, um den Anrufbeantworter abzuhören. Die schnurrende Unterstützung hebt meine Stimmung ungemein und vertreibt zudem die Angst davor, dass Maihri nicht auftaucht.

Ein Rind, was nicht fressen will. Ein Hund mit Durchfall und ein Schaf, was sich am Weidezaun verletzt hat. Nichts Weltbewegendes. Vorausgesetzt, dass keine weiteren oder gar schwereren Fälle gemeldet werden, kann ich alles am Nachmittag gut abarbeiten und vielleicht sogar pünktlich Feierabend machen.

Ich bin gerade damit beschäftigt, die Telefonnummern zu notieren und alles zeitlich zu koordinieren, als mein Handy zu klingeln beginnt.

»Guten Morgen«, wünsche ich Rosalind und höre, wie sie seufzt.

»Ist sie da?«, fragt sie mit müder Stimme und gähnt.

Ich sehe zur Uhr. Es ist acht. »Wenn du Maihri meinst, noch nicht. Bei dir alles okay?«

»Wegen gestern Abend? Nein. Nun zieht es Cait vor, mir aus dem Weg zu gehen. Sie und Brodee sind schon wieder unterwegs.«

Die Eingangstür öffnet sich, und ich wende mich freudig lächelnd um, doch leider ist es nicht Maihri, sondern deren Mutter.

»Mrs Hutton. Guten Morgen«, begrüße ich sie mit schwindender Hoffnung, dass meine schmerzlich vermisste

Kummerkastentante hinter ihr auftaucht. Mal abgesehen von der Arbeit hier in der Praxis, brauche ich Maihri, um mir darüber klar zu werden, was dieser Kuss von Rosalind zu bedeuten hat.

»Ihre Mutter ist bei dir?«, fragt Rosalind entsetzt. »Ruf mich zurück, sobald sie weg ist.«

»Mach ich«, erwidere ich und lege auf.

»Guten Morgen, Doktor. Maihri geht es nicht gut. Sie hat sich irgendetwas eingefangen, liegt seit vorgestern Abend im Bett und verweigert jegliches Essen und Trinken. Gerade jetzt, wo ich sie dringend für die Vorbereitungen der Osterfeier im Kirchgarten brauche.«

Sie schürzt die Lippen und zieht die Nase kraus, als wäre es ein Sakrileg, krank und nicht einsatzfähig zu sein. Ich weiß von Maihri, wie pingelig ihre Mutter ist. Wahrscheinlich sieht sie es als persönlichen Affront an, dass ihre Tochter mal nicht so funktioniert, wie sie es gern hätte.

»Ein Patient von Ihnen?«, will sie wissen und deutet auf den kleinen grau-weiß getigerten Kater, der den Kittel als Kletterhilfe missbraucht, um auf meine Schulter zu gelangen.

»Einer von fünf. Standen eines Morgens hier vor der Praxis. Sie wollen nicht zufällig eines der Kleinen haben?«, frage ich und erwarte gar nicht erst, dass sie zustimmt. Schließlich weiß ich, wie wenig Mrs Hutton von Haustieren hält.

»Um Himmels willen, uns kommt kein Tier ins Haus. Ich wollte es Sie nur wissen lassen. Auch dass Not am Mann ist.« Aha, deshalb hat sie sich die Mühe gemacht herzukommen, statt mich einfach anzurufen. Sie hofft, mich für die Vorbereitungen einspannen zu können.

»Das glaube ich gern. Maihri ist sowohl für Sie als auch für mich hier in der Praxis eine große Stütze«, erwidere ich und kämpfe mir ein Lächeln aufs Gesicht.

»Oh, sie ist ein Gottesgeschenk. Ganz anders als ihre ältere Schwester. Cait hat schon immer wenig Sinn dafür gehabt, der Familie zu helfen, und sich, wo es ging, vor der Arbeit gedrückt.«

So schätze ich Cait zwar nicht ein, halte aber lieber meinen Mund.

»Nun gut. Danke, dass Sie mich informiert haben, Mrs Hutton. Richten Sie Maihri bitte aus, dass sie sich alle Zeit nehmen soll, um vollauf gesund zu werden. Ich habe zwar aktuell viel Arbeit, vor allem da Rory Fyfe und Melina Brunner in Urlaub sind und ich die Alpakas betreue, aber ich bekomme das schon hin.«

»Falls Sie dennoch ein wenig Zeit erübrigen könnten, wäre das Kirchenkomitee sehr dankbar.«

»Falls ...«, erwidere ich und räuspere mich. »Dann werde ich es Sie wissen lassen. Schönen Tag, Mrs Hutton.«

Sobald die Eingangstür hinter ihr zugefallen ist, wähle ich Rosalinds Nummer und berichte ihr von dem Gespräch. Mehrmals kann ich hören, wie sie schockiert nach Luft schnappt.

»Gib mir zehn Minuten!«

Dieser Vormittag verläuft um ein Vielfaches entspannter. Die meiste Zeit spielen Rosalind und ich mit den Katzen. Dabei unterhalten wir uns wie an jedem Abend im Pub, locker und ungezwungen. Doch ich spüre ganz deutlich, dass etwas ist, nur kann ich ihre Stimmung zu schlecht deuten, um den Finger drauflegen zu können.

»Magst du noch einen Tee?«, fragt Rosalind und schnappt sich meine Tasse vom Schreibtisch. Dabei weht mir der warme Vanilleduft ihres Haars entgegen, den ich wie eine Droge tief einatme. Nur zu gern würde ich meine Nase direkt in ihren dunklen Locken vergraben. Ich wäre wahrscheinlich tagelang high.

»Gern, aber ich kann ihn mir auch selbst holen.«

»Ist so ein Gewohnheitsding«, erwidert sie, wobei ein zögerliches Lächeln über ihr Gesicht huscht.

Keiner von uns beiden hat bisher den gestrigen Abend, geschweige denn den Vorfall am Sonntagmittag, angesprochen. Ob ich ihr anbieten soll, mit mir offen darüber reden zu können?

»Du willst die Kleinen wirklich hergeben? Behalte sie doch einfach«, schlägt sie vor.

»Fünf Katzen? Die würden alles auf den Kopf stellen. Schon jetzt sind sie kaum zu bändigen.«

»Ihnen fehlt eben die Mutter.«

Da stimme ich ihr zu. Ohne Mutter aufzuwachsen, ist verdammt hart. Egal wie sehr sich meine Tante bemüht hat, dieser gewisse Funken war nie da, ihre Umarmung nicht von der gleichen Intensität oder ihre Liebe so allumfassend wie die meiner Mutter.

»Niall?«, spricht mich Rosalind an und berührt meine Schulter, sodass ich sie erschrocken anstarre.

Hat sie was gesagt?

»Alles okay bei dir?«

»Ähm, ja. Alles bestens. War nur gerade mit dem Kopf schon bei den Hausbesuchen«, schwindele ich und pflücke den kleinen Tiger von meiner Schulter, um ihn ihr auf den Arm zu setzen.

»Ah, Krallen«, wimmert sie, krault dem Kater aber weiter liebevoll den Rücken.

»Die kleinen Gangster müssen schleunigst ein Zuhause finden. Im Quarantäneraum ist nichts vor ihnen sicher. Ich muss nachts sogar die Alarmanlage ausgeschaltet lassen, weil sie sie bei ihren Wanderungen ständig ausgelöst haben. Nimm du doch einen von den Rackern. Katzen hält man nicht allein. Sie brauchen Gesellschaft, und Forrest freut sich bestimmt, einen kleinen Bruder oder eine kleine Schwester zu bekommen.«

»Ich weiß nicht. Mums Fellfluse ist ein echter Diktator, der duldet keinen anderen König neben sich. Erst recht keinen, der so niedlich ist. Da wird er bestimmt eifersüchtig.«

»Kann gut sein. War nur ein Vorschlag.«

Sie seufzt und sieht sich die an der Wand hängende Hochglanzfotografie, auf der zwei spielende Keas abgebildet sind, näher an. Das großrahmige Bild hing bereits in Dads Behandlungsraum, und ich war gerührt, als es mir seine früheren Kollegen zum erfolgreich bestandenen Examen schickten.

»Draußen ist so schönes Wetter.«

»Du musst nicht hier sein.« Der Blick, den sie mir zuwirft, liegt voller Unverständnis. »Es ist nicht viel los, und du hast nur zwei freie Tage in der Woche.«

»Hmm, aber Cait könnte auftauchen.«

Ich spüre sofort, wie sich die Stimmung im Raum verändert. Zum Glück war ich nicht so dumm und habe dieses Thema angeschnitten. »Was könnte der Grund für Maihris Krankheit sein?«, lenke ich das Gespräch in eine andere Richtung. Das Auftauchen von Mrs Hutton hatten wir zuvor schon lang und breit diskutiert, wobei Rosalind der gleichen Meinung ist wie ich. Sie ist ein Feldwebel, der keinen Widerspruch duldet.

»Gut möglich, dass sie Stress mit ihrer Mutter hatte. Sie nimmt sich alles immer sehr zu Herzen. Allerdings befürchte ich, es liegt eher an Cait.«

»Sie hat sie mir gegenüber nie erwähnt. Mit keiner Silbe.«

»Kaum zu glauben, schließlich waren sie früher unzertrennlich. Cait musste immer auf sie aufpassen, aber Maihri wäre ihr auch so überallhin gefolgt. Gemeinsam haben wir die wildesten Abenteuer erlebt. Sie, Cait und ich. Und wo wir waren, hingen auch immer Connor, Lachlan und Rory rum.«

Mist, mein Themenwechsel hat nicht funktioniert. Krampfhaft überlege ich, wie ich von der dünnen Eisschicht runterkomme, doch bevor mir etwas Brauchbares einfällt, seufzt Rosalind und wendet sich mir zu.

»Du hast Schiss, ich könnte dich so ankeifen wie Lachlan, nicht wahr?«

»Eher damit, dir zu nahe zu treten und ein Thema, was dir sichtlich Unbehagen bereitet, anzusprechen«, erwidere ich und lehne mich nach hinten an. Ihre Reaktion abwartend mustere ich sie, wobei mir nicht entgeht, dass sich mit dieser Antwort nicht gerechnet hat.

»Unbehagen, kann man wohl sagen«, murmelt sie. »Zum Glück gab es nicht allzu viele Zeugen für meinen Ausbruch. Gott, ist mir das peinlich.«

»Willkommen im Fettfass«, erwidere ich und grinse ihr breit entgegen. »Ist nett da drin und du bist in bester Gesellschaft. Ich habe es mir dort bereits gemütlich gemacht, seit neulich im Keller.«

»Autsch, da hattest du einen ganz wunden Punkt bei mir erwischt«, erwidert sie und verzieht schmerzerfüllt das Gesicht.

»Wäre ich nie drauf gekommen«, feixe ich und hole eine Dose Shortbread aus der Schreibtischschublade, während sie den Tee eingießt.

»Cait hat mir nie erzählt, was damals der Grund für die Trennung war. Ich bin sogar extra mit der Bahn nach London gefahren, um ihr beizustehen«, offenbart sie und stellt die dampfende Tasse vor mir ab.

»Waren die beiden lange zusammen?«, frage ich vorsichtig nach und beobachte genau, wie sie darauf reagiert. Rosalind presst die Lippen zusammen, was ein ganz eindeutiges Zeichen dafür ist, dass sie dieses Geheimnis nicht preisgeben möchte. Ich weiß, sie tratscht nicht und Cait ist ihre Freundin, daher bezweifle ich, dass sie mit mir über Details sprechen wird.

»Schon gut, geht mich nichts an. Allerdings kannst du mit mir über alles reden. Es bleibt bei mir. Versprochen.«

Sie atmet tief durch und lehnt sich mit der Hüfte gegen den Behandlungstisch. »Es lief eine ganze Weile. Hier hat niemand davon gewusst. Sie kamen während des Studiums in London zusammen.«

Das erklärt mir, warum jeder glaubt, der Grund für Rosalinds Aversion gegen Lachlan wäre Liebeskummer. Nur ging es um Cait und nicht um sie selbst.

»Keiner?«

»Nur ich und Connor.« Traurig betrachtet sie den Inhalt ihrer Tasse. »Ich wollte vermeiden, dass sie Lachlan über den Weg läuft.«

»Magst du?«, frage ich und halte ihr die Dose mit Schottlands leckersten Keksen entgegen. Doch anstatt sich einen davon zu nehmen, kneift sie die Lider zu und holt tief Luft.

»Der Kuss. Er war nur ein Ablenkungsmanöver.«

Ich verharre und starre sie an. Natürlich hatte ich vermutet, dass sie nicht urplötzlich in Liebe für mich entbrannt ist, dass ich aber lediglich als Mittel zum Zweck herhalten musste, löscht den Minifunken Hoffnung, den ich noch hegte, mit einem kräftigen Schlag aus.

Benommen sinke ich zurück auf meinen Stuhl. »Das ... also ...«, quäle ich hervor.

»Das war dir klar, oder? Ich meine, zwischen uns ... da ist nichts«, sagt sie und kichert unbeholfen.

Mir klebt hingegen die Zunge am Gaumen fest, kein Ton will über meine Lippen kommen.

»Ich meine, okay, wir verstehen uns gut, so wie Freunde das eben tun«, quasselt sie weiter.

Könnte sie bitte damit aufhören, mir das Herz mit einem Löffel aus der Brust zu kratzen? Das tut echt verdammt weh.

»Du bist wirklich ein toller Mann und ich mag dich, aber ...«, sagt sie und atmet tief ein.

Ich ahne, dass jetzt der Todesstoß kommt.

»Du bist ein guter Freund. Mehr nicht.«

Endstation Friendzone. Genau der Platz, den sich ein Mann im Leben der Frau seiner Träume wünscht.

Die Sonne geht bereits unter, als ich vor dem Craig Cottage einparke. Lester schießt bellend um die Ecke, beruhigt sich allerdings, sobald er mich sieht. Zuerst versorge ich ihn, dann mache ich mich daran, die Wollies zu füttern.

Keine Ahnung, wie ich es geschafft habe, den Nachmittag zu überstehen, ohne einen schweren Behandlungsfehler zu begehen oder gar einen Autounfall zu verursachen. Ich befinde mich in einer Art kognitiver Starre, fühle mich betäubt und leer. Rosalinds Worte kreisen derweil wie ein bitterböses Mantra in meinem Kopf, während mein Herz blutet.

Sobald ich ihr nach dem ersten Schock glaubhaft versichert hatte, in den Zwischenfall nicht allzu viel hineininterpretiert zu haben – ich hätte mich stattdessen geehrt gefühlt –, wirkte sie richtiggehend erleichtert. Mit den Worten, das sich zwischen uns absolut nichts verändert hätte, besiegelte ich mein Schicksal schließlich eigenhändig.

Innerlich zerbröselte ich zu einem Häufchen Elend, was irgendwie Haltung bewahren musste, um meine eigenen Worte nicht Lügen zu strafen. Mir war von Anfang an bewusst, dass meine Chancen bei ihr gegen null gingen, doch nun sind sie quasi nicht mehr existent.

Mit zwei Eimern voller Spezialfutter will ich gerade die Straße überqueren, als Lachlan auf der gegenüberliegenden Seite anhält.

»Haben es die beiden rechtzeitig zum Flieger geschafft?«, frage ich ihn, während er aussteigt.

»Waren perfekt in der Zeit. Hier alles okay? Ich dachte, Connor soll füttern«, hakt er verwundert nach und sieht sich um.

»Konnte ihn bisher nicht erreichen. Immer nur die Mailbox.«

»Ich kann dir zur Hand gehen, nachdem ich mich um die Hühner gekümmert habe«, bietet er an.

»Ach was. Nach der Nacht-und-Nebel-Aktion gestern und der ganzen Fahrerei solltest du dich ausruhen«, erwidere ich, was er mit einem herzhaften Gähnen kommentiert. Er sieht wirklich groggy aus. Dunkle Augenringe, ungewohnt dichter Bartschatten und zerzauste Haare.

»Eigentlich hätte ich in Glasgow bleiben müssen, aber mit viel Husten und vorgetäuschter Heiserkeit hat mich mein Alter früher fahren lassen. Vorher musste ich allerdings erst noch an einem Meeting mit dem Manager unserer Business Hotels teilnehmen. Drei Stunden durfte ich mir anhören, wie schlecht meine Zahlen sind und wie toll dagegen alle anderen Hotels laufen«, berichtet er und bekommt ärgerliche rote Flecken auf den Wangen. »Und dann noch die Sache mit meiner Ex und Rosalind. Ich wusste ja, dass sie wegen Cait sauer auf mich ist, aber ...«

»Das war heftig, ja«, stimme ich ihm halblaut zu. Bei der Erwähnung ihres Namens, flammt der Schmerz erneut auf.

»Aber lassen wir das. Mit diesem Thema bin ich durch. Bei dir alles okay? Du siehst so fertig aus, wie ich mich fühle.«

»War ein harter Tag«, erwidere ich ausweichend.

»Definitiv«, pflichtet er mir bei und reibt sich mit der flachen Hand über die Stirn. »Dann wollen wir mal.«

Ich versuche gar nicht erst, ihn aufzuhalten, denn irgendwie bin ich froh, dass er da ist. Nach dem gestrigen Abend wird er über Cait und damit verbunden Rosalind nicht weiter sprechen wollen. Zudem verschaffen mir die Alpakas mit ihrer ganz besonderen Magie ein wenig Ablenkung. Ihre Sanftmut und Ruhe ziehen mich in Bann, und innerhalb weniger Minuten, in denen ich von ihnen umringt bin, fühle ich mich wie in einen flauschig weichen Kokon gepackt, der all meinen Herzschmerz und auch die beklemmenden Erinnerungen von mir fernhält.

»Die sind echt was ganz Besonders«, höre ich Lachlan neben mir sagen. Er hat eines der Hühner auf dem Arm und krault es liebevoll am noch immer recht kahlen Hals.

»Immer wieder ein Genuss, wenn ich Zeit mit ihnen verbringen darf. Und du? Deine neueste Eroberung?«

»Magda mag mich«, erwidert er und schnalzt mit der Zunge, was die in ein dunkelblaues Pulloverchen gehüllte Henne aufblicken lässt, bevor sie an einem der Hemdknöpfe zu picken beginnt. Mir fällt auf, dass es ihm anscheinend völlig egal ist, ob sein teures Hemd schmutzig oder beschädigt werden könnte.

»Ich gehe jetzt erst mal duschen, und dann werde ich bis morgen früh durchzuschlafen. Hoffe ich zumindest. Bei meinem Glück ruft mein Alter um sechs an, weil in China ein Sack Reis umgefallen ist, über den er sich beschweren will.« Er setzt Magda ab, die erst um ihn herumläuft und dann an seinen Schnürsenkeln zupft.

»Schlaues Tierchen. Du hast vollkommen recht, wird Zeit, dass auch ich aus den Schuhen rauskomme.«

Die Alpakas, allen voran mein spezieller Freund Zayn, kommen näher und beäugen Magda voller Interesse. Ihr scheint es nichts auszumachen, zumindest bis Gwen, eine grau-weiße Huacaya-Stute, an ihrem Pulloverchen zieht. Laut gackernd ergreift Magda die Flucht und verschwindet im Hühnerstall. Gwen hatte damit wohl nicht gerechnet, denn sie schaut verdattert hinterher.

»Mach dir nichts draus, sie ist ein wenig schüchtern«, erklärt ihr Lachlan und streckt ihr seine Hand entgegen, die sie ausgiebig beschnüffelt, bevor sie sich abwendet und davontrottet.

»Die freunden sich schon noch an«, prophezeie ich und gehe mit Lachlan gemeinsam in Richtung Straße.

Über uns wird langsam Blau zu Schwarz, und die ersten Sterne funkeln nahezu am wolkenlosen Abendhimmel. Der Frühling kommt mit ganz großen Schritten, obwohl ich befürchte, dass es nachts empfindlich kalt werden wird. Würde mich nicht wundern, wenn morgen früh alles mit Raureif überzogen ist.

»Was hältst du davon, wenn wir die Tage mal zusammen ein Bier trinken gehen?«, schlägt Lachlach vor.

»Im Pub?«, entfährt es mir, und ein kalter Schauder kriecht meinen Rücken hinunter. Keine Ahnung, ob ich jemals wieder einen Fuß über die Schwelle des Stormy Skye setzen werde. Wenn überhaupt, dann muss ich vorher die Einzelteile meines geschredderten Herzens soweit wieder zusammengepuzzelt haben, dass ich mich nicht zum Affen mache.

»Es gibt einen in Portree, der ist ganz nett. Unser Hotelchauffeur wohnt dort, der könnte uns abends mitnehmen, und zurück teilen wir uns ein Taxi.«

Kurz überlege ich, was wohl Rosalind davon halten würde, wenn ich ausgerechnet mit ihrem Erzfeind um die Häuser zöge, bis mir einfällt, dass aus uns sowieso nie was werden wird. Wozu mir also Gedanken machen?

»Wie wäre es mit Donnerstag?«, schlage ich vor.

»Passt perfekt. Dann können wir entspannt was essen und dazu das eine oder andere Bierchen zischen«, erwidert er und streckt mir die Hand entgegen, die ich voller Vorfreude ergreife.

11.
Rosalind

Mach es wie bei einem Pflaster. Reiße es schnell ab, und der Schmerz hält sich in Grenzen. Dachte ich zumindest, bis ich Niall gegenüberstand und ihn während meiner Offenbarung ansehen musste. Seine Miene gab keine Reaktion preis, in seinen Augen konnte ich hingegen erkennen, wie heftig ihn meine Worte getroffen hatten.

Jetzt fühle ich mich mies, als wäre ich eine grausame Herzensbrecherin, die eiskalt mit seinen Gefühlen gespielt und ihn schamlos ausgenutzt hat. Viel mehr noch empfinde ich einen Verlust, ganz tief in mir drin.

»Hallo, Mrs Hutton. Ist Maihri da?«, frage ich, nachdem sie mich mit einem halben Lächeln auf den schmalen Lippen begrüßt hat.

»Sie ist krank«, erwidert sie und seufzt für meinen Geschmack eher theatralisch als besorgt.

»Ist es etwas Ernstes?«

»Könnte sein. Sie ist oben in ihrem Zimmer.«

»Ich müsste sie nur kurz sprechen.« Ich wüsste, dass Mum sich jedem in den Weg stellen würde, wenn ich krank wäre und Besucher vorbeikämen. Nicht Mrs Hutton, sie tritt zur Seite und deutet auf die Treppe.

»Zweite Tür links.« Ungehindert erklimme ich die Stufen und klopfe an besagte Tür.

»Hey, Maihri. Ich bin es, Rosalind.«

In der Stille erklingt ein leises Schniefen. Ich warte und überlege bereits, wieder zu verschwinden, als sich die Tür langsam öffnet.

»Komm rein!«, bittet sie und lässt mich ein.

Verquollene rote Augen, eingefallene Wangen und ein todunglücklicher Blick nehmen mich in Empfang. Wie erwartet sieht sie nicht nach Grippe oder Husten, Schnupfen, Heiserkeit aus, sondern eher nach Traurigkeit und Herzschmerz.

Meine Hoffnung war, dass ihre Freundschaft zu Niall sie dazu bringt, sich aufzuraffen und wieder in die Praxis zu kommen. Er ist ohne sie verloren, und ich kann mich dort in der nächsten Zeit keinesfalls blicken lassen. Doch dieses Thema ist erst mal zweitrangig, sie braucht jetzt eine feste Umarmung und offene Ohren.

»Hey, was ist denn passiert?«, frage ich vorsichtig und werde von dem Schluchzer, der sie durchschüttelt, gleich mit erfasst. Sanft schiebe ich sie in Richtung Bett, was reichlich zerwühlt und übersät von benutzten Papiertaschentüchern ist. Wir setzen uns und ich lasse sie an meiner Schulter weinen. Es dauert eine ganze Weile, bis sie sich zumindest soweit beruhigt hat, dass sie einigermaßen regelmäßig atmet.

»Es ist hoffnungslos«, schnieft sie und zupft zwei Tücher aus der Box, um sich die Nase zu putzen.

»Nichts ist hoffnungslos. Was genau ist denn passiert?«

»Er sieht mich einfach nicht«, murmelt sie und schließt die Lider, unter denen neue Tränen hervorquellen.

Mir wird eiskalt. Bisher dachte ich, sie würde heimlich für Connor schwärmen. Dann fällt es mir wie Schuppen von den Augen. Ist Maihri etwa in Niall verknallt? Dass sich unser Kuss wie ein Lauffeuer herumgesprochen hat, weiß ich, und es wird eine Herausforderung sein, die Leute davon zu überzeugen, dass wir kein Paar sind und auch nicht nächste Woche heiraten werden.

»Maihri, du musst mir glauben. Der Kuss hatte nichts zu bedeuten.«

Sie reißt die Augen auf und starrt mich mit Grauen an.

»Es tut mir so leid«, versuche ich sie zu beschwichtigen. »Hätte ich gewusst, dass du Gefühle für ihn hegst, wäre ich niemals auf diese dumme Idee gekommen, ihn zu küssen. Das war eine Kurzschlussreaktion. Ein Versehen. Ein Ablenk...«

Sie blinzelt und schaut zum Fenster hinaus, von dem aus man das Bootshaus der Wardens sehen kann. Darin bewahrt Connor sein Werkzeug auf und baut ein Costal Rowing Boot, mit dem er das erste Team auf Skye gründen will.

»Du hast Connor geküsst?«, flüstert sie.

»Es hatte nichts zu bedeuten«, wiederhole ich gleichzeitig und stocke. »Niall, ich ... ich meinte Niall. Ich dachte, du hättest davon gehört?«

Sie schüttelt den Kopf.

»Jedenfalls ist Niall ein guter Freund, mehr nicht«, fahre ich fort.

Sie schließt die Augen und atmet geräuschvoll aus, nur um im nächsten Moment die Lider aufzureißen und vom Bett aufzuspringen. »Aber warum hast du das getan?«, fragt sie und sieht mich an, als hätte ich ein übles Verbrechen begangen.

»Das ist eine lange und ziemlich dumme Geschichte. Wichtig ist, dass da nichts zwischen uns ist. Bitte, du musst mir glauben.«

Sie presst die Lippen zu einem dünnen Strich zusammen. Der Ausdruck in ihrem Gesicht erinnert mich sehr an den ihrer Mutter, wenn sie ungehalten ihren Ärger in Zaum zu halten versucht. »Schon gut«, erwidert sie schnippisch. »Danke, dass du da warst.«

Der Rauswurf ist für mich klar erkennbar, trotzdem verharre ich unschlüssig und überlege, was ich sagen oder tun könnte, um sie und Niall einander näherzubringen.

»Er hat dich in der Praxis vermisst. Sehr.«

Sie keucht und sieht zu ihrem altertümlichen Wecker. »Du solltest jetzt gehen.«

Cait parkt gerade vor dem Pub ein, als ich nach Hause zurückkehre. Der Kofferraum ihres SUV ist bis zur Dachkante voll mit Bierkisten, sie hat sogar die Rückbank umgelegt, um alles zu verstauen.

»Übertreibst du es nicht ein wenig?«, frage ich und begutachte die vielen verschiedenen Logos, die auf den Kästen prangen. Allesamt Brauereien, von denen ich nie zuvor gehört habe.

»Glaub mir, sobald du davon probiert hast, wirst du verstehen, warum.«

»Ich bin gespannt. Stellt sie aber nicht in den Keller. Morgen früh kommt Cliff vorbei und baut die Hebebühne und das andere Equipment ein.«

»Können wir alles im Schuppen bunkern?«, will Brodee wissen und schnappt sich einen der Kästen.

»Klar.«

Gemeinsam packen wir an und setzen uns nach getaner Arbeit gemütlich an einen der Tische im Gastraum.

»Wollen wir deine Mum dazuholen?«, will Cait wissen, während sie eine Auswahl der gekauften Biere vor sich aufstellt.

»Ich frage mal, ob sie Lust hat, uns Gesellschaft zu leisten«, bietet Brodee an und verschwindet in der Küche, um nach oben zu gehen. Cait und ich sitzen uns gegenüber und schweigen uns für einige Augenblicke an, bis es lauter als beabsichtigt aus mir herausbricht.

»Jetzt sag endlich! Was war damals los?«

»Es war zu perfekt«, flüstert sie und holt tief Luft. »Der Mann meiner Träume, der mir offenbart, dass er jahrelang in mich verknallt war. Er, der reiche Sohn eines Hotelbesitzers und ich, die pummelige Pfarrerstochter.«

»Lachlan hat es nie interessiert, wer wie viel Geld hat«, werfe ich ein und spüre, wie sich meine Zunge dagegen wehrt, ihn in einem guten Licht dastehen zu lassen.

Cait greift sich eine der Bierflaschen und hält sich daran fest, als wäre sie ihr Rettungsanker. »Mag sein, trotzdem hätte es auf lange Sicht niemals funktioniert. Es tat weh, mich von ihm zu trennen, doch es war richtig. Er hätte mich früher oder später sowieso verlassen. Was hatte ich ihm schon zu bieten?«

»Und das konntest du mir nicht erzählen?«, bricht es unwirsch aus mir heraus. »Wo ist dein Problem? Ich bin deine Freundin! Wir waren stets offen zueinander.«

»Ich konnte nicht. Die Angst, mich an den Scherben meines zerbrochenen Herzens zu schneiden, war zu groß. Für einen kurzen Moment war mein Leben perfekt. Viel zu schön, um wahr zu sein.«

Missmutig verschränke ich die Arme und werfe ihr einen bösen Blick zu, denn sie allerdings nicht mitbekommt, da sie die Augen geschlossen hält.

»Also gab es keinen konkreten Anlass? Keinen Betrug? Nichts?«, bohre ich nach. Ich muss es einfach wissen.

Cait schüttelt den Kopf und atmet tief durch. »Lachlan ist kein notorischer Aufreißer. Klar, als Single hat er nichts anbrennen lassen, aber sobald wir zusammen waren, hat er keine andere mehr angesehen. Egal wie heftig sie es versucht haben, und glaube mir, das haben sie getan. Stattdessen gab er mir immer das Gefühl, die Einzige zu sein.«

Ihre Stimme bebt, und ich sehe, wie sie mit den Tränen kämpft.

»Es war ein Fehler, das weiß ich. Ich hätte stärker sein, die Stimme in meinem Kopf niederringen und meine über Jahre von Mutter eingeimpften Komplexe überwinden müssen. Aber vor allem hätte ich an unsere Liebe glauben und ihm vertrauen müssen.«

Schweigen legt sich über den Tisch, bis Schritte laut werden und Brodee allein aus der Küche kommt.

»Bereust du es?«, frage ich, was sie mit einem knappen Nicken beantwortet.

»Wenn ich könnte, würde ich die Zeit zurückdrehen und der dummen Kuh, die ich damals war, einen kräftigen Tritt verpassen.«

Mit einem Tablett voller leerer Gläser bewaffnet, kehrt Brodee zum Tisch zurück und setzt sich.

»Alice und Forrest liegen auf der Couch. Sie schauen sich *Dancing with the Stars* an.«

»Schade. Ich fahre übrigens morgen früh mit ihr nach Kyle, um Besorgungen zu machen, während hier im Keller gewerkelt wird«, sagt Cait, und ich bin froh darüber, dass sie mir und Mum eine so gute Freundin ist.

Mag sein, dass ich mich bei Lachlan für mein Verhalten entschuldigen muss, aber ich kann auch ihren Schmerz verstehen. Schließlich haben wir alle seelischen Ballast, den wir mit uns herumschleppen. Und in Caits Fall ist er doppelt so groß.

Brodee öffnet die erste Flasche und schenkt jedem von uns drei Finger breit von dem tiefdunklen Stout ein. Cait öffnet derweil ihr Notizbuch und blättert darin herum.

»Richtige Tastinggläser sind es nicht, aber es wird gehen«, meint sie und nippt am Inhalt. Nachdem sie das Schlückchen einige Male im Mund hin- und hergeschoben hat, zückt sie den Stift und murmelt beim Schreiben vor sich hin: »Fruchtig und weich. Sehr rund im Geschmack. Brombeere, feine Noten von Vanille, duftig gemalzt und Nuancen von Crystal Hopfen. Gefällig auf der Zunge, sanft im Abgang. Ein Bier für einen geselligen Nachmittag. Guter Begleiter zu Desserts oder als Digestif.«

Perplex höre ich ihr zu und starre den Inhalt meines Glases an. Das, was sie da eben gesagt hat, soll da drin sein?

»Schreib noch Wacholder dazu«, fügt Brodee an. »Von der Blume geht ein leichter Duft aus.«

»Ich werde morgen Nachmittag mal bei Maihri vorbeischauen, in der Hoffnung, dass sie mit mir redet.«

»Ich war vorhin bei ihr. Sie ist nicht ernsthaft krank, na ja, eher liebeskrank«, verrate ich.

Cait blickt auf und sieht mich fragend an. »O nein! Hat ihr Freund Schluss gemacht?«

Betreten lasse ich den Kopf hängen. »Es ist wegen des Kusses mit Niall.«

»Autsch!«, sagt Cait und verzieht das Gesicht.

»Nachdem ich klargestellt hatte, dass die Sache nichts zu bedeuten hat, war sie irgendwie sauer auf mich und hat mich mehr oder weniger vor die Tür gesetzt.«

Cait schwenkt das Bierglas, riecht am Inhalt und nippt ein weiteres Mal daran. »Wenn sie ihn schon nicht haben kann, dann soll es ihm wenigstens gut gehen«, sagt sie, woraufhin sie sich einen verwirrten Blick von Brodee einfängt.

»Wie verquer ist das denn?«, wirft er ein.

»Maihri hat in diesen Dingen von jeher anders getickt. Sie denkt immer zuerst an andere und vergisst darüber sich selbst.«

»Ich dachte, sie hätte ihr Herz an Connor verloren«, werfe ich ein und versuche, den Wacholder zu erschnuppern, von dem Brodee sprach. »Deshalb war ich total überrascht, dass es um Niall ging.«

»Von dem du nichts wissen willst«, erwidert sie kopfschüttelnd. »Trotzdem bin ich der Meinung, dass ihr beide ein schönes Paar abgeben würdet. Er erinnert mich auf gewisse Weise an deinen Vater.«

»Wie kommst du denn darauf? Er ist überhaupt nicht wie Dad«, schreite ich ein und werfe ihr einen bösen Blick zu.

»Vom Wesen her. Er ist genauso ruhig und entspannt, kann sich durchsetzen und ist dabei ehrlich und verbindlich. So war dein Dad auch. Sein Wort hatte Bestand. Sogar mein

Vater wurde mit weniger Respekt behandelt, und er ist immerhin der Pfarrer.«

»Mag alles sein, aber du kennst meine Prinzipien, und deshalb hat er keine Chance.«

Cait seufzt und lässt den Kopf hängen. »Du klammerst dich doch nicht etwa immer noch an diese *Kein-Schotte*-Sache?«

»Kein Schotte?«, fragt Brodee belustigt nach und öffnet die nächste Bierflasche.

»Rosalind hat sich vor Jahren in den Kopf gesetzt, dass nur ein Mann, der von Geburt her keiner unserer Landsleute ist, ihr Herz erobern darf. Sie sind ihr zu lethargisch und obendrein tendenziell alkoholsüchtig«, erklärt Cait trocken, woraufhin Brodee in schallendes Gelächter ausbricht und ich ihr am liebsten unter dem Tisch gegen das Schienbein treten würde.

Mum sitzt im Keller auf zwei übereinandergestapelten Wasserkästen und umklammert Dads Strickjacke, die er am Tag seines Todes getragen hat. Leise Schluchzer hallen von den Steinwänden wider. Von der Treppe aus beobachte ich sie nun schon seit fünf Minuten. Mum hat mich bisher nicht einmal bemerkt. Dass ihr Veränderungen schwerfallen, war mir bewusst, wie heftig es ist, jedoch nicht.

»Mum? Cait möchte los. Gehen wir nach oben?«, frage ich vorsichtig und halte den Atem an.

Sie richtet ihren leeren Blick auf mich. Im diffusen Licht erkenne ich Tränen, die über ihre Wangen perlen.

»Ich habe hier unten oft einen seiner heiß geliebten Schokoriegel deponiert und deinen Vater damit überrascht«, sagt sie mit brüchiger Stimme und deutet auf die Zapfanlage. »Es waren die kleinen Dinge, die uns aneinanderschweißten. Ein Kuss hier, eine Berührung dort und dieser Moment, wenn wir uns in die Augen sahen und ich genau wusste, was er denkt.«

Mein Herz zieht sich voller Schmerz zusammen. Dad war ein wundervoller Mann. Einen wie ihn gibt es kein zweites Mal. Und falls doch, dürfte er sogar Schotte sein, und ich würde ihn nehmen.

Langsam gehe ich zu ihr hinüber, lege einen Arm um ihre Schultern und lehne mich bei ihr an.

»Er setzte mich, als ich klein war, immer auf die Fässer, während er die Anlage gespült hat oder wenn ich mal Kummer hatte«, rufe ich meine Erinnerungen wach und sehe mich wieder mit baumelnden Beinen dort sitzen, wie ich seinem Rat lausche oder ihm bei der Arbeit zusehe.

»Du warst von Anfang an ein Papakind. Seine kleine Prinzessin. Ihr konntet Stunden damit zubringen, über die Insel zu wandern, und danach hast du geschwärmt, wie wunderschön es hier ist.«

Trauer durchflutet mich, als ich daran denke, wie wir in den Fairy Pools gebadet oder in der Talisker Bay ein Lagerfeuer am Strand gemacht haben.

Auf der Treppe werden Schritte laut. Cait bleibt auf der letzten Stufe stehen.

»Weißt du noch? Hier unten haben wir früher oft Verstecken gespielt«, sagt sie und setzt sich.

»Stimmt. Wir haben uns zwischen den Fässern durchgeschoben und waren ganz leise. Die Jungs haben uns nie gefunden«, erwidere ich lachend.

»Und wäre Maihri, die kleine Verräterin, nicht gewesen, würden die Jungs uns immer noch suchen«, fügt sie lachend an.

»Das war auch gemein von Connor, sie einfach so zu rufen«, erinnere ich mich.

»Sie war vier. Er hat das schamlos ausgenutzt. Genauso, wie er mir Jahre später hier unten einen Kuss abgeluchst hat, bei dem Aaran uns erwischt und die Ohren lang gezogen hat. Ich weiß noch, wie ich ihn angefleht habe, meinen Eltern nichts davon zu sagen.«

»Das hätte er nie getan«, wirft Mum ein. »Deine Mutter war ihm ein Dorn im Auge. Die Sache mit dem Kochlöffel ist ihm damals herb aufgestoßen.«

Eine Gänsehaut läuft mir über die Arme, wenn ich daran denke, wie Cait dafür bestraft wurde, weil Maihri beim Toben gestürzt war und sich dabei den Arm gebrochen hatte.

Mum schürzt die Lippen und atmet tief durch. Sie sieht sich um, während sie meine Hand, die auf ihrer Schulter liegt, sanft tätschelt. »Aaran war ein offener Mensch, der diese neuen Hilfsmittel begrüßt hätte. Ich kann ihn richtiggehend vor mir sehen, wie er alles vorbereitet und die Monteure mit einem Pint begrüßt.«

»Ich auch«, gehe ich darauf ein und gebe ihr einen Kuss aufs Haar.

»Vorhin habe ich ein paar Sandwiches belegt, sie sind im Kühlschrank.«

»Danke, Mum.«

»Dann wollen wir mal«, ächzt sie beim Aufstehen. »In Kyle gibt es doch diesen neuen Shop für Haustierbedarf. Da muss ich unbedingt rein. Forrest braucht ein neues Körbchen.«

12.
Niall

Blue hüpft im strahlenden Sonnenschein voller Lebensfreude um mich herum. Seine Mutter Celine zupft derweil am frischen Grün, was sich langsam hervorkämpft. Der Frühling ist da, und mit ihm werden demnächst zwei Crias als neue Bewohner der Blue Skye Farm begrüßt werden. In zwei Monaten ist es so weit.

Die werdenden Mütter lassen die Untersuchungen ruhig über sich ergehen, und so bin ich mit meinem ersten nachmittäglichen Hausbesuch schneller fertig als gedacht.

»Bist du sicher, dass nicht irgendeiner auf die dumme Idee kommt und eines klaut?«, fragt Maihri und sieht sich um. »Das bekommt doch keiner mit.«

»Lester ist da und Connor, sobald ich ihn irgendwann mal erreiche. Außerdem sind Alpakas zwar neugierig, aber sobald sie merken, dass etwas nicht stimmt, flüchten sie. Da muss man schon auf die Jagd gehen, um sich eines einzufangen, und glaube mir, den Aufwand betreibt keiner. Außerdem kannst du sie schlecht in den Kofferraum oder auf die Rückbank packen.«

»Stimmt. Ich hätte trotzdem Angst.«

»Da müsste jeder Schaf- oder Rinderzüchter fürchten, seine Tiere könnten geklaut werden«, wende ich ein. »Vor allem die von den frei laufenden.«

»Das ist doch was anderes. Die sind nicht so süß«, erwidert sie und winkt ab.

Wir gehen zur Tränke, wo ich mir im eiskalten Wasser der Quelle die Hände wasche. »Außerdem sind wir auf Skye. Hier kann man außerhalb der Saison die Türen offen stehen und keiner würde was mitgehen lassen.«

»Stimmt auch wieder. Hier ist absolut tote Hose.«

»Ich kann Cait verstehen, dass sie fortgegangen ist«, erwidere ich und beobachte, wie wenig Maihri die Erwähnung ihrer Schwester behagt, denn sie presst die Lippen aufeinander und zieht die Nase kraus.

»Sie war schon immer eigen. Ständig hingen sie und Mum sich in den Haaren.«

»Und du? Willst du nicht mehr von der Welt sehen?«, frage ich vorsichtig nach.

Ihre Augenbrauen zucken nach oben, und ihr Blick wandert über Loch Leathan hinweg zum Horizont. »Nay, für mich ist hier alles, was ich brauche.«

»Vor allem Connor«, merke ich an und zwinkere ihr zu.

»Pfft«, macht sie und seufzt. »Das wird nie was. Cait war Sonntag bei ihm, und natürlich hat er mich darüber total vergessen. Eigentlich wollten wir am Boot arbeiten, ich habe mir so viel Mühe mit den Plänen gegeben.«

Beschützend lege ich ihr einen Arm um die Schultern und ziehe sie näher heran. »Das tut mir leid.«

»So war es schon immer. Für ihn gab es nur Cait. Mich hat er nie gesehen, und wenn, dann war ich bloß Cookie oder Caits kleine Schwester. Mehr nicht.«

»Und Sonntagabend war sie bei ihm?«

»Hmm, ich habe sie zusammen im Bootshaus gesehen«, murmelt sie.

»Bist du ihr wegen Connor böse?«, frage ich vorsichtig nach.

Sie schüttelt den Kopf.

»Ich bin enttäuscht, weil von jeher alles, was ich versucht habe, damit er mich wahrnimmt, sofort verpuffte, sobald sie auftauchte. Dabei waren sie niemals ein Paar. Für sie war er immer nur ein Freund – wie ein Bruder, mehr nicht. Aber ich glaube, dir geht es viel schlimmer als mir.«

»Ich meinte das eher generell«, konkretisiere ich und umgehe damit ihren Versuch das Thema auf mich zu lenken. »Du sprichst nicht viel über Cait.«

Maihri lässt den Kopf hängen und schiebt die Hände zwischen die Oberschenkel, doch sie bleibt mir eine Antwort schuldig. »Ist zwischen euch was vorgefallen?«

Sie erstarrt, schüttelt aber nach einigen Augenblicken den Kopf. Auf mich wirkt die Bewegung geradezu mechanisch, und ich belasse es dabei, um sie nicht länger zu quälen. Was auch immer sie bedrückt, sie wird es mir erzählen, sobald sie dazu bereit ist.

»Und was mich anbelangt, bei mir ist Hopfen und Malz verloren«, schwenke ich in meine Richtung und schicke einen seelentiefen Seufzer hinterher. Wir hatten am Morgen, als sie zu meiner Erleichterung um kurz nach halb acht in der Praxis auftauchte, kurz darüber gesprochen. Danach fehlte uns schlichtweg die Zeit, da wir förmlich überrannt wurden.

»Meinst du wirklich?«

»Aye.«

Ein Pfiff wird laut, und wir sehen beide in Richtung Eingang der Weide, von wo Lachlan zu uns herüberwinkt. Neben mir schnappt Maihri nach Luft.

»Ich muss dann los!«, murmelt sie.

»Warte doch, ich fahre dich schnell«, halte ich sie auf, und wir gehen Lachlan gemeinsam entgegen.

»Hey! Was gibt es?«, begrüße ich ihn.

»Neuigkeiten von Connor. Habe seine Mutter getroffen, sie meinte, er hätte sich über Funk gemeldet. Er hat ein Forscherteam rüber nach Barra Head geschippert.« Von der kleinen, unbewohnten Insel, die zu den Äußeren Hebriden gehört, habe ich bereits gehört. Im Frühjahr und Sommer ist sie ein Brutplatz für Tausende Zugvögel. »Dort liegt er jetzt mit einem Ruderschaden fest.«

»Kein Wunder, dass ich ihn nicht erreiche.«

»Er wartet darauf, dass ihn jemand einsammelt. Wird aber einige Tage dauern. Aktuell sind alle Fischer wegen des guten Wetters draußen auf Fang. Frühestens an Ostern kehren die ersten zurück.«

»Ostern?«, hake ich schockiert nach, was Lachlan mit einem Nicken bestätigt. »Aber das ist erst in anderthalb Wochen! Was machen wir denn jetzt? Mal abgesehen vom Füttern der Tiere, wollte er einen Teil der Wanderungen übernehmen.«

»Ich würde gern helfen, bin aber leider unabkömmlich. Wir haben ab Mittwoch Land unter mit drei Jagdgesellschaften und einer Familienfeier.« Er neigt sich zur Seite und sieht an mir vorbei zu Maihri, die sich, wie ich erst jetzt bemerke, hinter mir versteckt hat.

»Wie wäre es mit dir?«, fragt er, doch außer einem erstickten Japsen schweigt sie.

»Rory hat uns zwar einige Routen auf einer Karte eingezeichnet, aber wir können nicht irgendwen mit den Alpakas und zahlenden Gästen losschicken«, werfe ich ein. »Es muss schon jemand sein, der die Insel gut kennt und weiß, welche Details von Interesse sind und wo es die beste Aussicht zu genießen gibt.«

»Du hast recht.« Lachlan überlegt und holt tief Luft, bevor er mit den Schultern zuckt. »Da kommt eigentlich nur eine Person infrage: Rosalind.«

Schon von außen erkennt man die Veränderung. Die alte motorbetriebene Winde, die neben dem Namensschild die Fassade des Stormy Skye prägte, ist verschwunden. Dafür hängt jetzt auf Brusthöhe ein geschlossener Schaltkasten, in dem sich wahrscheinlich die Bedientafel für die Hebebühne befindet.

Wenn ich so ein Ding eingebaut hätte, dann könnte ich meinen auf Knöchelhöhe herumschlackernden Magen wieder nach oben befördern. Den Schankraum zu betreten verlangt mir alles ab, schließlich befindet sich meine Gefühlslage im Moment im Schleudergang, und ich sollte Rosalind lieber aus dem Weg gehen. Wird zwar zwei oder drei Jahre dauern, aber dann sollte sich alles wieder normalisiert haben.

Im Inneren werde ich von einer geselligen Mischung aus Dörflern und einigen Touristen in Empfang genommen. Nur Cait sitzt allein an einem der hinteren Tische – umringt von zig Bierflaschen. Wenn ich nicht wüsste, dass sie Bier Sommelière ist, würde ich denken, dass sie ein massives Alkoholproblem hat.

»Da ist ja unser Tierarzt«, ruft Harris und hebt sein halb leeres Bierglas. »Dachte schon, deine Theken-Sprechstunde fällt heute aus.«

»Wieso? Hast du noch bei ein paar anderen deiner Rinder Hautkrebs diagnostiziert?«, erwidere ich, was ihm schallendes Gelächter und mir einen Schulterklopfer von Gregory einbringt.

»Das wird er nie wieder los«, prustet er und geht mit mir zur Bar.

»Stout?«, will Brodee wissen und zapft, sobald ich es abgenickt habe.

»Wollte er tatsächlich den Abdecker anrufen?«, hakt Gregory nach.

»Hatte er. Zum Glück habe ich darauf bestanden, sie mir anzusehen, sonst wären die zwei grundlos gekeult worden.«

Er schüttelt den Kopf und lässt sich sein Whiskyglas nachfüllen.

»Weißt du, wo Rosalind ist?«

»Im Keller. Sie streichelt die Hebebühne und fährt mit der Ameise Fässer spazieren. Schau dir ruhig alles an.«

Entsetzen macht sich bei mir breit. Da unten wäre ich mit ihr allein. Keine Chance. Hier oben fühle ich mich wenigstens halbwegs sicher. »Vielleicht später«, weiche ich aus und spüre, wie mein Mund stetig trockener wird. Zum Glück ist Brodee fertig mit Zapfen und platziert das Glas vor mir, was ich durstig ergreife und mit einem großen Schluck zur Hälfte leere.

»Diese elektrischen Hubwagen sind was Feines. Ich bin immer ganz fasziniert, wie spielend man alles damit bewegen kann«, sagt Gregory und klopft mir auf die Schulter. »Auf die Idee, mir so ein Ding zuzulegen, hätte ich auch kommen können. Ich weiß noch, wie ich mir vor achtzehn Jahren fast einen Bruch hob, als ich den alten Bumblebee nach einer OP vom Tisch gewuchtet habe. Fünfundsechzig Kilogramm Lebendgewicht brachte der Bernhardinerrüde auf die Waage. Ein schönes Tier war das.«

»Auf Bumblebee.« Wir erheben unsere Gläser und trinken auf den ehemaligen Patienten, der sich bereits im Regenbogenland befindet.

»Sag mal, hast du in den nächsten Tagen was vor?«, taste ich mich zaghaft an mein Vorhaben heran, ihn als Vertretung in die Praxis zu lotsen.

»Willst wohl Urlaub machen, was?«, blafft er und sieht mich scharf an.

Wüsste ich nicht, dass dieser grimmige alte Kautz in Wahrheit eine Seele von Mann ist, würde ich spätestens jetzt die Flucht antreten.

»Muss bei Rory auf der Farm einspringen und ein paar Alpaka-Wanderungen durchführen.«

»Da war neulich ein Bericht drüber im Fernsehen. Muss ein absoluter Trend sein. Das neue Yoga nannten sie es«, erzählt er und legt mir mit Schwung eine Hand auf die Schulter. »Laddie, du kannst auf mich zählen.«

»Doc, wie geht's? Schon die Hebebühne begutachtet?«, will Cait wissen und reicht Brodee ein höchstens zu einem

Viertel gefülltes Bierglas. Er riecht daran, dann nippt er am weißlich goldenen Inhalt.

»Wow!«, entfährt es ihm. »Das nenne ich mal ein IPA.«

»Ist ein Imperial, mit Roggen gebraut.«

Keine Ahnung, was das bedeuten soll, aber Brodee scheint beeindruckt.

»Was fachsimpelt ihr da rum?«, motz Gregory. »Und was treibst du da drüben überhaupt? Ist dir unser Bier nicht mehr fein genug, jetzt, wo du in London lebst?«

Im ersten Moment starrt ihn Cait mit weit aufgerissenen Lidern an, fängt sich allerdings schnell wieder und baut sich mit angriffslustig blitzenden Augen vor ihm auf.

»Diese Plörre nennst du Bier?«, feuert sie im breitesten schottischen Akzent zurück. »Komm mit rüber, dann kannst du mal ein paar Biere probieren, die unseren geliebten Highlands *wirklich* Ehre erweisen.«

Völlig verdattert mustert er Cait und folgt ihr schließlich, sobald Brodee ihr einige frische Gläser gereicht hat. Unschlüssig werfe ich einen Blick in Richtung Kellertür und überlege, ob ich nicht vielleicht doch hinuntergehen sollte, entschließe mich dann aber, mich zu Cait und Gregory zu setzen.

Dieses Imperial Rye IPA ist verdammt gut, und ich nehme mich des Restes der Flasche an, nachdem Cait mir erklärt hat, auf welche Aromen ich achten müsse. Tatsächlich riecht es ein wenig nach Gräsern, und ich schmecke Grapefruit und Litschi heraus.

In jedem Fall ist Cait sehr nett und bodenständig. Was auch immer zwischen ihr und Maihri vorgefallen ist, es sollte sich mit einem vernünftigen Gespräch aus der Welt schaffen lassen. Nur ist Maihri ängstlich und darüber hinaus emotional, weshalb sie diesen Dingen eher ausweicht, anstatt sich ihnen offen zu stellen.

»Indian Pale Ale. Gehört habe ich schon davon, aber dass es so gut ist, wäre mir im Traum nicht eingefallen«, lobe ich.

»Und das von jemandem, der normalerweise immer Stout trinkt. Da liegen Welten dazwischen.«

»Für ein Lassie hast du echt Ahnung. Hätte nicht gedacht, du würdest mal unter die Bierbrauer gehen«, meint Gregory und probiert einen Schluck vom Atlantic Ale.

»Ich braue nicht, ich verkoste. Um so was zu kreieren, bedarf es viel Können, aber auch Mut. Wie in einer Sterneküche muss man die Nuancen fein abstimmen, alle Zutaten sorgsam auswählen und am Ende hoffen und beten«, erwidert sie lachend.

»Ach was!«, wirft Gregory ein. »Alles Schnickschnack. Auf das Wasser kommt es an. Hier auf Skye haben wir das beste überhaupt. Rein und klar. Wäre dieser Spencer MacNair ein besserer Geschäftsmann gewesen und hätte vor allem auf Hamish gehört, dann würde jetzt nicht der Pleitegeier über ihm kreisen.«

Da war doch noch was, erinnere ich mich und checke rasch meinen Kontostand auf dem Smartphone. Kein Zahlungseingang, und in der Praxis war er auch nicht.

»Dann werde ich ihm wohl morgen den Todesstoß versetzen«, kündige ich an und lehne mich tief durchatmend nach hinten an. So was passiert mir kein zweites Mal. Ab sofort arbeite ich bei großen Eingriffen nur noch mit Vorkasse.

»Wieso?«, fragt Gregory. »Schuldet er dir etwa Geld?«

»Fünfhundert Pfund. Magen-OP bei Diggi. Hatte einen Angelköder samt Haken gefressen. Die letzte Frist lief heute ab.«

»Dieses faule Ei. Na warte, der läuft mir noch mal über den Weg, dann erzähle ich ihm was«, motzt er und schüttelt seine Faust.

»Du fährst morgen nach Portree?«, fragt Cait und lächelt mich an.

»Am Nachmittag«, erwidere ich. »Willst du mit?«

»Ein anderes Mal gern, aber du könntest mir ein Paket in der Post abholen.«

»Was hast du denn bestellt?«, höre ich Rosalind neben mir sagen und erstarre.

Verdammt! Bis eben hatte ich den Eingang zum Keller ständig im Blick.

»Spezielle Degustationsgläser zur sensorischen Unterstützung der Aromen und Geschmacksvielfalt. Setz dich doch!«

»Du meinst es richtig ernst mit den Tastings, was?«, hakt Rosalind verblüfft nach.

»Natürlich. Was dachtest du denn? Das erste findet diesen Samstag statt.«

»Das geht nicht. Da ist das Pub Quiz«, entgegnet Rosalind.

»Weiß ich, aber das eine schließt das andere ja nicht aus. Wir können nebenbei ein paar interessante Biere vorstellen. Sozusagen in Kombination mit den Fragen. Lass mich nur machen!«

Ich kann Rosalind förmlich ansehen, dass ihr der Gedanke, neben dem allseits beliebten Quiz eine Bierverkostung stattfinden zu lassen, überhaupt nicht behagt.

»Hast du eigentlich Connor erreicht?«, schwenkt Cait auf ein anderes Thema. »Sein Boot liegt nicht in der Bucht.«

»Er hängt vor Barra Head fest. Ruderschaden. Vor Ostern wird er wohl nicht zurück sein.«

»Himmel!«, ruft Rosalind aus und schlägt die Hände vor den Mund.

»Nicht unbedingt die gastlichste Insel, aber es gibt eine Notfallhütte, und im Leuchtturm ist Strom«, wirft Gregory ein. »Früher musste ich immer rüber, um dort Schafe zu impfen. Eine Woche keine Menschenseele ... nur Geblöke.«

»Das erklärt einiges«, werfe ich ein und erhalte prompt die Retourkutsche in Form einer Faust, die er gegen meinen Oberarm knufft.

»Jetzt nicht frech werden, Laddie.«

»Und die Alpakas? Wer versorgt die jetzt? Und wer übernimmt die Wanderungen?«, hakt Rosalind nach.

Dabei weicht sie meinem Blick aus und schiebt die Hände in die Hosentaschen. Dass Lachlan sie vorgeschlagen hat, erwähne ich besser nicht. Nur wie soll ich sie darauf ansprechen? Das ist echt eine verdammt blöde Idee gewesen.

»Du!«, schießt Cait dazwischen.

Rosalind starrt sie an, als hätte sie den Verstand verloren.

»Ich?«

War das gerade ein Wort oder einer dieser schrillen Pfiffe, die die Alpakas abgeben, wenn sie eine Gefahr ausgemacht haben?

»Warum nicht? Du bist mit Rory und Melina eng befreundet, kennst die Tiere und dazu noch jeden Wanderweg auf der Insel. Du und dein Vater ... ihr seid doch quasi ständig unterwegs gewesen.«

»Aber ...«

»Nichts aber. Brodee und ich übernehmen den Pub, dann kommst du endlich mal wieder an die frische Luft. Und zwar so richtig.«

»Das geht nicht«, hält Rosalind dagegen. »Was sollen denn die Leute denken?«

»Ernsthaft? Seit wann interessiert dich das?«

»Dann wäre das abgemacht«, grätsche ich dazwischen und bin heilfroh, dass mir Cait unwissentlich zur Seite gesprungen ist. Dafür ganze Lkw-Ladungen Pakete abholen. Auf Lebenszeit.

»Ich habe nicht Ja gesagt«, mault Rosalind, doch Cait legt ihr eine Hand beschwichtigend auf den Unterarm.

»Süße. Es ist Frühling, die Sonne scheint und wer, wenn nicht du, hat eine Miniauszeit verdient? Mach es einfach. Du wirst es genießen, da bin ich mir sicher.«

Brodee wuchtet meinen Koffer die Treppe hinauf ins Gästezimmer, was Rory und Melina auf dem Dachboden des Craig Cottage eingerichtet haben. Der Raum ist chic, aber nichts für Leute über einen Meter sechzig. Gebückt gehe ich zum Bett, platziere meinen erklärten Todfeind, den Wecker, auf dem Nachtschränkchen und stelle auch gleich eine Flasche Wasser parat, bevor ich die schmale Treppe wieder nach unten klettere. Mir wird jetzt schon schlecht, wenn ich daran denke, wie ich hier morgen früh verpennt hinunter stolpere. Wäre die Couch im Wohnzimmer zehn Zentimeter länger, hätte ich dort Quartier bezogen.

»Todesmutig«, kommentiert Brodee und beäugt die schmale Konstruktion, die beinahe senkrecht hinaufführt.

»Habe schon Schlimmeres überlebt«, erwidere ich und gehe mit ihm in die Küche, wo wir von Cait und einer reichlich mürrisch dreinblickenden Rosalind empfangen werden.

Gleich nachdem wir sie im Team bearbeitet und ihr eine Zustimmung abgerungen hatten, bin ich nach Hause gefahren und habe ein paar Dinge zusammengepackt. Nicht viel, nur das Nötigste, schließlich befinde ich mich keine zwei Meilen von meinem Cottage entfernt und kann jederzeit vorbeifahren.

»Ich bin immer noch nicht überzeugt«, mault sie.

»Okay, dann wollen wir mal. Ich werd' verrückt, was ist das denn bitte für eine Bandbreite?«, ruft Cait aus, während sie auf das Display des Tablets starrt.

»Glasfaserkabel. Hat MacDugan legen lassen«, erkläre ich.

»Warum gurke ich dann bei dir mit tausend MB rum?«, fragt sie Rosalind, die die Lippen schürzt und die Auge verdreht.

»Als ob wir einen Highspeed-Internetanschluss bräuchten«, murmelt sie, und ich ahne, dass sie einst das Angebot für einen kostenlosen Anschluss ausschlug, weil es von Lachlan und dessen Vater gekommen war.

»Ruhig jetzt, es klingelt«, meint Cait, und wir rücken alle näher an sie heran.

Lester scheint zu ahnen, dass es für ihn gleich interessant wird, denn er schiebt sich an uns vorbei und springt Cait fast auf den Schoß.

Die Verbindung steht, doch alles, was wir sehen, ist ein blaues Etwas. Erst als Melina langsam die Hand zurückzieht, wird offensichtlich, dass Rory nicht lange gefackelt und sie direkt nach der Ankunft um ihre Hand gebeten hat. Der zarte Ring ist mit einem Saphir besetzt, der von einem weißgoldenen Geflecht umschlungen wird, was hier als *Scottish Weave* bekannt ist. Ein sehr traditioneller Ring, der die Unendlichkeit der Liebe und gleichzeitig die Verbundenheit zu Schottland symbolisiert.

»Mein Gott, ist der schön!«, ruft Rosalind und beginnt zu schluchzen.

»Herzlichen Glückwunsch!«, wünschen wir im Chor und winken den beiden zu.

Sogar Lester gratuliert mit lautem Gebell.

»Es war so wundervoll und kam völlig überraschend«, gesteht Melina. »Wir standen auf der Brooklyn Bridge und genossen die Aussicht, da geht er plötzlich auf ein Knie und präsentiert mir diesen traumhaften Ring. Da konnte ich gar nichts anders und habe Ja gesagt.«

»Das ist so toll!«, freut sich Cait und klatscht in die Hände.

»Danke schön«, erwidern beide und geben sich ein Küsschen.

»Hey! Sofort aufhören!«, sagt sie kichernd und schiebt Lester eine Hand vor die Augen. »Es sind Kinder anwesend.«

Es dauert einen Moment, bis wir unser Lachen unter Kontrolle bekommen.

»Wie findet ihr New York?«, will Brodee wissen.

»Toll. Es ist riesig und einfach nur der Wahnsinn«, flötet Melina.

»Beängstigend«, fügt Rory an, und sein Gesichtsausdruck erweckt den Anschein, dass er lieber heute als morgen zurückfliegen würde.

»Wo ist Connor? Hat er sich versteckt?«, fragt er und scheint ihn auf dem Bildschirm zu suchen.

Kurz erkläre ich, weshalb er nicht bei uns ist, und blicke in entsetzte Gesichter.

»Dann müsst ihr die Wanderungen absagen«, meint Melina.

»Oder ihr fragt Gilbert«, schlägt Rory vor.

»Wir haben uns schon arrangiert«, beruhige ich sie. »Rosalind und ich übernehmen die Wanderungen, ich habe hier Quartier bezogen und füttere die Gang, bis Connor wieder zurück ist.«

»Im Pub halten Brodee und ich die Stellung«, fügt Cait an.

»Und Gregory kommt bis Mittwoch nächste Woche in die Praxis, dann übernehmen die Kollegen in Skeabost.«

Melina und Rory sehen einander an und schütteln die Köpfe. »Ihr seid echt verrückt. Bessere Freunde kann man sich gar nicht wünschen«, sagt Melina und wirft uns eine Kusshand zu. Rory hat es hingegen die Sprache verschlagen, er schüttelt nur immer weiter den Kopf.

Während die anderen sich von New York berichten lassen, lehne ich mich gegen die Küchenzeile und sehe durch das kleine Fenster hinaus auf die im Mondschein glitzernde Wasseroberfläche von Loch Leathan. Die Lage des Cottage ist perfekt. Es liegt leicht erhöht, und man blickt bis hinüber zum anderen Ufer und sogar darüber hinaus, auf die der Isle of Skye vorgelagerten Insel Raasay.

Solch ein Cottage möchte ich auch irgendwann mal haben. Urig, gemütlich und mit einem Ausblick gesegnet, der einen jeden Tag aufs Neue fasziniert. Ich kann mir richtig vorstellen, wie ich abends auf der Terrasse sitze, den Kater auf dem Schoß und den Arm um meine Frau gelegt. Dumm nur, dass es so nie passieren wird, denn in meiner Vorstellung ist es Rosalind, die sich bei mir anlehnt.

13.
Rosalind

Wie konnte ich mich nur auf diesen Schwachsinn einlassen? Mit Dad wandern zu gehen war etwas Besonderes, aber mit Alpakas? Natürlich sind die Wollies zutraulich und daran gewöhnt, am Halfter geführt zu werden, trotzdem habe ich echt Schiss.

»Und was mache ich, wenn uns ein nicht angeleinter Hund begegnet?«, frage ich und hoffe, dass Niall nicht gehört hat, wie ängstlich ich bin.

»Dann lässt du den Strick los«, erwidert er und zuckt mit den Schultern, als wäre es vollkommen logisch, die Tiere davonrennen zu lassen. »Der Hund müsste mehr Angst vor ihnen haben als umgekehrt.«

»Jagt er sie dann nicht?«, fragt Cait, die Blue ins Herz geschlossen hat und ihn liebevoll am langen Hals krault.

»Wenn er das versucht, hat er verloren. Alpakas gehen naturgemäß zum Angriff über. Sie sind zwar Fluchttiere, aber nicht so extrem wie Pferde.«

»Trotzdem, was mache ich, wenn sie davonlaufen?«

»Sie rennen nicht weit weg. Sobald sie sich beruhigt haben, bleiben sie stehen und gehen ihrer Lieblingsbeschäftigung nach, futtern. Dann kannst du sie ganz entspannt einsammeln und weitergehen.«

Er hat leicht reden, schließlich ist er im Umgang mit Tieren weitaus versierter als ich.

»Wir machen einen kurzen Probelauf. Von hier bis zum Tor des Schlosses und wieder zurück«, schlägt er vor, was mir nicht wirklich behagt.

»Mir wäre die andere Richtung lieber«, spricht Cait meine Gedanken aus und verzieht verlegen das Gesicht.

»Gut, dann eben bis zum Dorf«, willigt Niall ein und geht voran.

Whitney, wie die zuckersüße Stute am anderen Ende des Führstricks heißt, setzt sich sofort in Bewegung und folgt Liam, den Niall neben sich herführt. Cait bildet mit Tina das Schlusslicht, und so marschieren wir im strahlenden Sonnenschein gemächlich die schmale Straße entlang.

Schon nach wenigen Minuten erfasst mich eine innere Ruhe, die die wilden Gedanken beiseiteschiebt. Das ist toll, denn seit vorgestern habe ich mich gefragt, ob Niall mir mein Geständnis übel nehmen und mich deshalb anders behandeln würde. Doch all die wirren Gedanken sind nun weit fort. Stattdessen macht sich auf meinem Gesicht ein Lächeln breit.

Ist das etwa diese Alpakamagie, von der Melina immer gesprochen hat? Dieser Moment, wenn die entspannte Ruhe des Tieres auf dich übergeht und du dich frei und unbekümmert fühlst? Ich horche tief in mich hinein und kann es kaum glauben: Meine Seele ist verzaubert.

All der Stress der vergangenen Tage bröckelt von mir ab wie Putz von einer Fassade. Sogar die Last, die das Stormy Skye mit all seinen Verpflichtungen auf meine Schultern legt, wirkt weniger drückend. Ein wollig-weiches Etwas umgibt mich, und ich bin mir sicher, dass Dad sich in diesem Moment genauso gefühlt hätte.

Nur eines kann ich nicht von mir schieben, diese innere Leere, die ich seit dem gestrigen Vormittag in mir ausbreitet, wann immer ich an Niall denke. Sofort spüre ich wieder seine Lippen auf meinen, seine große Hand auf meinem Rücken und seinen warmen Atem in meinem Gesicht. Es war nur ein Kuss, und doch habe ich keine Ahnung, warum er so heftig in mir nachhallt. Was ein Grund mehr ist, dass ich ihn auf Abstand halten muss. Cait mag es nicht verstehen, doch meine Prinzipien sind mir wichtig. Genauso, wie ich nichts weitertratsche, halte ich mich auch von schottischen Männern fern. Da habe ich mir schon ordentlich die Finger verbrannt und das Herz brechen lassen. Freibier ist nämlich das Einzige, was diese engstirnigen Geizhälse an mir wirklich interessiert.

Meter um Meter rückt das Ortsschild näher, und damit wächst der Wunsch, dass diese kleine Reise niemals endet. Mein Griff wird fester. Ich klammere mich an den Führstrick, als wäre er eine Rettungsleine, mit der allein ich aus der Dunkelheit herausfinden und dem Chaos in meinem Leben entfliehen kann.

Kurz bevor wir in den Ort gelangen, höre ich einen Wagen näher kommen. Das Grollen kenne ich nur zu gut und würde am liebsten in den Graben springen, um Lachlan aus dem Weg zu gehen. Dank Caits Minderwertigkeitskomplexen darf ich mich bei Mr Großkotz entschuldigen. Dabei gab er einen perfekten Sündenbock ab. Wirklich schade, dass ich ihn nicht mehr angiften darf. Hat irgendwie Spaß gemacht. Mal sehen, vielleicht fällt mir ein anderer Grund ein, warum ich sauer auf ihn sein kann.

Der Wagen kommt näher, und Whitney beginnt, leicht zu tänzeln. Wir gehen ein wenig vom Asphalt herunter und laufen auf dem schmalen Seitenstreifen weiter. Lachlan reduziert die Geschwindigkeit und fährt in Höhe von Niall leicht nach rechts, bis er neben ihm ist. Zum Glück ist niemand sonst unterwegs, sonst hätte er jetzt ein Problem.

»Hey, bleibt es bei heute Abend?«

Der Wind muss die Worte verzerrt haben, denn ich kann nicht glauben, was ich da eben gehört habe. Niall und Lachlan sind verabredet?

»Sammelt mich um acht beim Craig Cottage ein.«

Lachlan beschleunigt etwas und biegt dann in Richtung Storr Apartments ab. Ich durchbohre derweil Nialls Rücken mit meinen Blicken. Dieser miese Verräter hat nicht einmal die Eier, sich umzudrehen. Dem werde ich was erzählen.

»Gott, ist das komisch«, sagt Cait plötzlich, und ich bemerke erst jetzt, dass sie neben mir geht.

»Wir sollten doch mit Abstand hintereinander bleiben«, maule ich, lasse Niall dabei aber nicht aus den Augen. Warte, Freundchen, komm du noch mal in mein Pub.

»Ist doch nichts los und wenn, sehen oder hören wir es. Die Stille hier ist brutal. Hatte völlig vergessen, wie das ist. In London hat man ständig dieses Hintergrundrauschen.«

»Vermisst du immer noch den brackigen Geruch der Themse?«, frage ich und knuffe ihr mit dem Ellenbogen gegen die Rippen.

»Im Leben nicht«, erwidert sie und atmet tief ein. »Welche Laus ist dir über die Leber gelaufen?«

»Wohl eher gefahren«, murre ich. Seufzend legt sie mir einen Arm um die Schultern. »Macht es dir nichts aus, ihn zu sehen?«

»Lachlan ist ein freier Mann, und dies ist ein freies Land. Natürlich tut es weh, weit mehr, als ich gedacht hätte, doch für dich gibt es keinerlei Grund, ihm böse zu sein.«

»Doch, den gibt es«, schnaube ich und bewerfe Nialls Rücken ein weiteres Mal mit bösen Blicken.

»Hast du mitbekommen, was er von Niall wollte?«

»Fragen, ob es bei heute Abend bleibt«, zische ich.

Cait reißt die Augen weit auf und beginnt zu kichern. »Männerabend. Gehen die beiden Jäger auf die Pirsch?«, feixt sie und fängt sich einen weiteren Knuff ein.

»Pfft, soll er ruhig, aber wehe, ich muss morgen früh die ganzen Tiere füttern, weil der feine Herr Doktor im Suff die schmale Stiege runtergefallen ist.«

»Wohl kaum. Im Suff käme er die nicht mal hoch.«

Caits trockene Erwiderung lässt mich vor Lachen losprusten, womit ich Whitney, aber auch Tina erschrecke. Aufgeregt hüpfen sie herum, und wir haben unsere liebe Not, die Alpakas wieder zu beruhigen.

Pünktlich zum Mittagstisch kehren Cait und ich zurück ins Stormy Skye. Allerdings muss sie erst einmal ins Bad, um sich eine dicke Ladung Spucke aus den Haaren zu waschen. Mit diesem schwarz-weiß gescheckten Zayn legt man sich nicht an. Der versteht echt keinen Spaß, wenn es um seine langen Dreadlocks geht.

Mum, der ich beim Frühstück von meinem Nebenjob berichtet habe, finde ich in der Küche.

»Hm, der Shepherd's Pie duftet herrlich. Den hast du ewig nicht gemacht.«

»Dachte ich auch, als Brodee ihn vorschlug. Wir haben das Menü der nächsten Tage durchgesprochen, und ich habe ihn kurzerhand mit auf die Karte genommen. Ich habe jetzt zehn Portionen vorbereitet, zum Wochenende mache ich noch mal zwanzig.«

»Mehr als genug«, füge ich an und werde nachher eine davon stibitzen.

»Wie war die Wanderung?«, fragt sie und zwinkert, als hätte ich etwas Ungebührliches getan.

»Ganz okay«, untertreibe ich, denn schließlich habe ich mich schon seit Langem nicht mehr so entspannt gefühlt.

»Falls es sich ergibt, könnte ich ja mal mitgehen«, schlägt sie mit einem hoffnungsvollen Lächeln auf den Lippen vor. »Wie schwer sind die Routen denn?«

»Nicht allzu schwierig. Die vorgegebenen Auswahlmöglichkeiten führen zum Beispiel von den Storr Apartments hinauf zum Old Man. Eine andere von Drynoch zu den Fairy Pools. Alles recht moderat.«

»So weite Strecken?«, keucht sie. »Ich hatte gedacht, es ginge einmal um Loch Leathan herum.«

»Man kann natürlich auch individuelle Routen mit Rory besprechen. Er gestaltet dann Routen, die er aus seiner Zeit als Wildhüter kennt, und offenbart den Gästen die verborgenen Schönheiten unserer Insel.«

»Okay«, murmelt sie und wendet sich dem Herd zu. Ich spüre sofort, dass sie sich wieder in sich zurückzieht, und will mehr denn je meine fröhliche und lebendige Mum zurück. Dieser Panzer aus Einsamkeit muss endlich aufgebrochen werden.

»Weißt du, was? Sobald Rory und Melina zurück sind, frage ich die beiden, ob sie uns zwei Alpakas ausborgen. Dann machen mit ihnen einen Spaziergang um den See. Wäre das was?«, schlage ich vor und werde dafür mit einem Leuchten in ihren braunen Augen belohnt.

»Das können wir sehr gern machen.«

»Was heckt ihr beide aus?«, will Cait wissen, die gerade mit einem Handtuchturban um den Kopf die Treppe herunterkommt.

»Willst du *so* die Gäste bedienen?«, fragt Mum, doch Cait winkt lachend ab.

»Natürlich nicht. Ich wollte nur fragen, ob du die Gläser schon in der Spülmaschine hattest.«

»Diese komischen Tulpen? Stehen alle hochglanzpoliert vorn bei Brodee.«

»Danke schön, du bist ein Schatz«, erwidert Cait und drückt ihr einen Kuss auf die Wange, bevor sie wieder nach oben verschwindet.

»Cait und Niall verstehen sich gut, nicht wahr?«

Mums Frage irritiert mich. »Cait ist im Gegensatz zu früher ein offener Mensch und er ebenso.«

Netter Versuch, Mum. Cait findet Niall zwar attraktiv, mehr aber auch nicht.

»Ich dachte eigentlich, dass ihr beide ... Ich meine, nach dem Kuss ...«

»Da war nichts, glaube mir. Er ist nett, aber kein Mann für mich«, wiegele ich ab und male in Gedanken einen roten Kringel um den einzigen dicken Minuspunkt, den er neben zig Pluspunkten vorzuweisen hat. *Er ist ein Schotte!*

Obwohl, jetzt sind es eigentlich zwei. Lachlan und Schotte! Andererseits müsste ich dann auch Rory und Melina die Freundschaft kündigen. Na gut, also doch nur ein Minuspunkt, dafür aber ein liebesentscheidender. Dumm nur, dass mein Herz da irgendwie anderer Meinung ist.

Dass ich an einem Donnerstagabend um neun Uhr abends auf der Couch sitze war seit Jahren nicht der Fall. Ich muss wohl noch unter sechzehn gewesen sein und durfte mich nach acht nicht im Schankraum aufhalten.

Doch anstatt zu entspannen und mit Mum gemeinsam das Serienspecial zur tausendsten Folge von *Glen of Love* zu schauen, stalke ich ausgerechnet Lachlans Instagram-Account. Er ist im Walker, einem für unsere Verhältnisse recht hippen Pub in der Nähe des kleinen Hafens von Portree, der Inselhauptstadt. Nehme ich zumindest an, denn er aktualisierte seine Story vor einer halben Stunde mit einem Bild vom Eingang, zusammen mit Biergläser-Emojis.

Da er selten sein Handy weglegt, tue ich es auch nicht und warte. Dabei fällt mir auf, dass er des Öfteren von seinen Besuchen im Stormy Skye berichtet. Vom Länderspiel letzte Woche hat er sogar mehrere Bilder veröffentlicht.

Mum, die bis eben noch in der Küche an unserer Osterdeko gebastelt hat, legt sich eine Decke über die Beine und krault gedankenverloren Forrests Ohren.

»Ist das nicht romantisch? Sieh nur, sie haben bei uns auf Skye gedreht. Das ist das Fairy Glen«, sagt Mum und seufzt. »Unsere Insel ist wunderschön. Es ist ein Privileg, hier leben zu dürfen.«

Dass ich es eher als Bürde betrachte, behalte ich lieber für mich, da ich weiß, wie Mum darauf reagieren würde. Sie hätte Angst, mich auch noch zu verlieren, und die möchte ich ihr nicht bereiten, selbst wenn ich am liebsten morgen in die Welt hinausrennen würde.

Forrest hat genug davon, geschmust zu werden. Sich streckend tapst er über die Sitzfläche, bis er bei mir angekommen ist. Ein Maunzen folgt, mit dem er meine Aufmerksamkeit einfordert.

»Ihm ist langweilig«, stellt Mum fest und zieht eines der neuen Spielzeuge hervor, die sie ihm in Kyle besorgt hat. Nur leider hält er nicht viel von pinkfarbenen Federbüscheln und noch viel weniger von seinem neuen Kuschelkörbchen, was er ganz zu Mums Verdruss kategorisch ignoriert.

»Er braucht Gesellschaft«, erwidere ich und scrolle mich durch das bewegte Leben von Mr Großkotz. Komisch, während unserer gemeinsamen Grundschulzeit war Lachlan total schüchtern und introvertiert. Ich kann mich erinnern, dass er oft mit Cait hinterm Bootshaus von Connors Vaters saß. Sie konnten miteinander reden, wofür ich sie jedes Mal beneidet habe. Sobald er jedoch in England aufs Internat gesteckt worden war, war das vorbei. Schon in den ersten Ferien piesackte er sie und verhielt sich ihr gegenüber ziemlich mies, bis Connor einschritt. Dass aus den beiden trotzdem irgendwann einmal ein Paar werden würde, hätte damals wohl niemand geglaubt. Ich am allerwenigsten.

»Die hat er doch«, moniert Mum nach einer Weile.

»Was hat er?«, frage ich und scrolle weiter. Ach, der feine Herr war letzten Sommer in St. Tropez. Wie nett.

»Gesellschaft.«

»Ich meine andere Katzen, nicht uns«, erwidere ich und fange ihren erbosten Blick auf.

»Jetzt leg doch mal das dämliche Ding weg«, meckert sie und ich gehorche seufzend.

»Katzen hält man am besten zu zweit. Hat Niall mir neulich erklärt.« Der Gedanke, dass er mit Lachlan in diesem anderen Pub ist, behagt mir überhaupt nicht. Waren die beiden schon öfter gemeinsam unterwegs? Vielleicht, wenn ich Ruhetag habe? Ich dachte bisher immer, er wäre so ein biederes Gewohnheitstier, bei dem nach getaner Arbeit zwei Bier im Pub anstehen, bevor er schlafen geht.

»Meinst du wirklich, Forrest bräuchte einen Spielkameraden?«

»Kann gut sein.«

»Kennst du jemanden, der Katzen verkauft? Du könntest doch mal im Pub rumfragen«, schlägt sie zu meiner Überraschung vor.

»Sprich mit Niall, der hat fünf Kätzchen in Pflege und sucht gerade händeringend neue Besitzer.«

»Fünf? Das wäre etwas zu viel. Eines würde reichen. Meinst du nicht, Fofo? Wäre das für dich okay?«

»Er kennt die Kleinen schon.« Ich verschweige wohl besser, dass die Rasselband ihn mit einem gezielten Frontalangriff überwältigt und unter sich begraben hat.

»Dann wäre es noch besser, eines davon zu nehmen. Hat er sie bei sich zu Hause?«

»In der Praxis, im Quaratäneraum.«

»Wie, in der Praxis? Er lässt sie dort mutterseelenallein?«, hakt sie alarmiert nach.

»Mum, es sind Kitten. Sie haben eine kuschelige Box, eine Wärmelampe und bekommen reichlich Futter und Milch«, halte ich dagegen.

»Und wo ist die Mutter?«

»Sie wurden ausgesetzt. Um genau zu sein, hat sie ihm irgendwer einfach vor die Praxistür gestellt.«

»Die armen Kleinen. Ich gehe morgen bei ihm vorbei und schaue sie mir an.«

»Er ist nicht da«, werfe ich ein und schiele in Richtung Handy, das mir eine Aktualisierung bei einer meiner abonnierten Instagram-Storys meldet.

»Wo ist er denn?«

»Auf Alpaka-Wanderung. Morgen früh geht es los. Hab ich dir doch erzählt.«

»Stimmt, hattest du.«

»Gregory übernimmt die Praxis für eine Woche.«

»Wie schön«, trällert sie. »Bald haben wir ein neues Kätzchen.«

Während Mum Forrest, der auf ihren Schoß zurückgetigert ist, darüber in Kenntnis setzt, dass er demnächst ein Brüderchen oder ein Schwesterchen bekommt, gebe ich mein Bestes, ohne hektische Bewegungen nach dem Handy zu greifen.

Es ist ein Foto von Rory und Melina, was auf einer Fähre aufgenommen wurde, mit der sie zur Freiheitsstatue unterwegs waren. Man kann sie sehr gut im Hintergrund erkennen, und ich fühle, wie mich Fernweh überkommt.

Ich gehe zurück in meinen Feed, in dem die obere Anzeige wechselt und angibt, dass es auch bei Lachlan eine Aktualisierung gab. Er war emsig und hat insgesamt sogar vier Bilder hochgeladen. Eines zeigt einen Tisch mit zwei lecker angerichteten Portionen Fish & Chips, das nächste eine Bühne ohne Band, dann mit Band, und zum Schluss bleibt mir beinahe das Herz stehen. Niall und Lachlan beim Feiern. Doch sie sind nicht allein. Ich hatte mich schon gewundert, als er vorhin zu ihm sagte: *Sammelt mich ein.* Jetzt weiß ich, warum. Sie haben ihre Arme um eine Frau in ihrer Mitte gelegt, die ich sofort an ihren Piercings und den Tattoos erkenne. Ginny McGregor, das wilde Partygirl und schwarze Schaf von Leathan, was im Haus schräg gegenüber dem Pub lebt.

14.
Niall

Lachlan reicht mir eines der beiden Gläser, die er an der Bar geholt hat. Die Bedienung stellte schon vor einer halben Stunde den Service ein, weil der Laden dank der Band *Silly Rats* viel zu voll ist, um sich mit einem Tablett durchzuschlängeln.

Zuvor hatte ich schon das eine oder andere Lob über das Walker gehört, dass der Pub so gut ist, hätte ich dennoch nicht für möglich gehalten. Die Theke ist modern, dahinter ein vollverspiegelter und indirekt beleuchteter Spirituosenschrank, der Brodee wahrscheinlich die Tränen in die Augen treiben würde. Abgerundet wird das Ganze von sehr bequemen Stühlen und gepolsterten Nischen, auf denen man gemütlich den ganzen Abend sitzen kann. Hip und modern, für den einen oder anderen Abend okay, aber keinesfalls als Stammkneipe geeignet, wo ich nach einem harten Tag in Ruhe bei einem Bier ein wenig plaudern möchte.

»Bin mal gespannt, wie dieses Indian Pale Ale schmeckt«, meint er und beäugt kritisch den Inhalt seines Glases.

»Ich finde es wirklich gut«, erwidere ich und danke Cait, die ich heimlich im Chat um Rat fragte, ob man das hier ausgeschenkte Craft-Bier bedenkenlos trinken könne. Ihren Zuspruch erwähne ich Lachlan gegenüber besser nicht, keine Ahnung, wie er reagiert, wenn ich auf seine Ex zu sprechen komme.

»Ich dachte vorhin, ich sehe nicht richtig. Aus der kleinen Ginny ist eine verdammt gute Sängerin geworden. Wenn es wie früher Livemusik im Stormy Skye gäbe, wäre der Laden jeden Abend so voll«, erzählt er und hebt sein Glas. »Auf gute handgemachte Mucke.«

Wir stoßen an, und ich genieße den vielschichtigen Geschmack des Craft-Biers.

»Muss schon länger her sein, kann mich nicht erinnern, jemals eine Band in Leathan gesehen zu haben«, mutmaße ich, und Lachlan nickt bedächtig, während er sich den Schaum von der Oberlippe leckt.

»Vor Aarans Tod auf jeden Fall. Dieses IPA ist wirklich gut. Kräftiger und etwas herber als Stout, aber interessant.«

»Kann sie sich vielleicht nicht mehr leisten.«

Lachlan lacht auf und lehnt sich näher zu mir. »Rosalind hat gut geerbt«, sagt er leise, sodass nur ich es hören kann. »Ihr Vater hatte eine Lebensversicherung, die dafür sorgte, dass sie und Alice mit einem Schlag schuldenfrei waren.«

»Ich glaube, sie würde liebend gern darauf verzichten, wenn sie dafür ihren Dad wieder hätte.«

Sein Blick leert sich, und für einige Sekunden starrt er in sein Bier, als hätte es ihn hypnotisiert.

»Im Gegensatz zu meinem Alten war Aaran ein richtiger Vater. Rory und ich haben sie immer beneidet. Jede freie Minute hat er mit seiner Familie verbracht.«

Ein schmerzhafter Stich durchfährt meine Brust. Ich weiß zu gut, wie es Rosalind geht, denn auch ich würde alles hergeben, was ich besitze für nur noch einen einzigen Moment.

»Alles okay?«, fragt Lachlan und mustert mich.

»Klar, alles bestens«, lüge ich und trinke rasch einen Schluck, um mein Stimmungstief zu überspielen.

»Weißt du, mal abgesehen von der Livemusik, wundert es mich, dass sie nichts aus dem Pub macht. Da steckt so viel Potenzial drin. Skye liegt seit Jahren im Trend, der Tourismus boomt, und jeder, der zum Old Man of Storr will, kommt bei ihr vorbei. Im Garten sollten Tische stehen, nicht nur zwei vor der Tür.«

»Alice blockiert das.«

»Echt?«, fragt er überrascht nach und starrt mich fassungslos an.

»Sie will nicht, dass sich etwas verändert. Alles soll so bleiben wie damals, als Aaran noch lebte.«

»Das hätte ich nicht gedacht.«

»Es dauerte ewig, bis sie die neue Hebebühne abgesegnet hat. Im Prinzip haben wir sie zu zweit bearbeitet«, gestehe ich, was er mit einem Kopfschütteln aufnimmt.

»Ihr beide, was? Jetzt sag endlich, was ist da zwischen euch? Wie lange geht das schon?«

Ich verschaffe mir etwas Zeit, indem ich einige Schlucke trinke. Wenn das so weitergeht, bin ich in einer halben Stunde sternhagelvoll. »Da ist nichts. Es war nie irgendetwas, und es wird auch nie etwas sein. Wir sind Freunde, und falls du auf den Kuss anspielst, der war ein Ablenkungsmanöver. Von dem ich allerdings nichts wusste«, gestehe ich und ernte einen irritierten Blick.

»Ablenkungsmanöver? Für wen oder was?«

»Für dich«, erwidere ich und kann dabei zusehen, wie sich die Rädchen in seinem Kopf drehen.

»Mich?«

»Cait war auf der Toilette.«

Lachlan verdreht die Augen und gibt einen Stoßseufzer von sich. »Nicht dein Ernst.«

»Leider doch.«

Seine Schultern beben, während er leise lacht und immer wieder den Kopf schüttelt.

»Ihr sei auf die Schnelle nichts Besseres eingefallen«, füge ich an und möchte mich am liebsten in meinem Bier ertränken. Friendzone, ich hänge in der verdammten Friendzone fest!

»Schade für dich, aber ich muss gestehen, dass ich ihr in dem Fall dankbar bin«, entgegnet er und klopft mir auf die Schulter. »Cait vor dem versammelten Dorf so unvermittelt gegenüberzustehen, hätte übel werden können. Unsere Trennung war, gelinde gesagt, ziemlich brutal. Und nachdem sie Rosalind lauter Lügen erzählt hat, hätte es zu unschönen Szenen kommen können.«

»Cait hat Rosalind gar nichts erzählt«, verteidige ich sie.
»Deshalb nahm sie an, du hättest sie abserviert.«

Er verzieht das Gesicht und lehnt sich nach hinten an.

»Stimmt, kann mich dunkel erinnern, dass sie etwas Derartiges neulich erwähnte. Ging in dem ganzen Chaos unter. Trotzdem ... hätte mich nicht gewundert, wenn es so gewesen wäre.«

»Hey, Mann, ich kenne Cait erst seit Kurzem und finde sie nett. Was zwischen euch passiert ist, da halte ich mich raus.«

»Da gibt es nicht viel. Cait hat mich eiskalt abserviert. Von jetzt auf gleich. Ich weiß bis heute nicht, warum«, erwidert er voller Bitterkeit.

Bevor ich jedoch dazu komme, nach Details zu fragen, nickt er in Richtung Bühne.

»Geht gleich weiter«, kündigt er an und lehnt sich zu mir. »Aber du stehst auf sie, nicht wahr?«

»Auf Cait? Nein!«

»Nicht Cait, ich meine Rosalind.«

Dass mir im gleichen Moment die Ohren zu glühen beginnen, entgeht ihm nicht.

»Sie ist es. Sie ist die Eine für mich. Das wusste ich in dem Moment, als ich sie das erste Mal sah.«

»Du hechelst ihr seit fast drei Jahren hinterher?«

»Aye«, gebe ich geschlagen zu und lasse den Kopf hängen.

Lachlans Hand landet in meinem Nacken. Er zieht mich näher zu sich und grinst. »Ich glaube, wir sollten demnächst öfters auf die Piste gehen, du wirst schon sehen, auch andere Mütter haben schöne Töchter.«

Ich muss mir definitiv einen anderen Schlafplatz suchen, diese Leiter ist lebensgefährlich. Gut, es mag am Restalkohol liegen, da es gestern Abend mehr als meine üblichen zwei Bierchen wurden, trotzdem mag ich meine Knochen ganz und ungebrochen.

In der Küche checke ich am Tablet vorsorglich noch einmal den Plan für den heutigen Tag. Zwei Wanderungen stehen an, wovon ich eine kurzfristig vom Nachmittag auf den Vormittag verlegen konnte. Rosalinds Tour führt hoch hinauf zur Felsformation mit dem weithin bekannten Namen Old Man of Storr, meine zu den ebenfalls berühmten Fairy Pools. Es sollen zwanzig Grad werden, also muss ich auf jeden Fall genug zu trinken einpacken.

Lester, den ich schnarchend in Melinas und Rorys Bett gefunden habe, flitzt munter durch den Garten und schreckt einige Schnepfen auf, die im Morgengrauen auf Insektenjagd in den Beeten herumgetapst sind.

Der Frühling hat in der vergangenen Woche mit großen Schritten Einzug gehalten, und der Wetterbericht deutet an, dass es auch in den kommenden Tagen, wahrscheinlich sogar über Ostern hinweg, warm und für die Jahreszeit viel zu mild werden wird. Ich befürchte, dass dies der Vorbote eines sehr heißen Sommers ist. Toll, dann darf ich Rinder mit Hitzschlag versorgen.

Die Alpakas blinzeln mich völlig verpennt an. Liam, dem eine halbe Fuhre Heu in der Wolle hängt, gähnt herzhaft und kommt zum Gatter. Leider ist der Futtertrog, in den das Spezialfutter gefüllt wird, noch leer, was ihn missmutig dreinblicken lässt.

Auch die anderen Herdenmitglieder werden munter. Blue hüpft näher heran und steckt den Kopf zwischen den Zaunbrettern hindurch, um mich zu begrüßen.

»Na, mein Kleiner?« Wie immer schnippe ich neben seinen Ohren mit den Fingern, um zu prüfen, wie weit die Auswirkungen seines Gendefekts vorangeschritten sind. Früher oder später wird er ganz taub, was mir das Herz zusammenschnürt, wann immer ich daran denke.

Mit seinen riesigen blauen Augen sieht er mir dabei zu, wie ich das Futter mische und es in den Trog fülle. Sofort stürzen sich die Wollies auf das leckere Frühstück. Alle, bis auf Liam, der sich vor lauter Hunger über die Reste in der Heuraufe hergemacht und deshalb verpeilt hat, dass es etwas Besseres zu fressen gibt.

Traurig schaut er zu, wie die anderen Herdenmitglieder futtern und erweicht damit mein Herz, sodass ich ihm eine kleine Extraportion mixe.

Nachdem ich selbst gefrühstückt habe, lade ich Liam, Tina und Whitney auf den Hänger, um mit ihnen nach Drynoch zu fahren. In den anderen Hänger, der an Rorys Range Rover hängt, führe ich Harry, Freddy und Janis. Alle sechs sind oft und gern unterwegs und zudem im Umgang mit Fremden offen und zutraulich.

Dennoch habe ich ein mulmiges Gefühl in der Magengegend. Was mache ich, wenn eines der Alpakas den Menschen am anderen Ende des Führstricks nicht mag und ihn oder sie im schlimmsten Fall anspuckt? So easy, wie Cait gestern damit umgegangen ist, wird es sicher nicht werden. Sie hat darüber gelacht und sogar Witze gemacht.

»So früh schon so fit?«, höre ich Lachlan rufen, der mit dem Fahrrad die Einfahrt entlangkommt.

»Das musst du gerade sagen«, erwidere ich und begrüße ihn mit Handschlag.

»Die einzige Zeit des Tages, wo ich genug Luft dazu habe. Außerdem ist auf den engen Straßen noch keiner unterwegs.«

»Wo warst du denn? In Leathan, Croissants holen?«, feixe ich, was ihn den Kopf schütteln lässt.

»Nay, in Flodigarry.«

»Wow! Das sind gut fünfundzwanzig Kilometer, einfache Strecke. Nicht schlecht«, stelle ich überrascht fest.

»Muss ein bisschen was tun, den Winterspeck loswerden«, tönt er und klopft mit beiden Händen auf seinen flachen Bauch. »Und du? Alles parat?«

»Warte nur noch auf Rosalind.«

»Dann viel Spaß! Und falls was ist, ruf an.«

»Mach ich«, erwidere ich und sehe ihm dabei zu, wie er zurück zur Straße fährt und dort über die im vergangenen Spätsommer neu errichtete Steinmauer steigt, um auf direktem Weg zum Hühnerstall zu gelangen.

Ich habe gerade das nötige Equipment auf die Wagen verteilt, als Rosalind vorfährt.

»Guten Morgen, schon wach?«, begrüßt sie mich unterkühlt und sieht an mir vorbei in Richtung Cottage.

»Magst du einen Kaffee, bevor wir losfahren? Zeit hätten wir noch«, biete ich an, doch sie winkt ab.

»Ich will nicht stören«, erwidert sie schnippisch und schürzt die Lippen.

»Okay, ich schließe hier alles ab, dann können wir los. Handy hast du dabei?«

»Natürlich. Nur wird es mir dort oben nicht viel nutzen, da ist kein Empfang.«

Ich nehme an, dass sie schlecht geschlafen hat, und bin froh, dass sich unsere Wege gleich wieder trennen werden.

»Habe lediglich gefragt.«

»Nur zu deiner Information, ich war schon mal wandern.«

»Dann kennst du dich ja aus«, erwidere ich barsch, da ich wenig Lust verspüre, den Tag mit Streit zu beginnen. Keine Ahnung, welche Laus ihr über die Leber gelaufen ist, aber ich bin nicht ihr Blitzableiter.

Missmutig lasse ich sie stehen und gehe zur Hintertür, vor der sich Lester abgelegt hat. Ich kraule ihn ausgiebig, bevor ich seine Futterschale fülle und frisches Wasser in den Napf gieße. Er wird hier ein Auge auf alles haben, und ich bin froh, dass ihn die Alpakas in ihrer Nähe dulden. Das ist schließlich nicht selbstverständlich und dauerte eine ganze Weile, wie mir Rory erzählt hat.

»Ich müsste auf die Toilette«, höre ich Rosalind hinter mir sagen und beiße die Zähne aufeinander. Wenn sie die nächste Runde starten will, bitte. Nur diesmal feuere ich zurück. Mir war klar, dass sie mich jetzt mit Lachlan in einen Topf wirft. Nach seiner Aktion gestern, als wir mit den Alpakas einen Probelauf gemacht haben, wird sie sich denken können, dass wir verabredet waren. Seit da hat sie wohl schon die Messer gewetzt. Aber mal ehrlich, wenn ich schon in der Friendzone versauere, dann wenigstens mit netter Begleitung. Lachlan ist nämlich genau das und darüber hinaus verbindlich, offen. Er mag zwar reich sein, aber er ist gewiss kein Schnösel.

»Kennst dich ja aus«, erwidere ich frostig und greife nach meinem gepackten Rucksack, um zu checken, ob ich auch wirklich alles habe. Erste-Hilfe-Set, zwei Flaschen Wasser, einen Apfel, ein paar Alpaka-Leckerlies, Regencape. Letzteres packe ich wieder aus. Bei den Wetteraussichten muss ich das nun wirklich nicht mitschleppen.

»Treffen wir uns mittags hier? Du kannst auch zum Pub kommen.«

Habe ich das eben richtig gehört? Zögerlich wende ich mich um und fange ihren verlegenen Blick auf.

»Mum hat Shepherd's Pie vorbereitet.« Sie lächelt zögerlich, doch anstatt sich für ihren Tonfall zu entschuldigen, überspielt sie es und versucht, mich mit Essen zu locken.

Toll, ich liebe Shepherd's Pie. Das ist fies. »Können wir machen«, murmele ich, schultere den Rucksack und deute auf die Tür. »Los geht's!«

Andrew beäugt Liam, als befürchtete er, ein Körperteil einzubüßen, wenn er eine falsche Bewegung macht. Seine Frau Gemma ist hingegen völlig verzückt von Whitney, genauso wie die zehnjährige Lynn. Die Kleine hat für die Alpakas sogar extra rosafarbene Schleifchen gebastelt, die sie ihnen an der Wolle befestigt.

Liam ist wenig überzeugt, von dem bunten Fellschmuck, aber die beiden Damen recken die Hälse, als trügen sie die Kronjuwelen zur Schau.

»Die sind aber süß. Hast du die alle selbst gemacht?«, frage ich, was Lynn fröhlich lächelnd bestätigt.

»Sie bastelt gern«, erklärt ihre Mutter und streicht ihrer Tochter liebevoll übers Haar.

»Das ist ein wunderschönes, kreatives Hobby. Eine gute Freundin von mir kann auch Stunden damit verbringen«, erwidere ich und denke an Alice, die mir erzählt hat, wie sehr ihr Herz daran hänge.

»Wenn ihr möchtet, können wir hier einige Gruppenbilder machen. Natürlich geht es auch unterwegs, aber hier haben wir ebenes Gelände«, schlage ich vor, was bei allen drei auf Zustimmung trifft.

Sobald die Handys wieder verstaut sind, erkläre ich kurz den Ablauf und die Verhaltensregeln. Andrew wirkt den Tieren gegenüber noch immer skeptisch, lässt Liam aber näher herankommen und tätschelt ihm sogar vorsichtig den Rücken.

»Dann wollen wir mal. Keine Eile, keine Hektik. Wir gehen entspannt und genießen die Zeit mit den Fellknäueln«, gebe ich den Startschuss und laufe voran.

Nachdem wir die Straße überquert haben, folgen wir den gut ausgetretenen Pfaden, die sich langsam den Hang emporschlängeln.

Die Fairy Pools sind, wie auch der Old Man of Storr oder das Fairy Glen, Naturwahrzeichen der Isle of Skye. Diese Insel wurde vor Jahrtausenden geformt und von Wind und Wasser vollendet. Rau und herb ist sie, wird im Winter von eisigen Stürmen gepeitscht, und im Sommer hat man oft vier Jahreszeiten innerhalb von vierundzwanzig Stunden.

Durch Wasser sind auch die Pools entstanden. Im Prinzip ist es ein lang gezogener Wasserfall, bei dem sich, ähnlich einer Perlenkette, ein Becken an das andere reiht. In einigen von ihnen kann man sogar schwimmen. Allerdings ist das Wasser darin auch im Sommer eiskalt, denn es entspringt hoch oben in den Bergen.

Wir haben etwa die Hälfte der Strecke hinter uns gebracht, als ich in der Ferne einen schwarz-weißen Border Collie entdecke. Na toll, gleich bei der ersten Wanderung ein solcher Zwischenfall. Ich sehe mich um und stelle fest, dass die Alpakas ihn noch nicht bemerkt haben. Liam knabbert an Andrews Jacke, Whitney tapst gemeinsam mit Gemma verträumt vor sich hin, und Tina lässt sich genügsam von Lynn herzen.

»Wie wäre es mit einer kurzen Pause?«, schlage ich vor und checke, ob der Hund sich in unsere Richtung bewegt. Er steht zum Glück noch immer dort, wo ich ihn zuvor entdeckt habe.

»Entschuldigt mich kurz, bin sofort zurück.« So schnell es mir der unebene Untergrund ermöglicht, laufe ich auf den Hund zu. Wo zur Hölle ist der Besitzer? Wieso ist das Tier nicht an der Leine? Es gelten hier klare Regeln, dass Hunde nicht frei herumlaufen dürfen.

Ich bin keine zehn Meter von dem Hund entfernt, als ich ein Paar entdecke, was sich knutschend im Gras wälzt. Was auch sonst, stelle ich frustriert fest. Jeder hat jemanden und ist glücklich ... außer mir. Augenblicklich denke ich an Rosalind. Auch wenn sie mich vorhin komisch behandelt hat, hoffe ich, dass ihre Wanderung problemlos verläuft.

Mit einem Hüsteln trete ich näher, was die beiden dazu bringt, sich voneinander zu lösen.

»Hey, sorry für die Störung, aber könntet ihr euren Hund anleinen?«, bitte ich und beschatte meine Augen mit der Hand, um sie besser sehen zu können.

»Goldie hört aufs Wort«, erwidert der Mann und setzt sich auf.

»Mit Sicherheit, sie ist eine Hübsche mit klaren wachen Augen. Wir kommen in ein paar Minuten mit drei Alpakas vorbei, und die verstehen sich nicht so besonders mit Hunden. Außerdem könnte Goldie Wildtiere aufschrecken. Naturschutz wird hier sehr groß geschrieben. Auf Skye nisten viele Bodenbrüter, die durch eine übereifrige Spürnase aufgeschreckt werden und ihre Gelege aufgeben könnten.«

Das Paar wechselt erstaunte Blicke und zeigt sich einsichtig. »Klar, war uns nicht bewusst. Goldie, bei Fuß«, befiehlt er und hakt den Karabiner am Halsband fest.

»Danke. Habt noch einen schönen Tag«, wünsche ich und kehre zu meiner Wandergruppe zurück.

Eine knappe halbe Stunde später sind wir am Scheitelpunkt der Anhöhe angekommen. Die Aussicht hinunter ins Tal ist atemberaubend schön, wird aber noch von dem glitzernden Schauspiel übertrumpft, welches das über die Steine springende Wasser uns bietet.

Ein sanftes Rauschen begleitet uns, während wir dem Lauf des Wasserfalls zurück ins Tal folgen. An einer Biegung hat sich ein besonders großes Becken gebildet, über dem sogar noch ein Hauch des morgendlichen Dunstes hängt. Feuchte Luft schlägt mir ins Gesicht und lässt mich frösteln. Das Rauschen verstärkt sich, ich spüre, wie mir das Blut in den Adern gefriert. Nicht jetzt! Bitte, nicht jetzt!

Eine warme Zunge, die an meiner Handfläche leckt, reißt mich aus dem Flashback. Trotzdem dauert es eine halbe Ewigkeit, bis ich realisiert habe, was Liam gerade getan hat. Es kommt mir so vor, als hätte er wahrgenommen, in welches emotionale Loch ich gerade stürzte.

Dankbar kraule ich seinen Hals und atme mehrmals tief durch. Das war heftig.

15.
Rosalind

Völlig fertig sacke ich im Stall auf einem Strohballen in mich zusammen. Keine Ahnung, wo meine Kondition abgeblieben ist. Früher war diese Strecke für mich ein Klacks, aber vorhin hatte ich das Gefühl, ohne ein Sauerstoffzelt nicht überleben zu können.

Da Liam, Whitney und Tina nicht hier sind, gehe ich davon aus, dass Niall noch unterwegs ist. Hoffentlich war seine Truppe nicht so schräg drauf wie meine. Erst konnten sich die drei Freundinnen nicht einigen, wer welches Alpaka nimmt, dann wollten sie ständig anhalten, um Fotos, vornehmlich natürlich Selfies, zu machen.

Außerdem fand ich es irgendwie doof, nicht selbst einen der Wuschel neben mir zu führen, sondern allein vorneweg marschieren zu müssen. Die innere Leere, die ich in letzter Zeit häufiger verspüre, breitete sich massiv aus und vermischte sich mit den Erinnerungen an Dad. Völlig überwältigt kämpfte ich mit den Tränen. Nur mit Mühe und mithilfe von Harrys warmer Nase, mit der er mir gegen den Arm stupste, gelang es mir, mich zu beruhigen.

Ich schließe den Stall wieder ab und verstecke den Schlüssel an seinem angestammten Platz unter einem lockeren Mauerstein. Mit letzter Kraft schleppe ich mich zu meinem Wagen und sehne den Moment herbei, in dem ich endlich aus den alten Wanderschuhen herauskomme. Mir brennen die Füße, als wäre ich über glühende Kohlen marschiert.

Als ich endlich zu Hause ankomme, steht dort Nialls Wagen samt Anhänger auf dem Parkplatz. Mein Magen sackt zwei Etagen tiefer und hängt mir in den Knien, weil ich mich ihm gegenüber heute Morgen echt mies verhalten habe. Keine Ahnung, was da mit mir los war. So kenne ich mich überhaupt nicht. Schon auf der Wanderung stellte ich mir ständig die Frage, warum es mich so dermaßen stört, dass er Ginny McGregor im Arm hatte. Ich selbst habe ihm doch gesagt, zwischen uns wäre nichts als Freundschaft, und Ginny ist wirklich nett. Statt ihn also blöd anzumachen, sollte ich mich lieber für ihn freuen.

Andererseits war ich schon ein wenig erleichtert, sie nicht im Cottage vorzufinden. Der bloße Gedanke hat mir vergangene Nacht keine Ruhe gelassen. Ist das Eifersucht? Auf keinen Fall. Ich gönne es jedem, sein Glück zu finden. Und sollten die beiden ein Paar werden, dann ist das völlig okay für mich, auch wenn beim Gedanken daran eine fiese Stimme in meinem Hinterkopf gehässig auflacht und leise »Lügnerin« gackert.

Missmutig steige ich aus und wische mir den Schweiß von der Stirn, weil sich das Innere des Wagens durch die pralle Sonne mittlerweile unerträglich aufgeheizt hat. Eigentlich hatte ich gedacht, er würde die Alpakas erst zurück auf die Farm bringen und danach zum Essen vorbeikommen. Die Wollies hier einfach stehen zu lassen ist echt nicht in Ordnung von ihm. Als Tierarzt sollte er doch eigentlich wissen, wie heftig Tiere auf ungewohnte Hitze reagieren können.

Grummelnd öffne ich die kleine Tür nahe der Deichsel und stelle fest, dass der Anhänger leer ist. Doch bevor ich mich verwundert umsehen kann, höre ich ein markantes Summen, welches aus unserem Garten zu kommen scheint.

Am Gartentor bleibe ich wie erstarrt stehen, denn die Szenerie, die sich vor mir auftut, macht mich fassungslos. Der dick bewollte Liam döst im Schatten des Birnbaums, während Tina gemütlich grast, doch es ist Whitney, die ihren Kopf in Mums Schoß gelegt hat, die meinen Blick fesselt.

Ich weiß von Melina, dass Alpakas zwar neugierig und zutraulich sind, jedoch übermäßige Nähe oder Umarmungen verabscheuen. Daher ist es für mich unglaublich, wie seelenruhig sie sich zwischen den Ohren kraulen lässt. Darüber hinaus hat sich Forrest neben ihr ins Gras gekuschelt.

Um die Wollie-Schmusestunde nicht zu stören, öffne ich vorsichtig die Gartentür und gehe langsam hinein. Tina sieht kurz auf, erkennt mich und widmet sich wieder dem saftigen Gras. Wohingegen Liam nicht einmal mit den Ohren zuckt und weder Mum noch Whitney, die weiter beseelt vor sich hin summt, etwas mitbekommen haben.

Ein spitzer Maunzen zerreißt das Frühlingsidyll. Forrest reckt sich und klettert auf Whitneys Rücken, von wo aus er auf die Bank springt. Erst jetzt fällt mir auf, dass sich in Mums Armbeuge ein kleines getigertes Fellknäuel gekuschelt hat. *Dich kenne ich doch, du kleiner Kletterkünstler.*

Forrest tupft mit der Nase gegen das Köpfchen seines neuen Brüderchens und stolziert mit geschmeidigen Bewegungen davon. Unser neues Familienmitglied regt sich und will ihm folgen, was Mum unterbindet, indem sie ihn auf den Rücken dreht und ihm das Bäuchlein krault.

»Schön hierbleiben, Wallace. Ihr beiden könnt drinnen spielen, bis du alt genug bist.« Ein warmes Lächeln hellt ihr Gesicht auf, während sie das Katerchen betrachtet, der ganz offensichtlich die Streicheleinheiten genießt.

Sie hebt den Blick und sieht mich an. Ihr Lächeln wird breiter und verwandelt sich in ein Strahlen. Mein Herz vollführt einen freudigen Hüpfer. So war sie früher. Das ist meine Mum und nicht der Schatten, der von ihr nach Dads Tod zurückblieb.

»Rosa, da bist du ja«, sagt sie, was Whitney dazu bewegt, sich zu erheben. Sie gesellt sich zu Tina, und sie widmen sich gemeinsam dem saftigen Grün, was in den vergangenen Tagen um das Doppelte gewachsen zu sein scheint.

»Wallace?«, frage ich und setze mich zu ihr.

»Der Name flog mir irgendwie zu. Gregory meinte, er wäre ein kleiner Kämpfer, weil er sich auf seine Hand gestürzt hat, als er ihn aus dem Karton nehmen wollte, um ihn mir zu zeigen.« Und auch jetzt kämpft er verspielt mit ihren Fingern und dreht sich wendig herum.

»Ein wahrer William Wallace also«, bestätige ich und setze ihn mir auf den Arm. Sofort hallt sein sonores Schnurren in mir wider. »Er hat Niall immer als Klettergerüst benutzt.«

»Davon hat er eben gar nichts gesagt, als er mit den Wollies ankam. Er freute sich sehr, dass Wallace jetzt bei uns lebt. War auch schon ganz einsam, seine Schwestern sind alle bereits adoptiert worden.«

»Wo ist er denn hin?«, hake ich nach und vermute, dass er schräg gegenüber bei Ginny sein könnte. Nur weil sie heute Morgen nicht bei ihm war, heißt das ja nicht, dass zwischen den beiden nichts läuft. Mein Herz zieht sich zusammen, doch gleichzeitig rufe ich mir in Erinnerung, dass ich ihm sein Glück gönnen sollte. Wieso fällt es mir trotzdem schwer, ihn einer anderen zu überlassen?

Niall ist intelligent, witzig und charmant. Er ist kein wilder Draufgänger oder gar ein Raufbold, sondern solide und dazu weltoffen. Eigentlich genau der Typ Mann, den ich suche.

»Unten im Keller, mit Brodee und Cait. Was hältst du davon, wenn wir einen der Tische hier draußen hinstellen und gemütlich zu Mittag essen?«, schlägt Mum vor und reißt mich aus meinem gedanklichen Liebeschaos.

Erleichterung macht sich in mir breit. »Tolle Idee«, attestiere ich ihr überschwänglich. Ohne Zeit zu verlieren, reiche ich Wallace an sie zurück, doch bevor ich nach drinnen verschwinden und alles organisieren kann, kommt Cait, gefolgt von Brodee und Niall, aus dem sonst zugesperrten Seiteneingang.

»Entschuldige, Alice. Wir haben uns unten verquatscht. Hoffe, die drei haben sich benommen«, meint er und schiebt die Hände in die Vordertaschen der Jeans.

»Wie kleine Engel. All unsere Gäste sollten so herzig, flauschig und liebenswert sein«, erwidert sie und lächelt die Tiere dermaßen beseelt an, dass ich mich frage, ob Mum letzte Nacht von Aliens entführt und durch eine Doppelgängerin ausgetauscht wurde.

Die Stimmung am Tisch ist locker, und Niall scheint mir mein mieses Auftreten vom Morgen nicht länger übel zu nehmen. Statt mich links liegen zu lassen, berichtet er von seiner Wanderung, die weitaus amüsanter war als meine.

»Zum Abschied hat Lynn ihr dann noch eine ihrer pinken Haarspangen zwischen die Ohren geklippt. Tina hat sie angeschaut, als wäre sie zur Königin gekrönt worden, und ist hoch erhobenen Hauptes in den Hänger getippelt.«

»Kinder und Tiere ... eine ganz besondere Mischung«, erwidert Mum und lehnt sich auf ihrem Stuhl zurück. »Ich weiß noch, wie du Missy überall hingeschleppt hast. Sogar in deinem Puppenwagen lag sie.«

»Und sie hat mich vom Kindergarten abgeholt«, erinnere ich mich.

»Stimmt! Das hatte ich vollkommen vergessen. Was ist mit dir, Niall? Hattest du als Kind ein Haustier?«

Er lacht auf. »Eines? Da waren zwei Meerschweinchen, Buster und Duncan, dann ein Zwergkaninchenpaar, Jolie und Earie, sowie diverse Hamster. Mein Kinderzimmer glich einem Zoo. Eigentlich unser ganzes Haus. Mein Vater arbeitete als Tierarzt in einem Nationalpark und brachte oft kranke oder verletzte Tiere mit nach Hause.«

Überrascht mustere ich ihn, denn mir fällt auf, dass er das erste Mal von seinen Eltern gesprochen hat. Ich kann mich zumindest nicht daran erinnern, in welchem Zusammenhang er sie schon einmal erwähnt hätte.

»Du meine Güte. Aber das erklärt, woher deine Liebe zu Tieren kommt.«

»Wurde mir quasi in die Wiege gelegt. Der Pie war übrigens ein Gedicht, Alice.«

»Freut mich, dass es dir geschmeckt hat«, erwidert sie und schenkt ihm ihr mütterliches Lächeln.

»Genau das Richtige, um sich zu stärken.«

»Übernimmt Gregory auch die Hausbesuche«, fragt sie, was er mit einem Kopfschütteln verneint.

»Nur die Praxis. Ich will seine Hilfsbereitschaft nicht ausnutzen. Um drei Uhr bin ich mit Isla verabredet, um nach Baltasar zu sehen. Danach fahre ich nach Culnacnoc.«

»Und zum Abschluss ein Kaffee«, trällert Cait und serviert jedem von uns eine Tasse, bevor sie neben Mum auf der Bank Platz nimmt. »Nur kurz, muss gleich wieder rein. Sechs Tische sind besetzt, alles Touristen«, berichtet sie und nippt an meiner Tasse.

»Brauchst du Hilfe?«, biete ich an, was sie lachend abwinkt.

»Vergiss es! Du hast Alpaka-Dienst, ich kümmere mich um den Pub.«

»Die versorgen sich quasi selbst«, erwidere ich und sehe zu den Wollies, die gemütlich vom Gras naschen und neugierig den Garten erkunden.

»Irgendwie gefällt mir das«, meint Mum und sieht sich seufzend um. »Richtig idyllisch. Der See, eine leichte Brise und all das Grün.«

»In London sind Lokale, die so was bieten, hoch frequentiert«, wirft Cait ein.

»Ich mag es auch. In Inverness sind wir sonntags immer zum Essen ins Green Field gegangen. Nettes, uriges Gartenlokal«, klinkt sich Niall ein und stupst mit dem Knie gegen meines.

Bisher habe ich versucht, seine Nähe auszublenden, durch die Berührung werde ich ihrer aber schlagartig bewusst. Schnell dränge ich die Schmetterlinge zurück, wobei mir die Richtung hilft, in die das Gespräch driftet.

»Da bin ich ganz bei euch. Es ist herrlich, hier draußen zu sitzen. Was denkt ihr, sollten wir nicht ein paar Tische aufstellen?«, spinnt Mum den Gedanken weiter.

Unter dem Tisch greife ich nach Nialls Hand und klammere mich daran, um nicht vor lauter Glück loszuschreien. »Tolle Idee«, bringe ich atemlos hervor.

»Finde ich auch«, fügt Cait hinzu, bevor sie wieder in den Gastraum verschwindet.

Ist das eben wirklich passiert? Kann mich mal jemand kneifen?

»Am besten wäre es, wir lassen die drei hier, die sind bestimmt ein wahrer Gästemagnet«, setzt Niall nach und fängt sich verwunderte Blicke von Mum und mir ein. »Wieso guckt ihr so?«, fragt er und zuckt mit den Schultern. »Alpaka-Lunch oder High Tea mit Alpaka. Wäre der Clou.«

Mum lacht und tätschelt seine andere Hand. »Witzig wäre es, aber ich glaube, da hätten Melina und Rory eine Menge mitzureden. Mein Aaran hat oft überlegt, den Garten wieder zu nutzen, nur fehlte uns das Geld.«

Sie schließt die Augen und reckt das Gesicht der Sonne entgegen, die mittlerweile den kleinen alten Sonnenschirm ausgetrickst und überwunden hat. Whitney, die Mum anscheinend sehr mag, kommt näher heran und tupft mit ihrer Nase gegen ihre Schulter. Vorsichtig knabbert sie an ihrem Shirt und wandert weiter bis zu ihrer Wange.

»Ein Alpaka-Küsschen«, kichere ich und bemerke, dass ich Nialls Hand noch immer halte. Sie ist warm und fest. Es fühlt sich so verdammt gut an, dennoch ziehe ich meine Finger langsam zurück. Dabei entgeht mir nicht, wie er die Lider zu- und die Lippen aufeinanderpresst, als würde ihm irgendetwas Schmerzen bereiten.

»Ich werde die drei einsammeln und zurück zur Farm bringen«, sagt er plötzlich und steht auf.

Nun bereue ich es, meine aufwallenden Glücksgefühle mit seiner Hilfe in Zaum gehalten zu haben. Das war beinahe genauso dämlich, wie ihn zur Ablenkung zu küssen.

»Kommst du heute Abend in den Pub?«, frage ich und sehe ihm dabei zu, wie er Liam das Halfter überzieht. Er hält in der Bewegung inne und schaut zum See, auf dessen leicht welliger Oberfläche die Mittagssonne glitzert.

»Mal sehen, weiß ich noch nicht«, murmelt er und führt Liam aus dem Garten, was die beiden Mädels dazu veranlasst, ihnen zu folgen.

Nialls Verhalten schwirrt mir ständig im Kopf herum und ich ahne, dass er sich heute Abend nicht blicken lassen wird. Was habe ich mir bloß dabei gedacht, seine Hand zu halten? Er muss denken, ich wäre eine von diesen wankelmütigen Frauen, die sich nicht entscheiden können, ob sie einen Mann nun wollen oder nicht.

Wobei, soweit sollte ich diesen Vergleich nicht von mir weisen. Mein Herz sagt Ja, mein Kopf wehrt sich hingegen vehement dagegen, die Führung abzugeben und die aufkeimenden Gefühle zuzulassen.

Blicklos starre ich an das Ende der Bar zu seinem Stammplatz, den sich erneut Gilbert unter den Hintern gerissen hat.

»Lassie, was ist los?«, ruft er mir zu und hebt sein Glas.

»Alles bestens«, erwidere ich und kämpfe ein Lächeln auf mein Gesicht.

»Heute war eure erste Wanderung, was?«

Da ich nicht die ganze Zeit über schreien will, geselle ich mich zu ihm. »Ich war seit Jahren mal wieder oben am Old Man«, berichte ich, was er wissend abnickt.

»Immer wieder ein imposanter Ausblick«, bestätigt er. »Vergangen Herbst bin ich mit Rory und ein paar Alpakas oben gewesen.«

»Ich das letzte Mal mit Dad ... drei Wochen vor seinem Tod.«

Gilbert sieht mich mitfühlend an und drückt meine Hand, die ich auf der Theke liegen habe.

»Als Eliza starb, fühlte sich nichts mehr so an wie zuvor. Es brauchte einige Zeit, bis ich dazu in der Lage war, all die alltäglichen Dinge zu tun, ohne an sie zu denken und gleichzeitig in Trauer zu ertrinken. Dein Vater war ein besonderer Mann, jeder schätzte und mochte ihn. Die Lücke, die er im Dorf hinterlassen hat, klafft noch immer wie eine offene Wunde.«

Seine Worte bewegen mich, vor allem, weil er weiß, wie sich Verlust anfühlt.

»Mum steckt leider noch in dieser Phase. Wir verzeichnen kleine Erfolge, doch die sind rar gesät.«

»Weißt du, was mir geholfen hat? Eine sinnvolle Beschäftigung. Ich helfe hin und wieder Harris mit den Rindern, schere Schafe auf den Crofts oder gehe Rory zur Hand, wenn er Unterstützung braucht. Da bleibt man aktiv und kommt unter Leute.«

»Mum tut sich schwer damit. Sie geht manchmal tagelang nicht aus dem Haus. Beim Kirchenchor ist sie ausgetreten, und auch sonst hat sie wenig Interesse an den Dingen, die um sie herum geschehen«, berichte ich und fühle mich matt und ausgelaugt. Diese Situation lastet auf mir wie ein tonnenschweres Gewicht.

»Hat sie sonst keine Hobbys?«

»Doch, sie bastelt gern. Die Deko auf den Tischen oder für Feiertage wie Ostern oder Weihnachten fertigt sie an.«

»Das wäre doch ein Ansatz«, erwidert er und verzieht nachdenklich das Gesicht. »Neulich habe ich bei Frederick im Laden einen Aushang gesehen. Lyra sucht nach Unterstützung für den Kindergarten. Da wird doch viel gebastelt, oder? War zumindest so, als unsere Jungs noch klein waren.«

Sein Vorschlag klingt noch nicht einmal schlecht. Mum liebt es, kleine Kostbarkeiten zu gestalten. Egal ob Grußkarten oder Türkränze, sie kann Stunden damit verbringen und ist bis heute traurig, dass ich diese Leidenschaft nicht mit ihr teile.

»Tolle Idee. Danke«, erwidere ich freudig und winke Brodee heran. »Schenk uns mal einen Talisker ein. Der für Gilbert geht aufs Haus.«

Ich will gerade an meinem Glas nippen, als die Tür aufgeht und Lachlan zu meinem Entsetzen hereinkommt. Ich sehe zu Cait, die an einem der hinteren Tische die leeren Gläser abräumt und ihn noch nicht bemerkt hat. Brodee stößt einen harschen Fluch aus und setzt sich in Bewegung, als Lachlan schnurstracks auf Cait zuhält. Ich schiebe mich ebenfalls zwischen den voll besetzten Tischen hindurch, während es mir eiskalt den Rücken hinunterläuft. Was hat er vor?

»Hier ist doch frei, oder?«, sagt er barsch und lässt sich auf der Bank nieder. Die Gläser auf Caits Tablett beginnen zu zittern, doch sie fängt sich rascher als erwartet und strafft sich sichtlich. Mit durchgedrücktem Rücken steht sie vor ihm und hebt stolz ihr Kinn. »Was darf ich dir bringen?«

»Stout.«

»Wir hätten auch Craft Biere. Falls du eines davon probieren möchtest, kann ich dir gern eines empfehlen«, erwidert sie freundlich, doch Lachlan scheint das Ende ihrer Beziehung nicht sonderlich gut weggesteckt zu haben und grinst sie höhnisch an.

»Als ob du wüsstest, was der Unterschied zwischen einem Indian Pale Ale und einem Porter ist«, giftet er zurück, was Cait lächelnd übergeht.

»Abgesehen von der Farbe, die beim Porter eher dunkelbraun bis schwarz und beim IPA weißlich bis golden ist, liegen die Unterschiede in der Hopfung, dem Alkoholgehalt und den Geschmacksvariationen. Wenn du mehr darüber wissen möchtest, komm morgen Abend vorbei, dann findet hier neben dem Pub Quiz auch eine Verkostung statt.«

Ich kann dabei zusehen, wie Lachlan die Kinnlade herunterfällt. Sein Blick folgt Caits Zeigefinger, der auf einen der Aufsteller deutet, mit denen sie auf den Tischen für den morgigen Abend wirbt.

»Dein Stout kommt gleich«, fügt sie an und wendet sich hoch erhobenen Hauptes ab.

In der Küche, wo sie die schmutzigen Gläser in die Spülmaschine räumt, fange ich sie ab.

»Was war das denn?«, keuche ich und ernte ein Lachen als Lohn für meine Besorgnis.

»Lachlans Art mir zu sagen, dass er sich nicht aus seiner Stammkneipe vertreiben lässt.«

»Das ist doch wohl ein Scherz, oder? Wenn er weiter rumstänkert, setzte ich das Hausverbot durch.«

»Lass ihn! Ich glaube, er muss sich erst mit dem Gedanken anfreunden, dass wir uns gelegentlich über den Weg laufen. Außerdem bleibe ich ja nicht ewig hier.«

»Stimmt«, stelle ich missmutig fest. »Warum eigentlich nicht? Was hält dich in London?«

»Abgesehen von meinem gut bezahlten Job, dem Haus, was ich letztes Jahr von Mildred geerbt habe, und den vielen Bierverkostungen auf Firmenfeiern? Hm, lass mich mal überlegen«, entgegnet sie und schüttelt den Kopf.

Mürrisch schnaubend baue ich mich neben ihr auf und verschränkte die Arme vor der Brust.

»Das kannst du auch hier machen. Jeden Abend, wenn du willst«, erwidere ich trotzig.

»Und Lachlans miese Laune *jeden Abend* ertragen? Vergiss es. Ein paar Mal kann ich darüber hinweggehen, aber ich bin keine vierzehn mehr. Als wir zusammenkamen, gestand er mir, mich damals nur gehänselt zu haben, weil er mit seinen Gefühlen, die er für mich hegte, nicht klarkam und sie unterdrücken wollte. Das eben war das genaue Gegenteil davon. Er weiß genau, wie er mich treffen kann, und zwar so, dass es verdammt wehtut.«

16.
Niall

Ich habe erfolgreich die nächste Wanderung hinter mich gebracht. Diesmal sogar mit acht Leuten, die sich vier Alpakas teilten – und ohne von der leichten Gischt des Wasserfalls in einen Flashback gezogen zu werden. Wobei ich annehme, dass dies allein Liams Verdienst ist, den ich zu meiner seelischen Unterstützung neben mir herführte.

Die Wollies springen allesamt fröhlich vom Anhänger und machen sich über ihre Leckerlis her, die sie sich nach getaner Arbeit redlich verdient haben.

Als ich mit Gwen und Taylor, die beide auf der gegenüberliegenden Weide zu Hause sind, die Straße überquere, bemerke ich in einiger Entfernung einen grauen Wagen am Fahrbahnrand. Es wundert mich zwar, dass er dort herumsteht, da dies keine Durchfahrtsstraße ist, aber ich denke mir nichts weiter dabei und öffne das Gatter.

Im Schatten der aus Natursteinen aufgestapelten Mauer haben es sich einige der Hühner gemütlich gemacht. Ihr leises Gackern begleitet mich, während ich zu ihrem Stall gehe, um nach dem Rechten zu sehen. Bei diesen Temperaturen ist schnell das Wasser in den Spendern verdunstet, was in ihrem, noch sehr labilen Zustand nicht gut wäre.

Schwungvoll öffne ich die Tür und falle vor Schreck beinahe rückwärts die kleine Treppe hinunter. Lachlan sitzt in Kilt, Galamontur und hochglanzpolierten Schuhen auf der unteren Nestfläche und hat Magda im Arm.

»Gott, was machst du denn hier?«, japse ich und betrete den Hühnerstall.

»Brauchte ein paar Minuten für mich«, murmelt er und streichelt gedankenverloren über das langsam dichter werdende Federkleid am Hals der Henne. »Mein Alter hat mich vorhin dermaßen zusammengefaltet, dass ich einfach aus dem Schloss raus musste.«

»Wieder die Zahlen?« Er schüttelt den Kopf und seufzt.

»Whoopie Doopie.«

»Der Pekinese? Da konntest du doch nichts für? Seine Besitzerin hat ihn mit dem Golfmobil angefahren, und du hast dich um alles gekümmert. Sie hat mir als Dank sogar einen Präsentkorb geschickt, mit Champagner und Kaviar.«

»Tja, bei mir hat sie sich auch tausendmal bedankt und dem Alten heute Morgen beim Golfen davon berichtet. Dumm nur, dass ich ihm bei unserer letzten Besprechung in Glasgow nichts davon gesagt habe.«

»Autsch!«, zische ich und verziehe das Gesicht. »Du hast mehrfach erwähnt, wie daneben er sich dir gegenüber verhält. Biete ihm die Stirn!«

Für meinen Versuch, ihn aufzubauen, ernte ich ein freudloses Lachen.

»Das macht es nur schlimmer.«

»Anders gefragt, warum tust du dir das an?«

Er blinzelt und entlässt einen tiefen Seufzer. »Ich bin achtundzwanzig und General Manager eines Fünfsternehotels. Auf regulärem Weg hätte ich es in diesem Alter maximal bis zum Assistant Manager geschafft. Und das auch nur, wenn ich bis zur großen Zehe im Hintern meines Chefs stecken würde. Wie gehst du damit um, wenn dein Vater rumstresst?«

Lachlans Frage erwischt mich kalt. Ich starre ihn an und klappe den Mund zu, den ich eigentlich für eine Erwiderung geöffnet hatte. Bisher hat mich niemand direkt auf meine Eltern angesprochen, was gut war, denn über sie zu reden bedeutet, all die vergrabenen Dinge wieder hervorzuholen.

Trotz der Wärme, die die Mittagssonne in den Hühnerstall hineinpumpt, wird mir eiskalt. In meinen Gedanken fahren wir wieder die rutschige Straße entlang. Heftiger Regen trommelt gegen die Seitenscheiben, sodass ich draußen nichts mehr erkennen kann. Der Wagen gerät ins Schlingern. Mum schreit auf. Dad ruft: »Haltet euch fest!« Ohrenbetäubender Lärm. Das Kreischen von Metall und dann Stille.

Mit letzter Kraft reiße ich die Augen auf.

Lachlan starrt mich an. Sämtliche Farbe ist aus seinem Gesicht gewichen. »Entschuldige. Wohl kein gutes Thema ...«, stammelt er.

»Schon okay. Ich hatte eigentlich nie Stress mit ihm. Er war im Grunde wie Aaran. Ein Familienmensch durch und durch«, beantworte ich seine Frage.

»Ist er ...?«, setzt er an, doch ich schüttele den Kopf, was ihn verstummen lässt.

Daran zu denken ist schlimm genug, es auszusprechen absolut unmöglich.

Als ich am Abend zum Pub fahren will, komme ich kaum aus der Einfahrt, weil zig Wagen in Richtung Hotel unterwegs sind, die sich auf der schmalen Straße nicht an ihre Fahrbahnseite halten. Hauptsächlich sind es südenglische und Londoner Kennzeichen, womit sich die Vorurteile, die die Schotten gegen die versnobten Engländer haben, wieder einmal bewahrheiten.

Vor dem Stormy Skye angekommen, stelle ich verdutzt fest, dass kein Parkplatz mehr frei ist, und ich überlege, ob ich nicht besser wieder zurück zum Cottage fahren sollte. Nachdem mich Rosalind gestern erneut in ein Wechselbad der Gefühle geworfen hat, möchte ich nicht noch einmal eiskalt abgeduscht werden.

Natürlich war mir klar, dass sie mich als Halt nutzte, um nicht vor lauter Freude durch den Garten zu tanzen, während ihre Mutter im dunklen See der traurigen Erinnerungen schwamm. Trotzdem fühlte es sich viel zu gut an, um mein Herz unberührt zu lassen. Und es tat extrem weh, als sie die Verbindung löste.

Hin und hergerissen überlege ich, ob es den McGregors etwas ausmacht, wenn ich den Wagen vor ihrem Haus abstelle, als jemand an die Seitenscheibe klopft. Erschrocken starre ich in Maihris Gesicht, was durch das diffuse Licht der Straßenlaterne gespenstisch wirkt, und deute ihr an einzusteigen.

»Hast du mich erschreckt.«

»Sorry, war keine Absicht.«

»Alles okay bei dir?«

Sie wirkt unschlüssig und wringt die Hände.

»Ich habe gehört, dass Cait heute Abend etwas Tolles geplant hat. Eine Bierverkostung«, flüstert sie und sieht verlegen zu mir.

»Du traust dich nicht rein?«, frage ich, was sie mit einem verhaltenen Nicken bestätigt.

»Können wir einen Club gründen«, offenbare ich mein eigenes Zögern. »Ich weiß einfach nicht, woran ich bin. Eben noch küsst sie mich, dann sagt sie, es hätte nichts zu bedeuten. Gestern hält sie meine Hand, sieht mich aber nicht ein einziges Mal an, fragt mich dann aber, ob ich abends in den Pub komme. Wer soll da bitte schlau draus werden?«

»Und warst du dort?«

»Nope, deshalb mache ich mir jetzt Gedanken, was mich hinter dieser Tür erwartet. Nun zu dir, weshalb sitzt du hier bei mir?«

Maihri sackt ein klein wenig in sich zusammen.

»Cait. Seit sie damals fortgegangen ist, habe ich nicht mehr mit ihr gesprochen. Sie fehlt mir so und ich ... ich weiß einfach nicht, wie ich diesen Graben überwinden kann«, gesteht sie und atmet tief durch.

»Weshalb entstand er denn, dieser Graben?«

Augenblicklich senken sich ihre Schultern eine weitere Etage tiefer, genauso wie ihr Kopf. »Ich habe sie damals angebettelt, nicht zu gehen. Ich wollte nicht mit Mum allein bleiben. Paps klinkt sich bei allem aus. Hauptsache, er hat seine Ruhe vor ihr. Deshalb war ich sauer«, gibt sie leise zu.

»Und auch ein bisschen wegen Connor, oder?«, hake ich nach, woraufhin sie nickt und die Augen schließt.

»Für ihn gibt es keine andere, obwohl sie ihn nicht wollte.«

»Zwei in der Friendzone. Wir könnten ein Buch drüber schreiben«, erwidere ich und schicke ein freudloses Lachen hinterher. »Trotzdem sollte Connor nicht zwischen euch stehen. Ihr beiden seid eine Familie.« Ihr verhaltenes Nicken deutet mir an, dass da noch mehr ist, und ich lehne mich etwas zu ihr. »Du kannst mir alles anvertrauen. Wir sind Freunde, und ich bin froh, dass ich dich habe. Ohne dich würde mir der Praxisalltag weit weniger Spaß bereiten. Du kannst dich immer auf mich verlassen und egal was es ist, ich werde dich weder ver- noch beurteilen.«

Es dauert einige Augenblicke, bis ihr gesamter Körper erzittert. »Ich habe etwas ganz Dummes getan, was sie mir nie verzeihen wird.«

»Etwas, von dem sie weiß?«, frage ich verwirrt nach.

»Nein. Sie weiß es nicht, aber es belastet mich so sehr. Ich könnte ihr nicht mal in die Augen sehen, so sehr schäme ich mich.«

Mitfühlend greife ich nach ihrer Hand und drücke sie sanft. »Was es auch sein mag, ihr solltet darüber sprechen. Brich nicht die Brücke zu ihr ab, aus Angst, sie könnte dir böse sein. Ich habe Cait als offene und verständnisvolle Frau kennengelernt. Und sie macht sich Sorgen um dich.«

»Ich weiß, sie hat mir Nachrichten geschrieben, als es mir Anfang der Woche so mies ging.«

»Hast du ihr geantwortet?«, hake ich nach, woraufhin sie den Kopf schüttelt. »Dann komm, lass uns reingehen. Sie freut sich bestimmt, wenn du dabei bist. Das mit der Bier Sommelière hat sie echt verdammt gut drauf.«

Bei meinem Vorschlag leuchten ihre Augen auf, doch sie wirkt noch immer zögerlich. Erst als ich den Wagen vor Ginnys Haus eingeparkt habe, atmet sie tief durch und steigt aus.

Beim Überqueren der Straße müssen wir warten, bis ein grauer Peugeot, der mir vage bekannt vorkommt, an uns vorbeigefahren ist, dann stürzen wir uns in ein wahres Getümmel. Anscheinend hat es sich wie ein Lauffeuer herumgesprochen, dass das Stormy Skye heute Abend etwas Besonderes zu bieten hat.

In all den Jahren, die ich nun schon mein Feierabendbier hier trinke, habe ich den Gastraum noch nie so voll erlebt. Selbst die Länderspiele unserer Nationalmannschaft bringen den Laden normalerweise nicht dermaßen zum Bersten.

Wie vorgestern im Walker ist kein Stuhl mehr frei, teilweise stehen die Leute sogar in Gruppen dazwischen herum. Ich sehe sogar Leute, die sonst so gut wie nie hierher kommen, wie zum Beispiel Edith mit ihrem Mann Fionn. Ist das dort an ihrem Tisch etwa die über neunzigjährige Noreen Mullan?

Fassungslos sehe ich zu Maihri, die ebenso schockiert ist von dem Bild, was sich uns bietet. Ich ziehe sie hinter mir her bis zur Theke, hinter der Brodee im Akkord zapft, während Cait und Rosalind versuchen, die Tabletts heil durch die Massen zu tragen.

»Wir bräuchten einen Türsteher. Wir kommen kaum mehr durch«, höre ich Cait sagen, die keuchend eine Ladung leerer Gläser auf der Theke abstellt.

Ich tippe ihr auf die Schulter, was sie herumfahren lässt. Ihr Blick fällt sofort auf Maihri. Beide sehen sich an. Sekunden vergehen, in denen keine der Schwestern ein Wort sagt, bis Cait die Arme ausbreitet und Maihri die Einladung schluchzend annimmt.

Brodee, der schneller schaltet als ich, schiebt die beiden in Richtung Küchentür, hinter der Alice hektisch Salat auf Teller schichtet.

»Huch!«, ruft sie aus und sieht den beiden Frauen zu, wie sie nach hinten durch zur Treppe gehen, die hinauf in die Wohnung führt.

»Endlich, ich hatte die Hoffnung beinahe verloren«, sagt sie und legt sich beide Hände übers Herz.

»Alice, sind das die letzten Teller?«, fragt Brodee und stellt sie auf ein großes Tablett.

»Ja, Gott sei Dank. Ab jetzt nur noch Fish & Chips und Snacks.«

»Ich sage es Rosalind.« Er geht beladen an mir vorbei, und ich folge ihm zurück in den wilden Trubel.

»Wo ist Cait hin?«, will Rosalind wissen und sieht mich panisch an.

»Sie und Maihri sind kurz nach oben gegangen.«

»Was? Das Quiz soll in fünf Minuten starten«, keucht sie und befürchtet wohl, die Menge könnte ihr bei einer Verzögerung das Mobiliar zerlegen. Da es letzte Woche ausfiel und ich den Unmut so manches Gastes abbekommen habe, könnte sie damit nicht einmal falschliegen.

»Gib ihnen einen Moment. Ich bin mir sicher, sie ist gleich wieder hier«, versuche ich, sie zu beruhigen.

»Trotzdem brauchen wir Hilfe. Wenn Cait loslegt, muss ich allein bedienen. Konnte ja keiner ahnen, dass wir überrannt werden«, jammert sie und sieht sich panisch um.

Ich ziehe derweil die Jacke aus, stopfe sie in ein Fach unter der Bar und kremple die Ärmel hoch. Als sie wieder zu mir blickt, stutzt sie und reißt ihre braunen Augen weit auf.

»Du bist ein Schatz«, ruft sie, schlingt mir die Arme um den Hals und presst ihre Lippen auf meinen Mund. Eine warme Welle schlägt über mir zusammen und zieht mich in einen Strudel, der mir den Atem raubt.

Vom Kopf bis zu den Zehen stehe ich unter Hochspannung, lege die Hände auf ihren Rücken und ziehe ihre weichen Rundungen gegen meinen Körper. Meine Gedanken kommen zum Stillstand. Einzig ein kleines Lämpchen verbleibt, was rot aufblinkt und mich zu warnen versucht.

Letzte Woche war ein Klacks im Gegensatz zu dem Ansturm des heutigen Abends. Bis Mitternacht habe ich gefühlt eine Million Gläser gespült und ebenso viele befüllt.

Mit der Anzahl der Gäste, schwindet aber nun nicht nur der Stresslevel, sondern auch der Nebel, den unser Kuss in meinem Kopf verbreitet hat. Gleichzeitig kreist darin die Frage, wie es dazu kommen konnte. Wieder!

Ist das irgendein Spiel, von dem ich die Regeln nicht kenne? Mehrmals suchte ich ihren Blick, hoffte, sie würde mich direkt ansehen oder zumindest in meine Richtung blicken, doch entweder nahm sie es nicht wahr oder ignorierte mich absichtlich.

Auch jetzt, wo sie sich die schmerzenden Füße massiert, dreht sie mir lieber den Rücken zu, statt mir zu erklären, was da vorhin passiert ist. Ernüchterung breitet sich in mir aus.

Ein hölzernes Schaben erfüllt den Raum, als Cait einen der Tische verschiebt, um darunter zu fegen. Maihri, die ihr dabei hilft, kehrt alles auf. Neben mir erklimmt Brodee schnaufend die Kellertreppe und sackt auf den nächstbesten Barhocker.

»Wir haben noch zehn Flaschen vom Atlantic Ale. Das war's«, verkündet er.

Cait hält in der Bewegung inne und reißt schockiert die Augen auf.

»Zum Glück hatten wir den Kasten für den Quiz-Sieger vorab zusammengestellt, sonst hätte Danny seinen Preis nicht einmal mitnehmen können«, fügt er an und wippt mit dem Kopf hin und her, um seine Nackenmuskulatur zu lockern.

»Ich fasse es nicht«, erwidert Cait und nimmt einen der Stühle vom Tisch herunter, um sich zu setzen.

»An Craft Bier scheint ein reges Interesse zu bestehen«, werfe ich von der Bar aus ein, wo ich die letzten Gläser poliere. »Die Tage war ich in einem Pub in Portree, dort haben sie es fast ausschließlich ausgeschenkt.«

Erneut keine Reaktion von Rosalind. Sie starrt einfach weiter vor sich hin.

»Der Markt ist da«, fügt Brodee kryptisch an und wirft Cait einen strengen Blick zu, den sie mit einem Augenrollen pariert.

»Alle Gläser sauber. Ich bin dann mal weg. Schönen Abend noch. Komm, Maihri, ich fahr dich heim«, sage ich kühl und fische meine Jacke unter der Bar hervor.

Weit komme ich jedoch nicht, da mir Rosalind den Weg abschneidet.

Ihr schüchterner Augenaufschlag fesselt mich und fegt meinen Vorsatz, ihr die kalte Schulter zu zeigen, schneller fort, als ich ihn gefasst hatte. Stattdessen bleibe ich bereitwillig stehen und halte den Atem an.

»Gute Nacht«, sagt sie leise und kaut auf ihrer Unterlippe.

»Schlaf gut«, wünsche ich und lasse meinen Blick über ihr Gesicht huschen, um jede ihrer Regungen aufzunehmen. Zwischen uns beginnt es zu knistern, als würde sich die Luft elektrisch aufladen.

Eine Haarsträhne, die sich aus ihrem Zopf gelöst hat, zieht meinen Finger magisch an. Vorsichtig streiche ich sie ihr hinters Ohr und befürchte, sie könnte meine Hand wegschlagen oder sich von mir zurückziehen.

Nichts dergleichen geschieht. Stattdessen tritt sie näher, legt die Hände auf meine Brust und reckt sich mir entgegen. Wie hypnotisiert beuge ich mich zu ihr, bis sich unsere Lippen zum zweiten Mal an diesem Abend berühren.

»Schlaf gut«, haucht sie. »Und Danke für deine Unterstützung.«

17.
Rosalind

Cait funkelt mich wütend über den Rand ihrer Kaffeetasse hinweg an.

»Was hatte das zu bedeuten? Du küsst ihn? Schon wieder?«, zischt sie und scheucht damit Wallace auf, der seine Batterien gerade bei einem Nickerchen aufgeladen hat.

»Gestern Abend war das totale Chaos«, erwidere ich und versuche, Klarheit darüber zu erlangen, welcher Teufel mich geritten hat, dass ich den gleichen Fehler ein weiteres Mal begangen habe.

»Das ist kein Grund, jemanden zu küssen, einfach so.«

»Ich weiß«, murre ich und ziehe den Kopf ein, den sie mir zu waschen versucht.

»Der arme Kerl denkt doch, er würde sich im Schleudergang befinden. Heute hü, morgen hott.«

Mum kommt umweht von verführerischem Bratenduft die Treppe hoch und gesellt sich zu uns in die Küche. Verwirrt sieht sie uns beide an.

»Ihr streitet?«

»Tun wir nicht, Alice. Ich versuche bloß, deiner Tochter klarzumachen, dass sie Niall nicht wie ein Spielzeug behandeln kann. Er hat Gefühle, und die sind sehr eindeutig. Schließlich sehe ich die Blicke, die er dir zuwirft, und ich höre ihm zu, wenn er von dir spricht«, bekräftigt sie und gibt ein wütendes Schnauben von sich.

»Meine Gefühle sind ebenfalls eindeutig«, murmele ich und sehe zum Fenster hinaus, wo die Sonne bereits den morgendlichen Dunst zur Gänze aufgelöst hat. Ein weiterer klarer und sonniger Tag, der den Frühling im Eiltempo vorantreibt. Ich wünschte nur, meine Ängste würden ebenso schnell verschwinden.

Es ist neun Uhr. Niall ist wahrscheinlich schon auf dem Parkplatz in Earlish angekommen, von wo aus er mit einer größeren Gruppe hinauf ins Fairy Glen wandern wird. Irgendwie bereue ich es, mich nicht früher aufgerafft zu haben, um ihn zu begleiten.

»Habt ihr euch wenigstens ausgesprochen, du und Maihri?«, will Mum wissen und fischt Wallace vom Boden, was Forrest grollend zur Kenntnis nimmt und erhobenen Hauptes aus der Küche stolziert.

»Ein wenig. Sie kommt heute Nachmittag vorbei, dann fahren wir zum Kilt Rock und wollen spazieren gehen.«

»Das freut mich. Wirklich«, sagt sie und tätschelt ihre Hand. »Du hast das gestern Abend übrigens toll gemacht. Flott, schlagfertig. Wie eine dieser Stand-up-Comedians im Fernsehen.«

»Glaub mir, ich habe Blut und Wasser geschwitzt. So viele Leute.«

Während die beiden weiter über den gestrigen Abend sprechen, sehe ich erneut zur Uhr und spüre, wie ich stetig rastloser werde. Wenn ich jetzt losfahre, könnte ich ihn am Parkplatz, der nahe dem malerischen Tal angelegt wurde, abfangen. Aber dann muss Mum allein kochen, wendet mein Gewissen ein. Gerade sonntags ist immer viel zu tun.

»Warum hibbelst du so nervös rum? Ist irgendwas?«, will Mum wissen, und ich zucke vor Caits Blick zurück, mit dem sie mich wie mit Dolchen durchbohrt.

Für einen Moment starren wir uns bei einer Art Showdown in die Augen. Keiner will zuerst wegsehen.

»Jetzt sitz hier nicht rum, verschwinde endlich!«, blafft sie und haut mit der flachen Hand auf den Tisch, sodass Wallace zu fauchen beginnt und sich von Mums Arm rollt.

Auf meinem Weg raus aus der Küche kann ich ihm nur mit Mühe ausweichen.

»Was ist denn nur los?«, ruft Mum schockiert. »Wo will sie denn hin?«

»Sie hat was zu erledigen«, erwidert Cait, während ich die Treppe hoch ins Dachgeschoss rase, um mich umzuziehen.

Beim Fairy Glen angekommen, habe ich Mühe, noch einen Parkplatz zu ergattern. Die Leute stehen aber auch wieder kreuz und quer, als ob sie den Führerschein im Lotto gewonnen hätten. Da fällt mir ein, dass ich mit Niall noch ein wenig das Rangieren mit dem Anhänger üben wollte. Ich kann ja nicht ständig nur die Wanderungen hoch zum Storr machen und ihm die ganze Fahrerei quer über die Insel aufs Auge drücken.

Der frühlingsfrische Wind weht Kinderlachen zu mir. Ich sehe mich um und entdecke viele Familien, die den Sonntag für einen Ausflug nutzen. Zudem vermute ich, dass die einen oder anderen am Donnerstag das Special von *Glen of Love* gesehen haben und nun unbedingt einen der Drehorte besuchen wollten.

Ein kurzer Check der Uhrzeit verrät mir, dass Niall mit seiner Gruppe demnächst kommen wird. Eilig postiere ich mich am Weg, der von Earlish hier hinaufführt, und halte Ausschau.

Die Sonne wärmt mein Gesicht, was mich lächeln lässt. Zum ersten Mal seit Langem wünsche ich mich nicht weit fort, sondern fühle, dass dies genau der richtige Ort für mich ist. Caits eindringliche Worte kreisen mir durch den Kopf. Ich solle bei meinen Auswahlkriterien endlich den wichtigsten Punkt streichen. Zugegeben, es fällt mir verdammt schwer, doch hier und jetzt könnte ich mich überzeugen lassen. Und wenn nicht von Niall, von wem sonst?

Schließlich ist er es, der mein Herz gehörig aus dem Takt bringt. Noch dazu macht er mich nervös und spukt ständig in meinen Gedanken herum. Und dann ist da noch dieses anbetungswürdige Grübchen.

Sehnsuchtsvoll seufzend recke ich den Hals in der Hoffnung, dass er endlich auftaucht. Und tatsächlich kommt er in diesem Moment um eine Biegung unterhalb eines Hügels, der etwa fünfhundert Meter entfernt ist.

Ungeduldig trete ich von einem Fuß auf den anderen und möchte eigentlich nicht länger warten. Kurzerhand setze ich mich in Bewegung und gehe Niall, der Liam neben sich führt, entgegen. Da der Weg den Berg hinunterführt, werde ich immer schneller und schneller, bis er wenige Meter vor mir stehen bleibt und den Strick fallen lässt, um mich auffangen zu können.

Ich laufe auf ihn zu und werfe gleichzeitig meinen wichtigsten Grundsatz über Bord. Dann ist er eben Schotte, na und? Allein das Strahlen in seinen Augen genügt mir, um zu wissen, dass es kein Fehler ist, ihm mein Herz zu schenken.

Ich fliege förmlich in seine ausgebreiteten Arme, umschlinge ihn und presse meine Lippen auf seinen Mund. Ohne Rücksicht auf die anderen Teilnehmer der Wandertruppe zu nehmen, küsse ich ihn, bis mir vom Sauerstoffmangel schwindelig wird.

»Entschuldige«, keuche ich. »Manchmal brauche ich etwas länger.«

Er lacht leise und grinst mich an, dass ich einfach nicht widerstehen kann und ihm viele kleine Küsse auf die feuchten Lippen setze, die so unglaublich süß schmecken, dass die Schmetterlinge in meinem Bauch gar nicht genug davon bekommen.

»Siehst du! *So* entschuldigt man sich fürs Zuspätkommen«, tönt einer der Männer in der Gruppe und fängt sich von seiner Frau einen Knuff gegen die Rippen ein.

»Er vergisst auch bestimmt nicht ihren Geburtstag«, feuert sie zurück.

»Das geht schon die ganze Zeit so«, flüstert mir Niall ins Ohr.

Sein warmer Atem gepaart mit seiner sonoren Stimme jagen mir Schauer über den Rücken.

»Wir können sie auch einfach allein weitergehen lassen«, schlage ich leise vor, was er mit einem leichten Kopfschütteln verneint.

»Und mir das sagenumwobene Fairy Glen entgehen lassen? Keine Chance.«

Lachend drücke ich mich von ihm weg, wobei ich seinen rasenden Herzschlag unter meinen Fingerspitzen spüre, und winke den anderen kurz zu. »Hey, ich bin Rosalind.«

»Okay, sorry für die unplanmäßige, aber sehr schöne Pause. Gehen wir weiter«, ruft Niall und sammelt Liam, der die Gunst der Stunde genutzt und sich über das frische Grün am Wegesrand hergemacht hat, ein.

Sobald er wieder neben mir ist, schiebe ich meine Hand in seine, und wir verschränken unsere Finger. Liebevoll blickt er zu mir und wirkt dabei sogar ein klein wenig schüchtern.

»Was heißt *entgehen lassen*? Warst du noch nie hier?«, hake ich nach.

»Nope. Weder hier noch oben beim Old Man noch am Coral Beach oder an Neist Point«, gesteht er und seufzt.

»Du bist seit drei Jahren hier«, erwidere ich fassungslos.

»Hat sich bisher noch keine Gelegenheit ergeben. Und irgendwie ist es doof, allein rumzuwandern. Wenn, dann will man solche Orte doch mit jemandem gemeinsam genießen.«

Ich schenke ihm ein Lächeln, während ich seine Hand drücke und ein Zwinkern hinterherschicke.

»Dann wirst du bestimmt gleich Augen machen, wenn du den wohl magischsten und verwunschensten Ort von ganz Schottland betreten wirst.«

Niall reißt die Augen weit auf. »Wow! Klingt, als wärst du die perfekte Reiseleiterin.«

»Was Skye und seine verborgenen Schönheiten anbelangt, auf jeden Fall.«

Am Eingang zu dem sagenumwobenen Tal, was weit über die Grenzen Schottlands hinaus bekannt ist, müssen wir einen Moment warten, bis eine größere Gruppe uns Platz macht. Als wir endlich weiterkönnen, spüre ich, wie mich fröhliche Erinnerungen überfluten.

»Dad war ganz oft mit mir hier, als ich noch klein war.«

»Das kann ich verstehen«, erwidert Niall. »Es sieht aus wie eine Miniaturlandschaft. Fast so, als wäre es von winzigen Feen geformt worden, die hier ihr mystisches Königreich errichtet haben.«

Es ist die beste Beschreibung, die ich je gehört habe und, bis auf die Feen, die wohl zutreffendste.

»Tatsächlich ist es, ähnlich dem Quirang, durch Rutschungen entstanden. Warum es jedoch wie die winzige Schwester der gigantischen Felsformationen aussieht, ist mir nicht geläufig.«

Wir folgen der schmalen Straße, wobei neben uns viele kleine, abgerundete Hügel aufragen, deren, mit sattem Grün überwucherten Hänge in Wellen herabfallen. Als wir zum Herzstück des Tals gelangen, stockt nicht nur Niall der Atem.

»Ist das dort oben ein verfallener Turm«, fragt er und deutet auf die Spitze eines Hügels am anderen Ende der Senke.

»Das ist Castle Ewan und nein, es ist kein Turm, sondern lediglich eine Basaltnadel, die durch Erosion abgetragen wurde. Von dort oben hat man einen fantastischen Blick auf die Umgebung. Aber das Wichtigste hier sind die Spiralen.«

Ich deute auf die sehr alten, in den Boden eingearbeiteten Erhebungen, die in unregelmäßigen Abständen verteilt sind. Einige von ihnen wurden sogar in den Hängen angelegt. Die von der darüberliegenden Abrisskante herabgefallenen Steine werden von Touristen auf die Spiralen gelegt. Irgendjemand hat mal behauptet, dass es Glück bringen würde, dabei zerstört es eher die wundervolle Kultstätte. Es gibt sogar Hinweisschilder, dass man es unterlassen soll, doch die werden wie so vieles schlichtweg ignoriert.

»Können wir die Alpakas mitnehmen, wenn wir dort hochgehen?«, fragt eine der Frauen und nickt in Richtung Castle Ewan.

»Lieber nicht. Lasst sie ruhig hier bei uns, dann könnt ihr die Gegend in aller Ruhe erkunden«, schlage ich vor, und habe nur Sekunden später fünf Führstricke in der Hand.

»Und du? Was ist mit dir? Willst du nicht dort hinauf und die Aussicht genießen?«

Niall tritt näher und legt eine Hand an meine Wange. Zärtlich streichen seine Fingerspitzen an meiner Schläfe entlang, während er mir tief in die Augen sieht. Mein Herz vollführt Trommelwirbel über Trommelwirbel, bis ich glaube, den Boden unter den Füßen zu verlieren.

»In diesem Moment gibt es keinen Ort auf der Welt, und sei er auch noch so magisch, an dem ich lieber wäre als hier mit dir.«

»Aber du bist ...«, setze ich zu einer Erwiderung an, doch er versiegelt meine Lippen mit seinem Daumen. Sanft malt er damit die Konturen nach, während sein Blick daran festklebt.

»Dein Mund ist weich wie Samt«, raunt er und beugt sich herunter. »Und er macht süchtig.«

»Wonach?«, hauche ich. Meine Lider flattern wie die Schar Schmetterlinge in meinem Bauch. Er kommt mir stetig näher und, als ich die Augen schließe, spüre ich seinen warmen Atem über mein Gesicht gleiten.

»Nach mehr.«

Zurück am Cottage werden wir von einem bellenden Lester empfangen, der erst Ruhe gibt, nachdem wir ausgestiegen sind.

»Was hat er denn?«, frage ich, da er sich normalerweise nie so verhält.

»Keine Ahnung«, meint Niall und rollt den Kopf in den Nacken. »Den Spektakel hat er die ganze Nacht über veranstaltet. Ich habe vielleicht zehn Minuten am Stück schlafen können. Er wollte nicht mal mit ins Haus.«

»Vielleicht ein Fuchs oder ein Marder«, mutmaße ich, doch er schüttelt den Kopf.

»Dann hätten die Alpakas ebenfalls Alarm geschlagen. Und zwar alle hier und drüben. Ist auch egal. Magst du mit reinkommen?«

Ich würde nur zu gern, doch es ist kurz vor zwölf Uhr, und im Pub wird das sonntägliche Mittagessen serviert.

»Hmm, was hältst du davon, wenn wir zu mir fahren, uns dort etwas von Mums Roast Beef gönnen und es uns danach im Garten gemütlich machen?«

Ich kann genau erkennen, dass Niall nur vorgibt, darüber nachzudenken, sein gespieltes Grübeln wirkt zu aufgesetzt.

»Aber nur unter einer Bedingung.«

»Die da wäre?«, frage ich irritiert und sehe dabei zu, wie sein Grinsen stetig breiter wird.

»Ich bekomme Küsse. So viele ...«, sagt er, doch ich unterbreche ihn und beginne, seine Bedingung zu erfüllen.

»So oft«, erwidere ich und küsse ihn ein weiteres Mal. »Und so viele.« *Kuss.* »Du willst.« *Kuss* »Jederzeit.« *Kuss.* »Habe nichts.« *Kuss.* »Dagegen.«

Da wir beide nach der Wanderung verschwitzt sind, fahre ich schon mal vor, während Niall schnell im Cottage duscht.

Sobald ich fertig bin, bringe ich mit Brodee einen Tisch nach draußen und stelle den Sonnenschirm auf. Im Schatten sitzend, lasse ich den Blick über Loch Leathan schweifen und komme langsam zur Ruhe. Mein Kopf, der sich in den vergangenen Stunden beinahe gänzlich abgeschaltet hat, nutzt dies und will eine Wortmeldung abgeben, doch die bloße Erinnerung an Nialls zärtliche Berührungen macht ihn mundtot.

Als ich einen Wagen höre, trete ich ans Gartentor und bin ein wenig enttäuscht, da es Lyra und nicht Niall ist. Sie ist etwa in Mums Alter und kümmert sich schon seit vielen Jahren liebevoll um die jüngsten Bewohner von Leathan und den nahe gelegenen Farmen.

»Hallo, Rosalind«, ruft sie und winkt mir zu, wobei ich mich an das Gespräch mit Gilbert erinnere.

»Warte kurz«, bitte ich und eile zu ihr. »Ich hörte, du suchst Unterstützung für den Kindergarten.«

»Händeringend. Es müsste auch nicht täglich sein. Wir haben so viel kleinen Zuwachs bekommen, dass ich bei den kreativen Einheiten wie Malen oder Basteln zu oft unterbrechen muss. An den Ostergeschenken für die Eltern werkeln wir nun schon seit über drei Wochen.«

»Dann ist es genau das Richtige. Sie bastelt für ihr Leben gern und liebt Kinder«, jubele ich und möchte sie am liebsten drücken. Gleichzeitig sammele ich allen Mut, um offen über unser Familienproblem zu sprechen, dass uns seit Dads Tod heimsucht. »Sie ist einsam und braucht eine Aufgabe abseits des Pubs.«

»Schick sie vorbei, gleich morgen früh«, drängt Lyra und lächelt freudig.

»Das ist ein Problem. Sie muss es aus freien Stücken machen. Es selbst wollen«, erwidere ich, was sie nachdenklich aufnimmt, mir nach einigen Augenblicken jedoch aufmunternd über den Oberarm streicht.

»Keine Sorge, kriegen wir hin. Lass mich nur machen!«

Sie will gerade hineingehen, als Niall vorfährt. Ganz zu meiner Verwunderung hat er den Anhänger noch am Wagen und parkt ihn rückwärts vor dem Gartentor. Wie locker er das Gespann rangiert, macht mich richtig neidisch.

»Du musst mir unbedingt zeigen, wie das geht«, fordere ich und werde von ihm schwungvoll in den Arm genommen.

»Machen wir, versprochen«, erwidert er und gibt mir einen Kuss, bei dem sich unter mir der Boden dreht.

Kann man davon süchtig werden? Wenn ja, bin ich ab sofort ein williger Junkie.

»Ihr zwei seid so süß«, kichert Lyra und legt sich beide Hände übers Herz.

»Ach was«, winkt Niall ab und macht sich daran, die Heckklappe des Anhängers zu öffnen. »Die hier sind tausendmal süßer als wir.«

Blue steckt als Erster neugierig den Kopf ins Freie, tippelt die Schräge hinunter und flitzt direkt durchs Tor in den Garten hinein. Seine Mutter Celine folgt ihm weitaus gemächlicher, genauso wie Whitney und Nialls bester Freund Liam.

»Da bin ich zu hundert Prozent deiner Meinung. Die sind purer Zucker!«, seufzt Lyra und betrachtet die Alpakas mit leuchtenden Augen.

Während Niall die Klappe schließt, gehen Lyra und ich in den Garten, wo die Wollies alles neugierig begutachten.

»Wieso hast du sie mitgebracht?«, frage ich überrascht.

»Dachte, Alice würde sich freuen, wenn sie sich nachher ein wenig raussetzt«, erwidert er achselzuckend und zwinkert mir zu.

»Euer Garten ist auch ohne Alpakas wunderschön. Wild romantisch. Hier wäre der perfekte Ort für eine Ostereiersuche«, stellt sie fest und bringt mich dabei auf eine Idee.

»Wir wollen den Garten während des Sommers sowieso nutzen. Dann können wir hier an Ostern doch alles einweihen.«

»Schafft ihr das? Bis Ostersonntag ist es schließlich bloß noch eine Woche«, hakt sie nach.

»Da mache dir mal keine Sorgen.«

Liam, der sich bis eben im sonnenwarmen Gras gewälzt hat, spitzt plötzlich die Ohren und springt auf. Celine und Whitney spannen sich ebenfalls an. Nur Blue schnuppert weiter und tippelt einer Hummel hinterher, die behäbig von Krokuskelch zu Krokuskelch fliegt.

Niall, Lyra und ich beobachten gemeinsam das Schauspiel und können uns keinen Reim darauf bilden, bis Liam plötzlich einen gellenden Pfiff ausstößt. Whitney und Celine stimmen mit ein. Alle drei starren in Richtung Seiteneingang, dessen Tür weit offen steht.

»Vielleicht hören sie die Gäste im Schankraum«, mutmaße ich.

Niall, der der Tür am nächsten steht, setzt sich in Bewegung, um sie zu schließen, doch noch bevor er sie erreicht hat, hören wir einen lauten Schrei, der von zerdepperndem Geschirr begleitet wir. Im nächsten Moment bricht das Chaos im Garten aus. Bolty schießt laut kläffend ins Freie, kommt schlitternd vor Liam zum Stehen und weicht zurück. Zwei Schritte, dann geht der übergewichtige Beagle wieder dazu über, die Alpakas laut bellend zu begrüßen, was diese jedoch nicht sonderlich gut finden.

Niall will ihn einfangen, doch Bolty entkommt ihm und schreckt dabei Whitney auf, die zur Seite und in Richtung Seiteneingang, springt. Celine folgt auf dem Fuß, und wo sie hingeht, ist Blue nicht weit. Ich kann gar nicht so schnell gucken, da sind die drei Alpakas im Haus verschwunden.

»Um Himmels willen!«, ruft Mum, als ich in den noch gut besuchten Gastraum gerannt komme. »Was ist denn hier los?«

»Vorsicht, hier liegen Scherben«, warnt Cait, die mit Handfeger und Kehrschaufel bewaffnet auf dem Boden hockt. Brodee und Gilbert haben sich Whitney und Celine bereits geschnappt, während Blue seelenruhig herumläuft und jeden beschnuppert.

»Wo ist Bolty hingerannt? Hoffentlich nicht auf die Straße!«, jammert Ethel, die auf einen Stock gestützt am Fenster steht und hinausspäht.

»Er ist im Garten«, sagt Lyra und führt sie zurück zu ihrem Stuhl, auf den sich Ethel, erleichtert aufatmend, niederlässt.

»Dieser kleine Blitz war so schnell weg. Eben schlief er noch tief und fest.«

Ich sehe mich im Gastraum um. Außer ein paar zerbrochenen Gläsern und Tellern ist nichts weiter passiert. Auch die Alpakas sind wohlauf und werden von Gilbert und Brodee unter dem Gelächter der Gäste in den Garten geführt, während Niall mit dem Delinquenten auf dem Arm zur Vordertür hereinkommt.

»Da ist er ja! Bolty, du kleiner Schlawiner.«

»Puh! Auf den Schock brauche ich erst mal einen *wee dram*«, japse ich und gehe hinter die Bar. Ich habe die Whiskyflasche noch nicht richtig in der Hand, als ich Gregory hinter mir rufen höre: »Was ist mit uns? Lässt du uns hier in deinem Alpaka-Pub auf dem Trockenen sitzen?«

»Gib dem bloß nichts! Der bringt es fertig und pinkelt mir auf dem Heimweg wieder in den Vorgarten«, tönt Ethel und wedelt drohend mit dem Zeigefinger vor Gregorys puterrotem Gesicht herum.

»Zum letzten Mal, Ethel! Ich war fünf!«

18.
Niall

Am liebsten würde ich den Wecker in den See werfen, weil er mich gerade dann weckte, als ich endlich eingeschlafen war. Gefühlt habe ich in der vergangenen Nacht kein Auge zugemacht. Das ist nun schon die dritte in Folge, und langsam zehrt es an meiner Substanz. Da hilft es auch nicht, dass ich auf meinem Smartphone eine Nachricht von Rosalind finde, die mir einen Guten Morgen wünscht und sogar ein Herz dahinter gesetzt hat.

Lester, der direkt vor dem Gatter der Weide liegt, gab erst gegen drei Uhr Ruhe, nachdem ich mit der Taschenlampe jeden dunklen Winkel der Farm, den die grelle Außenbeleuchtung nicht erhellt, abgesucht hatte.

Hoffentlich ist Connor bald zurück und kann mich hier ablösen. Wenigstens ist das Beistellbett, was mir Lachlan gestern rüberbringen ließ, bequem und das Wetter weiterhin angenehm. Bei Sturm und Regen will ich nämlich nicht auf der Terrasse schlafen.

Gähnend pelle ich mich unter zwei Decken hervor und schlurfe ins Cottage. Doch erst, als der frische Kaffee vor mir in die Tasse läuft, werden meine Lebensgeister munter. Hoffentlich ist die Truppe heute nicht zu anstrengend, gestern musste ich einem erwachsenen Mann erklären, dass er nicht in profillosen Chucks zu den Fairy Pools wandern könne. Dabei steht in den Hinweisen vor Buchung einer Wanderung haarklein erklärt, dass man auf robustes Schuhwerk und wetterfeste Kleidung achten muss.

Die Tour zu dem uralten Broch – wie die neolithischen Rundhäuser aus Stein genannt werden – von Dun Ringill, führt ein Stück weit die Küstenlinie entlang. Somit schätze ich sie als eher beschaulich, denn schwierig ein. Also genau das Richtige nach einer weiteren schlaflosen Nacht.

Mit der Kaffeetasse setze ich mich an den Tisch und tippe eine Nachricht an Rosalind. Seit sie sich gestern Abend, nachdem sie von der Nachmittagswanderung hoch zum Old Man zurückgekehrt war, von mir verabschiedet hat, sehne ich den Moment herbei, da ich sie wieder in den Armen halten darf.

Irgendwie fühlt es sich viel zu gut an, um wahr zu sein. Ich könnte mich zurücklehnen, nun da ich am Ziel bin, doch die Unsicherheit hält mich in Atem. Das Hin und Her der vergangenen Tage hat mein Herz wund gescheuert, und es könnte schwerwiegende Narben davontragen, sollte Rosalind lediglich mit mir spielen.

Draußen im Stall ist alles ruhig. Die Alpakas machen sich wie gewohnt über das Spezialfutter her, während es sich Lester im Heu gemütlich macht. Wenn er kommende Nacht wieder so einen Spektakel veranstaltet, mixe ich ihm Baldrian unters Futter.

Meine Rachefantasien, die ich natürlich nicht in die Tat umsetzen werde, beiseiteschiebend, mache ich mich auf zur gegenüberliegenden Weide, um auch dort für glückliche Alpakas zu sorgen. Als ich das Gatter öffne, bemerke ich, dass Lachlan bereits am Hühnerstall ist.

»Morgen!«, rufe ich ihm zu. »Wie geht's deiner Freundin?«

»Prächtig. Magda hat mich schon erwartet. Übrigens, gestern Abend habe ich Reste von Kartoffelchips vorn an der Mauer gefunden. Die Hühner haben daran herumgepickt. Vermute mal, jemand hat versucht, die Alpakas anzulocken«, berichtet er und deutet auf die Stelle.

Von Rory weiß ich, dass er bereits des Öfteren allzu neugierige Zeitgenossen vom Hof komplementieren musste, und daher wundert es mich auch nicht, dass es zu solch einem Zwischenfall kommen konnte. Wahrscheinlich ist Lester deshalb so unruhig, weil er die Herde beschützen will.

»Kann gut sein«, murmele ich gedankenverloren und kann das aufkommende Gähnen nicht unterdrücken.

»Wieder eine kurze Nacht?«

»Frag nicht.«

»Hey, wenn du eine Runde pennen willst, ich hätte heute Vormittag Zeit«, bietet er an, doch bevor ich zustimmen kann, sehe ich Rosalinds Wagen die Straße entlangkommen. Am liebsten möchte ich zu ihr eilen, halte mich aber zurück.

»Seid ihr jetzt fest zusammen?«, fragt Lachlan und knufft mir in die Seite, während wir langsam zum Gatter gehen.

»Ich denke schon«, erwidere ich wahrheitsgemäß und atme tief durch.

»Das war keine Vielleicht-Frage, sondern ich erwarte ein Ja oder Nein.«

Ich blicke ihm in die Augen und zucke mit den Schultern.

»Ehrlich? Ich hoffe es sehr, aber so richtig weiß ich nicht, woran ich bin und habe die Befürchtung, sie könnte mich morgen wieder abservieren.«

Lachlan sieht zum Cottage, wo Rosalind gerade aussteigt.

»So sehr ich es in Bezug auf ausgedehnte Männerabende bedauere, aber wenn Rosalind einen Entschluss gefasst hat, dann lässt sie nur schwer von ihm ab. Da bin ich das beste Beispiel. Sie hat beschlossen, mich zu verteufeln und, wie du weißt, zieht sie es gnadenlos durch. Du kannst dir somit sicher sein: Ihr seid zusammen.«

Sein aufmunternder Schulterklopfer bringt mich ins Wanken, besitzt jedoch nicht genügend Kraft, um die letzten Zweifel abzuschütteln.

»Ansonsten gebe ich dir den Tipp, von Anfang an offen mit ihr zu reden. Es bringt nichts, sich verrückt zu machen und alles in sich hineinzufressen. Sage ihr, was du denkst und fühlst«, rät er mir, und ich frage mich, ob er diese Lehre aus der zerbrochenen Beziehung mit Cait gezogen hat.

»Und was die Weiden anbelangt. Ich weise die Security des Hotels an, Papparazzi-Fahrten zu machen.«

»Pappa... was?«

»Diese Promifotografen oder, wie ich sie nenne, Schmeißfliegen«, erklärt er und öffnet das Gatter. »Die Jungs fahren dann mehrmals täglich in unregelmäßigen Abständen Patrouille und checken zum Beispiel auch, ob irgendwo herrenlose Autos herumstehen.«

Seine Worte rufen bei mir eine Erinnerung wach.

»Neulich stand, keine hundert Meter von hier, ein grauer Peugeot. Habe ihn danach noch mal in Leathan herumfahren sehen«, berichte ich und ärgere mich, dass ich der Sache so wenig Bedeutung beigemessen und mir nicht das Kennzeichen gemerkt habe.

»Ich gebe es weiter. Man kann nie wissen. Du solltest aber auch Duncan einschalten. Der kann hier nachts die Streife vorbeischicken.«

»Glaubst du echt, dass all der Aufwand notwendig ist?«, hake ich nach und habe das Gefühl, wir würden mit Kanonen auf Spatzen schießen. »Wir reden hier über zwei Weiden mit Alpakas, und ich bezweifle, dass irgendwer eines davon klauen will.«

»Niall, lass dir eines gesagt sein. Die Leute können alles gebrauchen. Zum Beispiel ist Diebstahl im Hotel ein Volkssport. Bademäntel, Aschenbecher, Gläser, Handtücher. Was auch immer. Da halte ich es für durchaus möglich, dass sich einer ein Alpaka in den Kofferraum steckt und damit zurück nach Hause fährt.«

Fassungslos von dem eben Gehörten sehe ich ihm dabei zu, wie er auf sein Rad steigt.

»Vertraue ruhig auf Lesters Spürnase. Bis heute Abend«, verabschiedet er sich, winkt kurz Rosalind zu und tritt in die Pedale.

Über seine Worte nachdenkend, gehe ich über die Straße, wo mir Rosalind entgegenkommt und mir sofort die Arme um die Taille schlingt. Ein kritischer Blick genügt ihr, und sie fängt meine Stimmung sofort auf.

»Hey, alles okay?«, fragt sie und mustert mich besorgt.

»Es muss nichts bedeuten«, erwidere ich nachdenklich und berichte ihr von Lachlans Fund und seiner Befürchtung.

»Dann ist es doch gut, wenn er die Security losschickt. Kann zumindest nicht schaden.«

»Denke ich auch«, stimme ich zu und sehe hinüber zur anderen Weide. Dort wollte ich letzte Nacht nachsehen, weil Lesters Blick stetig darauf gerichtet war, bin dann aber doch lieber wieder unter die warmen Decken gekrochen. Von hier aus scheint es sogar die Stelle zu sein, wo die Chips lagen. Schon komisch das Ganze.

Blue, den wir heute zusammen mit Celine mitgenommen haben, ist das Konzept der Alpaka-Wanderung noch nicht wirklich geläufig. Alles, was um ihn herum geschieht, scheint interessant zu sein und will erkundet werden, was es Rosalind, die sich uns zu meiner Freude angeschlossen hat, schwer macht, ihn festzuhalten.

Liam, dem es überhaupt nicht behagte, dass ein rangniederes Cria vorneweg geht, hat ihn mit zwei ordentlichen Klecksen Spucke in die Schranken verwiesen, weshalb Rosalind und ich nicht nebeneinandergehen können.

Der Weg führt uns von Kilmarie aus durch die Hügel bis zu einem eisernen Tor, hinter dem eines der auf Skye eher seltenen Waldstücke beginnt. Sobald wir die ersten Meter hinter uns gebracht haben, empfängt uns Stille, die nur hin und wieder vom Zwitschern der Vögel unterbrochen wird.

»Bäume. Und so viele davon«, höre ich einen der Teilnehmer sagen.

»Dieses Waldstück wurde vor zweihundert Jahren angelegt, um den Holzbedarf der Lords zu decken«, erklärt Rosalind. »Der Zaun wurde errichtet, um die Bäume vor dem Wild zu schützen und es im offenen Gelände zu halten. Dort ist die Jagd einfacher als im Dickicht.«

Vor einer Gabelung bleiben wir stehen, damit ich die Karte checken kann, doch Rosalind tippt mir auf die Schulter und deutet nach links.

»Du kennst auf der Insel wirklich jeden Stein, oder?«, frage ich und bekomme ein Lachen als Erwiderung.

Wir folgen dem Pfad, der hin und wieder von der durch die Baumkronen blitzende Sonne erhellt wird. Die Luft ist viel dichter und auch feuchter als auf den vom Wind umwehten Freiflächen.

»Wie wundervoll, sieh nur!«, ruft Rosalind und deutet zwischen die Bäume, wo sich ein Meer aus Tausenden blauen Blüten erstreckt.

»Hasenglöckchen«, seufzt eine der Teilnehmerinnen.

»Die sind genauso schön wie die im Wald von Balmacaan nahe Inverness«, meint einer der Männer und zückt sein Handy, um Bilder von der blauen Pracht zu knipsen.

»Den Wald kenne ich. Dort war ich oft mit der Familie zum Wandern«, erwidere ich.

»Dann stammst du auch aus Inverness?«, will er wissen und mustert mich, als würde er überlegen, ob wir uns vielleicht von früher kennen könnten.

»Bin dort aufgewachsen, ja. Old Mill Road und du?«

»Ach, einer von den feinen Pinkeln«, feixt er und spielt wohl darauf an, dass hinter dem Garten meiner Tante ein ausgedehnter Golfplatz liegt. »Telford Road in Merkinch.«

Nachdem wir uns kurz über meinen früheren Wohnort ausgetauscht haben, rufe ich die Gruppe zusammen, um weiterzugehen.

»Leben deine Eltern dort noch?«, fragt Rosalind, die Blue einer der Frauen überlassen hat, um sich zu mir zu gesellen.

Obwohl mir bewusst ist, dass wir dieses Gespräch irgendwann führen müssen, hatte ich auf mehr Zeit und auch auf eine bessere Vorbereitung gehofft. Die Narbe auf meinem Bauch beginnt zu ziehen, und ich reibe mir gedankenverloren darüber.

»Alles okay? Ist dir schlecht?«, will Rosalind wissen und sieht mich forschend an.

»Es ist nichts«, erwidere ich ausweichend und suche nach den richtigen Worten, aber vor allem nach innerer Stärke, um ihr von Mum und Dad erzählen zu können.

Sie hakt sich bei mir ein, und wir gehen schweigend weiter. Schritt um Schritt spüre ich, wie sich ein beklemmendes Gefühl in mir ausbreitet. Der dichte Wald dringt auf mich ein, und es erscheint mir so, als würden sich die Bäume aufeinanderzubewegen.

Ein Rauschen wird laut. Erst glaube ich, ich würde es mir lediglich als Vorbote eines Flashbacks einbilden, bis sich der Wald ein wenig lichtet und vor uns eine Brücke samt dazugehörigem Fluss auftaucht.

Wie versteinert bleibe ich stehen und starre auf das tosende Wasser, was über die im Flussbett liegenden Steine stürzt. *Feuchte Kälte greift nach mir und zerrt mich zurück in den Wagen. Panisch versuche ich, den Gurt zu lösen, schreie nach meinen Eltern, die sich nicht rühren. Mein Herz rast und überall ist Wasser.*

»Niall?«, höre ich Rosalinds besorgte Stimme durch den Nebel dringen und reiße die Augen auf.

Rasselnd atme ich ein und aus. Meine Hände umklammern einen der Brückenpfosten. Liam steht rechts neben mir und rückt näher, bis seine Flanke meine Hüfte berührt.

Auch Rosalind tritt an mich heran und nimmt mein Gesicht in beide Hände. »Was war das eben?«, fragt sie leise und ich erkenne Angst in ihren braunen Augen.

»Ein Flashback«, flüstere ich. »Ein verdammt heftiger.«

»Hast du Angst vor Brücken?«, hakt sie nach, was ich mit einem Kopfschütteln verneine.

»Tosende Flüsse, egal ob schmal oder breit. Ich hatte als Kind einen schweren Unfall«, offenbare ich ihr und schließe die Lider. Ich will den mitleidigen Blick, den sie mir nun sicherlich schenken wird, nicht sehen. Alles, bloß das nicht.

»Am besten gehen wir zurück«, schlägt sie vor, doch ich schüttele den Kopf.

»Gib mir eine Sekunde, dann habe ich mich wieder im Griff. Ich muss nur tief durchatmen.«

»Wirklich?«, fühlt sie leise vor, was ich ihr mit einem Nicken bestätige.

Liam zieht meine Aufmerksamkeit auf sich, indem er mir über die Hände leckt und sein wohliges Summen anstimmt. Mein Herzschlag verlangsamt sich, und ich fühle, wie die Panik Stück für Stück von mir abfällt.

Sobald ich bereit bin, schenke ich Rosalind ein zögerliches Lächeln und deute mit einer Kopfbewegung an, dass alles okay ist.

»Wir können zusammen rübergehen«, sagt sie und greift meine Hand ganz fest. »Einen Schritt nach dem anderen.«

Ich schließe die Augen, setze mich zögerlich in Bewegung und lasse mich von Rosalind und Liam gemeinsam über die Brücke bringen. Auf der anderen Seite ebbt das Tosen rasch ab, und ich atme erleichtert durch.

»Hast du das häufiger?«

»Nur in Stresssituationen oder wie eben, wenn ich unvorbereitet bin. Das Rauschen und die feuchtklamme Luft triggern mich«, erkläre ich ihr und fühle noch immer die kalte Panik in den zitternden Gliedern. »Entschuldige, ich wollte dir keine Angst machen.«

»Hast du nicht«, entgegnet sie und schlingt einen Arm um meine Taille. »Als ich damals Dads Herz mit Herzdruckmassage wieder zum Schlagen bringen wollte, da hatte ich

Angst, dass er stirbt, weil ich ihm nicht helfen kann. Als der Notarzt sagte, dass er tot sei und ich aufhören solle, brach ich völlig zusammen. Tagelang war ich nicht ansprechbar, bis Cait aus London kam, um mich aus meiner Hölle herauszuholen.«

»Ich hätte deinen Vater gern kennengelernt. Er muss, soweit ich gehört habe, ein toller Mann gewesen sein.«

Ich sehe ihr in die Augen und erkenne Tränen, die sich langsam aus ihren Augenwinkeln lösen.

»Ich wünschte, er wäre hier bei uns. Er hätte dich gemocht. Das weiß ich. Manchmal erinnerst du mich sehr an ihn. Deine Ruhe, mit der du mit den Tieren umgehst. Oder, die Art, wie du dich um andere kümmerst, ohne auch nur für eine Sekunde an deinen eigenen Nutzen zu denken. So war er auch.«

Mein Herz läuft beinahe über vor Dankbarkeit und Ehrfurcht, die ihre Worte hineinspülen. Vor allem weil ich weiß, wie viel ihr Aaran bedeutet hat. In diesem Moment wird mir bewusst, dass ich mit Rosalind über alles reden kann und sie mir zuhören und mich nicht bemitleiden wird. Sie weiß, wie sich Verlust anfühlt, und sie kennt den Schmerz, der damit einhergeht.

»Meine Eltern starben damals bei dem Unfall«, bricht es aus mir heraus. »Wir wollten nach Hillside, und die übliche Strecke war wegen des miesen Wetters bereits gesperrt. Es hatte damals seit Tagen in Strömen geregnet. In den Bergen wurde es sogar noch schlimmer. Herabfallende Felsen schlugen gegen den Wagen und schleuderten uns von der Straße mitten hinein in einen wild tosenden Fluss.« Stockend ringe ich um Atem, fühle, wie die Erinnerungen mich zu übermannen drohen. »Der Wagen überschlug sich und blieb auf dem Dach liegen. Der vordere Teil des Fonds geriet unter Wasser. Mum und Dad starben, während ich bewusstlos auf der Rückbank im Gurt hing. Als ich aufwachte, konnte ich mich nicht befreien. Es war kalt und laut. Erst Stunden später fand man uns. Ich war halb tot, hatte innere Blutungen. Es ist ein Wunder, dass ich überhaupt noch lebe.«

»O Gott«, keucht Rosalind. Fassungslos sieht sie zu mir auf. »Das ist schrecklich.«

Um uns herum lichtet sich der Wald, und es dauert nicht lange, bis wir wieder von der für Skye typischen hügeligen und mit zahlreichen Sträuchern und Büschen bewachsenen struppigen Graslandschaft umgeben sind. Der Wind weht den salzigen Geruch des Meeres zu uns, und über unseren Köpfen segeln Möwen kreischend im Wind.

»Wie alt warst du damals?«, fragt Rosalind und schenkt mir ein aufmunterndes Lächeln, was meine Zunge lockert.

»Zehn. Ich wuchs bei meiner Tante Johanna und meinem Patenonkel Niall auf. Dad und er gingen gemeinsam zur Uni. Sie waren die besten Freunde und nach der Hochzeit mit Johanna quasi wie Brüder.«

An der Küstenlinie angekommen, atme ich tief durch. Am liebsten würde ich die Arme weit ausstrecken und mit dem Wind hinauf in den Himmel fliegen. Meine Seele fühlt sich, nun, da sie einige Krümel Ballast losgeworden ist, leichter und freier an. Das ist allein Rosalind geschuldet, die mir zugehört hat und versteht, wie tief mich der Unfall und der damit einhergehende Tod meiner Eltern getroffen haben. Ich wende mich ihr zu, lege einen Arm um ihre Schultern und ziehe sie gegen meinen Körper.

»Danke«, flüstere ich an ihren Lippen.

»Wofür?«

»Einfach, weil du der unglaublichste Mensch bist, der mir je begegnet ist.«

19.
Rosalind

Ich habe alle zusammengerufen, um den Rückweg anzutreten. Trotzdem kann ich mich von der Aussicht, die sich mir und den Teilnehmern der Wanderung vom Old Man of Storr bietet, nicht losreißen. Von hier oben wirken Häuser, Menschen und Probleme gleichermaßen nichtig und klein. Sobald Rory und Melina zurück sind, wollen wir beide gemeinsam hier hinaufwandern, und ich bin jetzt schon gespannt darauf, was Niall dazu sagen oder ob er einfach nur sprachlos sein wird.

Damit, dass ihm ein solcher Schicksalsschlag widerfahren ist, hätte ich nie gerechnet, und als er sagte, dass ich der erste Mensch sei, dem er davon erzählt hätte, fühlte ich mich zutiefst geehrt.

Ich sehne mich nach ihm, seinen starken Armen, seinem Lachen und dem verschmitzten Grinsen, was er auf den weichen Lippen trägt, wann immer er mich ansieht.

»Sie sind frisch verliebt, stimmt's?«, fragt mich eine der Teilnehmerinnen.

Ich schätze sie auf Mitte fünfzig und hatte zu Beginn der Wanderung Sorge, sie könnte der Anstrengung nicht gewachsen sein.

»Ist das so offensichtlich?«, erwidere ich kichernd und spüre, wie meine Wangen zu glühen beginnen. Rasch wende ich mich wieder dem Ausblick zu, um es vor ihr zu verbergen.

»Kindchen, das Strahlen in Ihren Augen ist unverkennbar. Ich habe fünf Töchter, da entgehen mir derlei Anzeichen nicht. Genießen Sie es, solange es anhält. Der Alltag kommt früh genug um die Ecke und hat jede Menge Herausforderungen im Gepäck.«

Ihre gut gemeinten Worte stechen wie eine Nadel in den Gefühlsballon in meinem Herzen und jagen mir einen kalten Schauder über den Rücken. Fassungslos starre ich sie an, doch sie zuckt lediglich mit den Schultern und geht an mir vorbei in Richtung Tal.

Verwirrt bleibe ich zurück, bis alle anderen bereits ein gutes Stück entfernt sind. Die Angst, ich könnte der Insel und all den Verpflichtungen, die das Stormy Skye mit sich bringt, nicht entkommen, erhielt soeben gehörig Nahrung. Denn nun ist da auch noch Niall, der mich hier festhält.

Von dem aufbrandenden Gefühlschaos völlig verstört, folge ich der Truppe, wobei ich kaum auf den Weg achte und prompt auf einen schiefen Stein trete. In letzter Sekunde kann ich mich abfangen und bleibe hektisch atmend stehen. Gwen, die ich dabei ruppig am Führstrick zu mir zog, tänzelt aufgeregt um mich herum, bis sie plötzlich vor mir verharrt. Der Blick ihrer schwarzen Kulleraugen durchdringt und hypnotisiert mich. Ein magischer Moment voller Ruhe und Wärme erfüllt mein Innerstes und lässt mich wieder frei atmen.

»Danke«, flüstere ich und ziehe ein Leckerli aus der Jackentasche, was sie beseelt summend von meinen Fingerspitzen leckt.

Rasch folgen wir der Truppe, und ich bin froh, als wir endlich den Parkplatz der Storr Apartments erreicht haben. Es ist bereits sechs Uhr und so höre ich auf der kurzen Fahrt zur Farm im Radio die Nachrichten. Der Tarifstreit des Flughafenpersonals von Heathrow ist endlich beigelegt worden. Somit können Rory und Melina in einer Woche wie geplant und ohne nervige Zwischenstopps von New York nach London fliegen. Wenigstens ein Lichtblick in all dem Durcheinander.

Die Osterurlauber, die mit dem Pkw auf die Insel wollen, werden es hingegen schwerhaben. Wie berichtet wird, soll die A87, eine der Hauptschlagadern der Highlands, kurz hinter Roybridge über das Wochenende wegen Bauarbeiten gesperrt werden. Da sind kilometerlange Staus vorprogrammiert.

Beim Craig Cottage stoppe ich am Gatter der gegenüberliegenden Weide und entlasse Gwen und die anderen Wollies in den wohlverdienten Feierabend. Sie hüpfen und springen, begrüßen ihre Freunde und machen sich über das Heu und die Tränke her.

Dazwischen laufen die bunt gekleideten Hühner herum, die im heruntergefallenen Heu scharren und nach Körnchen picken. Ein idyllischer Anblick, der mich jedoch nach kurzer Zeit stutzen lässt. Ich zähle neun Hühner und einen Hahn. Wo ist die zehnte Henne? Da nirgends auf der Weide ein weiterer bunter Tupfen zu finden ist, gehe ich zum Bauwagen und will gerade die Tür öffnen, als ich ein Geräusch höre. Vorsichtig spähe ich an der Ecke vorbei und sehe Lachlan, der es sich auf einem Campingstuhl gemütlich gemacht hat. Das gesuchte Hühnchen hält er im Arm. Mir fällt auf, dass er einen piekfeinen Anzug trägt, als würde er in seinem Büro hinter dem Schreibtisch sitzen.

»Was machst du denn hier?«, entfährt es mir ruppiger als beabsichtigt.

Er verzieht das Gesicht und setzt die Henne auf dem Gras ab. »Bin schon weg. Gefüttert habe ich, und auch die Wasserspender sind frisch aufgefüllt«, sagt er, steht auf und klappt den Stuhl zusammen, den er in einer Nische unter dem Bauwagen verstaut.

»Sekunde«, halte ich ihn auf, als er an mir vorbeigeht.

Er gibt ein genervtes Schnauben von sich und dreht sich zu mir um. Abwartend mustert er mich und ich gestehe ein, dass ich seinen mürrischen Blick mehr als verdient habe. Ich war in den vergangenen Jahren wirklich fies zu ihm.

»Ich wollte mich bei dir entschuldigen.« Es ist heraus und kam mir leichter als gedacht über die Lippen.

»Okay«, erwidert er gedehnt, und ich kann ihm ansehen, dass er mit etwas anderem gerechnet hat.

»Es war dumm von mir, dir die Schuld zu geben, ohne überhaupt zu wissen, was genau vorgefallen ist. Das tut mir leid.«

Lachlans Miene ist vollkommen leer, die Augen hat er weit aufgerissen. »Ähm, ich ...«, stammelt er und tritt unruhig von einem Fuß auf den anderen, dabei war ich überzeugt, dass er den arroganten Idioten raushängen lassen und meine Schwäche ausnutzen würde. »Ist okay, Rosalind«, krächzt er und räuspert sich. »Ich hatte vermutet, Cait hätte dir Lügen erzählt. Es ist gut, dass die Sache nun aufgeklärt ist.«

»Denke ich auch«, erwidere ich und reiche ihm die Hand. Zögerlich ergreift er sie und ringt sich ein leichtes Lächeln aufs Gesicht. »Ich freue mich übrigens sehr für dich und Niall. Er ist ein toller Kerl.«

»Das ist er!« Seinem Blick ausweichend, sehe ich zum Cottage und mache mich auf den Weg.

Dort angekommen, empfängt mich das melodische Summen der Alpakas. Sonst nichts. Weder Lester noch Niall sind auf der Terrasse oder im Haus zu finden. Als ich versuche, ihn über das Handy zu erreichen, geht nur die Mailbox dran. Ich bin bereits auf dem Weg zurück zum Wagen, da höre ich ein Quietschen und sehe Lester gähnend in der einen Spaltbreit geöffneten Stalltür stehen.

»Da hast du dich versteckt.« Ich gehe nachsehen und finde Niall schlafend auf einem Klappbett, Blue schlummert im

Heu an seinem Fußende, und Lester, ganz Wachhund, legt sich hinter der Tür ab.

Mein Herz quillt bei diesem Anblick beinahe über, weil es beweist, wie mitfühlend und aufopferungsvoll Niall ist. Ein weiterer Grund, mit meiner Entscheidung zu hadern. Er liebt dieses Land und seine Patienten, somit würde er womöglich nie länger fortgehen wollen.

Im Garten des Pubs erwartet mich emsige Betriebsamkeit. Gilbert und Harris sägen Bretter zu, die Brodee abschleift und lasiert. Nur Mum und Cait kann ich nirgends entdecken.

»Du meine Güte, das geht richtig zügig voran«, stelle ich erstaunt fest und mustere die Arbeit, die sie heute geschafft haben.

»Morgen müssen wir nur noch alles zusammenschrauben, dann können wir die Tische und Bänke aufstellen«, berichtet Gilbert voller Stolz und setzt die Säge erneut an.

»Niall war vorhin kurz hier und hat dein Rad repariert«, meint Brodee und deutet auf den frisch aufgezogenen Hinterreifen. Ich gehe davor in die Hocke und betrachte, was er für mich getan hat.

»Wenn du in den nächsten Tagen ein paar Minuten Zeit hättest, würde ich gern was mit dir besprechen«, bittet Brodee und reicht mir eine Flasche Porter.

»Worum geht es denn?«, hake ich nach, doch er schüttelt den Kopf und weicht meinem Blick aus.

»Nichts Schlimmes. Sag mir einfach, wenn es dir passt.«

Das süßlich-malzige Dunkelbier ist perfekt gekühlt und rinnt meine Kehle hinunter wie Limonade.

»Langsam!«, warnt er. »Das hat ein paar mehr Umdrehungen als die Standardvariante.«

»Schmeckt auch tausendmal besser. Wo sind Mum und Cait?«

»Alice ist rüber zu Lyra gegangen, sie wollen an den Ostergeschenken weiterbasteln. Und Cait ist nach Kyle gefahren, um ein paar Besorgungen zu machen.«

Missmutig sehe ich mich um und fühle mich irgendwie nutzlos.

»Braucht ihr Hilfe?«, frage ich an Gilbert gewandt, der gerade den Stecker der Säge aus der Verlängerungsschnur zieht.

»Für heute sind wir durch.«

»Hmm, Moira hat geschrieben. Sie hat Haggis gemacht«, ruft Harris und führt beinahe ein Tänzchen auf vor lauter Freude.

»Mit Steckrüben und Kartoffeln?«, will Brodee wissen und klingt dabei fast so, als wäre es seine Leib- und Magenspeise. Ich bin hingegen froh, dass Mum alles, was mit Innereien gekocht oder gebraten wird, boykottiert. Da ist es auch egal, dass es quasi das schottische Nationalgericht ist – gefüllt mit Herz, Leber und Lunge vom Schaf. Beim bloßen Gedanken daran wird mir übel.

»Natürlich«, tönt Harris brüskiert, wobei seine hängenden Wangen beben. »Bei uns kommt kein Maschinenfutter auf den Tisch.«

Gilbert, der das Werkzeug in den Schuppen gepackt hat, legt den Arm um Brodees Schultern.

»Du weißt schon, dass du hier einem armen Junggesellen und einem noch viel ärmeren Witwer den Mund wässrig machst, oder? Sieh dir den Jungen an! Bloß Haut und Knochen. Von guter Hausmannskost kann er nur träumen.«

Mit Mühe kann ich mir ein Lachen verkneifen. Brodee nur Haut und Knochen? Er hat mehr Muskeln, als die beiden älteren Herren zusammen.

»Hast du überhaupt schon mal einen richtigen Haggis gegessen?«, forscht Harris nach und nimmt ihn straff ins Visier.

»Bei meiner Großmutter in Cannich, aber das ist schon ewig her. Ich kann mich kaum daran erinnern, wie er geschmeckt hat. Aber eins weiß ich, es war das Beste, was ich jemals gegessen habe.«

»Laddie, schnapp deine Jacke und du, alter Sack, sieh zu, dass du dich hinters Steuer schwingst. In einer halben Stunde ist das Essen fertig.«

Ehe ich mich's versehe, bleibe ich allein im Garten zurück und sehe hinauf zu den unbeleuchteten Fenstern unserer Wohnung. Dass Mum so schnell Gefallen an ihrer neuen Tätigkeit im Kindergarten gefunden hat, freut mich sehr. Nur, was mache ich jetzt? Allein?

Mir knurrt der Magen, also gehe ich nach oben, dusche und füttere die beiden pelzigen Spießgesellen, die mich laut maunzend in Empfang genommen haben, bevor ich Käse, Wurst und Butter aus dem Kühlschrank hole. Mit einem Sandwich parke ich mich vor dem Fernseher, doch nachdem ich gefühlt durch sämtliche frei verfügbaren Sender gezappt bin, mache ich ihn wieder aus.

Ob Niall wach ist? Dann hat er bestimmt auch Hunger. Und ich weiß, dass er Käse-Schinken-Sandwiches liebt. Kurzerhand bereite ich einige davon vor, packe alles zusammen mit zwei Äpfeln in eine Frischhaltedose und hole aus dem Keller zwei Flaschen Stout – von Caits frisch aufgefülltem Craftbier-Vorrat.

Zum Glück habe ich einen Korb auf dem Gepäckträger, und so radele ich gemütlich durch die Dämmerung hinaus zum Craig Cottage. Auch hier ist alles dunkel, was mir andeutet, dass Niall wirklich viel Schlaf nachzuholen hatte und wohl noch immer pennt.

Ich steige gerade im hellen Licht der Außenbeleuchtung ab, als sich die Stalltür quietschend öffnet und Lester mich erst anknurrt, dann aber leise winselnd begrüßt.

»Wer ist da?«, höre ich Niall donnern. Im nächsten Moment erscheint er in der Tür, mit hoch erhobener Taschenlampe und zum Angriff bereit.

»Rosa, was machst du denn hier? Wie spät ist es?«, fragt er verwirrt und reibt sich die Augen.

»Zwanzig nach acht«, erwidere ich leise lachend, denn er gibt in T-Shirt, langen Unterhosen und Gummistiefeln ein wirklich lustiges Bild ab.

»So spät? Verdammt, ich muss die Tiere füttern«, murrt er und verschwindet im Stall. Ich folge ihm und sehe dabei zu, wie er das Spezialfutter mischt und auf zwei Eimer verteilt. Einen davon schüttet er den Alpakas im Stall in die Futterschalen, den anderen schleppt er über den Hof zur Straße auf die andere Weide.

Als er zurückkommt, habe ich bereits das Abendessen ausgepackt und klopfe auf den Platz neben mir.

»Wir können auch im Haus essen«, meint er und sieht an sich herunter. »Ich ziehe mir wohl mal besser eine Hose an.«

Irgendwie finde ich die Situation unheimlich lustig, und mir kommt eine Idee.

»Ach was, ich kann meine ausziehen.«

Verdattert sieht er mich an und wirkt wie erstarrt, als ich aufstehe und mich aus der Jeans schäle.

»Rosa«, keucht er und setzt sich rasch aufs Bett, wo er sein Kopfkissen schnappt und es sich auf den Schoß stopft. Im Stall ist es zwar warm, er ist aber dennoch zur Seeseite hin offen, und somit dringt die Kälte rasch auf mich ein. Hastig suche ich Zuflucht unter seiner Decke, die noch herrlich warm und kuschelig it.

»Hmm, Käse-Schinken«, raunt er genießerisch und beißt genüsslich in sein Sandwich.

»Und das hier«, sage ich und reiche ihm eine der Bierflaschen.

»Black Angus Stout. Empfehlung von Cait?«

»Nicht direkt, aber es war im Keller, also hat es zumindest einmal die erste Hürde genommen und ihre Gaumenschranke bei der Brauereiverkostung überwunden. Wieso schläfst du im Stall?«, hake ich wegen dieses ungewöhnlichen Schlafplatzes nach.

»Erst dann hat Lester Ruhe gegeben, und als ich Blue für eine Untersuchung zu mir geholt habe, legte er sich sogar ab. Seither ist er entspannt und gibt keinen Mucks von sich.«

»Das ist völlig verrückt«, attestiere ich und blicke fassungslos zu Lester, der die Nase im Türspalt liegen hat.

»Wenn es nötig ist, um die Nacht durchschlafen zu können, jederzeit.« Niall streckt die langen Beine aus und lehnt sich nach hinten an. »Wie war deine Wanderung?«

Sofort läuft mir wieder ein eisiger Schauder den Rücken hinunter. Die Worte der Frau kreisen durch meine Gedanken, und ich fühle, wie sie an mir nagen. »Alles okay. Der Rosalind-Express bringt sie hoch und wieder runter«, erwidere ich und kämpfe darum, locker und unbeschwert zu klingen.

»Wie wäre es, wenn ich dir morgen Mittag das Rangieren mit Anhänger zeige. Hast du Lust?«, schlägt er vor.

»Auf jeden Fall. Und übrigens, Danke für das Rad.«

»Entschuldige, dass es so lange gedauert hat, aber ich musste erst einen neuen Reifen organisieren.«

»Du bist ein Schatz«, erwidere ich und lehne mich zum ihm, um ihm einen Kuss zu geben.

»Hmm, stimmt, da war ja noch was«, murmelt er und legt eine Hand an meine Schulter, um mich näher zu sich zu ziehen. Zärtlich streichelt er meine Wange, tupft sanfte Küsse auf meine Lippen und gibt dabei ein genießerisches Brummen von sich, was mein Verlangen, ihm näher zu kommen steigert.

Niall stellt die Dose auf den Boden, während ich unter der Decke an ihn heranrücke, bis ich halb auf ihm liege und die

Küsse intensiviere. Er geht sofort darauf ein und streicht mit seiner Zunge vorsichtig über meine Unterlippe. Unser Kuss weckt etwas tief in mir, was viel zu lange schlummern musste. Als wäre eine unsichtbare Mauer niedergerissen worden, durchdringen mich Wärme und Erregung, bis mir schwindelig wird.

Ganz langsam, fast schon zögerlich tanzen seine Finger an meinem Hals hinab und stoppen oberhalb meiner Brüste. Ein Zittern durchläuft seinen Körper, während er mit der Zungenspitze an meiner Kieferlinie entlanggleitet.

»Du riechst so unglaublich gut«, flüstert er mir mit rauer Stimme ins Ohr. Seine Hand verschwindet und taucht an meiner Hüfte wieder auf, wo er sie langsam unter mein Shirt schiebt.

Der hauchzarte Tanz seiner Fingerspitzen kitzelt und weckt gleichzeitig auch sie letzten Flammen meiner Libido auf. Ich biege mich ihm entgegen, will ihn spüren und von ihm berührt werden. Begehrlich schließe ich die Augen, spüre seinen heißen Atem, wie er über meine empfindliche Haut fächert.

»Niall«, stöhne ich und lasse mir das Shirt von ihm über den Kopf ziehen.

Jeden Millimeter Haut, den er findet, bedeckt er mit Küssen und treibt mich damit in den Wahnsinn. Als er endlich an meinen Brüsten angekommen ist, streift er mir die BH-Träger von den Schultern und versucht, die Haken auf der Rückseite zu öffnen, doch es gelingt ihm nicht.

Nach zwei vergeblichen Versuchen greife ich nach hinten, helfe ihm und presse mich gegen seinen Oberkörper, sobald das lästige Stück Spitze verschwunden ist. Meine Küsse werden fordernder, und ich kratze ihm mit den Fingernägeln über die mit Stoff bedeckte Brust, hinab zu seinem Bauch, was ihn zusammenzucken lässt. Niall fängt meine Hand ein und küsst jeden Finger einzeln, bevor er sie in seinen Nacken legt und ich ihm kurzerhand das Shirt über den Kopf ziehe.

Ohne Umschweife mache ich mich über die entblößte samtweiche Haut her, unter der ich straffe Muskeln spüren kann, die sich bei jedem meiner Küsse anspannen.

»Rosa«, keucht er und dreht sich mit mir zur Seite, bis er halb auf mir liegt. Wir halten inne, sehen einander in die Augen und stürzen uns gemeinsam zurück in die überschäumenden Fluten der Leidenschaft.

Mit den Beinen umschlinge ich seine Hüften und spüre seine harte Länge durch zwei Lagen Stoff an meiner Mitte pulsieren. Wie ferngesteuert beginne ich, mich zu bewegen, und möchte ihn am liebsten sofort tief in mir spüren.

»Ich will dich«, raune ich in sein Ohr, was er mit einem tiefen Brummen kommentiert, bevor er einen frustrierten Laut von sich gibt und die Stirn an meiner Schulter anlehnt.

»Ich habe nichts dabei«, erwidert er und stützt sich mit den Ellenbogen auf, damit er nicht mit dem vollen Gewicht auf mir liegt.

Seine Worte sickern nur langsam in mein Bewusstsein, doch als ich die Tragweite erkenne, gebe ich einen ähnlich frustrierten Laut von mir. Schließlich kann ich nicht einmal mit Bestimmtheit sagen, ob es ein oder zwei Jahre her ist, als ich das letzte Mal die Pille eingenommen habe.

»Wir holen das nach. Bald, sehr bald«, flüstert er mir ins Ohr und wandert mit den Lippen an meinem Hals entlang bis zum Kinn. Hungrig presst er seinen Mund auf meinen, und das Feuer in mir lodert erneut auf. Mit dem Becken rolle ich gegen seines, und es dauert nicht lange, bis er den Rhythmus aufnimmt.

Wild umschlungen wälzen wir uns auf dem schmalen Bett und küssen uns, als gäbe es kein Morgen. Niall ist ein fantastischer Liebhaber und mir ist egal, dass wir uns wie Teenager zurückhalten müssen. Schließlich ist es einzig die Vereinigung unserer Körper, die fehlt, alles andere ist einfach nur perfekt.

20.
Niall

Ich kann es noch immer nicht fassen. Was ist da vorhin geschehen? Bitte, das darf kein Traum gewesen sein. Obwohl, meine Träume von ihr waren nie dermaßen realistisch und fühlten sich nicht einmal ansatzweise so verdammt gut an.

Fast scheint es mir, als wäre sie mir unter die Haut gedrungen, denn ich kann sie mit jeder Faser meines Körpers spüren. Rosalind so neben mir liegen zu sehen raubt mir den Atem, und ich gönne mir die Freiheit, die Nase in ihr Haar zu schieben, was auf dem Kopfkissen ausgebreitet liegt.

Im zarten Licht des abnehmenden Mondes, der sich in den leichten Wellen auf Loch Leathan spiegelt, betrachte ich sie und wünsche mir, dass diese Nacht niemals endet. Ich mag hundemüde sein, doch ich kann den Blick einfach nicht von ihr abwenden.

Auch wenn wir heute nicht weitergehen und miteinander schlafen konnten, wird mir diese erste gemeinsame Nacht ewig im Gedächtnis bleiben. Sie war unbeschreiblich schön, zumindest wenn man von dem schmalen Beistellbett, dem Stall und der darin herumstehenden Herde Alpakas absieht.

In jedem Fall wird unser erstes Mal in meinem Bett, auf frischen weißen Laken und ohne Zuschauer stattfinden. Da fällt mir ein, ich muss Kerzen auf die Einkaufsliste setzen. Ob sie Smooth-Jazz mag? Champagner habe ich, Whoopie Doopie sei Dank. Es sei denn, Gregory hat ihn entdeckt. Obwohl ich bezweifle, dass er diese Puffbrause, wie er es nennt, an seinen verwöhnten Highlander-Gaumen lassen würde.

Lester, der bis eben noch an der Tür gelegen hat, rührt sich. Im ersten Moment denke ich, er würde rauswollen, um ein Geschäft zu erledigen, doch er spannt sich an und beginnt zu knurren.

So leise wie möglich schlüpfe ich unter den Decken hervor, steige, nur mit Unterhose und Shirt bekleidet, in die Gummistiefel und greife nach der Taschenlampe. Ein schriller Pfiff zerreißt die Nacht und bringt mein Herz beinahe zum Stillstand. Weitere folgen. Ich sehe zum Bett, wo Rosalind kerzengerade sitzt und sich panisch umschaut.

»Bleib hier, ich sehe nach«, sage ich und folge Lester, der wie ein Pfeil davonschießt.

Die Außenbeleuchtung flammt auf und ich kneife die Augen wegen der plötzlichen Helligkeit zu. Fluchend blinzele ich dagegen an und kann etwas davonhuschen sehen. Der lange, buschige Schwanz verrät den Fuchs und lässt mich erleichtert aufatmen.

Der Eindringling hat auf jeden Fall irgendetwas ergattert. Ich kann allerdings auf die Entfernung nicht erkennen, was es ist, was er im Maul fortschleppt. Lester verfolgt ihn bis zur Straße und bellt ihm hinterher, während der Flüchtende über die Mauer zur anderen Weide springt. Dort wird er allerdings von Zayn und den anderen wenig freundlich empfangen. Weitere Pfiffe hallen durch die Nacht, und Reineke bringt sein Fell in letzter Sekunde in Sicherheit, bevor es ihm die Alpakas trampelnd gegerbt hätten.

»Was ist denn los?«, höre ich Rosalind fragen. Sie steht zusammen mit Blue neben der Tür und sieht sich ängstlich um.

»War nur ein Fuchs«, berichte ich erleichtert und gehe auf sie zu. Die Lage beruhigt sich, und die Alpakas, die zuvor aufgereiht am Zaun standen, trotten zurück in den Stall.

Rosalind und ich bleiben noch ein wenig am Gatter stehen, bis uns ein straffer Wind, der über den See zu uns fegt, ebenfalls den Rückzug antreten lässt. In der Tür stehend pfeife ich nach Lester, doch er rührt sich nicht und starrt weiter in die Dunkelheit.

Neugierig beschnüffeln Blue und die anderen Alpakas, die ich zur Vormittagswanderung mitgenommen habe, die Tische und Bänke, die Gilbert zusammen mit Harris und Brodee gezimmert hat. Ich muss schon sagen, die beiden alten Haudegen haben es echt drauf, und Brodee scheint in handwerklichen Dingen auch nicht unbegabt zu sein. Im Garten fehlen lediglich ein paar Accessoires, dann könnten eigentlich schon die ersten Gäste Platz nehmen.

Rosalind tritt aus dem Seiteneingang. Sie trägt einen alten Karton vor sich her, auf dem in Großbuchstaben *Außen* steht.

»Schaut mal, das habe ich auf dem Speicher gefunden«, verkündet sie und öffnet den Deckel. »Da sind Lichterketten drin.«

»So, wie die aussehen, sind die noch von deinem Großvater. Die Kabel sind völlig porös«, meint Gilbert und schüttelt den Kopf. »Lassie, die Dinger sind Schrott. Damit setzt du den Garten eher unter Strom, als ihn zu beleuchten.«

»Schade«, seufzt Rosalind. »Hätte uns eine Menge Geld gespart.«

»Wir besorgen welche in Portree, oder ich fahre nach Kyle«, biete ich an, was ihr ein dankbares Lächeln aufs Gesicht zaubert.

Ich beuge mich zu ihr hinunter und sehne den ersten Kuss seit dem Morgen herbei. Rosalind scheint es ähnlich zu ergehen, denn sie schlingt die Arme um meine Taille und reckt sich mir entgegen.

Der sanfte Druck ihrer weichen Lippen ist alles, was für mich zählt. Davon werde ich nie genug bekommen.

»Wie war es oben am Neist Point?«, will sie wissen, während ich ihr zu der Bank folge, die uns am nächsten steht.

»Überlaufen mit Urlaubern. Vor lauter Alpaka-Wahnsinn haben manche total vergessen, dass sie eigentlich wegen des Leuchtturms dorthin gekommen sind. Jeder wollte ein Foto mit den Wollies machen. Ansonsten war die Sicht gut und der Blick übers Meer ein wahres Erlebnis«, berichte ich und sehe, wie Wallace heimlich aus dem Seiteneingang in den Garten schleicht.

Der Minikater pirscht durchs Gras und nimmt Kurs auf einen kleinen Haufen Sägemehl. Vorsichtig testet er mit der Vorderpfote, ob es als Spielzeug geeignet ist, wälzt sich darin und zum Schluss hinterlässt er eine kleine Pfütze.

»Warum lachst du?«, fragt Rosalind und ich deute auf das Freiluft-Katzenklo.

»Wallace war hier.«

»Wo? Mum möchte das noch nicht. Sie hat zu viel Angst, dass er aus dem Garten verschwindet und am Ende vielleicht noch überfahren wird. Die Leute rasen hier manchmal vorbei ohne Rücksicht auf Mensch oder Tier.«

»Spätestens wenn sie feststellt, dass er voller Sägemehl ist, wird sie ahnen, dass er sich ihr widersetzt hat. Wo ist sie überhaupt?«

»Bei Lyra und den Kleinen.«

»Sie sollte doch nur zwei Tage die Woche helfen.«

»Schon, aber es macht ihr so viel Spaß, dass sie kurz entschlossen den Rest der Woche auch noch drüben ist. Dafür steht jetzt Cait in der Küche und flucht, weil sie Mums Schrift in ihrem Kochbuch nicht entziffern kann.«

»Die Ärmste, aber für Alice freue ich mich«, erwidere ich und bin erleichtert, dass sie ihr Schneckenhaus ein wenig verlässt. »Im Übrigen ist die Nachmittagswanderung abgesagt worden. Die Familie konnte wegen eines Krankheitsfalls nicht anreisen und hat kurzfristig storniert.«

»Oh, wie schade!«, meint Rosalind, zuckt dann aber mit den Schultern und lehnt sich bei mir an.

»Mehr Zeit zum Üben. Dann kann ich ab morgen auch mal eine der weiter entfernten Touren absolvieren.«

»Bestimmt«, entgegne ich und drücke die Lippen sanft gegen ihre Schläfe. Diese Nähe ist wundervoll. Eine tiefe Wärme durchfließt mich, als wäre in mir ein offener Kamin auf Dauerglühen programmiert worden. Was, wie ich finde, weitaus besser ist als lodernd heiße Flammen der Leidenschaft, die alles um sich herum viel zu rasch verzehren.

»Ich kann mir richtig gut vorstellen, wie toll es werden wird, wenn alles fertig ist«, flüstere ich ihr ins Ohr und halte den Atem an, als sie zu mir aufsieht.

Ihr Lächeln wischt jeden noch so winzigen Gedanken daran, dass sie es nicht ernst meinen könnte, fort. Ihre Gefühle für mich sind echt. *Das* hier ist echt.

»Hey!«, grüßt Lachlan vom Zaun aus und winkt mich zu sich.

»Komm ruhig rein«, bietet Rosalind an und erntet nicht nur von mir erstaunte Blicke.

Wir sehen einander in die Augen, und ich weiß aus einem unerfindlichen Grund genau, was sie in diesem Moment denkt.

Alles gut.

Lachlan, der unsere nonverbale Kommunikation mitbekommen hat, kaschiert sein Lachen mit einem Hüsteln, kann sein Grinsen jedoch nicht verbergen.

»Damit ist es offiziell, werte Damen, er ist vom Markt. Tja, das war es dann wohl mit der nächsten Männerrunde«, kommentiert er und seufzt theatralisch.

»Die kann gern abends am Cottage stattfinden. Komm einfach rüber. Solange Lester so komisch drauf ist, bleibe ich lieber in der Nähe«, schlage ich vor und spüre, wie sich Rosalinds Arm um meine Taille herum versteift. Ich schiebe rasch »Ist das für dich okay, Rosa?« hinterher.

Sie lächelt mich offen an und nickt.

»Ist auch besser so«, wirft Lachlan ein. »Ich fahre schon zügig, aber der Taxifahrer neulich hat es übertrieben.«

Das stimmt, wenn ich an die Rückfahrt vom Antlers denke, wird mir schlecht.

»Und unser Dorfsheriff ist im Moment nicht gut auf mich zu sprechen. Der sucht nur nach einem Grund, mir den Lappen abzunehmen«, gesteht er.

»Warum? Hast du mit seiner Shiona geflirtet?«, mutmaßt Rosalind und scheint damit den Nagel auf den Kopf getroffen zu haben, denn Lachlan bläst die Wangen auf und weicht ihrem Blick weiträumig aus.

Unser lockerer Plausch wird jäh unterbrochen, als Cait freudestrahlend aus dem Seiteneingang gestürmt kommt.

»Brodee!«, ruft sie, bevor sie Lachlan sieht und wie angewurzelt stehen bleibt. Ihre Miene wird ausdruckslos, doch auch Lachlan scheint der plötzliche Zusammenprall nicht ungerührt zu lassen. Sein Gesicht nimmt die Farbe von aschgrauem Beton an, während ein leichtes Beben durch seine Hände geht.

»Schon unterwegs«, erwidert Brodee und verschwindet mit ihr im Haus. Rosalind schüttelt den Kopf, während Lachlan an mir vorbei zu Harris stapft und so tut, als würde die Welt sich sorglos weiterdrehen. Dabei kann ich genau erkennen, wie er versucht, Herr über sein Gefühlschaos zu werden.

»Ich organisiere uns ein paar Bier, und wir können den Grill anwerfen«, schlage ich vor, was er mit einem knappen Nicken annimmt.

»Was ist das denn?«, fragt er und kramt in dem Karton mit den überalterten Lichterketten.

»Schrott«, murrt Harris.

»Die waren für die Bäume gedacht«, erkläre ich. »Jetzt müssen wir auf die Schnelle neue organisieren. Am Sonntag soll hier schließlich groß eröffnet werden.«

Lachlan verzieht nachdenklich das Gesicht und trommelt mit den Fingerspitzen auf dem Deckel des Kartons herum.

»Wir haben im Fundus jede Menge Lichterketten, Solarlämpchen und Lampions. Vor zwei Jahren hatte ich die Gartenlounge neu gestaltet, gefiel meinem Alten aber nicht. Seither staubt das Zeug ungenutzt ein. Würde hier perfekt reinpassen.«

»Was willst du dafür haben?«, hakt Rosalind nach, was Lachlan mit einem Schnauben kommentiert.

»Nichts.«

»Das kannst du vergessen«, murrt sie und verschränkt die Arme vor der Brust.

»Ich schleife es durch die Inventur, und ob es nun weiter auf dem Dachboden steht oder hier im Garten endlich sinnvoll genutzt wird, interessiert keinen.«

»Umsonst nehme ich es nicht«, beharrt sie.

Diese Frau und ihr Dickschädel, denke ich und Lachlan scheint etwas ganz Ähnliches durch den Kopf zu gehen, denn er verdreht die Augen und atmet tief durch.

»Vorschlag zur Güte, du zahlst mir den Einkaufspreis«, erwidert er und streckt die Hand aus, die Rosalind einige Sekunden betrachtet, bevor sie einschlägt.

Wir folgen der Straße in Richtung Norden an Staffin und Flodigarry vorbei, bis hinüber zum westlichen Teil der Insel. Auf dem großen Parkplatz der nahe der Ruine von Duntulm Castle angelegt wurde, lenkt Rosalind den Wagen samt Anhänger in eine Parklücke.

»Puh, geschafft«, sagt sie und atmet erleichtert aus.

»Das lief schon sehr gut«, lobe ich und fange ihren kritischen Blick auf.

»Wohl eher mehr schlecht als recht. Da hinten ist nur Stroh drin und trotzdem bin ich wie auf Eiern gefahren.«

»An das Gewicht am Heck muss man sich erst gewöhnen, das wird noch dauern. An den Kreiseln und Kreuzungen hast du dafür alles gut gemeistert. Auch beim Anfahren.«

Ihr Schnaufen verrät mir, dass sie nicht überzeugt ist, und so lehne ich mich zu ihr rüber und küsse sie.

»Hmm, hemmungsloses Knutschen im Auto? Du stehst auf ungewöhnliche Orte, was?«, kichert sie. Ihr Versuch, nun ihrerseits Küsse von mir zu stehlen, wird jedoch von ihrem klingelnden Handy vereitelt.

»Tobi! Endlich!«, ruft sie und steigt aus. »Ich hatte es schon ein paar Mal bei dir zu Hause probiert. Was macht der Rücken?«, höre ich, bevor die Wagentür zufällt.

Ich folge ihr nach draußen und nutze den Moment, um nachzusehen, wer es zuvor bei mir probiert hat.

»Hey, Gregory, was gibt es?«, frage ich direkt nach, als er in der Leitung ist, denn grundlos würde er mich sicher nicht anrufen.

»Wo treibst du dich rum? Ich höre Möwen«, raunt er auf seine unnachahmlich gut gemeinte schroffe Art.

»Duntulm, kleine Spazierfahrt. Solltest du nicht schon längst wieder zu Hause in deinem Sessel sitzen und Kreuzworträtsel lösen?«, maule ich zurück, was ihn zum Lachen bringt.

»Willst mich wieder aufs Altenteil schieben, was? Kleiner Notfall hat mich festgehalten. Vorhin kam ein Anruf von irgendeiner Kanzlei in Edinburgh. Geht um die Gerichtsverhandlung.«

Im ersten Moment überlege ich, was er meint, bis mir wieder einfällt, dass ich als Sachverständiger bei dem Verfahren gegen Melinas Ex-Freund, diesem Phil, aussagen werde.

»Ist sie verschoben worden?«, hake ich nach.

»Das nicht, aber er meinte, er könne Melina nicht erreichen und fragte, ob sie nun ebenfalls die Klage zurückziehen werde.«

»Was? Zurückziehen? Wieso das denn?«, frage ich perplex nach.

»Na, weil die anderen beiden Klägerinnen, denen dieser Betrüger Geld abgenommen hat, wohl das Handtuch geworfen hätten«, berichtet Gregory und lässt mich ratlos zurück.

»Die Sache ist wasserdicht«, bringe ich hervor und sehe zu Rosalind, die mit besorgter Miene zu mir sieht, während sie weiter mit Tobi telefoniert. »Ich rufe ihn an. Danke. Und jetzt mach das Licht aus, häng draußen das Schild *Geschlossen* hin, und ab mit dir nach Hause, alter Mann.«

»Alter Mann? Wer ist hier alt? Jungspunde, nichts als Flausen im Kopf ...«, höre ich ihn wettern, bevor er das Gespräch beendet.

Nachdem ich Melinas Anwalt angerufen habe, versuche ich es bei ihr und danach bei Rory auf dem Handy. Tatsächlich haben die beiden anderen Klägerinnen, deren Alpaka-Stuten von Phils nicht für die Zucht geeignetem Hengst gedeckt wurden, ihre Klagen aus heiterem Himmel zurückgezogen. Und das ohne Angabe von Gründen.

»Alles okay?«, fragt Rosalind und mustert mich, während sie ihre Arme um meine Mitte legt.

»Ganz komische Sache«, setze ich nachdenklich an und erzähle ich, was passiert ist.

»Vielleicht wollen sie einfach mit der Sache abschließen«, mutmaßt sie.

»Das wären maximal zwei Prozesstage, wenn überhaupt. Die Sachlage ist klar, er hat betrogen, sie sind geschädigt. Außerdem ist es nicht so, dass er dafür in den Knast wandern würde und sie deshalb ein schlechtes Gewissen haben müssten. Er bekommt maximal eine saftige Geldstrafe, die Übernahme der Kosten für Gericht, Anwälte und Tierärzte und ein Haltungsverbot aufgebrummt.«

Rosalinds Blick wandert zur Ruine, die von Touristen erkundet wird.

»Dir liegen deine Patienten sehr am Herzen, nicht wahr?«, fragt sie gedankenverloren und löst sich von mir.

»Natürlich. Ich bin mit Leib und Seele Tierarzt. Mein Dad war es und mein Onkel ebenso. Es ist eine besondere Aufgabe, denn anders als Menschen können sie nicht sagen, wo es wehtut, und brauchen deshalb viel mehr Hilfe und Verständnis«, erwidere ich und spüre den Stolz und die Verantwortung gleichermaßen in mir pulsieren.

Rosalind lehnt sich gegen den Wagen, den Blick weiter auf die Ruine gerichtet. Auf ihrer Stirn hat sich eine Sorgenfalte gebildet, die meine Alarmglocken zum Schrillen bringt.

»Alles okay mit Tobi?«, taste ich mich vor und halte den Atem an, weil ich ihre Stimmung nicht deuten kann. Rosalind hat sich vor mir verschlossen, und ich ahne nichts Gutes.

»Er ist bei seiner Schwester in Glasgow und wird nächsten Dienstag operiert.«

»Das ging jetzt aber fix, oder? Falls du ihn besuchen möchtest, könnten wir Melina und Rory vom Flughafen abholen und einen kleinen Abstecher machen«, schlage ich vor, doch mehr als ein gedankenverlorenes »Hmm« erhalte ich nicht als Erwiderung.

Für einige endlos zähe Augenblicke lasse ich sie weiter vor sich hinstarren, bis ich es nicht mehr aushalte.

»Sprich bitte mit mir!«, sage ich leise und gehe auf sie zu.

Rosalind reagiert erst, als ich sie zaghaft an der Schulter berühre, was sie zusammenzucken lässt.

»Ich habe Angst«, murmelt sie und presst die Augenlider zu.

»Wovor?«, frage ich und ahne, worauf dieses Gespräch hinauslaufen wird, bin mir allerdings nicht im Klaren darüber, wieso es aus heiterem Himmel geschieht. Was habe ich falsch gemacht?

Rosalind atmet stockend aus und öffnet die Augen.

»Davor, dass Gewohnheit und Alltag mich ersticken. Ich die Welt außerhalb von Skye niemals wirklich sehen werde. Davor, mein Leben damit zu verbringen, daran zu denken, was ich alles hätte sehen, tun oder machen können. Ich habe Träume.«

»Und du glaubst, sie an meiner Seite nicht verwirklichen zu können?«, erwidere ich niedergeschlagen und wende mich ab, doch Rosalind schiebt sich vor mich.

»Das ... das habe ich nicht gesagt. Ich meinte damit nicht, dass ich ... das wir ...«, stammelt sie, und nun bin ich es, der den Blick hinaus aufs Meer richtet.

»Auch ich habe Träume. Ich will noch mal in meine Heimat und dort unser altes Haus und das Grab meiner Eltern besuchen. Ich will die Big Five in der Masai Mara mit eigenen Augen sehen, auf der Champs-Élysées shoppen und in einer Gondel durch Venedig schippern. Aber das, was ich mir am allermeisten wünsche, sind eine Familie, gemeinsames Lachen, Liebe und Zusammenhalt.«

Sie senkt den Blick und lässt die Schultern hängen. Ein klareres Zeichen dafür, dass ich nicht der Mann bin, den sie will, braucht es nicht. Jedes weitere Wort ist vergebene Liebesmüh.

Langsam wende ich mich ab. Ich muss hier weg.

»Wenn wir schon in Italien sind, können wir dann auch in die Toskana und nach Rom? Was ist mit Südfrankreich? Ich würde gern mal in die Provence. Dort soll es sehr schön sein während der Lavendelblüte.«

Ich halte in der Bewegung inne und atme stockend ein.

»Aber nur, wenn wir im Anschluss nach Barcelona und von dort nach Sevilla fahren«, füge ich an und fühle, wie mein Herz voller Freude zu pochen beginnt.

»Und von da nach Porto und Lissabon. Die Straßenbahn dort ist legendär«, steigt Rosalind ein und kommt auf mich zu. Tränen glitzern in ihren Augen, doch sie lächelt, als sie vor mir stehen bleibt.

»Stockholm im Mittsommer«, schlage ich als nächstes Ziel vor.

»New York bei Nacht.«

»Weiße Strände in der Karibik.«

Sie beginnt gleichzeitig zu lachen und zu weinen. »Eine Wanderung auf der Chinesischen Mauer«, bringt sie schniefend hervor, und ich ziehe sie ganz nah an mich heran.

»Wir könnten uns im Schein der Aurora borealis lieben, in einem Bett, das unter der Glaskuppel eines Iglus am Polarkreis steht«, raune ich ihr ins Ohr.

»Dann musst du mich aber warm halten. Sehr warm sogar.«

»Vor allem deine Füße.«

»Die ganz besonders.«

21.
Rosalind

Ich fühle mich wie ein frisch verliebter Teenager. Alles, was zuvor grau und fad war, leuchtet in bunten Farben und erfüllt mich mit Freude. Am liebsten würde ich den ganzen Tag über singen und tanzen.

Seit vorgestern ist meine Welt voller Glück, und meine Träume sind zum Greifen nah. Ich hätte es nie für möglich gehalten, aber Niall ist genau der richtige Mann für mich. Mit jedem Lächeln, mit jeder Berührung und jedem Kuss zeigt er mir, wie er fühlt und denkt. Aber das Wichtigste ist, er sieht die Welt durch die gleichen Augen wie ich und will sie mit mir gemeinsam erkunden.

Fröhlich pfeifend komme ich nach der Vormittagswanderung zu den Fairy Pools zurück nach Hause. Niall will auch gleich zum Mittagessen vorbeikommen, bevor er zum ersten Mal hinauf zum Old Man of Storr wandert. Einer Premiere, der ich unbedingt beiwohnen muss.

In der Küche des Pubs treffe ich auf Cait und Brodee, die die Köpfe über Caits Tablet zusammenstecken.

»Hey, neue Brauerei ausfindig gemacht?«, frage ich und beuge mich neugierig von der Seite über das kleine Display.

»Ach was«, erwidert Cait und zwinkert. »Erst mal nicht. Der Keller ist voll bis unter die Decke.«

»Obwohl ... so ein paar mehr Kästen täten mir gut. Mir fehlt das Training«, jammert Brodee und tut so, als würde er Hanteln stemmen, wobei sich sein Bizeps sehr ansehnlich anspannt.

»Leider gibt es hier keine Fitnessstudios«, sage ich, was Cait mit einem »Doch, im Leathan Castle Hotel!« abschmettert.

»Die haben ein Fitnessstudio?«, hake ich nach.

»Ein kleines, ja. Lachlan wollte auch ein Spa anbauen, aber ...«

»Sein alter Herr hatte was dagegen«, beende ich ihren Satz und wundere mich, woher sie das weiß, schließlich hat er erst nach der Trennung den Chefposten des Hotels übernommen.

»Mit Sicherheit. Auf der Homepage steht zumindest nichts davon.«

»Die Lichterketten sind wunderschön«, schwenke ich auf den neu erworbenen Gartenschmuck. »Und erst diese Stehlampen.«

»Italienisches Design im Stormy Skye«, wirft Cait ein und irritiert mich damit.

»Das sind doch keine Designerlampen, ich habe zehn Pfund pro Stück bezahlt.«

Cait und Brodee fallen beinahe um vor Lachen, was Niall, der gerade zur Tür hereinkommt, innehalten lässt.

»Alles klar bei euch?«, fragt er und zieht mich von den beiden fort.

»Das sind Leuchten von Foscarini, designt von Forakis. Zehn Pfund? Süße, egal was er dir erzählt hat, die Dinger sind das Fünfzigfache wert ... pro Stück«, bringt Cait zwischen zwei Lachsalven hervor.

»Fünfhundert Pfund?«, quieke ich und will die Lampen am liebsten zurückbringen und Lachlan die Meinung geigen, bis mir einfällt, dass er sie mir und nicht ich ihm zu einem Spottpreis verkauft habe.

»Ich hasse Almosen«, murre ich und öffne den Kühlschrank, um zu checken, was ich Niall und mir zu Mittag machen könnte.

»Essen wir draußen im Alpaka-Pub?«, fragt er und schlingt von hinten die Arme um meine Mitte.

»Gern«, erwidere ich kichernd und drehe den Kopf zur Seite, damit wir uns küssen können.

»Was ist mit euch? Wollt ihr auch was?«, frage ich, doch Cait winkt ab, während Brodee in den Gastraum geht.

»Wir haben vorhin ein Sandwich gegessen«, erwidert sie und will Brodee folgen, bleibt allerdings in der Tür stehen.

Mum schiebt sich an ihr vorbei und zwickt sie in die Seite.

»Hey! Das ist Belästigung am Arbeitsplatz«, protestiert sie und streckt Mum die Zunge heraus, wird aber sofort wieder ernst. »Rosa, er ist froh, dass du wieder mit ihm sprichst. Das war kein Almosen, sondern ein Geschenk. Lachlan ist Geld vollkommen egal, er gibt solche Dinge mit dem Herzen. Den Betrag, den du ihm dafür gegeben hast, hat er wahrscheinlich in irgendeine Spendenbox gesteckt.«

Ich mache den Kühlschrank zu und lehne mich dagegen, während mir ihre Worte durch den Kopf gehen. Es stimmt, Lachlan mag ein Sohn reicher Eltern sein, doch er hat es uns gegenüber nie heraushängen lassen. Es war einzig meinem von Wut verzerrtem Blick zu verdanken, dass ich in alles, was er tat, etwas Schlechtes hineininterpretiert habe.

»Die zwei hecken irgendwas aus. Seit ich aus dem Kindergarten zurück bin, sind sie ständig am Tuscheln«, raunt Mum verschwörerisch und beugt sich näher zu uns. »Vorhin habe ich mitbekommen, dass sie sich morgen irgendetwas ansehen wollen.«

»Vielleicht eine Wohnung. Er kann ja nicht die ganze Zeit über in meinem Gästezimmer pennen«, wirft Niall ein und spitzt die Lippen, um sich von mir den nächsten Kuss zu klauen.

»Gott, wie süß«, flötet Mum und seufzt. »So waren Aaran und ich auch, als wir zusammenkamen. Ständig am Turteln.«

Ich spüre, wie meine Wangen zu glühen beginnen, und kann mein Kichern kaum unterdrücken. »Mum!«, protestiere ich und fühle dennoch, wie der Schwarm Schmetterlinge in meinem Bauch zu neuen Höhenflügen ansetzt.

»Vielleicht zieht Cait auch wieder zurück? Könnte ja sein«, mutmaße ich und würde es bedauern, wenn sie mich in ihre Pläne nicht von Anfang an einweihen würde. Freundinnen-Kodex!

»Sind die beiden eigentlich ein Paar?«, hakt Niall nach und späht durch die offene Durchreiche, um zu checken, ob Brodee hinter der Bar in Hörweite steht.

»Nicht, dass ich wüsste«, erwidere ich schulterzuckend.

»Sind sie nicht«, meint Mum.

»Wieso? Weil sie nicht turteln?«

»Das sieht man. Da sind überhaupt keine Schwingungen. Keine Funken, gar nichts.«

»Aber das ist vielleicht der Alltag«, halte ich dagegen.

»Wenn sie im Alltag so miteinander umgehen, sollten sie sich trennen. Glaub mir, Rosa. Die zwei sind kein Paar«, beharrt sie und schiebt mich zur Seite, um den Kühlschrank zu öffnen.

»Was wollt ihr? Wir hätten zum Aufwärmen Shepherd's Pie und Cullen Skink, sowie Fish & Chips zum Frittieren.«

»Pie«, sagen Niall und ich wie aus einem Mund und grinsen uns an.

Die Murthags aus Doncaster begrüßen uns freudig auf dem Parkplatz der Storr Apartments. Philip, dessen flammend rote Haare weithin leuchten, beäugt die Wollies kritisch und wäre laut eigener Aussage viel lieber golfen gegangen. Seine Söhne und auch deren Mutter sind hingegen hellauf begeistert.

Niall und ich erklären kurz alles zur Wanderung, machen einige Fotos fürs Familienalbum, und dann geht es auch schon los.

»Früher sind Dad und ich immer von zu Hause aus gestartet und haben hier unsere erste Pause gemacht«, schwelge ich in Erinnerungen und seufze.

»Ihr wart ein eingespieltes Team, was?«, will Niall wissen und zwinkert.

»Und wie. Die Strecken haben wir ausgewürfelt. Da hatten wir irgendwann eine Liste mit dazugehörigen Zahlenkombinationen zusammengestellt. Auf Skye gibt es so viele Wanderwege, deshalb haben wir drei Würfel genommen.«

»Skye-Knobeln? Tolle Idee«, erwidert er und legt den Arm um meine Schultern. »Weißt du, was? Lass uns eine solche Liste für mögliche Reiseziele zusammenstellen. Und wenn wir eines davon besucht haben, streichen wir es von der Liste und ersetzen es durch ein neues.«

»Das ist eine verdammt gute Idee«, gehe ich darauf ein und bedauere es, dass wir nicht allein sind. In diesem Moment könnte ich ihn küssen, bis alles um uns herum verschwindet. Wieso habe ich nur so lange gebraucht, um zu erkennen, was für ein faszinierender Mann er ist? Und das, obwohl schottisches Blut durch seine Adern fließt.

Die ersten Höhenmeter sind rasch überwunden, obwohl die Strecke sanft ansteigt und wir eher gemütlich gehen. Liam, der ganz entspannt neben Niall hertrottet, spitzt ab und an die Ohren, wenn er einen Hund erspäht. Zum Glück halten sich die meisten Besitzer an die Leinenpflicht und warten netterweise, bis wir mit den Alpakas vorbeigegangen sind.

»Was ist deine absolute Lieblingsstrecke?«, will Niall wissen und sieht über seine Schulter hinab zu den Murthags.

»Eigentlich ist es die kürzeste überhaupt, über die Weiden runter zur Talisker Bay. Dort haben wir dann Lagerfeuer entzündet und Stockbrot oder Würstchen gebraten. Manchmal auch Fisch.«

»Prasselnde Feuer sind was Feines. Ob in Kamin oder im Freien. Ich mag das sehr. Mein Dad hat mit uns auch öfters kleine Wanderungen unternommen. Zumeist im Nationalpark. Feuer durften wir dort allerdings nicht entzünden. Dafür hatten wir einen Terrassenkamin, Marke Eigenbau. Darin konnten wir sogar Pizza backen.«

»Klingt, als sollten wir den im Pub heute mal wieder anmachen. Abends ist es doch empfindlich kühl«, schlage ich vor, doch er schüttelt den Kopf.

»Solange Lester sich so komisch verhält, bleibe ich abends bei ihm. Irgendwas stimmt nicht, ich spüre es«, meint er und verzieht nachdenklich das Gesicht.

»Könnte auch sein, dass jemand ins Cottage einbrechen will«, mutmaße ich.

»Vorstellbar wäre es. Jeder in der Umgebung weiß, dass sie nicht da sind, und sie haben auf ihrem Instagramkanal Bilder von New York gepostet. Da bringt auch die beste Zeitschaltuhr für die Innenbeleuchtung nichts mehr, wenn man so offen herausposaunt, dass man nicht zu Hause ist.«

»Stimmt, jemand könnte das gesehen haben.«

»Oder irgendwer will sich wirklich ein Alpaka als Souvenir mitnehmen. Ist auch egal. Ich bleibe auf dem Hof. Was aber nicht heißen muss, dass ich allein dortbleibe.«

Ich stoppe und nehme ihn straff ins Visier.

»Aha, was soll das heißen?«, hake ich nach und tippe ungeduldig mit der Fußspitze auf den Boden.

»Dass Lachlan vorbeikommt und wir ein oder zwei Bier trinken, bevor ich wieder im Stall pennen darf …«, erwidert er und lächelt gequält. »Nichts gegen das Beistellbett, aber ich mag es etwas behaglicher und weniger zugig.«

»Gut, das beruhigt mich. In mehr als einer Hinsicht. Wandern ist nämlich eine Sache, aber Campen … keine Chance«, stelle ich freudig fest und lege einen Arm um seine Taille.

»Wie? Kein Campen?«, hakt er entgeistert nach und sieht mich mit weit aufgerissenen Augen an. »Schön im Schlafsack kuscheln oder nachts am Lagerfeuer sitzen.«

»Vergiss es«, schreite ich ein. »Keine zehn Pferde bringen mich dazu, in einem Zelt zu schlafen. Und überhaupt, was war das eben mit behaglich und weniger zugig?«

»Du glaubst gar nicht, wie mollig warm es in einem Schlafsack werden kann«, pariert er meinen Konter. In seinen grauen Augen blitzt es dabei schelmisch auf.

»Nicht in hundert Jahren. Ich will ein Hotelzimmer mit Bad«, beharre ich und schürze die Lippen, während ich ihn böse anfunkele. Wenn ich jedoch sein fieses Grinsen richtig einschätze, plant er irgendwas Gemeines. Na warte!

Je weiter wir nach oben kommen, desto imposanter wird die Aussicht. Wir können bis hinüber nach Raasey sehen und unter uns blitzen die Sonnenstrahlen auf den sanften Wellen von Loch Leathan.

Wir folgen dem Weg unterhalb der weltbekannten Felsformation entlang, bis er eine Biegung macht und oberhalb endet, sodass wir den Old Man zusammen mit unserem Dorf sehen können.

»Das ist unglaublich schön«, murmelt Niall voller Begeisterung und drückt mir einen Kuss auf die Wange, während er sich hinter mich schiebt und die Arme um mich legt. »Sieh nur, da ist das Stormy Skye und dort meine Praxis. Von hier oben sieht es so aus, als lägen sie nur wenige Schritte voneinander entfernt.«

Er streckt den Arm aus, hält Daumen und Zeigefinger über die jeweiligen Häuser und zeigt an, dass kaum zehn Zentimeter dazwischenliegen. Ich mache mit und verbinde die beiden Punkte ebenfalls mit den Fingern, die, wenn sie aneinander liegen, von unserer Warte ein Herz ergeben.

»Ein Ort voller Liebe«, stelle ich fest und lehne mich bei ihm an.

»Aye.«

Freitagabend und ich stehe nicht hinter der Bar. Es ist so ungewohnt, fast beängstigend, denn seit Dads Tod, eigentlich auch schon vorher, war dieser Pub mein Leben. Und nun sitze ich auf Nialls Stuhl in der Ecke und sehe dabei zu, wie andere meinen Laden schmeißen.

»Drei Stout, zwei Wolf Brew IPA und ein MacKenzie Altlantic Ale«, ordret Cait und stellt das Tablett mit benutzten Gläsern auf der Theke ab.

»Die Craft-Biere laufen richtig gut, was?«, frage ich und nehme zum wiederholten Mal die Sonderkarte zur Hand, die sie auf der Theke und den Tischen verteilt hat.

»Deiner alten Brauerei könntest du kündigen. Würde keiner vermissen. Und nach der Plörre von Skye Brew kräht sowieso kein Hahn mehr«, wirft Brodee ein und zieht das Tablett zu sich, um die Gläser zu spülen.

Während das Wasser läuft, betrachte ich meine Hände. Schon seit Tagen waren sie nicht mehr in Spülwasser getaucht, sodass ich kaum noch weiß, wie es sich anfühlt, wenn sie runzelig und feucht sind. Geht das wirklich so schnell? Würde mein Leben ohne das Stormy Skye *so* aussehen?

Unschlüssig, ob ich mich gut oder mies fühle, lehne ich mich an und beobachte die anderen Gäste. Gregory und Harris sitzen gemeinsam mit Gilbert an einem Tisch. Die alten Herren spielen Karten und streiten lauthals, wer geschummelt hat und wer nicht.

»Was macht Maihri dort drüben?«, hake ich nach, denn sie sitzt allein an einem Tisch und brütet über einem Schreibblock und Caits Tablet.

»Sie stellt die Fragen für das morgige Pub-Quiz zusammen«, erwidert Cait und zwinkert mir zu.

»Diesmal aber ohne Verkostung, oder?«

»Kannst beruhigt sein. Die nächste machen wir, wenn ich mal wieder auf der Insel vorbeischaue – und dann auch nicht in Kombi mit dem Quiz. Der letzte Samstag war die Hölle.«

»Und Maihri moderiert das Quiz morgen?«

Cait lacht auf und schüttelt den Kopf.

»Das übernehme ich. Sie wählt die Fragen aus, druckt die Zettel, die wir an die Teilnehmer ausgeben und prüft dann auch die Antworten. Du weißt, wie akribisch und akkurat sie ist«, erklärt sie, was mich beruhigt, denn so kann uns keiner mit Betrugsvorwürfen konfrontieren. Das kam nämlich schon das ein oder andere Mal vor, und darauf habe ich wirklich keine Lust mehr.

»Solche Mühe habe ich mir nie gemacht, sondern lediglich ein paar Fragen auf eine Tafel geschrieben. Gut, dass Maihri das übernimmt. Sie ist bei sowas knallhart und absolut unparteiisch. Es gab hier schon mehr als einen Streit, weil jemand behauptet hat, die Antwort wäre falsch oder ich würde mit dem Sieger unter einer Decke stecken.« Fionn Campbell schaut mich, wenn wir uns zufällig treffen, noch immer böse an. Was kann ich denn dafür, dass er der Meinung ist, Simon Beckett hätte *Warten auf Godot* geschrieben? Er wollte sogar seine Ausgabe von zu Hause holen, um es zu beweisen, dabei weiß doch jeder, dass es aus der Feder von Samuel Beckett stammt.

»Das wird bestimmt lustig. Maihri ist bei so was sehr akribisch. Als ich damals mit ihr für meine Prüfungen gebüffelt habe, quälte sie mich tagelang«, berichtet Cait und sortiert die gefüllten Gläser auf dem Tablett um, damit das Gewicht besser verteilt ist.

»Mit Erfolg, du warst mit Abstand Jahrgangsbeste«, erkenne ich neidvoll an.

»Ich brauchte das Stipendium, sonst wäre ich nie hier weggekommen. Was ist eigentlich mit deinem BWL-Fernstudium? Wolltest du nicht wieder anfangen?«, spielt sie den Ball zurück und erwischt mich damit eiskalt.

»Wollte ich, aber dafür habe ich keine Zeit. Außerdem glaube ich nicht, dass es das Richtige für mich ist«, gebe ich kleinlaut zu und frage mich wie so oft, welcher Job mich wirklich erfüllen würde. Dass ich irgendwann den Pub übernehme, war vorherbestimmt, nur welche Laufbahn hätte ich eingeschlagen, wenn Dad nicht so früh gestorben wäre?

»Warte nicht zu lange, sonst musst du alle Scheine, die du dir bereits ergattert hast, noch mal machen«, gibt sie zu bedenken und wuchtet sich das Tablett auf die Hand, um damit zu den Tischen zu gehen.

»Was wolltest du eigentlich mit mir besprechen?«, frage ich Brodee, doch er schüttelt den Kopf und kommt zu mir in die Ecke.

»Lass uns Sonntagvormittag sprechen. Hier im Pub ist nicht der richtige Ort, und morgen früh sehe ich mir eine Wohnung an. Niall und du ... ihr wollt demnächst bestimmt auch mal ungestört sein.«

»Kann ich ein Ale haben?«, fragt ein etwas abgewetzt aussehender Mann mit schütterem, ungekämmtem Haar.

Definitiv ein Tourist, denn ich habe ihn hier noch nie gesehen. Er scheint einen oder mehrere harte Tage hinter sich zu haben, denn an seinen Schuhen kleben Matschbrocken, und auf der Hose prangt ein ordentlicher Kaffeefleck. Er wirft mir einen dieser Checker-Blicke zu und grinst schief, was mich innerlich die Augen verdrehen lässt. Aber davon abgesehen, ist mir der Typ nicht geheuer und macht auf mich den Eindruck, als würde er irgendwas im Schilde führen.

»Kommt sofort«, erwidert Brodee und stellt ein Glas unter den Zapfhahn. »Setz dich ruhig, ich bringe es dir rüber.«

»Sonntagvormittag bauen wir draußen alles auf. Niall kommt mit den Alpakas gegen zwölf vorbei und nach dem Gottesdienst ist großes Ostereierfest. Ich bezweifle, dass wir da die Zeit finden, uns zu unterhalten. Wie wäre morgen Nachmittag, bevor wir öffnen?«, schlage ich vor, was er mit einem Zwinkern annimmt.

So, wie er lächelt, gehe ich nicht davon aus, dass er mir seinen Weggang schonend beibringen will. Außerdem sucht er eine Wohnung, was ebenfalls dagegenspricht.

»Die Kids werden wegen Blue bestimmt total ausrasten. Der ist wirklich ein ganz Süßer«, schwenkt Brodee zurück zum Osterfest.

»Nein, er bleibt daheim auf der Weide. So, wie es aussieht, wird der ganze Ort hier sein. Das wäre zu viel Trubel für ihn. Liam, Whitney und Gwen werden die Oster-Alpakas spielen. Sie sind am gutmütigsten und können am besten mit Kindern«, erkläre ich und sehe zu dem Typen, der noch immer an der Bar steht. Sogar im Profil erkenne ich sein Grinsen, und es ist eines von der Sorte, die mir nicht gefällt.

22.
Niall

Sobald die Sonne untergegangen ist, kriecht die Kälte aus ihrem Versteck. Einzig das wärmende Feuer in der geschmiedeten Feuerschale, deren Außenwände mit Öffnungen in Form von Alpaka-Köpfen versehen sind, kämpft dagegen an.

»Heute Nacht wird es Frost geben«, meint Lachlan und trinkt von seinem Stout.

»Es ist Mitte April, wundert mich sowieso, dass sich das gute Wetter so lange hält«, erwidere ich und lege ein Holzscheit in den Metallkorb. Funken prasseln auf, und die Flammen beginnen, die neue Nahrung zu umschließen.

»Klimawandel«, sagt er, wobei ich ihm nur beipflichten kann.

Es folgt eine weitere Runde Schweigen. Kein unangenehmes, sondern ein wohltuendes. Wir sitzen einfach so da, halten unsere Bierflaschen in den Händen und starren ins Feuer.

»Er ist total entspannt«, murmele ich, noch immer fassungslos, dass Lester völlig relaxt neben mir liegt und leise schnarcht. Kein Bellen, kein Knurren, nichts.

»Versteh einer die Hunde.«

»Hattest du ein Haustier?«, frage ich interessiert nach, doch Lachlan prustet und schüttelt den Kopf.

»Keine Chance. Der Alte wäre durchgedreht«, entgegnet er kopfschüttelnd.

»Hat er eigentlich an allem, was du tust, etwas auszusetzen?«

Lachlan verzieht nachdenklich das Gesicht und nickt nach einigen Augenblicken. »Irgendwie schon. Wobei er sich eine Weile zusammenriss. Damals kehrte ich ihm den Rücken zu und brach sämtliche Brücken zu ihm ab. Irgendwann stand er dann reumütig vor mir und gab zu, Fehler gemacht zu haben.«

»Und du bist wieder in den Schoß der Familie zurückgekehrt?«, fasse ich nach und beobachte sein Mienenspiel, was mir offenbart, wie sehr er seine damalige Entscheidung bereut.

»Dass man bei uns von Familie sprechen kann, wage ich zu bezweifeln«, sagt er und lacht freudlos auf. »Sind deine Eltern zufrieden mit dem, was du in deinem Leben erreicht hast?«

Ich benötige einige Augenblicke, bis ich den Mut habe, auf seine Frage zu antworten. Es fällt mir nicht leicht, obwohl ich mich erst kürzlich Rosalind gegenüber offenbart habe.

»Meine Eltern starben, als ich zehn war.«

Lachlans Miene wird ausdruckslos, doch er sieht nicht weg oder tut so, als würde er am liebsten darüber hinweggehen und das Thema wechseln. »Das tut mir leid. Wir müssen das nicht vertiefen, wenn es dir zu nahe geht«, bietet er an.

»Es war ein Autounfall. Ich wuchs bei meiner Tante in Inverness auf. Aber, um auf deine Frage zurückzukommen, ich denke Mum und Dad wären stolz. Er war Tierarzt und sie Autorin.«

»Dann bist du in seine Fußstapfen getreten, genauso wie ich«, stellt er fest und lenkt seinen Blick über den See. »Wenn er mir freie Hand lassen würde und nicht ständig jede meiner Entscheidungen kritisieren oder gleich egalisieren würde, wäre es einfacher. Ich liebe meinen Job. Dieses ganze Gefüge aus Angestellten, Lieferanten und unseren Gäste, dafür schlägt mein Herz. Wobei Letztere manchmal schwierig oder spleenig sein können.«

»Eintönig klingt das nicht«, werfe ich ein.

»Definitiv nicht«, stimmt er zu und nimmt einen tiefen Zug aus der Flasche.

Wir versinken erneut in Schweigen und atmen abwechselnd tief durch.

Nach einer Weile räuspert sich Lachlan und beginnt, mit den Fingerspitzen auf dem Oberschenkel zu trommeln.

»Kann ich dich was fragen ohne, dass du gleich irgendwas hineininterpretierst?«

Verwirrt sehe ich zu ihm und zucke mit den Schultern, weil ich nicht weiß, worauf er hinauswill.

»Klar.«

»Brodee ...«, setzt er an.

»Sie arbeiten zusammen, mehr nicht. Alice sagt auch, zwischen ihnen wäre nur Freundschaft. Keine Vibes, wie sie es ausdrückte.«

Ob es das war, was er wissen wollte, und ob ihn meine Antwort beruhigt, kann ich schlecht deuten.

»Wie seid ihr eigentlich zusammengekommen?«, frage ich und erwarte nicht, dass er sich mir offenbart.

Für einige Augenblicke bleibt er stumm, bis er plötzlich tief Luft holt. »Ich war schon als Teenager in sie verknallt. Wir hatten als Kinder immer eine enge Beziehung, weil wir beide wissen, wie es ist, mit sehr dominanten Eltern aufzuwachsen. Ihre Mutter ist ein Biest, mein Alter ein Tyrann.«

Er trinkt von seinem Bier und wendet den Blick vom Feuer ab, hinüber zum See.

»Nur, dass eine pummelige Landpomeranze wie Cait in den Augen meiner Mitschüler im Internat, nicht zu einem Sohn aus gutem Hause passte und ich sie und damit auch meine Gefühle für sie aus meinem Herzen herausbeißen wollte. Ich sonderte fiese Kommentare zu ihrem Gewicht und ihren Klamotten ab. Machte mich über sie lustig. Das rief natürlich ihre Abneigung hervor. Sie begann mich zu ignorieren, wie Luft zu behandeln und in meiner Gegenwart zu schweigen.« Er schließt die Augen, und für einen Moment verzieht sich sein Gesicht voller Schmerz. »Ich habe es verdient, nur war es schlimmer als offener Hass. Wir litten beide stumm, wo wir früher geredet hätten. Als wir uns Jahre später in London beim Studium begegneten, war es für mich wie ein Fingerzeig des Schicksals. Weitab von Skye und meinem Alten konnte ich endlich klar denken. Ich gestand ihr meine Gefühle, und ab dann öffnete sich für mich eine ganz neue Welt. Ich wusste plötzlich, wie sich Liebe anfühlt, verstehst du? Wir redeten Stunden, verstanden uns. Da war eine Verbindung, die alles überdauert hätte.« Er trinkt erneut von seinem Bier und atmet tief durch.

Dass die beiden eine solche Geschichte verbindet, hätte ich nicht für möglich gehalten. Ich will ihn gerade fragen, wie es zum Bruch kam, als er seufzt.

»Tja, dumm nur, dass ich der Einzige war, der an eine Zukunft glaubte. Aus heiterem Himmel setzte sie mich vor die Tür und sagte, es sei aus. Das war's, keine Diskussion. Ende. Seither habe ich sie nicht mehr gesehen. Doch warte, auf Aarans Beerdigung, ganz kurz. Ihr so plötzlich gegenüberzustehen, war wie ein Schlag in die Magengrube. Wäre fast in die Knie gegangen.«

Mir brennt es auf der Zunge, ihn zu fragen, ob er ihren Aufenthalt nutzen und sich mit ihr aussprechen würde. So könnten die beiden zumindest freundschaftlich miteinander umgehen. Ich klappe den Mund jedoch wieder zu, da in diesem Moment ein schwarz-weißer Border Collie bellend um die Hausecke schießt, der mir sehr bekannt vorkommt. Lester ebenso, denn er ist sofort hellwach und beginnt, sich mit seinem Besuch im Garten zu jagen.

»Pixie!«, höre ich Connor rufen, doch seine Hündin interessiert das nicht die Bohne. Als er um die Ecke kommt, verharrt er und wirft Lachlan Blicke zu, die an Kälte kaum zu überbieten sind. Da würde nicht mal mehr ein Bad in blubbernder Lava helfen, um das Eis zu schmelzen.

Einerseits bin ich erleichtert, dass er früher als gedacht von Barra Head zurück ist, dieses Aufeinandertreffen ist hingegen weniger erfreulich. Die Kluft zwischen den ehemals besten Freuden ist tiefer und breiter als der Grand Canyon.

Geräuschvoll stellt Lachlan die Flasche ab und steht auf, um den Rückzug anzutreten.

»Findet morgen wieder eine Verkostung statt?«, will er wissen und steckt das Handy in die Innentasche der Jacke.

Ich sollte zwar nichts in seine Frage hineininterpretieren, tue es aber trotzdem. Schließlich habe ich am Abend ihres Aufeinanderprallens genau gesehen, dass zwischen Cait und Lachlan die Wogen noch nicht geglättet sind. Sie sahen einander voller Trauer, Zerrissenheit und Schmerz an. Die tiefen Wunden, die beide davongetragen haben, scheinen lediglich verschorft, aber keinesfalls abgeheilt zu sein.

»Nur das Quiz.«

»Dann bis morgen«, erwidert Lachlan und klopft mir auf die Schulter, bevor er grußlos an Connor vorbeigeht.

Dass die beiden irgendwann einmal beste Freude gewesen sein sollen, ist kaum erkennbar. Mir ist unbegreiflich, wie man sich dermaßen entfremden kann.

»Was gibt's Neues?«, fragt Connor und nimmt Lachlans Platz ein.

»Seit wann bist du wieder hier?«

»Stunde«, erwidert er gewohnt einsilbig. Er ist wahrlich kein Mann vieler Worte.

»Bevor du am Sonntag zum Osterfest gehst, solltest du dich rasieren, sonst denken die Kinder noch, es wäre Weihnachten.«

»Die bigotten Huttons können mir gestohlen bleiben.«

»Ich meinte das vom Pub. Rosalind weiht den Garten mit einer kleinen Feier ein. Die Kleinen aus dem Kindergarten kommen zum Ostereiersuchen vorbei, paar Alpakas wollte ich mitnehmen. Zur Info, Rosalind und ich haben die Wanderungen untereinander aufgeteilt, und ich habe das Füttern übernommen. Soweit lief alles reibungslos, nur Lester macht seit Tagen Probleme.«

Kurz, bündig, alles gesagt. Er nickt und zieht eine Flasche des Imperial Rye IPA aus dem Kühler, was mir Cait wärmstens ans Herz gelegt hat. Gekonnt öffnet er sie mit seinem Schlüssel, nimmt einen tiefen Schluck daraus und spuckt ihn sofort wieder aus.

»Was ist denn das für eine Plörre! Kann ja kein Mensch trinken«, tönt er und betrachtet angewidert das Etikett.

»Craft Bier. Ein nicht ganz neuer Trend«, entgegne ich und möchte ihm am liebsten die Flasche aus den Händen reißen, um das gute IPA vor diesem Banausen in Sicherheit zu bringen.

»Wenn du das sagst. Gibt's sonst noch was?«

»Rosalind und ich sind ein Paar.«

Er sieht nicht einmal zu mir, sondern zuckt lediglich mit den Schultern, als wäre es ihm vollkommen egal.

»Und Cait und Maihri haben sich ausgesprochen«, füge ich an, was ihm zumindest eine minimale Regung seiner Mundwinkel abringt. Keine Ahnung, warum Maihri in ihn verknallt ist, dieser Mann ist schlimmer als ein Stockfisch.

»Wie war es auf Barra Head?«, will ich wissen.

Er stöhnt und rollt mit den Augen. »Hatte den Leuchtturm für mich. Diese Vogelheinis wollten nicht, dass Pixie auf der Insel herumläuft. Von wegen Jagdtrieb. Schwachsinn, sie hört aufs Wort.«

Den Wunsch der Ornithologen kann ich nachvollziehen. Ein Hund ist und bleibt ein Raubtier, egal wie gut er ausgebildet ist. Die brütenden Vögel hätten ihn als Störfaktor empfunden und im schlimmsten Fall ihre frischen Gelege aufgegeben.

»Was ist mit Lester?«, hakt er nach. Die beiden Vierbeiner jagen sich noch immer durch den Garten und sorgen dafür, dass die Alpakas ans andere Ende der Weide verschwunden sind. Anscheinend ist ihnen das Verhalten der beiden suspekt und das, obwohl sie beide kennen und als nicht feindlich eingestuft haben.

»Hat mich jede Nacht wach gehalten. Erst als ich in den Stall umgezogen bin, gab er Ruhe.«

»Warum hast du ihm nicht einfach was gegeben? Sitzt doch schließlich an der Quelle«, murrt Connor und streckt die Beine aus.

»Ich bin Tierarzt und nehme meinen Job ernst«, erwidere ich brüskiert. »Es gibt einen Grund, warum er sich so verhält. Da ist es egal, ob es lediglich sein überdimensionierter Beschützerinstinkt gegenüber der Herde ist oder ein körperliches Leiden. Ich kümmere mich um ihn und verabreiche ihm kein Beruhigungsmittel, nur damit ich schlafen kann.«

»Schon gut, sollte ein Scherz sein«, brummt er.

»Kam nicht als solcher bei mir an«, murre ich. »Ich bleibe gern noch eine Nacht hier, falls du endlich mal wieder in deinem Bett schlafen willst.«

Mein Angebot wischt er mit einer wegwerfenden Handbewegung fort.

»Nicht nötig. Ab jetzt übernehme ich.«

Kurz vor fünf betrete ich den Pub durch den offenen Seiteneingang. Draußen ist fast alles vorbereitet, damit wir morgen früh nur noch Essen sowie Getränke parat stellen und natürlich die Ostereier verstecken müssen.

Cait steht hinter der Theke und zählt das Wechselgeld in der Kasse.

»Hey, wo ist Rosalind?«, frage ich, woraufhin Cait in Richtung einer Nische deutet, wo sie zusammen mit Brodee sitzt.

»Hey, Rosa«, begrüße ich sie und setze ihr einen Kuss auf die Wange. »Störe ich?«

»Setz dich ruhig«, bietet sie tonlos an, und ich spüre, dass am Tisch, auf dem bereits Block und Bleistifte für das Quiz ausliegen, eine merkwürdige Stimmung herrscht.

»Der Pachtvertrag könnte zum Beispiel zu Beginn für vier Jahre, danach immer über zwei Jahre gültig sein. Dann wären wir beide flexibel«, erläutert Brodee.

Wovon spricht er da? Will sich Rosalind etwa aus dem Stormy Skye zurückziehen?

»Das geht nicht. Was ist mit Mum?«, bringt Rosalind leise hervor. »Mal abgesehen davon, dass wir hier leben und sie über den Pub kranken- und rentenversichert ist, würde es sie umbringen!«

»Ihr könnt hier wohnen bleiben. Alice würde wie bisher auch arbeiten. Nur wäre ich der Pächter. Hör zu, ich will dich nicht drängen. Es ist ein Vorschlag. Überlege es dir. Ich bleibe auf jeden Fall, bis du einen vernünftigen Ersatz für Tobi gefunden hast.«

Schockiert von dem unerwarteten Gesprächsinhalt, lehne ich mich nach hinten und wälze das soeben Gehörte in meinem Kopf von links nach rechts. Rosalind scheint es ähnlich zu ergehen, denn wir reagieren beide kaum, als Brodee aufsteht und zur Bar geht.

»Ähm, was war das denn?«, frage ich verblüfft nach.

»Ich dachte eigentlich, er würde mir sagen, dass er den Job dauerhaft übernimmt, doch *damit* habe ich nicht gerechnet«, erwidert sie stockend und stellt die Ellenbogen auf dem Tisch auf, um das Gesicht mit den Händen zu bedecken.

»Wärst du denn abgeneigt?«, frage ich vorsichtig nach.

Sie hebt den Blick und sieht mir in die Augen. »Absolut nicht. Nur gibt es zwei Punkte, die dagegensprechen. Der Wichtigste wäre, dass Mum es niemals dulden würde. Es zerreißt ihr das Herz.«

»Und der andere?

Rosalind blinzelt und schließt die Augen.

»Ich habe keine Ahnung, was ich sonst tun könnte. Ist das nicht schrecklich? Bisher empfand ich das Stormy Skye stets als Bürde, doch wenn ich den Klotz nun loswerden könnte, fühlt es sich an wie eine Amputation.«

Das ist ein ziemlich harter Vergleich, doch er versinnbildlicht, wie hin- und hergerissen Rosalind zwischen den Verpflichtungen gegenüber des Pubs und ihrem eigenen Leben ist.

»Wie denkst du darüber?«, fragt sie und rückt näher an mich heran.

»Ich weiß nicht, ob ich es an deiner Stelle könnte. Wobei man die Praxis und das Stormy Skye nicht miteinander vergleichen kann. Wie wäre es, wenn du ihn um Bedenkzeit bis zum Ende des Sommers bittest?«

»Könnte ich machen«, murmelt sie und schiebt ihre Hände zwischen meine.

Ein wohliges Gefühl der Vertrautheit erfüllt meine Brust. Die Nähe zu ihr ist unbeschreiblich schön. Es scheint fast so, als hätte unser Gespräch nahe der Ruine von Duntulm Castle dafür gesorgt, dass sie sämtliche noch vorhandenen Bedenken abhaken konnte und wir nun mit Vollgas gen Sonnenuntergang düsen.

Wenn ich jedoch an den Moment zurückdenke, als mein Traumschloss kurz vor dem Zusammenbruch stand, läuft mir erneut eine Gänsehaut über den Körper. Es war knapp und zeigte mir, dass ich mir Rosalind nie zu sichern sein darf: Sie ist keine Frau, die den Alltag in einer Beziehung willkommen heißt, stattdessen will sie etwas erleben. Zum Glück geht es mir in dieser Hinsicht ähnlich, und Skye ist tief in unseren Herzen verankert, ein Heimathafen, zu dem wie nach jeder Reise gern wieder zurückkehren werden.

Apropos Heimathafen, mir kommt da eine Idee.

»Wie lange bleibt Cait noch in Leathan?«, frage ich, was Rosalind zu irritieren scheint, denn sie zieht eine Augenbraue nach oben.

»Ich glaube, bis Ende übernächster Woche.«

»Das passt. Montag und Dienstag ist Ruhetag. Meine Kollegen müsste ich natürlich noch fragen«, denke ich laut und zücke das Handy.

»Was fragen?«

»Ob sie mich eine Woche länger vertreten können. Ich denke, ein Tapetenwechsel täte dir gut.«

Rosalind blickt mich verwirrt an, während ich eine Nachricht an Mable schicke, die sie umgehend mit einem Daumenhoch beantwortet. Erleichtert gehe ich das nächste Hindernis an und checke in der App, ob es noch freie Plätze für einen Flug von Glasgow nach Florenz gibt. »Wir haben Glück«, verkünde ich.

»Wohin soll es denn gehen?«, fragt Alice, was Rosalind und mich ertappt zusammenzucken lässt.

»Arcidosso. Das liegt südlich von Florenz. Mein Onkel und meine Tante besitzen dort ein Ferienhaus.«

»Ist es denn überhaupt frei?«, hakt Rosalind nach.

»Sie vermieten es nicht«, erwidere ich und bin froh über die Entscheidung der beiden, denn so kann ich uns dort spontan unterbringen.

»Soll ich buchen?«, will ich wissen, während mein Zeigefinger über dem Button auf dem Display schwebt.

Rosalind atmet tief durch, schließt die Augen und nickt. »Tu es.«

»Urlaub! Wie schön«, trällert Alice und gibt Rosalind einen Kuss auf die Wange.

Der Schankraum ist bis auf den letzten Winkel voll mit Gästen. Einige dachten wohl, es würde eine weitere Verkostung stattfinden, und hofften auf ein kleines Freibier.

»Soll ich dir wirklich nicht helfen?«, fragt Rosalind nun schon zum dritten Mal, als Cait die nächste Getränkerunde an unseren Tisch bringt.

Augenblicklich sieht Lachlan demonstrativ in die andere Richtung und tut so, als würde es ihm absolut nichts ausmachen, dass seine Ex keine dreißig Zentimeter von ihm entfernt steht.

»Wir haben alles im Griff«, erwidert Cait und tauscht die leeren gegen volle Gläser aus.

»Wo ist Maihri?«, frage ich und sehe mich suchend nach ihr um.

»Oben. Sie nähen am Hasenkostüm, in dem Alice morgen die Kinder überraschen will.«

»Wir würden gern bestellen«, ruft einer von Ginnys Bandkollegen, die mit ihr am Nachbartisch sitzen.

»Entschuldigt mich, aber meine Chefin wird ziemlich sauer, wenn ich nicht ordentlich arbeite«, sagt sie und zwinkert Rosalind zu, bevor sie davoneilt.

»Tisch fünf hat auch leere Gläser«, merkt Rosalind an, und ich kann genau sehen, wie es ihr in den Fingern kribbelt, sich ein Tablett zu schnappen.

»Wenn ich es nicht besser wüsste, würde ich behaupten, du willst den Abend nicht mit mir verbringen«, stelle ich grinsend fest und freue mich über den konsternierten Blick, den sie mir zuwirft.

»So war das nicht gemeint«, rechtfertigt sie sich. »Es geht hier um die Gäste.«

»Ach so, andere Männer sind dir wichtiger. Gut zu wissen«, stichele ich weiter.

Rosalind klappt ihren Mund zu, den sie bereits für eine Erwiderung geöffnet hatte. Gleichzeitig erkenne ich in ihren Augen wieder dieses besondere Funkeln, wie in jener Nacht, als wir die Fässer in den Keller geräumt haben und uns dabei so nah kamen.

»Sagt ausgerechnet der Mann, der wegen irgendeiner Kuh alles stehen und liegen lässt, um auf die andere Seite der Insel zu fahren«, pfeffert sie zurück und zieht die Nase kraus.

»Ich störe ja nur ungern euer Vorspiel, aber das Quiz fängt gleich an«, klinkt sich Lachlan ein und zieht den Block zu sich herüber.

»Weißt du, was? Ich suche mir jetzt ein anderes Team«, zischt sie und rückt zum Nebentisch, wo sie von Gilbert und Harris freudig in Empfang genommen wird.

»Dumm gelaufen«, feixt Lachlan und hebt sein Glas. »Auf uns, Kumpel.«

Wir stoßen an, obwohl mir das Resultat unseres kleinen Schlagabtauschs nicht sonderlich gefällt.

»Hat Cait die Fragen ausgewählt?«, will Lachlan wissen und späht über meine Schulter hinweg.

Ich vermute, er beobachtet sie, in der Hoffnung, niemand würde es mitbekommen.

»Maihri, also werden wir uns anstrengen müssen. Sie löst mit Vorliebe die Kreuzworträtsel in meinen Fachzeitschriften.«

»Mist, und Handys sind nicht erlaubt«, jault er und sieht sich um.

»Was ist?«

»Wir brauchen Unterstützung.« Er steht auf, geht zum Nebentisch und flüstert Ginny etwas ins Ohr. Keine Ahnung, was er ihr gesagt hat, denn sie lacht und lässt ihre protestierenden Bandkollegen mit einem lapidaren »Pech gehabt!« zurück, um sich zu uns zu setzen.

Frauen können echt eiskalt sein. Oder auch nicht, denn Rosalind wirft mit ihren Blicken Dolche nach mir, als sie es mitbekommt. Ist sie etwa eifersüchtig?

»Wie ich sehe, wurde ich ersetzt. Wie nett«, stellt sie fest und verengt die Lider zu Schlitzen.

Innerlich winselnd grinse ich ihr dennoch feist entgegen. »Du hast dir schließlich auch was Neues gesucht«, schieße ich zurück.

»Wir haben einfach mehr Erfahrung«, klinkt sich Gilbert ein und schiebt ein gehässiges Lachen hinterher, wobei er Harris jovial mit dem Ellenbogen knufft. Seine Anspielung hatte definitiv nichts mit dem Quiz zu tun.

»Ihr Jungspunde wisst eben nicht, wie man mit einer richtigen Frau umgeht«, feuert er hinterher.

»Also so, wie ich das sehe, ist Ginny sehr richtig und sehr weiblich«, entgegnet Lachlan, ergreift Ginnys schmale Hand und drückt ihr einen Kuss auf die Fingerknöchel.

Rosalinds Blicke werden stetig giftiger.

»Hey, hör auf damit«, zische ich Lachlan zu. »Ich will heute Nacht nicht allein nach Hause gehen.«

»Ach was, keine Bange. Ich helfe deiner Wildkatze lediglich dabei, ihre Krallen zu schärfen.«

Der Thekengong, den Brodee mit drei kräftigen Schlägen bearbeitet, bringt die Gäste zum Schweigen.

»Hallo und herzlich willkommen zu unserem Pub-Quiz«, grüßt Cait in die Runde.

Während sie die Regeln erklärt, beobachte ich Lachlan aus den Augenwinkeln heraus. Sein Blick klebt an ihr, und ich kann den Film, der sich in seinem Kopf abspielt, beinahe sehen. Er handelt von der gemeinsamen Zeit, dem Lachen, dem Lieben und all den guten Momenten, an denen sein Herz noch immer festhält.

»Wenn der Gong erklingt, starten wir die Uhr, und ihr entfaltet das Blatt mit den Fragen. Noch ein Hinweis, wen wir beim Schummeln erwischen, wird disqualifiziert. Ansonsten wisst ihr, wie es läuft. Viel Spaß beim Rätseln!«

Während Maihri und Cait die Zettel mit den Fragen verteilen, tuschelt Rosalind auffallend intensiv mit der Altherrenriege am Nachbartisch.

»Na, schon Pipi in den Windeln, Jungs?«, stichelt Harris plötzlich.

»Vor euch alten Säcken?«, schieße ich zurück und lehne mich betont lässig auf dem Stuhl zurück.

»Wen nennst du hier alte Säcke? Dir werden wir's zeigen«, donnert Harris, doch ich erkenne sofort, dass es dem Plan der drei entspricht und sie den verbalen Schlagabtausch nicht ohne Grund provozieren. Vor allem, weil Gilbert seine Fingerspitzen aneinanderreibt und dabei wie ein Fuchs grinst, der die Gans sicher in seinem Maul wähnt.

»Wie wäre es mit einer Wette?«, schlägt er vor, und ich lache in mich hinein.

Wusste ich es doch, es war einfach zu offensichtlich.

»Ihr glaubt, ihr könntet uns schlagen?«, feuert Lachlan zurück.

»Was ist euer Einsatz?«, will ich wissen, bevor wir uns aufs Glatteis begeben. Es gibt beim Quiz nämlich auch immer eine Sportrunde, und ich bin keiner dieser Männer, der weiß, wer wann und wo beim Cricket die meisten Spiele gewonnen hat.

Die beiden Haudegen sehen zu Rosalind, die mich mit ihrem feurigen Blick in Flammen setzt und meine Bedenken tilgt. Egal wie hoch der Einsatz auch sein mag, ich werde ihn in Kauf nehmen.

»Der Verlierer muss morgen Mums Job übernehmen und als Hase verkleidet die Ostergeschenke verteilen.«

Das ist fies, und sie weiß es. Wenn sie so tief schlägt, ist klar, was ich zu tun habe.

»Und wenn wir gewinnen, geht der Verlierer mit mir campen.«

Gilbert und Harris fällt die Kinnlade herunter, doch es ist nichts im Vergleich zu Rosalinds Gesichtsausdruck. Blanke Panik kann ich darin erkennen, die sich im nächsten Augenblick in puren Aktionismus wandelt.

»Also, was ist? Schlagt ihr ein?«, will Lachlan wissen und streckt seine Hand aus, die Harris mit grimmiger Miene ergreift.

»Wir machen euch fertig«, tönt er.

»Her mit den Fragen!«, zischt sie und reißt den Zettel an sich, sobald der Startgong wenige Sekunden später erklingt.

23.
Rosalind

Die Bleistifte sind Schrott. Nun ist auch noch die Miene des Dritten abgebrochen. Cait, die zusammen mit Maihri zwischen den Tischen patrouilliert, legt mir einen Spitzer hin und zwinkert. Mein Blick folgt ihr zur Bar, wo Brodee routiniert Gläser spült und poliert. Für einen Moment wird das Quiz wegen seines Vorschlages, den Pub zu pachten, zur Nebensache.

Dass er in Leathan bleiben will, finde ich toll, nur bin ich unschlüssig, ob ich dafür den Platz hinter der Bar räumen möchte. Daher bin ich Niall von Herzen dankbar, dass er mein Dilemma erkannt und den Vorschlag eines Kurztrips gemacht hat.

Nur jetzt muss ich ihn erst mal schlagen, denn zwei Dinge sind sicher, er wird morgen das Hasenkostüm tragen und ich werde auf keinen Fall mit ihm campen gehen. Warum musste mein Plan, Niall mit ein wenig Sticheln und Triezen zu ärgern, auch so nach hinten losgehen? Noch viel schlimmer wiegt die Frage, wieso ich mich auf den Vorschlag der beiden alten Knacker eingelassen habe.

Dass Niall es durchschaut, war eigentlich klar und ärgert mich. Und dann noch Ginny mit ihrem tiefen Ausschnitt, wie sie sich an Niall ranmacht, sich zu ihm lehnt und in sein Ohr flüstert. Ich kann mich überhaupt nicht konzentrieren.

Bisher steht es unentschieden, weil wir gleich viele Antworten in den beiden zuvor gespielten Runden richtig hatten. Jetzt gilt es. Jede korrekte Antwort zählt.

Gilberts Zeigefinger taucht in meinem Sichtfeld auf und unterbricht mich in der Ausarbeitung meiner Rachefantasien.

»Lassie, als *The Crafty Cockney* war Eric Bristow bekannt«, raunt er mir zu, und ich schreibe es widerspruchslos auf, weil ich nicht mal weiß, um welche Sportart es überhaupt geht geschweige denn, wer dieser Eric sein soll.

»Das ist der beste Dartspieler der Welt gewesen, er hat alles gewonnen«, höre ich Lachlan aufgebracht sagen und ahne, dass Niall sich mit der Frage ebenfalls schwertut.

»Wo fand die erste Fußball-WM statt?«, will ich von Gilbert und Harris wissen, woraufhin die beiden mit den Augen rollen.

»Lernt ihr jungen Leute eigentlich gar nichts mehr in der Schule?«, tönt Gilbert.

»Uruguay. So was weiß man doch«, schießt Harris hinterher.

Im Augenwinkel nehme ich wahr, dass Ginny eine Hand auf Nialls Unterarm legt und ihm ins Ohr flüstert. Die soll ihre Pfoten von ihm nehmen, sonst steche ich ihr ein paar weitere Tattoos, und zwar mit meinen Stricknadeln.

Der Gong vereitelt meine gedanklichen Planungen, und ich werfe die Antworten zähneknirschend in den Korb, mit dem Maihri herumgeht.

»Zwanzig Minuten Pause«, verkündet Cait und setzt sich zu ihrer Schwester, um die Antworten auszuwerten, während sich die meisten anderen Gäste an der Bar was zu trinken holen, aufs Klo oder zum Rauchen vor die Tür gehen.

Ginny und Lachlan verlassen den Tisch, genauso wie Gilbert und Harris. Niall und ich funkeln uns gegenseitig an, wobei ich zugeben muss, dass ich es extrem sexy finde, wie er mir die Stirn bietet. Bisher glaubte ich, er wäre eher der weiche, nachgiebige Typ Mann, denn bis auf den einen Abend, als wir uns im Keller einen kleinen Schlagabtausch lieferten, ließ nichts darauf schließen, dass er für derlei Geplänkel etwas übrig hat.

Da scheine ich mich wohl getäuscht zu haben, und um ehrlich zu sein, ist mir das viel lieber, als ein Ja-Sager, der mir alles rechtmachen will.

»Was ist?«, will er wissen und mustert mich so intensiv, dass ich buchstäblich spüre, wie seine Blicke über meinen Körper streichen.

»Ich stelle mir gerade vor, wie du mit langen Ohren und Puschelschwänzchen aussehen wirst«, erwidere ich betont gleichgültig und füge ein extrahässiges Kichern hinterher.

Niall nimmt den Fehdehandschuh auf und verschränkt die Arme vor der Brust. »Ginny hat mir vorhin erzählt, wo man hier am besten zeltet. So richtig in der freien Natur. Kein Campingplatz mit Toiletten und Duschen.«

Bei seinen Worten grabe ich die Nägel in die Tischplatte, um ihm damit nicht sein fieses Grinsen aus dem Gesicht zu kratzen. Gleichzeitig spornt es mich an. Ich muss dieses Quiz gewinnen.

»Träum weiter«, erwidere ich giftig, wobei er mir ein freches *Komm doch!* mit den Augenbrauen entgegenwackelt.

Vor mich hin köchelnd, möchte ich Cait am liebsten den Zettel mit den Punkten aus der Hand reißen, um zu sehen, ob ich Niall in den Staub getreten habe. Als sie jedoch die Antworten vorliest, wird mir flau im Magen. Wie haben zwei Mal falschgelegen.

»Gewinner der Sportrunde sind Tisch zwei und Tisch drei, mit jeweils acht von zehn möglichen Punkten«, verkündet sie zu meinem Leidwesen, während Lachlan, Ginny und Niall sich abklatschen.

»Strengt euch mehr an«, schieße ich Gilbert und Harris entgegen, die in ihr Bier lachen und das alles viel zu witzig finden.

Es kommt jedoch noch schlimmer, denn nach der Geschichtsrunde liegt Niall mit einem Punkt in Führung. Mittlerweile sind wir die letzten beiden Tische, da alle anderen in der Ausscheidung weit zurückgeworfen wurden und dazu übergegangen sind, uns beim Battle zuzuschauen.

»Auf zur letzten Runde. Jetzt wird es richtig knifflig. In der Musikrunde müssen Zeilen aus Songtexten einem Song und den dazugehörigen Originalinterpreten zugeordnet werden. Nicht die der Coverversionen. Also, denkt genau nach. Hier kommen die Fragen«, erklärt Cait und Maihri legt uns jeweils einen Zettel hin. Sowohl Niall als auch ich reißen sie an uns, sobald der Klöppel den Gong auch nur minimal berührt hat.

»Ja!«, rufe ich aus und balle die Siegerfaust. Seit ich denken kann, läuft das Radio hinter der Bar. Tag ein Tag aus habe ich alles gehört und kenne jeden Song. Damit werde ich ihn abhängen, ach was, ins Hasenkostüm stopfen.

»Na, so blass ums Näschen, kleines Häschen?«, frotzelt Gilbert, woraufhin ich einen Seitenblick zu Niall werfe, dessen Gesichtsfarbe tatsächlich reichlich käsig ist.

»Lass mich mal schauen«, klinkt sich Ginny ein. Sie überfliegt die Zeilen und fügt dann, ganz zu meinem Entsetzen, an: »Cool, kenne ich alle.«

Voller Anspannung erwarten wir, dass Cait und Maihri endlich fertig werden. Meine Güte, es sind doch bloß zwei Zettel, wieso dauert das so lange?

»Und hier kommen die Ergebnisse«, ruft Cait und liest die Antworten vor.

»Und dann noch *I Will Always Love You* von Dolly Parton.«

»Whitney Houston«, korrigiere ich. Dolly Parton, dass ich nicht lache.

»Entschuldige, aber das ist falsch. Wir suchten nach dem Originalinterpreten, und dieser Song wurde 1974 von Dolly Parton erstveröffentlicht. Damit haben wir zwei Gewinner.«

»Nein!«, rufen Niall und ich wie aus einem Mund. Cait sieht uns an, als hätten wir den Verstand verloren.

»Stechen!«, fordere ich.

»Genau, wir entscheiden es über ein Stechen«, bekräftigt Niall, der vor lauter Anspannung auf der Kante seines Stuhls sitzt.

Ratlos sehen sich Cait und Maihri an.

»Hast du noch Fragen?«

»Jede Menge«, erwidert sie und verschwindet für einen kurzen Moment in der Küche, von wo sie gemeinsam mit Mum und einem Teller, auf dem mehrere gefaltete Zettelchen liegen, zurückkehrt.

Im Gastraum ist es mit einem Mal mucksmäuschenstill. Jeder scheint den Atem anzuhalten, während Cait mit geschlossenen Augen eines der Fragenlose zieht.

»Stichfrage. Okay, wer als Erster die korrekte Antwort sagt, gewinnt. Seid ihr bereit?«

»Jetzt mach endlich!«, fordere ich, was mir einen tadelnden Blick von Cait einbringt.

»In welchem Land leben Papageien sowohl im Regenwald als auch oberhalb der Baumgrenze im Schnee?«

Das ist fies! Eine Tierfrage ...

Doch bevor ich Cait mit meinen bösen Blicken durchbohren kann, ruft Niall laut: »Neuseeland! Die Keas.«

Cait sieht auf den Zettel. »Das ist richtig. Damit hat Niall gewonnen!«

Jubel wird laut, von allen Seiten bekommt er Schulterklopfer und Hurra-Rufe. Ich suche hingegen diese miese Verräterin, die bis eben meine Freundin war.

»Eine Tierfrage? Das hast du mit Absicht gemacht!«, stelle ich sie zur Rede.

Cait sieht mich schockiert an und schüttelt den Kopf. »Rosa, ich schwöre es dir. Die Fragen hat Maihri rausgesucht, und du hast eben gesehen, wie ich sie vom Teller genommen habe. Das war Zufall, wirklich!«

Wütend sehe ich zu Niall und würde ihm am liebsten böse sein, weil er einen solchen Wetteinsatz vorgeschlagen hat, doch im Endeffekt bin ich selbst schuld. Ich wollte ihn unbedingt im Hasenkostüm sehen und muss nun mit ihm zelten gehen. So schwer es mir fällt, ich werde mich damit abfinden. Aber nicht, ohne ihn noch ein wenig zu triezen.

»Keas, was?«, frage ich spitz und bohre meinen Zeigefinger in seine Brust.

Er grinst schief und zwinkert. »Da war das Glück auf meiner Seite.«

»Tja, Glück im Spiel, Pech in der Liebe. Sagt man doch, oder?«, erwidere ich kühl und drehe mich gekonnt ab, wobei ich mein langes Haar über meine Schulter werfe, und stolziere davon.

»Rosa«, höre ich ihn hinter mir, bleibe aber erst stehen, als er von hinten einen Arm um meine Taille schlingt. »Nicht mal einen Siegerkuss?«

Ich wende mich um und verpasse ihm stattdessen einen Knuff in die Seite, der ihn zusammenzucken lässt. Gleichzeitig lacht er aber auch und sieht mir tief in die Augen.

»Nur einen kleinen«, raunt er und kommt mir stetig näher.

Meine Hände, die flach auf seiner Brust liegen, werden zu Krallen und ich fahre mit den Nägeln über den gestärkten Baumwollstoff seines weißen Hemdes.

»Nein«, raune ich und höre mich an wie Forrest, der wegen des falschen Futters beleidigt ist.

»Einen ganz winzigen?«, legt er nach und streichelt mit seiner Nasenspitze über meine Wange.

»Nein«, beharre ich leise und drehe den Kopf, sodass sich unsere Lippen doch treffen können.

Zögerlich, beinahe vorsichtig tastet er sich heran, bis ich es schließlich nicht mehr aushalte und den Kuss aus eigenem Willen intensiviere.

Unsere Zungen prallen aufeinander, seine Finger graben sich in mein Haar, und in mir wächst das Verlangen, endlich mit ihm allein zu sein. Vereinzelt höre ich jemanden pfeifen und glaube, dass es Lachlan war, der eben sagte, wir sollen uns ein Zimmer nehmen.

»Gehen wir zu mir?«, fragt Niall schwer atmend.

Selten eine so gute Idee gehört. Dennoch bleibe ich ihm eine Antwort schuldig und ziehe ihn stattdessen mit mir in die kalte Nachtluft.

Kaum ist die Tür zugefallen, spüre ich das kühle Holz in meinem Rücken, während ich mich mit den Beinen an Nialls Hüfte festklammere. Atemlos zerre ich an seinem Hemd und möchte es ihm am liebsten vom Körper reißen. Seine Hände packen meine Hüften und pressen mich gegen seine Brust, während er mich durchs Wohnzimmer trägt. Es ist ein Wunder, dass wir nirgends anecken oder drüberfallen, da er erst im Schlafzimmer die Nachttischlampe anknipst, nachdem er mich auf dem Bett abgelegt hat.

Ich mache mich derweil an seinem Hemd zu schaffen. Diese fiesen kleinen Knöpfe, wer hat sich so was bloß ausgedacht? Als ich endlich mit den Dingern fertig bin, fliegt der Stoff in hohem Bogen zur Seite, und ich kann endlich über seine warme Haut streicheln.

Seine Atmung stockt, wann immer ich seinem Bauch zu nahe komme, bis ich die üble Narbe bemerke, die sich ober- und unterhalb seines Nabels entlangzieht.

»Sieht schlimm aus, ich weiß«, bringt er stockend hervor und versucht, sie mit der Hand zu verdecken, doch ich halte ihn auf.

»Sie stammt vom Unfall, nicht wahr?«

Niall schließt die Augen, und für einen kurzen Moment wird sein Schmerz für mich beinahe greifbar.

»Mein Leben wurde an jenem Tag entzweigerissen, genauso wie ich ... irgendwie.«

Seine Worte berühren mich zutiefst. An dem Tag, als er mir vom Tod seiner Eltern erzählte, öffnete er sich mir gegenüber, und auch ich erzählte ihn von dem Schmerz, der mein Herz noch heute mit Trauer flutet.

»Die Narbe ist ein Teil von dir. Sie macht dich in meinen Augen kein bisschen hässlich, im Gegenteil. Wir tragen alle Narben, ob auf unserer Haut, unserer Seele oder auf unseren Herzen. Das Leben schlägt uns alle nieder, und manchmal bleibt etwas davon zurück. Versteck sie nicht vor mir, versteck *dich* nicht vor mir. Ich will mit dir zusammen sein, jeden Tag und jede Nacht.«

Stockend atmet er ein, und ein Beben durchläuft seinen Körper, während wir uns wie gebannt in die Augen sehen.

»Du bist eine unglaubliche Frau, Rosalind.«

Seine Stimme gleicht einem Krächzen, was er mit einem Räuspern zu beheben versucht. Es gelingt ihm nicht, doch es ist auch egal, denn ich will ihn küssen und lieben. Um ihn erfolgreich von seinen dunklen Gedanken fortzulocken, ziehe ich mir das Shirt aus und öffne Knopf und Reißverschluss der Jeans.

Es wirkt. Er vergisst das Hüsteln und bekommt riesige Augen. »Möchtest du ein Glas Champagner?«, fragt er und versucht aufstehen, was ich jedoch beherzt unterbinde, indem ich ihn am Hosenbund festhalte.

»Ein anderes Mal gern. Heute will ich dich.«

Er schluckt trocken, während sein vor Lust glasiger Blick über meine in schwarze Spitze verpackten Brüste huscht. Irgendwie finde ich es total heiß, wie er mich betrachtet und sich äußerlich ruhig zurückhält. Ich fühle mich wie eine Kostbarkeit, von der nur er allein weiß, wie wertvoll sie ist.

Langsam, einem Raubtier auf der Pirsch gleichend, beugt er sich über mich, bis sein warmer Atem über meine Brüste fächert. Zwischen meinen Schenkeln beginnt es zu pochen, was mich dazu bringt, mich einer Schlange gleich auf dem Bett zu winden.

Quälend langsam streicht Niall mit der Rückseite seines Zeigefingers über meinen Brustansatz hinab zum Spitzensaum der Körbchen. Eine Gänsehaut folgt seiner Spur, die von einem Flächenbrand abgelöst wird.

Quälend langsam tupft er Küsse auf meinen Bauch. Auf dem Weg nach unten ist er endlich am offen stehenden Hosenbund angekommen, durch den das ebenfalls schwarze Höschen hervorblitzt. Die Zeit verrinnt zäh wie Sirup, während er den Saum entlangzüngelt.

Bei jeder Berührung möchte ich stöhnen, ihn auf mich ziehen und ihn drängen, doch ich will ihn nicht unterbrechen. Es ist einfach unglaublich, was er mit mir anstellt. Fast scheint es mir, als hätte mein Körper einzig auf Niall gewartet, weil nur er den magischen Schlüssel besitzt, um sämtliche darin verborgenen Empfindungen zu wecken. Gleichzeitig habe ich keinerlei Zweifel, dass ich mich ihm öffnen kann, und sehne den Moment unserer Vereinigung mit brennendem Verlangen herbei.

24.
Niall

Sonnenstrahlen kitzeln mich wach. Blinzelnd öffne ich die Augen und drehe mich murrend auf die Seite. Ein warmer Körper hindert mich allerdings daran, wieder einzuschlafen.

Rosalind liegt neben mir. Ihr langes dunkles Haar umrahmt ihren Kopf und lockt meine Finger an, um damit zu spielen. Meine Wildkatze schlummert friedlich, was nach letzter Nacht nicht verwunderlich ist. Keine Ahnung, wann wir eingeschlafen sind, Brodee war auf jeden Fall schon zusammen mit seiner Begleitung drüben in seinem Zimmer.

Der Blick auf den Wecker verrät mir, dass es Zeit ist aufzustehen. Das blöde Ding kann mich mal. Lieber kuschele ich noch ein paar Minuten mit Rosalind und entführe sie zärtlich aus dem Traumland.

»Hmm, guten Morgen«, seufzt sie und reibt sich den Schlaf aus den Augen. »Wie spät ist es?«

»Kurz vor acht«, erwidere ich und küsse sie federleicht auf die Lippen.

»Dann haben wir noch ein paar Minuten«, nuschelt sie und vergräbt das Gesicht an meiner Brust.

»Unbedingt«, bekräftige ich und lege die Arme um ihren Körper. Am liebsten würde ich genießerisch seufzen, nur leider hat mein Handy etwas dagegen.

»Wer auch immer es ist, heute ist Ostersonntag, und er kann bis morgen warten«, mault Rosalind und schiebt die Unterlippe missbilligend vor.

»Ich werde trotzdem nachsehen ... für den Notfall«, erwidere ich halb laut und fange ihren biestigen Blick auf. »Eine Nachricht von Lachlan. Er hat ein paar Kleinigkeiten für die Kinder organisiert und bringt sie nachher zum Eiersuchen vorbei.«

»Das macht er nur wegen Cait. Er hat sie gestern kaum aus den Augen gelassen.« Sie zupft mir das Handy aus den Fingern und versteckt es unterm Kopfkissen.

»Von mir wollte er wissen, ob Brodee ihr neuer Freund ist«, füge ich hinzu und wackele mit den Augenbrauen.

»Ich glaube, er liebt sich noch immer.«

»Könnte sein. Was ist mit ihr?«, hake ich nach und erkenne an Rosalinds unschlüssiger Miene, dass es von Caits Seite her nicht eindeutig ist.

»Sie sagte zu mir, sie würde die Zeit zurückdrehen, wenn sie könnte, dass es aber gut sei, so, wie es jetzt ist«, berichtet Rosalind und zuckt mit den Schultern.

»Vielleicht finden sie den richtigen Moment und sprechen sich aus. Manchmal ist der Weg der Liebe steinig und holprig, da kann man schon mal stürzen«, sinniere ich, was sie zum Lachen bringt.

»Oder nie ankommen.«

»Die Option ist die schlimmste. Ich hoffe wirklich, dass Connor irgendwann mitbekommt, was Maihri für ihn empfindet.«

Meine Worte scheinen Rosalind zu überraschen, denn sie schiebt die Augenbrauen zusammen und mustert mich eingehend.

»Ich dachte, sie steht auf dich?«

»Mich? Connor und nur Connor, so wahr mir Gott helfe«, bekräftige ich und hebe zwei Finger zum Schwur.

»Aber, wieso war sie dann nicht in der Praxis, nachdem ich dich ... also wir uns geküsst hatten?«, fragt sie verwirrt nach.

»Es ist wegen Cait. Sie hat doch Sonntagabend nach ihrer Ankunft Connor im Bootshaus besucht, weswegen er seine Verabredung mit Maihri, auf die sie sich riesig gefreut hatte, vergessen hat.«

»Dem ist auch nicht zu helfen, oder?«, erwidert Rosalind und rollt mit den Augen.

»In diesem Leben nicht mehr«, pflichte ich ihr bei und küsse ihre Nasenspitze.

Der Wecker beginnt, leise zu piepen, steigert sich stetig und ist schrill, als ich ihn mit der flachen Hand zum Schweigen bringe.

»Immer diese rohe Gewalt«, kichert Rosalind und schiebt sich zur anderen Seite des Bettes.

»Lass mich nicht allein«, jammere ich und versuche, sie zurück unter die Decke zu ziehen. Leider ist sie viel zu wendig und entkommt mir, woraufhin ich die Beine über die Bettkante schwinge und mich schweren Herzens aufraffe.

»Nächsten Sonntag frühstücken wir im Bett«, gebe ich vor, was sie anlockt.

»So richtig mit Croissants und Sekt?«

»Champagner.«

»Der Whoopie-Doopie-Schampus?«

»Genau der. Hab ihn gestern aus der Praxis geholt und kalt gestellt.«

Lachend schlüpfen wir in unsere Klamotten und gehen Händchen haltend zur Tür. Bevor ich den Knauf drehe, beuge ich mich zu Rosalind, um sie zu küssen. Sobald sich unsere Lippen berühren, strahlen sämtliche Lampen in meinem Kopf hell auf, und ich würde sie viel lieber zurück zum Bett manövrieren als in die Küche.

Der Kaffeeautomat brummt gefällig und verströmt einen wohligen Geruch nach frisch gemahlenen Bohnen. Rosalind und ich stehen aneinandergelehnt daneben und sehen dabei zu, wie das schwarze Gold in die Tassen fließt.

Ich will gerade Milch hinzugießen, als wir Stimmen hören und sich Brodees Zimmertür öffnet. Er taucht im Gang auf. Die langen Haare offen und reichlich zerwühlt, die Unterhose knapp auf den Hüftknochen hängend. Hinter ihm folgt ein schmaler Schatten, der erst in der Küche richtig zu erkennen ist.

»Ginny?«, fragt Rosalind und starrt sie irritiert an. Die in flagranti Erwischte zuckt lediglich mit einer Schulter und schlingt die Arme um Brodee, während er sich eine Packung Orangensaft aus dem Kühlschrank nimmt. Niall reicht ihm zwei Gläser, die er zwinkernd annimmt und mit Ginny im Schlepptau im Gästezimmer verschwindet.

»Wusstest du, dass da was läuft?«, will sie wissen, sobald die Tür geschlossen wurde.

»Ich? Woher denn? Ich war die ganze Woche entweder auf dem Hof oder auf Wanderungen.«

Was auch immer gerade in ihrem Kopf vorgeht, Rosalind scheint erleichtert darüber, dass Ginny etwas mit Brodee laufen hat. Zufrieden lächelnd legt sie einen Arm um meine Taille und küsst meine Brust.

»Ein schöner Tag, nicht wahr?«, fragt sie und geht auf die Zehenspitzen, um mir einen Kuss auf die Lippen zu drücken.

Der Garten ist so einladend schön, dass ich mir am liebsten ein Plätzchen suchen und den Rest des Tages gemütlich in der Sonne sitzen möchte. Alles, von den Lampions in den Ästen des Birnbaums bis hin zu den kleinen Ostergestecken auf den Tischen, lädt zum Verweilen ein.

Liam, Whitney und Gwen, denen Rosalind bunte Schleifen um die langen Hälse gebunden hat, grasen gemütlich in ihrem kleinen Gehege, was wir ihnen an der Seeseite abgesteckt haben.

»Hoffentlich gibt es keinen Streit, wenn Connor und Lachlan nachher aufeinanderprallen«, unkt Cait und rollt angespannt mit den Schultern.

»Bei den beiden ist das Tischtuch gänzlich zerschnitten, was?«, hake ich nach, was sie mit einem Nicken bestätigt.

»Er verhält sich kindisch und unreif, nichts weiter. Als wäre ich ein Spielzeug, das Lachlan ihm weggenommen hätte«, murrt sie, während wir kleine Körbe mit Besteck und Servietten auf den Tischen platzieren.

»Ist das zwischen dir und Lachlan ...?«, setze ich vorsichtig an.

»Aus und vorbei. Da gibt es keinen Weg zurück«, erwidert sie knallhart und doch sieht sie im nächsten Moment schweigend hinüber zum anderen Ufer des Sees. Wie bei Lachlan kann ich den Film in ihrem Kopfkino erahnen, und die Szenen darin besitzen eine frappierende Ähnlichkeit.

»Hat er von mir gesprochen?«, fragt sie plötzlich und so leise, dass ich es erst nicht richtig verstehe.

»Ein oder zweimal«, offenbare ich, behalte aber den genauen Inhalt der Gespräche für mich.

»Er sollte mich gehen lassen, es wäre besser. Für ihn und für mich«, murmelt sie und lässt die Schultern hängen. »Es macht keinen Sinn, im Gestern zu verweilen. Das tut nur weh.«

»Wenigstens haben du und Maihri den Weg zueinander gefunden. Dabei hörte es sich so dramatisch an, als sie meinte, sie hätte etwas getan, was du ihr niemals verzeihen könntest.«

Cait hält in der Bewegung inne und sieht zu mir. »Was meinst du?«

»Keine Ahnung. Ich dachte, ihr hättet euch ausgesprochen?«

»Haben wir, aber Mutters verdrehten Wahrheiten mit der Zeit Glauben zu schenken erachte ich jetzt nicht als sonderlich dramatisch.«

»Kommt vielleicht auf die Sichtweise an«, erwidere ich und befürchte, dass Maihri aus Angst und Scham lieber den einfachen Weg gegangen und die Last auf ihrer Seele nicht losgeworden ist.

»Gut möglich«, sagt Cait und zwinkert mir zu, bevor sie an mir vorbeigeht und im Seiteneingang verschwindet, aus dem kurz darauf Alice im hellbraunen Hasenkostüm auftaucht.

»Ich hätte nie gedacht, dass es so schön werden würde. Dieser Garten ist ein Paradies«, jubelt sie und seufzt verzückt. »Wir müssen noch ein paar Pflanztöpfe aufstellen, dann wird alles noch bunter und sommerlicher. Aber erst, wenn die Nachtfröste vorbei sind.«

»Sag mir einfach Bescheid, dann fahren wir nach Kyle und besorgen alles«, biete ich an, woraufhin sie zu mir kommt und mich in eine mütterliche Umarmung zieht.

»Du bist ein guter Mensch, Niall. Ich bin froh, dass meine Kleine dich in ihr Herz aufgenommen hat. Gott weiß, wie leer und traurig es darin aussah, nachdem ihr Vater starb.«

Mir fehlen die Worte, um ihr sagen zu können, wie viel mir das bedeutet. Vor allem, weil Rosalind diesen Ort nicht für jeden öffnet.

»Wo ist sie überhaupt?«, frage ich und spähe zum Seiteneingang.

»Eben war sie in der Küche, hat ihr Handy zum Laden angehängt, damit es genug Akku hat, wenn sie nachher filmt. Die Gäste kommen gleich.«

Ich sehe auf die Uhr, und tatsächlich ist der Vormittag rasend schnell verflogen.

»Zur Not ist meines voll. Ich werde auch das ein oder andere Video machen. Vor allem bei der Eiersuche. Meinst du, wir haben genügend versteckt?«

Alice lacht und sieht sich mit mir gemeinsam um. Viele der bunten Tupfen, die wir zuvor im Gras verteilt haben, erkennt man mit bloßem Auge, für andere müssen die Kids schon ein wenig intensiver suchen. Sobald sie merken, dass es sich dabei um Schokoladeneier handelt, werden sie sicherlich mit Feuereifer jeden Grashalm einzeln umdrehen, um die süßen Schätze aufzuspüren.

Kaum läuten die Kirchenglocken, verfliegt die bisher herrschende sonntägliche Ruhe. Kinderlachen wird laut, fröhliches Stimmengewirr nähert sich und ruft auch andere Leute aus den angrenzenden Häusern herbei.

Vom Tor aus beobachten wir den Ostermarsch, der von einem sprintenden Brodee überholt wird, der völlig außer Atem vor uns zum Stehen kommt.

»Mist, verpennt. Hätte mich nicht noch mal hinlegen dürfen«, japst er und wirft Alice einen entschuldigenden Blick zu.

»Schon gut, kenne ich. War ein langer Abend gestern.«

»Wohl eher eine kurze Nacht«, füge ich feixend an, was er mit einem schiefen Grinsen pariert.

»Ich brauch jetzt erst mal einen Kaffee«, erwidert er und verschwindet im Haus, während sich die Gäste einfinden.

»Frohe Ostern! Wie schön! Das habt ihr zauberhaft hergerichtet«, lobt Lyra, die Alice in die Arme schließt und mit ihr gemeinsam die Familien begrüßt. Große Kinderaugen blicken zu den Wollies hinauf und die mutigsten Mädchen stecken ihre Hände durch den Zaun, um sie zu streicheln. Die Jungs sind hingegen weitaus zurückhaltender und suchen Schutz ihren Müttern.

Der Duft von Vanille lenkt mich von dem Treiben ab. Rosalind, die nebenbei einige der Gäste begrüßt, kommt auf mich zu und lehnt sich bei mir an, sobald sie mich erreicht hat.

»Das ging jetzt aber schnell«, meint sie und sieht sich aufgeregt um.

»Läuft prima. Alle sind begeistert.«

Wir sehen uns in die Augen. Die Welt um uns herum wird leise. Unsere Lippen ziehen sich magnetisch an, und in mir breitet sich ein wohlig warmes Gefühl aus, was ich nie wieder missen möchte.

»Hört gefälligst auf mit der Schlabberei«, knurrt Connor und wirft uns missbilligende Blicke zu.

»Du bist ein alter Miesepeter«, schießt Rosalind zurück und schlingt demonstrativ die Arme um mich.

»Wo ist Pixie?«, frage ich und hoffe, dass er nicht auf die Schnapsidee kam, sie im Auto zu lassen.

»Daheim«, brummt er und sieht an uns vorbei zu Cait, die mit einem Tablett aus dem Seiteneingang tritt. Sein mürrischer Gesichtsausdruck hellt sich sofort auf, und er schafft es sogar zu lächeln. Nur gut, dass Maihri das nicht mitbekommt, sie wäre die nächsten Wochen todunglücklich.

»Mami, schau mal«, ruft ein kleines rothaariges Mädchen und reckt ihrer Mutter die Hand entgegen, mit der sie ein angebissenes Schoko-Ei fest umklammert. Ihr Mund ist von einem dunkelbraunen Bart umrandet, der verrät, dass es wohl nicht das erste Ei ist, was sie gefunden hat.

Auch die anderen Kinder scheinen bereits bemerkt zu haben, dass es weitaus mehr als nur wollig weiche Oster-Alpakas zu entdecken gibt. Die Eltern machen ihnen Platz und sehen gemeinsam vom Zaun aus zu, wie ihr Nachwuchs durch den Garten pirscht.

»Jeder, der mir ein Ei bringt, bekommt ein Geschenk vom Osterhasen«, ruft Lyra ihren Schützlingen zu, die diesen Ansporn sofort in die Tat umsetzen.

Rosalind und ich beginnen, jeder von einer anderen Seite des Gartens, zu filmen. Dabei werde ich jedoch von einem Zwist unterbrochen, der zwischen einem kleinen Mädchen und einem etwas älteren Jungen von etwa vier Jahren ausgebrochen ist.

»Das ist mein Ei«, beharrt er und will es aus ihren Händen winden, doch die Kleine ist zäh und möchte es nicht hergeben.

»Ich habe es aber zuerst gesehen«, hält sie dagegen.

»Hey, ihr beiden. Wieso streitet ihr?«, frage ich und gehe vor den Kindern in die Hocke. Dass direkt neben mir ein weiteres Versteck mit gleich zwei Eiern ist, haben die beiden vor lauter Streit nicht einmal bemerkt.

»Tara will es mir nicht geben. Ich habe es aber zuerst gesehen«, antwortet der Junge trotzig.

»Darf ich mal?«, bitte ich und halte die Hand auf.

Tara beäugt mich wachsam, legt dann aber ihren Schatz hinein.

»Danke schön«, sage ich, öffne die rotgoldene Folie und werfe mir das Streitobjekt zum Entsetzen der beiden Kinder in den Mund. Gleichzeitig greife ich neben mich und zaubere zwei Eier hinter dem Rücken hervor, die ich den Kindern überreiche, die damit freudig jubelnd zu Lyra und ihren Eltern rennen.

»Das war nicht gerade erzieherisch wertvoll«, meint Harris und lacht, als ich zu ihm und Gilbert gehe, die auf den Zaun gelehnt bei der Eiersuche zusehen.

»Doch klar. Wenn zwei sich streiten, freut sich der Dritte«, halte ich dagegen und grinse, was die beiden anerkennend nicken lässt.

»Wo ist Lachlan? Wollte er nicht vorbeikommen?«, fragt Rosalind und sieht sich in die Richtung um, aus der er kommen müsste.

»Er wollte längst da sein«, setze ich an und sehe, dass sein Name in diesem Moment auf dem Handydisplay erscheint.

»Hey, wo steckst du?«, frage ich.

»Blue Skye. Hilfe!«, höre ich ihn krächzen, dann nur noch das Zwitschern der Vögel.

»Lachlan?«, brülle ich ins Telefon und schrecke damit sämtliche Gäste auf.

»Was ist?«, fragen Rosalind und Cait wie aus einem Mund. Auch Connor, der bis eben noch mit Isla und Aian zusammenstand, schiebt sich durch die umstehenden Personen.

»Er hat um Hilfe gerufen. Klang so, als wäre er verletzt«, erkläre ich und sehe, wie ein Auto mit weitaus mehr als der innerorts erlaubten Geschwindigkeit aus der Seitenstraße vom Hotel kommend über die Kreuzung zur Hauptstraße in Richtung Portree rast. Das war definitiv der gleiche graue Peugeot wie neulich.

Cait sitzt als Erste in ihrem Auto, in das Connor gerade noch einsteigen kann, bevor sie mit quietschenden Reifen anfährt. Ich bin direkt dahinter. Rosalind ringt angespannt ihre Hände und wirft mir vom Beifahrersitz aus ängstliche Blicke zu.

Schon von Weitem sehen wir mehrere Alpakas und auch Hühner über die Straße laufen. Zayn, kommt uns sogar mit Celine und Harry entgegen. Am Cottage steht Lachlans Jaguar mit offener Fahrertür, und die Gatter beider Weiden stehen sperrangelweit offen.

»Was soll der Mist?«, blafft Connor und macht sich daran, die Wollies einzufangen, während wir uns umsehen.

»Lachlan?«, ruft Cait mit reichlich Panik in der Stimme. »Wo bist du?« Alles bleibt still.

»Wo ist Lester?«, keucht Rosalind, doch auch von ihm fehlt jede Spur. Kurzerhand zücke ich mein Handy und wähle Lachlans Nummer an. Ich höre es aus Richtung Stall klingeln und reiße die Tür auf.

»Lan!«, kreischt Cait und stürzt an mir vorbei zu dem leblos auf dem Boden liegenden Mann.

Lester, der ebenfalls nicht mal mit der Pfote zuckt, liegt direkt neben ihm, nur dass seine Augen offen sind und die Zunge bedenklich aus der Schnauze heraushängt.

»Rosalind, hol meine Tasche aus dem Kofferraum. Sofort«, weise ich sie an, woraufhin sie davonrennt und ich mich neben Lester auf den Boden knie.

»Atmet er?«, will ich von Cait wissen, während ich versuche, Lesters Puls zu ertasten.

»Ja«, erwidert sie tränenerstickt und streicht durch sein Haar, doch als sie die Finger zurückzieht, sind sie voller Blut.

25.
Rosalind

Den Anblick von Lachlans verdrehten Füßen werde ich nie wieder los. Ich fühlte mich an den Moment erinnert, als ich damals aus dem Keller kam und Dad hinter der Theke liegend vorfand.

Das Herz schlägt mir bis zum Hals, während ich Nialls Kofferraum öffne und seine Arzttasche herausnehme.

Auf dem Weg zurück zum Stall wähle ich den Notruf und habe zum Glück sofort jemanden am anderen Ende.

»Rosalind Malcom, ich bin auf der Blue Skye Farm in Leathan, direkt neben dem Leathan Castle Hotel. Ein Mann ist verletzt, er ist bewusstlos«, gebe ich durch und will gerade auf die Frage des Mannes in der Leitstelle antworten, als mir Caits spitzer Schrei das Blut in den Adern gefrieren lässt.

Blindlings renne ich zum Stall, wo mein Blick direkt auf ihre blutverschmierten Hände fällt. Niall nimmt mir die Tasche ab, reißt sie auf und zerrt Verbandsmaterial und eine Einwegspritze heraus.

»Leg seinen Kopf hoch und drück das drauf«, weist er sie an, doch Cait ist völlig apathisch und zittert am ganzen Leib.

Ohne darüber nachzudenken, schiebe ich sie zur Seite und gehe hinter Lachlan auf die Knie. Vorsichtig lege ich seinen Kopf auf den Oberschenkeln ab und drücke die Kompresse auf die klaffende Wunde, aus der unaufhaltsam Blut fließt.

Cait greift nach Lachlans Hand und sackt schluchzend neben uns zusammen, bis ihr Kopf auf seiner Brust liegt.

»Was ist mit Lester?«, will ich wissen und sehe dabei zu, wie Niall eine Spritze an einer Ampulle aufzieht.

»Er wurde betäubt. Ziemlich stark. Sein Puls ist verdammt schwach«, erwidert er knapp.

Ein eisiger Schauder läuft mir über den Rücken. Es würde Rory das Herz brechen, wenn er seinen geliebten Freund verlöre. Nicht nur, weil die beiden ein eingeschworenes Team sind, sondern auch, weil Lester ein Geschenk seines verstorbenen Ziehvaters Curran war.

»Ich habe den Notruf abgesetzt«, sage ich hilflos, während er Lester das Mittel spritzt und ihm eine Infusion legt.

»Hast du einen Verdacht, was man ihm gegeben hat?«

»Ich vermute, irgendwelche Pillen, die in Wurst versteckt waren.«

»Er nimmt nichts von Fremden«, halte ich dagegen und streiche über Lesters Flanke, wo mir eine ungewöhnliche Erhebung auffällt.

»Was ist das?«, frage ich, woraufhin Niall nachfühlt, daran drückt und an seinen Fingern riecht. Völlig unerwartet springt er auf, drückt mir die Infusionspackung in die Hand und läuft vor dem Eingang zur Weide hin und her. Es scheint, als würde er etwas suchen.

»Hab ich dich«, ruft er und hebt eine Art Dartpfeil, nur mit bunten Federn am Ende auf.

»Was ist das?«, will ich wissen.

»Ein Betäubungspfeil für Blasrohre. Das war von langer Hand geplant.«

»Aber wozu? Um die Tiere zu befreien oder ins Haus einzubrechen?«, frage ich fassungslos.

»Möglich wäre es, und Lachlan hat den oder die Täter dabei überrascht und wurde niedergeschlagen.«

Wir sehen uns an, während ich in Gedanken die letzten Minuten Revue passieren lasse.

»Denkst du das Gleiche wie ich?«

»Glaub schon ... der graue Peugeot.«

Angus Ayr, unser hiesiger Polizist, kommt mit quietschenden Reifen kurz vor dem mittlerweile wieder geschlossenen Gatter zum Stehen.

»Was zur Hölle ist denn hier los? Erst ein Einbruch und jetzt noch eine wild gewordene Alpaka-Herde«, blafft er, bleibt in der offenen Stalltür stehen und starrt Niall an.

»Lester wurde betäubt und Lachlan niedergeschlagen. Beide bewusstlos«, rattert Niall wie ein Maschinengewehr. »Wir haben einen älteren grauen Peugeot dabei beobachtet, wie er mit überhöhter Geschwindigkeit kurz nach der Tat an der Kreuzung in Richtung Portree abgebogen ist.«

»War jemand im Haus?«

»Haben noch nicht nachgesehen, die beiden hatten Vorrang«, erwidert Niall, woraufhin sich Angus abwendet und zur Terrasse geht.

Mit dem Stethoskop prüft Niall zum wiederholten Mal Lesters Herzschlag.

»Und?«, frage ich leise nach.

»Wird schneller, aber immer noch zu schwach.«

»Sind alle wieder auf den Weiden«, keucht Connor und bleibt wie versteinert in der Tür stehen. Sein Blick liegt auf Cait, die schluchzend neben Lachlan kniet und dessen Hand hält.

»Connor, fahr zum Hotel und sag dort Bescheid, damit man seinen Vater informiert.«

Erst reagiert er nicht auf Niall, dreht sich dann aber abrupt um und stapft davon.

»Komisch, alle Türen und Fenster sind zu. Da hat sich niemand dran zu schaffen gemacht«, meint Angus und kratzt sich nachdenklich am Kopf.

»Wo wurde dann eingebrochen?«, hake ich nach, da er es erwähnt hatte, als er ankam.

»Na, in deiner Praxis, Niall.«

»Was?«, fährt Niall auf. »Du veralberst mich!«

»Ganz sicher nicht. Gregory rief uns an. Er hatte seine Lesebrille dort vermutet und fand die Hintertür offen und die Medikamentenschränke aufgebrochen vor. Die Spurensicherung läuft noch.«

Niall nimmt den Pfeil zur Hand und dreht ihn gedankenverloren zwischen den Fingern.

»Was mich wundert, du hast doch eine Alarmanlage. Wieso war die nicht scharf?«, fasst Angus nach.

»Scheiße«, flucht er und schlägt sich mit der flachen Hand gegen die Stirn.

»Was ist?«

Vorsichtig berühre ich ihn am Arm und versuche anhand seiner Miene zu ergründen, was in ihm vorgeht.

»Gestern Nachmittag bin ich kurz rüber und war wohl so in Gedanken, dass ich sie wie in den vergangenen Wochen nicht angeschaltet habe ...«

Angus rollt mit den Augen. »Du hast sie absichtlich nicht angehabt? Wieso das denn?«

»Die Kätzchen, die wir bis vor Kurzem in Pflege hatten, lösten nachts immer den Alarm aus. Ist viel kaputt?«

»Das Schloss an der Hintertür ist hinüber, Schränke standen offen, paar Sachen wurden durchwühlt. Und wir glauben, dort hat jemand geduscht, aber da bin ich mir nicht sicher.«

Niall und ich wechseln irritierte Blicke.

»Ge...duscht?«, hake ich nach.

Angus zuckt mit den Schultern. »Sah zumindest danach aus.«

»Was unternehmt ihr wegen des Wagens?«, will ich wissen.

»Fahndung ist raus, aber es ist Ostersonntag und dazu bestes Wetter. Die Straßen sind überfüllt. Verkehrsüberwachung prüft die Kameras an der Skye Bridge, ansonsten wird es schwierig ohne Kennzeichen.«

Ein Murren wird laut. Erschrocken sehe ich zu Lester, der träge den Kopf zu heben versucht.

»Alles gut, ruhig«, redet Niall auf ihn ein und horcht ihn erneut ab. »Wird kräftiger.«

Sein halbes Lächeln muntert mich ein wenig auf. Wenn nur endlich der Krankenwagen käme. Schon damals bei Dad dauerte es eine halbe Ewigkeit.

»Wie steht es bei ihm?«, fragt er und stupst Cait an, die halb auf Lachlan zusammengesunken ist. Das Ohr direkt über seinem Herzen.

»Schlägt k...kräftig«, wimmert sie. Mit zitternden Fingern streicht sie ihm eine Haarsträhne aus der Stirn, beugt sich über ihn und gibt ihm einen Kuss. »Lan! Lan wach auf«, bettelt sie, doch er zeigt weiterhin keinerlei Regung.

In meinen Ohren klingelt es von der Sirene des davonfahrenden Krankenwagens. Niall steht neben mir und zieht mich in eine feste Umarmung. Voller Dankbarkeit schmiege ich mich an ihn und spüre, wie mir die Tränen in die Augen steigen.

Connor biegt in die Einfahrt ein und hält neben uns an.

»Was sagt der Arzt?« Auch wenn er es wahrscheinlich leugnen würde, in seiner Stimme schwingt ein gehöriges Maß an Sorge mit.

»Schwere Platzwunde. Mehr konnte er noch nicht sagen. Sie bringen in nach Portree, deuteten aber schon an, dass er womöglich nach Glasgow geflogen wird, falls er nicht aufwacht. Konntest du seinen Vater erreichen?«

Connor verzieht das Gesicht und stellt den Motor ab. »Er wollte wissen, ob es lebensbedrohlich sei. Als ich sagte, er wäre niedergeschlagen worden und ohnmächtig, erwiderte er, dass er wegen einer Beule an Lachlans Kopf sicherlich nicht sein Golfspiel unterbrechen würde, und legte auf.«

Fassungslos starre ich ihn an. »Das hat er gesagt?«

»Wortwörtlich.«

Niall und ich wechseln vielsagende Blicke. Dem Mann gehört ein Preis verliehen. *Miesester Vater des Jahrtausends* würde perfekt passen.

»Wo ist Cait?«

»Sie haben sie ebenfalls mitgenommen. Sie stand unter Schock«, antwortet Niall.

Er presst die schmalen Lippen aufeinander und sieht die Straße entlang in Richtung Dorf.

»Lester liegt noch im Stall, aber er ist wach und reagiert«, fügt Niall an, wohl um das unangenehme Schweigen zu brechen.

»Gut. Rory würde durchdrehen«, murmelt er.

»Wer ruft die beiden an, um es ihnen mitzuteilen?«, frage ich und sehe in wenig begeisterte Gesichter.

»Immer der, der fragt«, spielt Connor den Ball an mich zurück.

Toll! Wieso ausgerechnet ich?

»Ich werde das übernehmen«, gibt Niall vor und deutet in Richtung Cottage. »Komm, geh du dich erst mal duschen und umziehen. Melina wird bestimmt nicht sauer sein, wenn du etwas von ihr ausborgst.«

Gemeinsam gehen wir zur Terrasse, wo Connor uns die Tür aufschließt. Niall beugt sich zu mir, legt die Arme um mich und küsst mich so intensiv, dass all die Sorgen und Ängste, die ich in der vergangenen halben Stunde durchlitten habe, von mir abfallen.

»Ich mach uns erst mal einen Tee«, murmelt Connor und schiebt sich an uns vorbei.

»Bis gleich«, hauche ich und verschwinde ins Bad.

Das heiße Wasser tut gut und weckt meine Lebensgeister. Vor der Tür liegt meine blutdurchtränkte Jeans, die wohl direkt in den Müll wandern wird. Dieser Tag sollte ein Freudenfest werden. Wir wollten lachen und fröhlich sein, doch stattdessen kämpften wir um das Leben eines geliebten Freundes und eines nicht minder geliebten Hundes.

Als ich aus dem heißen Dampf der Dusche trete, wird mir eiskalt. Rasch trockne ich mich ab und suche im Schrank nach einer Jogginghose oder etwas Ähnlichem. In einer von Melinas weiten Boyfriend-Jeans und einem Sweatshirt kehre ich in die Küche zurück.

Niall, streckt mir die Hand entgegen und zieht mich auf seinen Schoß.

»Geht es dir besser?«, fragt er und scannt mein Gesicht.

»Etwas. Es tat auf jeden Fall gut. Der Geruch des Blutes wird mir allerdings noch länger in der Nase hängen«, gebe ich offen zu und lehne meine Stirn an seine.

Ohne ihn hätte ich das vorhin nicht durchgestanden. Es war seine Ruhe und seine Klarheit, mit der er mich davor bewahrte durchzudrehen. Ständig dachte ich an Dad und dass ich ihm damals nicht helfen konnte. Was, wenn Lachlans Herz ebenfalls stehen geblieben wäre?

»Konntest du Melina und Rory erreichen?«

»War besetzt«, erwidert er. »Connor sieht nach Lester.«

Er schnauft und presst die Lider zu. Etwas ärgert ihn, das kann ich ihm ganz genau ansehen.

»Wenn ich mir doch nur das Kennzeichen gemerkt hätte«, geißelt er sich selbst.

Mit beiden Händen an seinen Wangen zwinge ich ihn dazu, mich anzusehen.

»Jetzt hör mir genau zu! Du kannst nichts dafür, dass das passiert ist. Es ist nicht deine Schuld.«

»Wenn ich nicht zufällig das Handy in der Hand gehabt hätte, dann wäre er ... tot«, straft er sich weiter.

»Und wir haben sofort reagiert. Du hast alles getan, was du tun konntest. Beide haben dank dir überlebt«, dringe ich auf ihn ein und hoffe, dass ihn meine Worte beruhigen.

»Ohne dich wäre ich durchgedreht.«

»Er wurde mit Betäubungsmitteln aus *meiner* Praxis betäubt. Wozu all der Aufwand? Bei mir einbrechen, hier dieses Chaos veranstalten und dazu noch beinahe einen Menschen erschlagen? Das ergibt doch alles keinen Sinn!«

Ich will gerade den Mund öffnen, um mit ihm noch einmal alle Fakten durchzugehen, als sein Handy zu klingeln beginnt.

»Melina«, haucht er, und ich lasse ihn aufstehen. So, wie ich ihn kenne, wird er schnell in den Stall eilen, um nach Lester zu sehen, und ihr vielleicht einige Bilder von ihm schicken.

Ich folge ihm hinaus in den sonnigen Ostersonntag. Eigentlich müssten wir jetzt vor dem Pub sitzen und Lammkeule mit gerösteten Kartoffeln essen.

O Gott! Mum! Sie ist ganz allein mit Brodee. Da ich mein Handy nicht in der verdreckten Jeans finden kann, sehe ich in Nialls Wagen nach, wo es blinkend auf mich wartet.

Sechs Anrufe in Abwesenheit. Doch nicht alle sind von meiner Mutter. Melina und auch Rory haben es zuvor ebenfalls bei mir probiert.

»Mum? Ich bin es. Du, es ist etwas Schreckliches passiert«, beginne ich meine Erklärung.

»Ich weiß, Kleines. Angus war vorhin hier. Er hat uns alles erzählt und rumgefragt, ob irgendwer in den vergangenen Tagen einen grauen Peugeot gesehen und sich vielleicht das Kennzeichen gemerkt hätte«, berichtet sie.

»Hat sich mit Sicherheit niemand gemeldet, oder?«

»Doch! Das ist es ja. Edith Campbell hat den Wagen und den dazugehörigen Fahrer gesehen. Soll so ein reichlich abgewetzter Kerl gewesen sein. Der fiel ihr wohl auf, als er in der Nähe von Nialls Praxis geparkt hat. Gestern Abend.«

Als Mum von einem abgewetzten Typen spricht, schrillen bei mir sämtliche Alarmglocken.

»Ich glaube, ich habe ihn auch gesehen, den Kerl, meine ich. Er war Freitagabend im Pub. Schütteres Haar, dunkelblond, einige Pfund zu viel auf den Rippen. Mir kam der gleich komisch vor. Hat sie das Kennzeichen …?«

»Hat sie. Der Region nach aus Edinburgh.«

»Ich fahre gleich los. Es tut mir leid«, entschuldige ich mich dafür, dass sie den Laden auf einmal allein mit Brodee schmeißen musste.

»Du bleibst da, wo du bist. Wir kommen klar. Brodee und Ginny haben alles im Griff.«

Erleichtert atme ich tief durch und lehne mich ans Gatter der Weide. Celine geht vor mir auf und ab, als suchte sie einen Weg nach draußen. Aus dem Stall dringt Nialls Stimme, die keineswegs entspannt und ruhig klingt.

Mein Blick huscht über die Weide. Ohne es zu wollen, zähle ich sie durch. Liam, Gwen und Whitney sind noch im Garten des Pubs, aber irgendwie komme ich nicht auf die richtige Anzahl. Vielleicht hat Connor sie bei dem ganzen Durcheinander nicht auf die richtigen Weiden gestellt.

Hastig renne ich die Einfahrt entlang und zähle die Langhälse auf der anderen Weide durch. Mir wird flau im Magen, denn jetzt ist es amtlich. Eines fehlt.

Die Stalltür fliegt auf, und Niall kommt mit Connor im Schlepptau auf mich zugerannt.

»War Blue bei euch im Stall? Ich kann ihn nicht finden!«, rufe ich und sehe von einem verbissenen Gesichtsausdruck zum nächsten.

»Wirst du auch nicht. Melina teilte uns eben mit, dass er entführt wurde.«

26.
Niall

Connor fährt vor mir, und ich bete, dass wir nicht von einer Streife geblitzt werden. Ich brauche meinen Führerschein, aber das ist im Moment zweitrangig. An erster Stelle steht Blue, den wir unbedingt finden und wohlbehalten zurück zur Farm bringen müssen.

Von Melina weiß ich, dass ihr Ex hinter der ganzen Sache steckt, denn er hat sie angerufen und will mit dem Kidnapping die Einstellung des Verfahrens erpressen. Ich nehme an, dass er auch die Crias der beiden anderen Klägerinnen in seiner Gewalt hat.

Hinter Broadford bleibt Connor auf der A87, während ich, wie besprochen, südlich in Richtung Armadale abbiege, von wo aus ich die Fähre nehmen und Phil hoffentlich den Weg abschneiden werde.

Dank des Staus wegen der Vollsperrung auf der Hauptschlagader sind die Ausweichstrecken massiv überlastet und er wahrscheinlich noch nicht über alle Berge.

»Hey, Schatz«, sage ich, nachdem ich das Gespräch über die Freisprechanlage angenommen habe.

»Niall, ich habe Angus erreicht. Er hat Phil bereits zur Fahndung ausschreiben lassen. Ihr müsst das nicht machen, hörst du?«

»Doch, müssen wir. Den kaufen wir uns, und Gnade ihm Gott, wenn er Blue auch nur ein Haar seines Flauschefells gekrümmt hat«, beiße ich hervor und packe das Lenkrad fester.

»Melina meinte eben, dass Phil zu gierig wäre, um das zu tun. Er würde ihn wahrscheinlich erst noch scheren, weil Cria-Wolle zehnmal so viel einbringt wie die der erwachsenen Tiere.«

Vor lauter Wut möchte ich schreien, doch das bringt uns im Moment nicht weiter. Jetzt heißt es Ruhe bewahren und klar denken.

»Gibt es was Neues von Lachlan?«, frage ich und hoffe, dass es bei der vergleichsweise harmlosen Platzwunde bleiben wird. Nicht auszudenken, was passiert wäre, wenn er mich nicht mit letzter Kraft angerufen hätte.

»Leider nein. Cait hat sich noch nicht gemeldet. Lester ist dafür wieder auf den Pfoten. Zwar noch wackelig und ein wenig desorientiert, aber er hat zwei Wassernäpfe geleert und mir die Hände abgeleckt.«

Das erleichtert mich, denn es stand wirklich nicht gut um den Alpaka-Wächter.

»Gib ihm so viel zu saufen, wie er will. Das Mittel wird über die Nieren ausgeschieden, je mehr, desto besser.«

»Mache ich. Pass auf dich auf. Und Niall?«

»Ja, Rosa?«

»Sei vorsichtig. Ich will dich in einem Stück zurück. Okay?«

»Ich werde auf mich Acht geben. Ich liebe dich«, sage ich und will das Gespräch bereits beenden, als ich Rosalind erstickt japsen höre. Im ersten Moment ist mir nicht bewusst, weshalb, doch dann fällt es mir wie Schuppen von den Augen. Ich habe gerade das L-Wort in den Mund genommen. Einfach so, aus der Situation heraus.

»Ich liebe dich auch«, höre ich sie sagen und bin froh, dass ich gerade an einem Kreisel warten muss. Wäre ich mit über neunzig Sachen unterwegs gewesen, hätte ich wahrscheinlich die Kontrolle über den Wagen verloren.

Sie hat es gesagt! Rosalind liebt mich.

An der Fähre reihe ich mich in eine Schlange von etwa zehn Wagen ein. Da das uralte Gefährt lediglich fünf Fahrzeuge transportieren kann, muss ich etwas warten und tausche mich derweil mit Rory und Melina aus, die in New York auf heißen Kohlen sitzen.

Zwanzig Minuten später bin ich auf der anderen Seite angekommen und fahre bis Spean Bridge, von wo aus ich zurück in Richtung Isle of Skye abbiege. Da es doch sehr viele gibt, die nichts von der hinter mir liegenden Vollsperrung wissen, fahre ich quasi an einem kilometerlangen Parkplatz vorbei und hoffe, dass der Gesuchte zu sehr mit anderen Dingen beschäftigt war, als Verkehrsnachrichten zu hören.

Bei jedem grauen Wagen – von denen es zu meinem Leidwesen verdammt viele gibt – werde ich langsamer und checke, ob es sich bei dem Fahrer um Phil handelt. Zum Glück konnte Melina in ihrer Cloud ein altes Foto von ihm finden. Obwohl er nach Rosalinds Angabe einiges an Gewicht zugelegt hat, erleichtert es mir die Suche erheblich.

Kurz hinter Loch Oich endet der Stau, und ich fluche verzweifelt, weil Phil uns wohl doch entschlüpft ist. Doch in dem Moment, als Connor meinen Anruf annimmt, fährt auf der Gegenseite ein Wohnmobil an, hinter dem ein alter grauer Peugeot auftaucht.

»Hab ich dich!«, knurre ich, ziehe rüber und blockiere ihm den Weg. Er müsste ziemlich rangieren, um da wieder rauszukommen.

»Du hast ihn?«, fragt Connor nervös.

»Bei Invergarry!«, rufe ich ihm zu und springe aus dem Wagen. Mit zwei Schritten bin ich bei der Rostlaube, reiße die Fahrertür auf und packe den geschockten Alpaka-Entführer am Kragen.

»Wo ist er? Wo ist Blue?«, blaffe ich.

Um mich herum hupen Autos, Stimmen werden laut. Ich starre hingegen ungerührt den reichlich übernächtigt und verwildert wirkenden Kerl nieder.

»Kofferraum«, jammert er und versucht gar nicht erst, sich aus meinem Griff zu befreien.

Ich ziehe den Zündschlüssel ab und deute auf einen robust gebauten Mann, der aus dem hinter Phil stehenden Wagen gestiegen ist.

»Passen Sie auf ihn auf. Er wird wegen Einbruchs und Körperverletzung gesucht. Die Polizei ist bereits unterwegs«, weise ich ihn an und erhalte ein grimmiges Nicken als Antwort. Seine Frau bleibt indes am Wagen stehen und sieht mir dabei zu, wie ich den Kofferraum öffne.

Ihr entfährt ein ersticktes Japsen, als sich die Klappe quietschend öffnet und Blue, der zwischen jeder Menge Müll, einem verdreckten Schlafsack und leeren Bierflaschen liegt, den Kopf herausstreckt.

»Gott sei Dank! Da bist du ja, Kleiner.«

Als wir auf dem Parkplatz des Krankenhauses in Portree ankommen, steigt Rosalind aus ihrem Wagen und kommt auf Connor und mich zu. Connor war relativ schnell bei mir gewesen, und wir haben gemeinsam die Aussage bei der Polizei gemacht.

»Und er hat tatsächlich unterwegs angehalten, um was zu ... essen?«, fragt sie, sobald sie mich aus meinen Armen entlassen habe.

»In Shiel Bridge. Dachte wohl, wenn er von der Insel runter ist, würde ihn keiner mehr finden. Tja, Pech gehabt.«

Blue, der auf der Rückbank liegt, steckt den Kopf durch das halb heruntergekurbelte Fenster.

»Na du, da hast du uns aber einen gehörigen Schrecken eingejagt«, sagt Rosalind und krault ihn am Hals.

Sein Summen ist wie Balsam für unsere geschundenen Seelen. Dieser Tag wird uns auf jeden Fall lange im Gedächtnis bleiben.

»Ich will ihn nicht zu lange allein lassen. Er ist wegen der Zeit in Phils Kofferraum noch immer ganz verstört«, gebe ich vor und deute auf die Eingangstür des Krankenhauses.

Im Wartebereich sitzt Cait in eine Decke gehüllt, mit einer Tasse Tee in der Hand.

»Kitty! Wie geht es dir? Gibt es schon was Neues?«, will Rosalind sofort wissen, nachdem sie ihre Freundin zur Begrüßung gedrückt hat.

»Offiziell sagt mir keiner was, aber Ewan kam vorhin vorbei, um mir etwas zu trinken zu bringen. Er meinte, Lachlan wäre wach und ansprechbar, hätte aber eine ordentliche Gehirnerschütterung und Probleme mit dem Gedächtnis. Sie wollen noch ein CT machen, um ganz sicherzugehen.«

»Sein Dickschädel hat wohl das meiste abgefangen«, brummt Connor und schiebt die Hände in die Hosentaschen, während er ungeduldig auf den Fußballen wippt. Dass er dabei erleichtert klingt, scheint ihm nicht aufzufallen.

»Kommt sein Vater?«

»Glaube nicht«, erwidere ich und erspare ihr die harte Antwort, die Argyll Connor vorhin gegeben hat.

»Dann bleibe ich hier und nehme mir nachher ein Taxi.«

»*Ich* bleibe hier«, murrt Connor. »Du fährst mit den beiden nach Hause und legst dich hin.«

Aus welchem Grund auch immer er im Krankenhaus bleiben will, Cait erspart sich einen Protest und nimmt Connor stattdessen in den Arm.

»Sag uns Bescheid, sobald sich hier was tut, und komm nachher im Pub vorbei, egal wie spät es ist«, bittet sie ihn und verlässt mit uns gemeinsam das Krankenhaus.

Blue, der gemütlich auf der Rückbank lümmelt, findet es toll, durch die Gegend zu fahren und dabei aus dem Fenster schauen zu können. Nebenbei knabbert er Leckerlis, die ich noch in meinem Handschuhfach liegen hatte, und summt gemütlich vor sich hin. Ihn stören nicht einmal die beiden Gurte, die ich ihm angelegt habe.

Sobald wir kurz hintereinander am Pub angekommen sind, werden wir von Alice und Brodee empfangen. Cait ist kaum ausgestiegen, da fällt sie Rosalinds Mutter schluchzend um den Hals und klammert sich an ihr fest.

»Kindchen, es wird alles gut«, raunt Alice ihr voll mütterlicher Güte zu und zieht sie ins Haus hinein.

»Wo sind die Alpakas?«, frage ich und deute auf das leere Gehege.

»Die hat Gregory vorhin eingesammelt«, erwidert Rosalind. »Entschuldige, habe ich ganz vergessen zu erwähnen.«

»Wollt ihr erst mal einen *wee dram* auf das ganze Tohuwabohu?«, bietet Brodee an, doch ich winke ab.

»Später vielleicht. Jetzt bringen wir Blue erst mal wieder zurück zur Herde.«

»Ich komme mit«, ruft Rosalind und hopst in meinen Wagen.

Mein Herz springt mir vor lauter Freude fast aus der Brust. Sie an meiner Seite zu wissen, fühlt sich einfach verdammt gut an.

Auf der Farm werden wir bereits von Gregory erwartet, der es sich mit Lester auf der Terrasse gemütlich gemacht hat.

»Da ist ja der Held der Stunde«, tönt er und klopft mir auf die Schulter. Erschöpft lehne ich mich gegen den Range Rover und atme tief durch. Langsam baut sich das Adrenalin ab, und ich merke, dass ich stehend k. o. bin.

»Was gibt es hier Neues?«, frage ich und gehe in die Hocke, um Lester in Augenschein zu nehmen, dessen Blick sich aufgeklart hat.

»Hat eben etwas gefressen. Nicht viel, aber immerhin. Der wird wieder«, erwidert Gregory und zwinkert Rosalind zu.

»Ich bleibe heute Nacht hier bei ihm. Da der Grund für seine nächtliche Unruhe nun hinter Schloss und Riegel sitzt, gehe ich davon aus, dass er seelenruhig auf seiner Decke schlafen wird. Jetzt lassen wir aber erst mal Blue wieder zurück auf die Weide.«

Sobald ich die hintere Tür geöffnet und die Gurte gelöst habe, springt der Kleine aus dem Wagen und läuft schnurstracks auf den Eingang der Weide zu, wo ihn bereits seine völlig hektisch auf- und ablaufende Mutter erwartet. Auch die anderen Herdenmitglieder eilen herbei, während ich das provisorische Schloss zur Seite schiebe und Blue sich an mir vorbeidrängt.

Die Wollies scharen sich um ihn, schnüffeln an ihm und hüpfen irgendwann sogar in Formation mit ihm über das frische Grün der Weide. Auch von der anderen Straßenseite dringen die typischen Suchlaute zu uns. Zayn steht an der Mauer und späht herüber, sodass wir ihn kurzerhand holen, damit er das Wiedersehen ebenfalls feiern kann.

Gemeinsam stehen wir am Gatter und sehen dem fröhlichen Treiben zu. Von der Szenerie berührt, gesellt sich Rosalind zu mir und ich lege ihr einen Arm um Schultern.

»Zum Glück ist alles gut gegangen«, sagt sie nach einer Weile. »Und du bist auch wieder bei mir.«

»Was das angeht, bin ich wie ein Bumerang«, erwidere ich und versinke dabei im Braun ihrer Augen. »Ohne dich hätte meine Welt derzeit keinen Mittelpunkt.«

Am Abend sitzen wir zwei gemeinsam auf der Terrasse des Craig Cottage. Ein knisterndes Holzfeuer wärmt uns, während langsam die ersten Sterne am wolkenlosen Himmel aufblinken.

»Schon komisch, dass wir nichts gemerkt haben«, sagt Rosalind und lehnt ihren Kopf an meine Schulter.

»Für die Alpakas, die Melina mit hierhergebracht hat, war er kein Fremder, da sie ihn von Edinburgh her kannten. Deshalb hatte auch Zayn als ranghöchstes Tier auf der anderen Weide nichts gegen ihn einzuwenden. Vorher hat er uns ausgekundschaftet und dann von dort drüben Ausschau gehalten. Nur mit Lester und seiner Verteidigungshaltung hat er nicht gerechnet.«

»Deshalb der Einbruch. Er brauchte Betäubungsmittel«, wirft sie ein.

»So ist es. Lester fraß nichts, was er ihm hinwarf, und natürlich hat er sich nicht in seine Nähe gewagt«, erkläre ich weiter und sehe Phil wieder vor mir, wie elend er gejammert hat, als ihn die Polizisten in die Mangel genommen haben. Man hätte fast Mitleid mit ihm haben können, aber auch nur fast.

»Mal ehrlich? War es das wert?«

»Das war total idiotisch, denn jetzt geht er wegen Körperverletzung und Einbruch für einige Jahre in den Knast.«

»Wie bescheuert«, murmelt Rosalind und schüttelt den Kopf. »Hauptsache, Blue ist nichts passiert. Den armen Kerl einfach von der Weide zu stehlen und in den Kofferraum zu stecken. Noch dazu lässt er Lachlan und Lester einfach liegen. Sie hätten tot sein können. Das muss richtig hart bestraft werden.«

»Das wird geschehen, da bin ich mir sicher.«

Rosalind schnaubt und lehnt sich nach einigen Augenblicken wieder bei mir an. Mein Blick wandert über Loch Leathan hinweg zum Horizont, an dem sich dunkel die Silhouette der Nachbarinsel Raasey abzeichnet.

»Für Connor war das hoffentlich ein Weckruf«, höre ich Rosalind sagen und sehe zu ihr.

»Er ist nicht grundlos im Krankenhaus geblieben.«

»Ich hoffe, die beiden sprechen sich aus. Sein Verhalten konnte ich nie wirklich nachvollziehen. Als hätte er ein Vorrecht auf Cait, nur weil er sie schon als Junge gemocht und verteidigt hat.«

»Manche Männer tun sich schwer damit, wenn die Frau, für die sie Gefühle hegen, diese nicht erwidert«, werfe ich ein.

»Nur dass Connor ihm Egoismus vorgeworfen hat. Das war schräg damals.«

»Vielleicht hat ihm der heutige Schock eine Lehre erteilt. Immerhin wäre Lachlan fast gestorben, und er hätte seinen früheren besten Freund im Groll verloren. So was nagt am Gewissen.«

»Stimmt. Wenn man aus Wut Dinge sagt oder tut, die man irgendwann nicht mehr zurücknehmen oder ändern kann«, fügt sie an und atmet tief durch. »Deshalb bin ich froh, mich mit ihm ausgesöhnt zu haben. Und ich habe mir vorgenommen, niemanden mehr, ohne alle Fakten zu kennen, zu verurteilen.«

»Hört! Hört!«, murmele ich und werfe ihr grinsend einen Seitenblick zu, den sie mit einem Zwicken in meine Seite kontert. »Und ich habe mir vorgenommen, ab sofort immer die Alarmanlage anzustellen. Ich will gar nicht wissen, wie es in der Praxis aussieht. Vielleicht schau ich doch noch schnell vorbei, oder?«

»Wenn du es unterkriegst? Ich hoffe, Phil hat seine Drecksfinger vom Kaviar gelassen«, mault Rosalind. »So was wollte ich schon immer mal probieren.«

»Oder meinem Shortbread-Vorrat. Ohne die Kekse schaffe ich es nicht, den ganzen Stress durchzustehen.«

Rosalind hebt den Kopf und mustert mich. »Du? Gestresst? Das von dem Mann, der die Ruhe selbst ist«, erwidert sie und verdreht die Augen.

»Äußerlich vielleicht, wenn überhaupt«, entgegne ich.

Lester, den unser kleines Geplänkel beim Schlafen zu stören scheint, hebt den Kopf und murrt genervt.

»Siehst du, du hast ihn geweckt«, sage ich und deute auf Lester, der sich wieder ablegt.

Rosalind lacht leise und schüttelt den Kopf. »Es ist wirklich so. Du bist die Ruhe selbst, und das finde ich wundervoll, denn es bildet den Kontrast zu meinen manchmal überschäumenden Emotionen. Sobald du bei mir bist, bin ich ruhig und entspannt. Das tut mir gut. *Du* tust mir gut.«

Von ihren Worten tief berührt, setze ich ihr einen Kuss auf die Lippen und ziehe sie näher an mich heran. Kein Blatt Papier passt mehr zwischen uns. »Ich habe bereits als Kind voller richtungsloser Energie gesteckt. Musste mich ständig beschäftigen oder etwas unternehmen. Ich glaube, es liegt an dieser Insel, dass ich inneren Frieden gefunden habe und mich als Mensch weiterentwickeln konnte. Hier geht alles viel langsamer und entspannter vonstatten. Irgendwie gefällt mir das.«

»Stimmt. Die Welt rast um uns herum, aber Skye ist eine Konstante, auf der es kaum Veränderungen gibt.«

Zwischenzeitlich ist es Nacht geworden, und ich habe meinen Praxisbesuch auf morgen verschoben. Die Alpakas haben sich alle in den Stall zurückgezogen und schlafen wahrscheinlich schon aneinandergekuschelt. Die brennenden Holzscheite geben knackende Geräusche von sich, wobei hier und da Funken aufwirbeln.

»Haben wir beide das vorhin aus Versehen gesagt?«, flüstert Rosalind in die Stille hinein.

»Was meinst du?«

»Das L-Wort.«

Ich halte den Atem an und bete, dass sie es nicht zurücknimmt oder schlimmer, es bereut. Gleichzeitig überlege ich, ob ihr ihr mein Herz gänzlich öffnen und ihr die Wahrheit über meine Gefühle beichten soll.

»Ich mag es aus der Situation heraus gesagt haben, aber es ist das, was ich schon sehr lange für dich empfinde.« Mir stockt der Atem, als sie sich von mir löst und mich eingehend mustert.

»Wie lange?«, fragt sie nach.

»Ähm, ich sage es mal so, bei mir war es Liebe auf den ersten Blick«, gestehe ich und versuche, mich zu wappnen, denn im schlimmsten Fall wird sie mich jetzt und hier sitzen lassen.

Endlos lange Augenblicke vergehen, bis Rosalind tief Luft holt und sie wieder in die Freiheit entlässt. »Ich kann mich noch an den Tag erinnern. Du kamst mittags in den Pub und wolltest warten, weil du zu früh warst. Mum hat dir einen Teller Suppe aufgeschwatzt, den du erst nicht wolltest«, erinnert sie sich.

»Mein Magen spielte verrückt wegen des Vorstellungsgesprächs. Komischerweise hat die Tattie Drottle wahre Wunder bewirkt und mir die Stärke verliehen, die ich brauchte, um Gregory gegenüberzutreten. Ohne die Magie dieser Gemüsesuppe hätte er mich wahrscheinlich eingeschüchtert.«

Bei der Erinnerung an jenen Tag muss ich einfach lächeln.

»Du trugst ein schwarzes Kleid, und ich dachte nur, warum? Diese Frau braucht Farben, Licht und Sonnenschein. Erst später erfuhr ich, dass dein Vater nur wenige Wochen vorher verstorben war.«

»Und du Jeans und ein hellgraues Sakko, was deine Augen extrem gut zur Geltung brachte. Ich dachte nu: *Wow, das ist ein Mann!*«

»Echt?«, hake ich nach und bekomme mein Grinsen kaum mehr unter Kontrolle, was mir ein weiteres Zwicken einbringt.

»Nur damit du es weißt, ich sagte es ebenfalls nicht einfach dahin. Ich habe verdammt lange dagegen angekämpft, mich in dich zu verlieben. Und du glaubst gar nicht, wie sehr ich mit mir gehadert und gerungen habe, doch mein Herz siegte schließlich über meinen Kopf.«

»Gutes Herz«, werfe ich ein.

»Hör auf damit«, protestiert sie und lacht. »Wir führen hier ein ernsthaftes Gespräch.«

»Aye.«

»Es mag keine Liebe auf den ersten Blick gewesen sein, du bist mir allerdings schon eine geraume Weile nicht mehr aus dem Kopf gegangen.«

»Und was hatte dein Kopf gegen mich einzuwenden?«

»Du bist Schotte«, erwidert sie brüsk und schürzt die Lippen.

Ich starre sie an, weil ich den Zusammenhang nicht erkenne. »Und *das* ist ein Problem?«

»Ist es. Sieh sie dir doch nur an! Jeden Abend im Pub sitzen, Bier trinken und ihren Horizont auf ein paar Hundert Quadratmeter Croft beschränken. Die Welt bietet so viel mehr. Schottland im Herzen zu tragen heißt nicht, hier zu versauern.«

»Hartes Urteil«, erwidere ich und lehne mich entspannt zurück. »Dann kannst du jetzt froh und dein Kopf beruhigt sein.«

»Wieso?«

»Na ja, weil ich kein Schotte bin.«

Rosalind starrt mich mit weit aufgerissenen Augen an. »Wie bitte?«

»Ich bin kein Schotte«, wiederhole ich.

»Aber, du bist doch in Inverness aufgewachsen!«

»Stimmt, allerdings sind Tante Johanna und Onkel Niall, die mich nach dem Tod meiner Eltern zu sich nahmen, erst vor zwanzig Jahren dorthin gezogen.«

»Bist du etwa Engländer?«, fragt sie schockiert und ich habe Mühe, ernst zu bleiben.

»Auch kein Ire oder Waliser. Und das, obwohl die Queen auch mein Staatsoberhaupt ist. Ich bin ein waschechter Kiwi.« Ihr Gesicht wird ausdruckslos, als wüsste sie nichts damit anzufangen. »Ich stamme aus Neuseeland.«

Epilog

Rosalind

Die Uhr in der Küche tickt gnadenlos vor sich hin. Mum, die bis eben unten einen riesigen Topf Suppe vorgekocht hat, gießt uns Tee ein und setzt sich zu mir an den Tisch. Vorsichtig schiebt sie Krepppapier, Pappstreifen und Rollen voll bunter Bänder zur Seite, damit wir Platz für die Tassen haben.

»Ich weiß, es ist blöd, so kurz bevor ich mit Niall nach Italien fliege, aber ich wollte etwas mit dir besprechen«, setze ich an und wärme mich an ihrem Lächeln. Draußen vor dem Fenster stürmt es, und der Regen prasselt gegen die Scheiben. Die Sonne hat sich bis auf Weiteres hinter dicken grauen Wolken verkrochen.

»Schon gut. Wo drückt der Schuh?«, erwidert sie und tätschelt aufmunternd meine Hand.

Es hilft nicht wirklich, also raffe ich all meinen Mut zusammen und hoffe inständig, die richtigen Worte zu finden. »Damals, nachdem Dad von uns ging«, setze ich halb laut an.

Mums Blick wandert ins Leere, zurück zu den Tagen, an denen ihr Herz vor Lachen und Liebe überfloss.

»Ich habe den Pub quasi nahtlos übernommen.«

»Es war das, was er sich gewünscht hat«, wirft Mum ein.

»Ich weiß. Nur hatte ich bis zu jenem Tag gehofft, zuvor meine Träume verwirklichen und mein eigenes Leben leben zu können.«

Sie sieht mich fragend an, was auf ihre Verwirrung hindeutet.

»Ich dachte, du liebst deinen Job und bist gern für unsere Gäste da?«

»Das bin ich auch«, erwidere ich hastig und überlege, wie ich fortfahren kann, ohne sie völlig zu verunsichern oder gar vor den Kopf zu stoßen.

»Mum, ich liebe den Pub, allerdings will ich mehr in meinem Leben als nur Gläser zu spülen und Bier zu zapfen. Das Leben rennt an mir vorbei, während ich hinter der Theke stehe und bis Mitternacht ausschenke.«

Meine Hände umklammern die Tasse. Ich weiche ihrem Blick aus. Forrest kommt mit Wallace im Schlepptau in die Küche. Sein Maunzen gilt dem leeren Futternapf, doch Mum ignoriert ihn – zum ersten Mal in seinem Leben.

»Was möchtest du stattdessen tun?«, fragt sie und ich kann genau hören, wie brüchig ihre Stimme ist.

»Ehrlich gesagt weiß ich das noch nicht so genau. Deshalb wollte ich auch nicht mit dir sprechen.«

»Sondern?«

»Brodee hat mir einen Vorschlag gemacht. Einen, der sehr verlockend klingt.«

Mum schiebt die Augenbrauen zusammen und mustert mich intensiv.

»Er würde das Stormy Skye gern pachten. Befristet auf vier Jahre mit Option auf weitere zwei«, bringe ich es auf den Punkt.

Mum japst nach Luft und reißt die Augen weit auf.

»Es würde sich nichts ändern«, füge ich hastig an. »Wir wohnen weiter hier oben, du kochst wie bisher. Er würde dich entsprechend anstellen. Deine Kranken- und Rentenversicherung sowie dein regelmäßiges Einkommen wären gesichert.«

Sie schweigt und starrt in ihre Tasse hinein, als läge darin der Schlüssel, um in die Vergangenheit zurückkehren zu können.

»Nun, er ist ein angenehmer Mensch, und er kommt sehr gut mit den Gästen aus. Ich glaube sogar, dass er ein Auge auf Ginny geworfen hat.«

Dass die beiden bereits über das Augenwerfen weit hinaus sind, verrate ich ihr besser nicht.

Sie schweigt und sieht zum Fenster hinaus. Ich folge ihrem Blick und sehe, wie Niall die Straße entlangfährt. Er ist bestimmt auf dem Weg zu den anstehenden Hausbesuchen. Erwähnt hatte er vorhin etwas von Harris, der glaubt, eine seiner Kühe würde Drillinge erwarten.

»Der Pub war früher schon einmal verpachtet«, sagt sie plötzlich.

Überrascht sehe ich zu ihr. »Das wusste ich gar nicht.«

»Ist lange her. Während des Krieges, als dein Urgroßvater an der Front war. Damals hat sich William McDonald, der Vater von Noreen Mullan, darum gekümmert.«

»Wenn du Einwände hast, kann ich es verstehen«, fühle ich vorsichtig vor.

Ihr Blick richtet sich auf mich und liegt voller Güte, sodass es mir beinahe das Herz zerreißt.

»Kleines, dein Vater starb weit vor seiner Zeit, und ich vermisse ihn jeden Tag. Doch eines ist mir in den vergangenen Wochen klar geworden: Ich darf mich nicht mehr vor der Welt verschließen.« Ihre Stimme bricht, doch sie kämpft mutig gegen die aufkommenden Tränen an. »Die Zeit im Kindergarten tut mir gut«, schnieft sie. »Sogar die Veränderungen hier im Haus, die Hebebühne, der wundervolle Garten oder der frische Wind, der durch Brodee und Cait hier drinnen weht. Die mir gegebene Zeit rennt ebenfalls an mir vorbei, und auch, wenn ein Teil von mir bereits drüben auf dem Friedhof liegt, muss der noch lebendige genau das tun: Leben.«

»Dann hättest du keine Einwände?« Da sie nicht sofort antwortet, zähle ich meine Herzschläge, um mich davon abzuhalten, vor lauter Ungeduld mit den Fingern auf der Tischplatte zu trommeln.

»Wir verpachten, wenn du das möchtest.«

Zitternd stehe ich auf, umrunde den Tisch und falle Mum um den Hals. Schluchzend halten wir uns aneinander fest.

»Ich hab dich lieb, Mum«, bringe ich tränenerstickt hervor.

»Ich dich auch, Rosa.«

Ich kann es noch immer kaum glauben, dass wir in Italien sind. Noch am Vormittag saßen wir mit Melina und Rory zusammen in einem Bistro am Flughafen. Den beiden hat New York sehr gefallen. Trotz all der Aufregung um Blue haben die positiven Eindrücke die Zeit besonders gemacht. Und auch wenn Rory zu Beginn eher skeptisch war, er gibt nun freimütig zu, dass er sofort wieder dorthin reisen würde.

Die Sonne in der Toskana scheint viel intensiver als auf Skye. Ein Umstand, an den ich mich erst noch gewöhnen muss, dem ich aber vor allem mit reichlich Sonnencreme entgegenwirke. Niall, der direkt nach unserer Ankunft im Ferienhaus seinen Urlaubshut aus dem Schrank geholt hat, war da um einiges besser vorbereitet.

Nachdem wir gestern Nachmittag ankamen und er mir ein wenig die nähere Umgebung des Ferienhauses gezeigt hat, schlendern wir heute Hand in Hand durch die Gassen von Florenz. Ich bin völlig überwältigt von der Ponte Vecchio und all den Renaissance-Bauten die unseren Weg säumen. In der Kathedrale Santa Maria del Fiore werde ich richtig ehrfürchtig, denn der Blick hinauf in die Kuppel ist einfach atemberaubend.

»Sieh dir nur all diese Fresken an. Es muss eine halbe Ewigkeit gedauert haben, sie dort aufzutragen.« Beeindruckt von der schieren Größe des Kirchenbaus bin ich froh, dass

Niall auch hier die Ruhe bewahrt, während ich alles wie ein kleines Kind bestaune. Lächelnd sieht er mir dabei zu und nimmt mich in den Arm, wenn ich wieder zu ihm zurückkehre. »Du hast mal zu mir gesagt, du wärst ein Bumerang. Dabei bin ich es, die Kreise um dich herumzieht und zielsicher bei dir landet«, stelle ich fest und lehne mich bei ihm an.

Gemeinsam verlassen wir den kühlen Bau und treten hinaus auf die Piazza del Duomo.

»Wir beide sind es, und es ist gut, eine Konstante zu haben. Du fängst mich ebenfalls auf, denn wenn ich nach einem harten Tag in der Praxis endlich die Tür abschließe und wir uns sehen, ist es deine Berührung, die mich aufleben lässt.«

Ob er weiß, wie tief es mich berührt, wenn er so was sagt? Am liebsten würde ich ihn in diesem Augenblick umarmen und küssen, das muss aber bis später warten. Jetzt ist erst mal Sightseeing angesagt.

»Dieser Turm, wie heißt der noch mal?«, hake ich nach und warte ungeduldig, bis Niall in unserem Reiseführer die richtige Seite gefunden hat.

»Das ist der Campanile di Giotto.«

Kaum hat er es gesagt, da beginnen die Glocken zu läuten. Tauben, die bis eben zwischen den Touristen nach Krümeln herumgepickt haben, fliegen auf und ziehen über unsere Köpfe hinweg.

Niall schnappt sich meine Hand und zieht mich lachend in seine Arme. »Eine schöne Melodie«, meint er und greift, ehe ich es mich versehe, meine Hand und beginnt, mit mir zu tanzen. Die Blicke der an uns vorbeilaufenden Menschen ignorieren wir, denn in diesem Moment existieren nur wir beide.

»Am liebsten würde ich mit dir bis ans Ende der Welt tanzen«, jauchze ich und falle ihm um den Hals.

»Ich bin zu allem bereit. Was immer du magst, mein Schatz«, erwidert er. »Aber erst musst du deine Schulden bei mir begleichen.«

»Schulden?«, hake ich irritiert nach.

»Ach, hast du es schon vergessen?«, meint er und grinst mich auf eine Weise an, für die ich nur eine Beschreibung habe: hinterhältig. »Du musst mit mir campen gehen.«

»Das kannst du vergessen!«, halte ich dagegen.

Seit ich weiß, dass sein Vater im Aoraki Nationalpark die Pflege und Aufzucht verletzter Keas betreute, bin ich der felsenfesten Überzeugung, dass Maihri die Stichfrage manipuliert hat. Sie wusste nämlich ganz genau, woher Niall stammt, und ich habe mich noch gewundert, warum er mehrere Bilder von dunkelgrünen Papageien in seinem Behandlungszimmer hängen hat.

»Wettschulden sind Ehrenschulden, meine Liebe«, tönt er, räuspert sich und beugt sich zu mir herunter.

Den Kuss, den er sich stehlen will, verweigere ich ihm allerdings, indem ich zurückweiche und ihn böse anfunkele. Seine Augenbrauen zucken nach oben, doch sein Grinsen schwindet keinen Millimeter.

»Vielleicht sollte ich dir sagen, wo genau wir zelten werden. Dann bist du vielleicht eher geneigt, dich dazu durchzuringen.«

»Ist mir egal, wo, ich schlafe in keinem Schlafsack, geschweige denn auf dem Boden.«

»Ah, dann kannst du beruhigt sein. In unserem Zelt wird ein sehr breites und gemütliches Bett stehen«, erwidert er kryptisch und bietet mir seinen Arm an. Widerwillig hake ich mich bei ihm ein und schlendere gemeinsam mit ihm zur Piazza della Signoria, wo wir vor dem Neptunbrunnen stehen bleiben.

»Trotzdem, da musst du schon mehr bieten, um mich davon zu überzeugen, freiwillig mit dir campen zu gehen.«

»Okay, wie wäre es mit rotgoldenen Sonnenuntergängen, die wir vor dem Zelt genießen können?«

»Die kann man auch von einem Hotelbalkon bewundern.«

»Weites Grasland.«

»Öde.«

»Mögliche Besuche von wilden Tieren.«

Ich stutze. »Du meinst, Bären oder Wölfe? Du willst nach Osteuropa?« Dank seiner heiß geliebten Tier-Dokus weiß ich seit Neuestem, dass dort jede Menge davon leben.

Niall prustet vor Lachen und schüttelt den Kopf. »Liebes, ich meinte eher Löwen, Elefanten, Giraffen und Nashörner. In der Masai Mara gibt es kaum feste Hotels, sondern zumeist Busch-Camps mit auf Stelzen gebauten, überaus komfortablen Zelten. Die haben sogar ein Badezimmer mit Dusche darin.«

Fassungslos starre ich ihn an, während sich sein Grinsen zu einem liebevollen Lächeln wandelt.

»Ich hätte das Hasenkostüm ohne Murren angezogen. Das weißt du, Schatz. Für dich würde ich die Sterne vom Himmel holen und die Welt aus den Angeln heben.«

Seufzend sinke ich in seine Arme und lausche den Schlägen seines Herzens. Stetig und kräftig wie seine Liebe zu mir. »Wenn das so ist, dann gehe ich sehr gern mit dir campen«, erwidere ich und freue mich schon jetzt auf all die Reisen, die wir gemeinsam unternehmen werden.

Wir werfen Münzen in den Brunnen und küssen uns. Was er sich gewünscht hat, verrät Niall nicht, doch am Glanz seiner Augen erkenne ich, dass er meinem ebenfalls geheimen Wunsch sehr ähnelt.

Vor einem kleinen Café setzen wir uns und bestellen Cappuccino und Eis. Während wir den Trubel um uns herum beobachten, denke ich, wie wunderschön das Leben sein kann.

»Im Übrigen habe ich vorhin eine Mail von einem frisch promovierten Kollegen bekommen.«

»Du checkst deine E-Mails?«, hake ich nach und pikse ihn mit dem Zeigefinger.

»Du warst duschen, da darf ich, hast du selbst gesagt. Er hat sich auf die Stellenausschreibung beworben. Klingt ganz passabel. Ich lade ihn zu einem Gespräch ein, sobald wir zurück sind. Dann können Gregory und ich ihm ein wenig auf den Zahn fühlen.

»Gregory?«

»Wer mit ihm klarkommt, kann auch den Schafzüchtern und Farmern die Stirn bieten. Somit ist er ein wichtiges Kriterium in der Auswahl eines möglichen Partners. Jetzt muss ich mich nur noch wegen einer Sprechstundenhilfe umhören.«

»Wieso das denn? Was ist mit Maihri?«, frage ich verwundert nach.

»Sie wollte im Juni in der Wildtier-Auffangstation in Dunvegan anfangen. Lioba sucht händeringend Leute, und Maihri ist total vernarrt in Seehunde. Hat sie nichts gesagt?«

Ich schüttele den Kopf und gleichzeitig einen Gedanken wach, der mich schon während meiner Schulzeit vor Gregorys Tür getrieben hat. »Müsste die neue Sprechstundenhilfe auch assistieren?«

»Aye. Pflege der in Quarantäne befindlichen Tiere, Unterstützung bei Untersuchungen, Verbände wechseln, Termine abstimmen. Teilweise sogar bei größeren Eingriffen vor Ort mitarbeiten«, zählt er auf.

»Wäre das schwierig? Muss man dafür studiert haben?«

»Es wäre besser, aber die Kurse dauern höchstens zwei Jahre, und es gibt sie auch als Fernstudium.«

Mit jedem seiner Worte werde ich nervöser. Meine Finger beginnen zu kribbeln, und mir läuft eine Gänsehaut über den Körper. »Hättest du ein Problem damit, wenn ich …?«

Niall verschluckt sich beinahe an seinem Cappuccino und starrt mich verdattert an. »Du?«

»Damals in der Schule wollte ich etwas in dieser Richtung machen, deshalb auch der Ferienjob bei Gregory. Ich fand es toll, den Tieren zu helfen und als guter Engel den Besitzern beizustehen. Aber nach dem Abschluss dachte ich, ich müsste mehr aus mir machen, und schleppte mich mühevoll durch ein Fernstudium in Betriebswirtschaft.«

»Ich wäre dann dein Boss«, meint er und grinst mich süffisant an, was ich mit einer hochgezogenen Augenbraue pariere. »Du kannst die Kurse bestimmt nebenher machen.«

»Das wäre toll«, sinniere ich und male mir bereits aus, wie wir gemeinsam in der Praxis Hand in Hand arbeiten.

»Ich wüsste niemanden, mit dem ich lieber zusammenarbeiten würde«, sagt er und beugt sich zu mir herüber.

»Wir sind ein echt gutes Team«, sage ich und sehe ihn verliebt an.

Niall

Rory holt uns vom Flughafen in Glasgow ab und berichtet uns von all den Neuigkeiten, die sich während unseres Urlaubs ergeben haben.

»Die beiden anderen Crias wurden auf seinem Hof in einem der Ställe wohlbehalten gefunden und ihren überglücklichen Besitzerinnen zurückgebracht.«

»Da hatte ich echt Sorge, dass er den Kleinen was getan hat. Nach dem Angriff auf Lachlan wäre ihm das durchaus zuzutrauen gewesen«, erwidere ich und drücke Rosalinds Hand, die auf meiner Schulter liegt.

»Wie geht es unserem Hotelmanager?«, hake ich nach.

»Ist seit vorgestern daheim. Trägt einen dicken Verband am Kopf, aber sonst ist er auf dem Weg der Besserung.«

»Freut mich zu hören.«

»Hat sich sein Vater im Krankenhaus blicken lassen?«, will Rosalind wissen und beugt sich zu uns nach vorn.

»Wovon träumt ihr nachts? Aber gestern rief er ihn an, um zu fragen, ob er arbeiten würde, jetzt wo er wieder im Schloss sei.«

»Hat er nicht wirklich?«, erwidere ich schockiert.

»Hat er. Ich war dabei. Das Telefon hat es nicht überlebt.«

»Der Mann ist der Teufel. Lachlan ist sein Sohn, verdammt!«, echauffiert sich Rosalind zu Recht.

»Keine Ahnung, was bei Argyll MacDugan falsch gepolt ist, doch es ist an Lachlan, sich davon zu befreien oder weiter unter der Knute zu leben«, entgegnet Rory und parkt vor dem Pub ein.

»Steigst du hier mit aus oder soll ich dich rüber fahren?«

»Ich bleibe hier«, erwidere ich.

»Wir sehen uns dann nachher, und bringt ordentlich Hunger mit«, ruft er uns noch zu, bevor er in Richtung Craig Cottage davonfährt.

Im Pub, der nun wieder durchgehend geöffnet hat, werden wir von Alice und Brodee empfangen. Sie wollen sofort alles über die Toskana erfahren und sind hellauf begeistert von unseren Erzählungen.

»Irgendwann begleite ich euch mal«, seufzt Alice. »Wenn ihr mich dabeihaben wollt.«

»Aber natürlich wollen wir«, sage ich und ergreife ihre Hand. »Du kannst jederzeit gern mitkommen. Wir würden uns freuen.«

Lächelnd fällt sie mir um den Hals.

Forrest, dem die ganze Aufregung nicht geheuer ist, flieht grollend aus der Küche, während Wallace sich an meinem Hosenbein emporhangelt, um am Gruppenknuddeln teilzunehmen.

»Und jetzt erst mal her mit den Koffern, ich stelle gleich eine Maschine an«, verkündet Alice und schnappt sich meinen Trolley, den ich im Flur stehen gelassen habe.

»Das ist meiner«, versuche ich aufzuklären, doch sie winkt ab.

»Weiß ich doch«, trällert sie und verschwindet, bevor sich sie aufhalten kann.

»Gewöhn dich dran! Mum lässt in der Regel keinen Einwand gelten«, meint Rosalind und setzt sich auf meinen Schoß.

»In der Hinsicht kommst du ganz nach ihr, was?«, feixe ich und spüre ihre Fingernägel in meinem Nacken.

»Mag sein«, raunt sie mir ins Ohr, was mir einen wohligen Schauer über den Rücken jagt.

»Denk dran, wir sind nachher noch bei Melina und Rory zum Grillen eingeladen«, erinnere ich sie, was Rosalind jammervoll seufzen lässt.

»*Du* hast vorhin zugesagt, nicht ich.«

»Ich weiß, keine Ahnung, was mich da geritten hat.«

»Wann willst du mit Brodee sprechen?«, frage ich und streiche ihr eine ihrer wundervoll weichen Haarsträhnen hinters Ohr. Jetzt, wo ich das tun darf, kann ich gar nicht mehr damit aufhören, und nutze jede sich bietende Gelegenheit dazu.

»Am besten jetzt gleich. Und morgen früh checke ich alles zu den Kursen für die Ausbildung zur Tierarzthelferin. Ich freue mich jetzt schon auf den ersten Tag in der Praxis.«

»Und ich mich erst.«

Unser Kuss ist innig und voller Leidenschaft. Ich spüre Rosalind mit jeder Faser meines Körpers. Sie ist mir buchstäblich unter die Haut gegangen und hat sich in meinem Herzen verankert. Ihr Haar zu riechen und ihren warmen Atem auf meinen Lippen zu spüren lässt mich alles um mich herum vergessen. Sie ist alles, was für mich zählt.

Am Craig Cottage werden wir von Lester und Pixie begrüßt, die ihren Wegzoll in Form von Streicheleinheiten einfordern.

»Wurde aber auch Zeit«, murrt Connor, während Melina erst Rosalind und danach mir um den Hals fällt. Natürlich muss sie uns ihren wundervollen Verlobungsring zeigen, den Rory und Lachlan gemeinsam besorgt haben, weil Rory zwar eine genaue Vorstellung vom Aussehen des Rings hatte, aber Lachlan die Kontakte zu Schmuckdesignern in der Gegend pflegt.

»Wie geht's?«, frage ich Lachlan, der in eine Decke gewickelt mit Magda auf dem Schoß auf der Bank sitzt.

»Nicht tot, aber so richtig lebendig bin ich auch noch nicht«, murmelt er und streicht seiner tierischen Freundin gedankenverloren durch das langsam dichter werdende Federkleid.

»Gut, dass du mich noch anrufen konntest.«

»Kann mich nicht dran erinnern. Alles dunkel ab dem Moment, wo ich aus dem Wagen stieg, um nachzusehen, wer da auf dem Grundstück vor dem Eingang der Weide geparkt hat. Hat mich voll erwischt, der Mistkerl. Eiskalt.«

»Das war die zweitschlimmste halbe Stunde meines Lebens«, sagt Rosalind und gibt ihm einen Kuss auf die Wange. »Und du weißt, wer bei mir Platz eins belegt.«

Er nickt und kämpft sich ein Lächeln aufs Gesicht.

»Danke. Für alles, was ihr für mich getan habt«, erwidert er und schließt die Augen.

»Schmerzen?«, hake ich nach.

»Nur schwindelig«, erwidert er und sieht an mir vorbei zum See. »Ich frage mich die ganze Zeit, ob Cait auch da war.«

»Im Stall?«

»Hmm.«

»Sie war bei uns, ja. Sie ist dir die ganze Zeit über nicht von der Seite gewichen und hat deine Hand gehalten.«

Er nickt langsam und blinzelt. »Ich habe ihre Stimme gehört. Sie hat mich *Lan* genannt.«

»Stimmt, das hat sie, und sie ist mit dir und den Sanitätern ins Krankenhaus gefahren«, berichte ich und sehe, wie seine Hände zu zittern beginnen.

»Soll ich dir Magda abnehmen?«

»Ach Quatsch, lass sie einfach sitzen. Sie hat mich vermisst.«

Wir machen uns gerade über die gegrillten Köstlichkeiten her, als wir einen Wagen kommen hören. Zwei Türen klappen, und wir sehen alle gespannt zur Hausecke und warten, wer dort gleich auftauchen wird.

»Überraschung!«, ruft Cait und hält eine Flasche Talisker hoch, während sie mit Maihri im Schlepptau näher kommt.

»Kitty!« Rosalind springt auf und schließt ihre Freundin in die Arme. »Was machst du denn hier?«

»Bin wieder da«, erwidert sie und grinst. Nachdem sie alle begrüßt hat, geht sie zu Lachlan und streicht ihm über die Schulter. »Schön, dich zu sehen.«

Er nickt und presst die Lippen aufeinander. Ob sie das Zucken seiner Hände bemerkt hat, als sie ihn berührte, weiß ich nicht, doch für mich ist offensichtlich, dass die beiden noch Gefühle füreinander hegen.

»Cookie, hier ist was frei«, sagt Connor und ich weiß im ersten Moment nicht, wen er damit meint, bis sich Maihri, deren Wangen tiefrot glühen, in Bewegung setzt und sich auf dem Stuhl niederlässt.

»Du hattest doch Termine in London, Cait? Warum bist du wieder hier?«, will Melina wissen und reicht Maihri einen Teller mit Salat und gegrillten Würstchen.

»Die hatte ich auch, und zwar so einige. Aber dazu vielleicht später mehr, jetzt will ich erst mal eine Neuigkeit verkünden.«

Gespannt sehen wir zu Cait auf.

»Ich bin seit heute die stolze Besitzerin von Skye Brew.«

»Was?«, ruft Rosalind und starrt ihre Freundin fassungslos an.

»Du kommst zurück? Für immer?«, fragt Connor und zieht sie in seine Arme.

»So sieht es aus«, erwidert Cait und kann sich gerade noch ducken, weil Rosalind eines der Sitzkitzen nach ihr geworfen hat.

»Wie kannst du mir das verschweigen!?«, schimpft sie und stemmt die Hände in die Hüften.

»Erstens hattest du genug mit Wanderungen und Alpakas um die Ohren, und zweitens wollte ich erst ganz sicher sein, bevor ich jemandem davon erzähle. Bis gestern hat Spencer noch versucht, den Preis hochzutreiben und was von einem weiteren Interessenten gefaselt, bis ich seine zukünftige Ex-Frau angerufen und den Deal mit ihr fixiert habe. Ihm gehörte die Brauerei nämlich nur zu zwanzig Prozent, und sie fand mein Angebot mehr als fair.«

»Darauf trinken wir!«, rufe ich dazwischen, da Rosalind einen weiteren Protest vorbringen wollte, und ziehe sie auf meinen Schoß.

»Sie hat mir nichts gesagt. Nichts!«, grummelt sie und wirft mit ihren Blicken Dolche nach Cait.

Lachlan, der der Verkündung schweigend beiwohnte, ringt mit einem Lächeln, das er nicht zulassen will.

Rory holt Gläser aus der Küche, und Cait schenkt den Talisker ein.

»Wirst du den Namen beibehalten?«, will ich wissen, woraufhin sie den Kopf schüttelt.

»Der Name ist verbrannt. Ich muss bei null anfangen. Ich dachte an *Skye Craft*.«

»Passt, finde ich«, sage ich und stupse Rosalind an, damit sie endlich aufhört zu schmollen und sich mit uns allen für Cait freut.

»Auf Skye Craft«, rufen wir alle im Chor und stoßen an.

Es ist schon komisch. Ich kam auf diese Insel um meinen ersten Job nach dem Studium anzutreten. Auf der Fahrt hatte ich damals noch überlegt, nicht lange zu bleiben. Zu weit ab vom pulsierenden Leben in Glasgow, zu weit weg von

Tante Johanna und Onkel Niall in Inverness. Womit ich nicht gerechnet habe, ist Skye und die wundervollen, manchmal auch schroffen und schrägen Menschen, die hier leben.

Wenn ich mich so umsehe, dann spüre ich genau, dass ich angekommen bin und meinen Platz im Leben gefunden habe. Ich blicke in die lachenden Gesichter der Menschen, die mir am Herzen liegen, und fühle die Liebe und Freundschaft, die uns alle verbindet.

Mein Blick schweift über Loch Leathan, dessen Oberfläche vom leichten Wind gekräuselt wird. Er trägt das wohlige Summen der Alpakas zu uns, während es langsam dämmert. Ich werde die Wanderungen an der Seite von Liam vermissen. Vielleicht leiht ihn mir Rory das ein oder andere Mal aus. Wen ich allerdings ganz fest an meiner Seite und auch in meinem Herzen weiß, ist Rosalind, denn wir gehen gemeinsam in Richtung Zukunft.

Ende

Danksagung

Während des Schreibens gedanklich nach Skye zu reisen, ist immer ein Erlebnis, und ich bin froh und dankbar, dass mich dabei so viele liebe Menschen begleiten. Allen voran meine Herzensfreundin Mareike, die mit mir gemeinsam alle Höhen und Tiefen der Story durchleben *muss* und mich immer wieder aufbaut.

Mein Partner Markus, der gute Geist im Hintergrund. Danke, dass du mir den Rücken stärkst und zurücksteckst, wenn ich unbedingt eine Szene fertigschreiben will. Ich liebe dich.

Bei diesem Buch hatte ich zudem Unterstützung vor Ort. Scott, der mit seiner Familie auf der Isle of Skye lebt, war so nett, mir bei den Recherchen zur Seite zu stehen. Thank you so much, Scott. Your help is highly appreciated.

Meiner Lektorin Julia Feldbaum möchte ich ebenfalls von Herzen danken. Sie ist den Fehlerchen wie gewohnt mit scharfem Auge zu Leibe gerückt und hat dem Text den perfekten Feinschliff gegeben. Die Zusammenarbeit macht wirklich Spaß.

Last, but not least geht mein ganz besonderer Dank an meine Leser, die mit meinen Charakteren leiden, kämpfen und lieben. Ich danke euch, denn ihr seid stark, mutig, voller Leidenschaft.

Fühlt euch gedrückt! Liebe ist ewig!
Eure K. Elly